DÉLIUS, UNE CHANSON D'ÉTÉ

DAVID CALVO

DÉLIUS, UNE CHANSON D'ÉTÉ

ÉDITION REVUE PAR L'AUTEUR

J'AI LU

Pour Kate Bush et mon cher Délius, qui m'ont tant donné, je cueille cette fleur.

Les poèmes de P.D. Finn, *Saltarelles, Une chanson d'été* et *Farewell* sont reproduits et traduits avec l'aimable autorisation de Sylvia Finn Douglas, héritière de l'écrivain et propriétaire des droits de son œuvre. Qu'elle soit remerciée de son soutien enthousiaste.

« Ô cet effrayant torrent tout au fond Ô et la mer la mer écarlate quelquefois comme du feu et les glorieux couchers de soleil et les figuiers dans les jardins de l'Alameda oui et toutes les ruelles bizarres et les maisons roses et bleues et jaunes et les roseraies et les jasmins et les géraniums et les cactus de Gibraltar où je me trouvais quand j'étais jeune fille une Fleur de la montagne oui quand j'ai mis la rose dans mes cheveux comme les filles andalouses ou en mettrais-je une rouge oui et comme il m'a embrassée sous le mur mauresque je me suis dit après tout aussi bien lui qu'un autre et alors je lui ai demandé avec les yeux de demander encore oui et alors il m'a demandé si je voulais oui dire oui ma fleur de la montagne et d'abord je lui ai mis mes bras autour de lui oui et je l'ai attiré contre moi pour qu'il sente mes seins tout parfumés oui et son cœur battait comme fou et oui j'ai dit oui je veux bien Oui. »

James JOYCE, *Ulysse*

La nuit avant de se brûler les yeux,
Frédérick Délius fit un rêve

La terre s'était mise à trembler, les meubles de la chambre s'écroulaient comme des soldats de plomb. Il rampa vers les grandes baies vitrées qui bordaient la villa, il leva les yeux et vit dans les astres que la fin était là. Des météorites flamboyantes pilonnaient la campagne anglaise en une pluie rouge vrombissante, de minuscules diamants écarlates heurtaient cette terre en hurlant comme une *banshee*, le monde tout entier basculait, et la civilisation telle qu'il la connaissait s'écroula. Tout petits face aux somptueux périls du Grand Tout, les paysans fuyaient vers les sanctuaires de marbre blanc pour y trouver refuge, implorer la grâce divine, échapper au courroux des cieux. Mais la pluie ne s'arrêtait pas, et le Ciel lui-même, déçu par la bigoterie de l'humanité, choisissait d'écraser ses minuscules dévots en chantant *Rule Britannia*.

SALTARELLES
(1720)

Regardez-moi donc,
Je vibre, je vous aime.
Ne comprenez-vous pas ?
Je vous aime.

Je vous sens vibrer,
Chanter avec moi.

Si différents et pourtant si beaux,
Ne comprendrons-nous jamais ?
Notre entente, si faible,
Est-elle déjà vouée à l'échec ?

Vous m'entourez,
Je vous aime,
Mais la chanson m'assourdit
Et je vibre.

Juillet

LE PREMIER MEURTRE

Depuis le début, il s'était persuadé que la première chose qu'ils verraient serait ses yeux. De grands yeux verts, rieurs et coquins. Deux grands yeux tournés vers le ciel.

— Ces yeux... Sainte Marie Mère de Dieu.
— Je vous en prie, Perkins, ne jurez pas.
— Qui peut avoir fait ça ?
— Avez-vous vu ces yeux ?
— Ne me dites pas qu'un homme est capable de...
— Calmez-vous, les enfants. C'est peut-être juste une histoire de cœur. Ne crions pas à Jack l'Éventreur.
— C'est le médecin qui va s'amuser.
— Oh, et cette odeur...
— Ça ne sent pas si mauvais.
— Jésus-Christ, aidez-nous, pardonnez-nous nos péchés.
— Perkins, ça n'a rien à voir avec Jésus. C'est l'œuvre d'un cinglé, pas d'un démon.
— Vous savez, monsieur Gibbs, je ne suis pas certain...
— Perkins a peut-être raison.
— Ça fait combien de temps qu'elle est dans l'eau ?
— Je ne sais pas. Peut-être dix heures.
— Vous croyez qu'elle a senti quand on lui a fait ?
— Quand on lui a fait quoi ?
— Euh, ça.
— On a dû l'entendre crier jusqu'à New York.
— New York... ça fait loin quand même.
— Oui, mais ça doit faire mal.
— Mais ça sent plutôt bon.
— Et maintenant, qu'est-ce qu'on fait ?

— Inspecteur, qu'est-ce qu'on fait ?

— Je sais qui c'est. C'est Jasmine Verdi.

— La petite mignonne qui vend des parfums sur la Promenade ?

— L'inspecteur a raison. Regardez, on reconnaît bien son œil droit.

— Elle ne pourra jamais nous dire pourquoi elle rie.

— Je préfère ne pas savoir.

— Elle était dans les parfums, c'est peut-être pour ça qu'elle sent bon.

— Moi, je crois que c'est plutôt à cause des fleurs.

— Notre Père qui êtes aux cieux, pardonnez-nous... C'est notre faute, nous aurions dû être plus vigilants... Marblehead est une petite ville. Nous aurions dû empêcher que de telles choses arrivent, nous aurions dû surveiller, ne pas les laisser nous dire que...

— Perkins...

Perkins s'écarta et vacilla sur le sable. Il s'écroula et il y eut un écœurant bruit liquide. Les deux autres agents, livides, restèrent à osciller dans la lumière matinale. Après quelques instants de flottement, ils se décidèrent à poser une veste d'uniforme sur le cadavre. L'un d'eux alla réconforter Perkins, allongé dans le creux d'une dune, le visage empourpré. L'autre se dirigea vers la voiture et partit vers la ville en actionnant la cloche, avec l'énergie du désespoir.

L'inspecteur Gibbs inspira profondément puis, finalement, il redescendit vers la grève. L'été était là et quelques mouettes flottaient en rond dans le bleu. Gibbs sut que cette année encore les touristes allaient arriver en masse, costumes blancs et canotiers, qu'ils s'entasseraient dans des petites cabines de toiles rayées en rouge et bleu et sur la plage résonneraient les cris des enfants, les discussions des parents, les monologues élégants des solitaires en costumes de flanelle. Le tableau était criant de vérité et, pendant un bref instant, il permit à Gibbs d'ôter de son nez l'odeur envoûtante du cadavre. Les vagues touchèrent le bout de ses bottes. Il regarda la mousse filtrer sous ses talons, enleva sa casquette et fit une prière.

Pourquoi le tueur avait-il téléphoné à la caserne ? Que cherchait-il à leur dire ? Pourquoi n'avait-il rien laissé ? Pas de mot, pas de menaces. Juste un cadavre bouffi. Une mise en scène. Au premier examen (comment examiner un corps dans cet état ?), il n'y avait pas de sable dans les blessures. Le tueur n'avait pas opéré ici. Ou peut-être avait-il simplement nettoyé les plaies. Auquel cas il était vraiment, vraiment dérangé. Mais Gibbs en doutait : ce que le tueur avait fait à cette pauvre fille était à la fois terrifiant et... d'une incroyable sensibilité. L'inquiétude le gagna. Pourquoi cette plage ? Et pourquoi Dieu la victime riait-elle ? En dépit des boursouflures causées par l'eau, son visage était celui d'un ange, elle avait vu le paradis, elle riait. Tétanisée par la douleur, elle s'était éteinte dans la joie, Gibbs en était désormais persuadé : elle avait connu l'extase avant de mourir. Que pouvait-elle avoir vu ? Qu'est-ce qui pouvait faire sourire quelqu'un comme ça, au point que les rires cachent la mort ?

Du haut de son promontoire, sur la colline qui surplombait la plage, le jeune homme triste avait tout vu. Il l'avait prévu ainsi et tout se déroulait selon son plan. Et, comme il l'avait deviné, c'étaient les yeux qui les avaient marqués. Suite à son appel anonyme, les policiers étaient arrivés sur la plage, ils avaient trouvé le cadavre flottant au pied d'un ponton rouillé, comme il le leur avait dit, là où il l'avait accroché. Les policiers l'avaient ramené jusqu'au rivage puis examiné. Un seul avait été malade. À présent, ils se dispersaient pour retrouver leur contenance et appeler des renforts.

Un quart d'heure plus tard, les secours arrivaient, une ambulance et un second fourgon de police qui s'approchait dans un insupportable tintamarre de cloches. Des petites formes s'agitaient sur la plage. On posa des barrières et l'on inspecta le périmètre. C'était du travail bien fait. Ce qui devait être avait été. Personne ne pouvait comprendre. À ses yeux, ils étaient tous coupables.

Le jeune homme triste s'assit dans l'herbe pour observer le remue-ménage en bas, sur la plage. C'était à la fois amusant et pathétique, comme une fourmilière éparpillée par un coup de pied. Gibbs semblait saisir une partie du schéma. Peut-être saisissait-il le désespoir de tout cela. Selon ses sources, Gibbs venait de perdre sa femme, choléra disait-on, mais personne n'y croyait. Cette tragédie, peut-être, peut-être, lui permettait de comprendre. Gibbs allait et venait sur la plage comme un métronome terrifié. Maintenant, c'était sûr, Gibbs savait de quoi parlait le jeune homme triste. Il comprenait pourquoi cette femme ne serait pas la dernière.

Que ce n'était que le début.

Bien sûr, aussi sensible fût-il, Gibbs ne pouvait pas *tout* comprendre.

Le jeune homme triste arracha une poignée d'herbes et, à l'aide de quelques nœuds, d'une pince à cravate bien placée et d'un petit bout de bois, fit une petite sculpture. Il la laissa en évidence sur une surface visible et se releva. Jetant un dernier coup d'œil aux policiers, il releva sa bicyclette et, les yeux rougis par les larmes, pédala vers Marblehead en chantant.

DES COULEURS DANS LES CHEVEUX

Roux. Jaune. Rouge. Et puis mauve, pourpre, vert et ocre. Enfin noir, bleu, violet. Il y eut quelques rires, des sons de clochettes, puis un long, affreux silence.

Lacejambe se redressa avec un craquement. Comme après une soirée trop arrosée, il se sentait sale, confus, nauséeux. Il s'approcha de la vasque en faïence reposant sur le meuble près du lit et s'aspergea le visage de quelques giclées d'eau fraîche. Il soupira en inspectant ses joues ruisselantes dans le miroir. « Non, pensa-t-il. Pas de difformités, pas de poils, pas de troisième œil... Tout va bien. J'ai finalement bien fait de ne pas trop forcer sur... »

Il fut interrompu dans ses pensées par un reflet sur sa chevelure, qu'il discernait mal dans la pénombre, des ténèbres moites percées de lamelles de soleil, filtrées par les persiennes. Soudain très inquiet, il alla déplier les volets et s'avança sur la petite terrasse, en jetant un coup d'œil aux deux enfants, qui, trois étages plus bas, accrochaient des casseroles à la queue d'un chat. Torses nus, assis sur les pavés de l'étroite rue Fortia, à Marseille, ils riaient et suaient, ils exposaient leur dos aux chauds effluves iodés qui montaient de la mer, dont on apercevait un bout à l'extrémité de la rue. Lacejambe jeta un regard furtif vers l'horizon qui s'enflammait au-dessus des toits. Précisément définie dans les vapeurs de chaleur, la ville changeait de couleur avec le déclin du jour. Ses façades de blanc cassé se teintaient de rose pastel. « Une particularité des cités orientales, lui avait dit son dentiste lors de sa dernière visite, qui changent de couleur avec les caprices du soleil. »

Lacejambe repensa à ses cheveux. Il bloqua les persiennes et courut vers le miroir. Il distingua le reflet violacé de ses mèches ordinairement rousses.

Bon, bon, bon.

Il ouvrit un tiroir et fouilla pour trouver une brosse. Il se coiffa et inspecta les cheveux restés accrochés sur l'instrument : violets. Des cheveux violets. Incroyable. Il lâcha la brosse et s'écroula sur le lit en rageant, en se maudissant. Il martela le matelas, comme un enfant que l'on empêche de jouer dans la boue. Malgré le bourdonnement qui assourdissait ses oreilles et achevait de le transformer en pile de colère, il entendit la porte de son appartement s'ouvrir et se fermer avec une nonchalance caractéristique.

Un clopinement cahoteux, le bruit d'une canne.

Fenby. Évidemment.

— Lacejambe ? Où êtes-vous donc, vieux gredin ? C'est Fenby qui est là. Oh, hello, Geoffrey Cook. Comment vont vos yeux ?

Le voilà qui recommençait son manège avec les animaux, et cet accent à couper au couteau. Lacejambe gueula un « Bonjour Fenby, j'arrive ! », sans conviction.

Dans le salon, B. Fenby avait suspendu son chapeau et

sa canne à la patère et caressait Geoffrey Cook, le koala, avec un regard où se mêlaient intimement tendresse et stupidité.

— Alors Geoffrey, avez-vous guéri cette malheureuse toux ?

Le koala se contenta d'émettre un bruissement rauque. Depuis près de deux ans, Geoffrey Cook hantait placidement le salon de l'appartement, perché sur un eucalyptus trop grand qui pliait sous un plafond trop bas. C'était un très beau koala, que Lacejambe avait ramené d'un voyage en Australie alors que le botaniste parcourait le monde pour parfaire sa science des fleurs oniriques – bien connues des aborigènes. L'animal s'était attaché à lui et, pendant toute la durée de son séjour, il ne l'avait, pour ainsi dire, pas quitté. Ses yeux tristes sur le quai, au départ de Lacejambe pour l'Europe, avaient convaincu le botaniste de le ramener en France. Interlocuteur privilégié des visiteurs sans cervelle, Geoffrey Cook ne servait strictement à rien et revenait une fortune à son propriétaire. Mais ses yeux verts, ces grandes billes ouvertes sur un formidable paysage du bout du monde, étaient d'une tristesse et d'une beauté infinies. Lacejambe aimait s'y perdre, et son cœur chavirait.

— Fenby... dit Lacejambe, qui sortait de la chambre en ruminant sa mauvaise humeur. C'est un koala, il ne parle pas votre langue.

Fenby s'avança pour serrer la main de son ami.

— Lacejambe ! Ah, je suis content de vous revoir ! C'est votre délicieuse concierge qui m'a dit que vous étiez rentré. Quelle nouvelle ! Alors, ce voyage ?

Lacejambe s'effondra dans un grand siège de paille aux motifs complexes, fidèle compagnon des moments difficiles.

— Épuisant.

Fenby s'assit sur le sofa, la mine réjouie.

Il se figea brusquement.

— Lacejambe, vos... vos cheveux...

— Oui, je sais, je suis désolé, dit-il, misérable.

— Ils... ils sont bleus !

— Bleus ?

Il leva les yeux pour tenter d'apercevoir une mèche puis il courut vers le miroir de la salle de bains. Ses cheveux étaient bleus. D'un superbe bleu marine. Devant sa stupéfaction, ils devinrent rouge pâle. Un effet secondaire étonnant. Le tout était de savoir combien de temps cela pouvait durer, la teinture de cheveux ne se portant pas très bien en société. Du moins, plus depuis le XVIIIe. Contrairement aux apparences, à ses frasques vestimentaires qui auraient fait rougir Casanova lui-même, Lacejambe était soucieux des conventions bourgeoises. Quelque part dans sa jeunesse, il avait vendu son âme à la Saison, aux salons, aux réceptions et aux dames défaillantes, peut-être plus par goût du paradoxe que par réelle affinité avec l'hypocrisie d'un milieu qui ne tarissait pas d'éloges sur les qualités de ce chercheur hors pair, botaniste, poète et musicien. L'ego de Lacejambe était démesuré et pourtant d'une sagesse incroyable, d'une ironie hilarante, d'une imprévisibilité quasiment géniale, et tout ce qui pouvait le flatter lui plaisait.

Il retourna dans le salon, ses cheveux d'un bleu profond. Fenby n'en croyait pas ses yeux.

— Lacejambe, qu'avez-vous fait ? Qu'est-ce que ces sauvages vous ont fait ?

Bertrand Lacejambe se renfrogna dans son fauteuil et prit quelques notes sur un calepin racorni. Bubastis, son chien, alangui près de la fenêtre, amorphe sous un rayon de soleil, leva le nez, grogna puis se rendormit en tournant doucement sur sa couche cousue main. Geoffrey Cook fit un autre bruissement et François, le mainate multicolore, enfermé dans une cage de rotin reliée par un câble au téléphone mural, se mit à claquer du bec.

Malgré son indolence et son indifférence au monde extérieur, Geoffrey Cook n'aurait jamais supporté d'être seul dans l'appartement. Au moins aussi inutile que le koala, Bubastis, chien à la race indéterminée, ne répondait pas à son nom, ne sortait jamais et préférait les tapis persans aux réverbères. Quant à François, oiseau caractériel, Lacejambe l'avait ramené d'un voyage en Malaisie. C'était un mainate, plus bigarré que la moyenne, capable de reconnaître la voix de son maître. Lacejambe l'utilisait pour récupérer les messages téléphoniques lors de ses absences. Malheureusement, il n'avait pas réussi à lui apprendre de retenir plus d'un message à la fois : chaque nouveau message effaçait le précédent, mais, et c'était déjà mieux que rien, la qualité d'enregistrement était parfaite.

Dans cette ménagerie, B. Fenby se sentit soudain très seul.

— Lacejambe ? dit-il, hésitant.

Le botaniste gribouillait dans son carnet, absorbé.

— Lacejambe ? gémit Fenby. Si vous me disiez ce qui se passe ? On vous a lancé un sort, n'est-ce pas ? On...

Il arrondit ses yeux.

— Non... attendez... je sais...

Il joignit ses mains :

— Alors ça y est ? Vous en avez vu une ? Elle vous a jeté un charme et vous changez de couleur, c'est ça ? Oh, mon Dieu, c'est le plus beau jour de ma vie !

Il se mit à danser dans la pièce, en levant la jambe comme une danseuse de petite vertu. Lacejambe lâcha son calepin et soupira :

— Fenby, Fenby, par pitié, calmez-vous.

Essoufflé, Fenby retomba sur le canapé, béat.

— Comment était-elle, Lacejambe ? Belle ? Avec de grandes ailes translucides et un nez en trompette ?

— Fenby...

— Laissez-moi deviner. Elle portait une tunique bariolée et... et des chaussons de satin ?

— Fenby...

— Non, je sais, c'était un troll ! Un grand troll monstrueux qui bougonnait. Vous lui avez marché sur le pied, n'est-ce pas ? Mais enfin, Lacejambe, dites quelque chose !

— Fenby, dit Lacejambe en se levant, ne vous emballez pas.

Il s'approcha et posa une main sur son épaule :

— Je suis désolé, *old chap*. Il n'y a pas de fée dans cette histoire. J'ai expérimenté une plante de là-bas et... ça s'est mal passé.

— Mal passé ? Mais qu'avez-vous fait ?

— Eh bien, pour tout vous dire, je crois que je l'ai fumée.

— Fumée ? La plante ?

Lacejambe s'avança vers le balcon du salon, ouvrit les volets et respira l'air de sa ville. Il sentit la fatigue se répandre dans ses membres. Quand il se retourna, ses cheveux étaient verts.

— Je vous assure, dit-il avec un faible sourire, que mes cheveux sont verts.

— Par quel prodige... ? balbutia Fenby.

Et Lacejambe ri.

— J'ai compris, Fenby. Mes cheveux changent avec mon humeur. J'ai fumé ce que les savants occidentaux nomment *Helio meralix*, plus connue en Orient sous le nom de papillon d'Arabie. C'est une racine qui pousse près de Bethléem. J'en avais entendu parler au cours d'un séminaire sur la communication entre les plantes. Je ne me doutais pas qu'elle pouvait aussi agir sur les humains.

Grâce à sa formule de l'*Éternelle jeunesse*, un produit de jouvence capable de conserver une fleur sans eau pendant près de deux mois (avec ses fréquents voyages, il ne pouvait pas faire sans), Lacejambe ramenait toujours d'incroyables plantes de pays reculés. Fenby avait tout vu, depuis la rose mauve du mont Olympe jusqu'à la fleur de coucou suisse.

— C'est incroyable, souffla Fenby, un rien déçu. Bethléem ? C'est là où le Christ est né, non ? Je croyais que c'était un désert.

— C'est ce qu'on veut bien nous faire croire. En fait, c'est un des sites envisagés par nos archéologues pour l'Éden originel. Vous savez, le paradis sur terre, les plantes qui parlent par couleurs et tout le reste...

— Et vous allez garder cela combien de temps ? C'est inconvenant pour un gentleman.

— Ah, Fenby, c'est vous le gentleman. Moi, je suis français. Eh non, encore désolé, *old chap*. Pas de fées.

Fenby baissa la tête et il y eut un silence. Lacejambe s'admira dans le reflet de la vitre, remit une mèche en place et prit une pose aguichante. Ses cheveux revinrent à nouveau au rouge pâle. Finalement, ce n'était pas si mal. Fenby l'observa s'admirer pendant quelques secondes.

— Lacejambe ?

— Hmm ?

Le botaniste continuait à se toiser dans le miroir.

— Je vais aller vous chercher de la teinture.

— Faites donc.

— Je vais chez Madame Marcelle. Elle en aura sûrement.

Madame Marcelle était une vieille prostituée qui habitait un petit appartement bien tenu en haut de la Canebière, pas très loin de la cathédrale des Réformés. Elle et Fenby étaient amis, en tout bien tout honneur, noblesse oblige. Ils partageaient les mêmes élans romanesques, la même vision ampoulée du monde, et passaient souvent leurs soirées, blottis près d'une fenêtre donnant sur les toits de la ville, à se raconter quelques histoires mystérieuses, tirées de revues obscures que Lacejambe avait appris à détester comme la peste, puisque, d'habitude, elles jonchaient le parquet de son salon après le passage de son assistant, et néanmoins ami, B. Fenby.

— Pensez à me rapporter du lait, s'il vous plaît, dit Lacejambe. J'en ai besoin pour François. Il est de mauvaise humeur sans son bol matinal.

Fenby remit son chapeau et ouvrit la porte d'entrée :

— Très bien... je vous apporterai ça ce soir, à votre laboratoire, n'est-ce pas ?

— Faites donc, faites donc, dit le botaniste en se brossant les cheveux en arrière.

Fenby poussa un soupir puis alla rejoindre la chaleur de la rue. Lacejambe le regarde s'éloigner dans les ruelles tordues, figure gauche et enfantine qui dodelinait et disparaissait dans la foule d'un petit marché.

Enjambant quelques revues que son ami avait laissées, Lacejambe alla jeter les pages en trop de son joli calendrier mural. Il arracha deux semaines depuis son départ. Sur chaque feuille, la description d'une fleur sauvage. *Lamium album*, *Lonicera periclymenum*, *Narcissus pseudonarcissus*, *Myrrhis odorata* et autant de *Trifolium pratense*, *Mironax moujik*, de *Scabiosa columbaria*, *Verbascum nigrum*. Il inspecta le tas, plia les pages plus utiles dans la poche de son gilet, un beau gilet aux reflets pourpres que lui avait offert la marquise de Bouffa, puis il jeta le reste aux ordures.

15 juillet 1897. Après deux semaines de voyage éreintan-

tes, Lacejambe revenait au bercail. S'il avait su quelle formidable aventure l'attendait, quel mystère monstrueux se profilait derrière l'ambiance ouatée de cette soirée d'été, quelle terrible conspiration cosmique il allait mettre à jour grâce à sa seule audace... il serait resté au lit. Au chaud sous sa couverture, tranquillement bercé par le chant de ses plantes préférées, il aurait rêvé d'aventures fictives où il ne serait jamais en danger.

Ses cheveux devinrent noirs. Il observa le calendrier et se figea en grinçant des dents. Son anniversaire était dans deux jours. Il se surprit à jurer puis alla passer une robe de chambre.

DERRIÈRE WESTMINSTER

Cette fois, songea-t-il, passé le choc des premiers instants, ils verront ses mains. De magnifiques mains de porcelaine, paumes tournées vers le ciel, comme pour recueillir la pluie.

— Oui, monseigneur, je l'ai trouvé ce matin, près du grand jardin.

— Calmez-vous, père Roland, calmez-vous. Vous êtes sûr que personne d'autre n'aurait pu le voir avant vous ?

Le père se signa :

— Seigneur, non. Je l'ai recouvert d'une petite bâche en vous attendant. C'est horrible... ses pauvres petites mains...

Il s'arrêta pour sangloter. L'archidiacre se tordit les doigts avec anxiété.

— Comment est-il ?

Le père sanglota puis reprit ses esprits :

— Mort.

— Mais dans quel état ?

— Mon Dieu...

— Si vous pouviez être plus explicite...

— Seigneur, je ne voulais pas voir cela, je n'étais pas prêt.

Sentant la colère monter en lui devant la lâcheté de l'ecclésiaste, l'archidiacre décida de continuer la route seul. Il laissa derrière lui un père Roland effondré sur une jardinière, égaré dans une prière.

L'abbaye de Westminster était un endroit béni pour la solitude. Derrière l'imposante façade se nichaient de nombreux passages et alcôves aux senteurs diverses. Bordés par des jardins ou débouchant sur de petites places ombragées, ils étaient un havre de paix pour le repenti et l'introspectif. Un promeneur solitaire, perdu dans ses pensées, déambulant dans cette petite ville aux arcades oubliées, pouvait sentir peser sur ses épaules le lourd héritage de siècles de grandeurs et d'ambiguïtés.

L'archidiacre Hamilton, lui, ne voyait en ces arrière-cours de Westminster qu'une trace indélébile du passage élisabéthain. Il observait, lors de ses prières funèbres qui l'entraînaient aux limites de son pessimisme, les moulures des réverbères, l'alignement cérémonial des demeures silencieuses qui bordaient les petits parcs bien tenus. Il écoutait les chants des oiseaux avec l'âme d'un historien, il tentait, en regardant ses sandales fouler ce sol béni, de savoir comment ses ancêtres, portés au pinacle d'une civilisation arrogante et dominatrice, auraient réagi à l'apogée de l'ère victorienne, où la religion n'était qu'un prétexte habilement utilisé pour appuyer les pulsions colonisatrices du pays.

Lors de ces promenades qui, avec le temps, prenaient des airs de rituel païen, il s'en voulait d'être ici. Plutôt que de servir de prétexte à la grandeur d'un empire, il aurait préféré, plus humblement, aider les artistes et les libraires réfugiés dans la cour de St. Paul alors que la culture prenait son essor, guérir les pestiférés et les lépreux qui encombraient l'histoire de l'Angleterre depuis le Moyen Âge et qui, sous le grand règne de la petite Victoria, devenaient plus rares que les conciles. Devenu le garant des traditions chrétiennes de la capitale, issu d'une jeunesse trop ambitieuse, trop pleine de rêves de grandeur et d'amour, l'archidiacre

Hamilton se mourait et s'en voulait d'avoir eu confiance en sa nation.

Deux rues à droite, la prochaine à gauche. Hamilton s'était préparé au choc, comme une ultime mise à l'épreuve. Passant sous une large voûte pavée, il s'avança sur la pelouse humidifiée par la rosée estivale. Une petite bâche recouvrait ce qui semblait être un corps d'enfant. Aucune mouche, aucun témoin. Et cela sentait plutôt bon.

Il s'approcha, enjamba la petite barrière de bois et s'accroupit à côté du corps. Une main dépassait de la bâche. Il la prit et la retourna. C'était une main d'enfant, blanche, tendre et douce. Il se la passa sur le visage, en une lente caresse. Il la guida le long des bosses et des creux de son visage que l'âge avait créé. Il étouffa une larme et serra la main sur son cœur.

Il souleva un bout de bâche. Un visage. Heureux, souriant, plongé dans la béatitude, les yeux fixant le ciel. L'archidiacre Hamilton leva les yeux à son tour. Un ciel bleu, sans la trace d'un nuage. Puis il ôta complètement la bâche. Et il hurla de terreur, il invoqua son Seigneur tout-puissant et recula à quatre pattes, gémissant comme un nouveau-né. Il trébucha, son chapelet de bois tomba à terre et le collier de perles qui le retenait émit une sinistre mélodie cristalline en se répandant sur les pavés. L'archidiacre hurla à nouveau et prit la fuite sous une arcade. Le bruit de ses sandales fit s'envoler quelques oiseaux.

Quelques mètres plus loin, dans un râle, il hoqueta, il porta la main à son cœur, il s'écroula, raide mort. Sur ses traits déformés par la terreur, on lisait un renoncement sournois. Puis, invisible dans l'air, une menace sourde s'échappa de son corps et alla rejoindre le ciel.

Le jeune homme triste s'avança sur le toit et observa l'attroupement de curieux qui s'était rassemblé derrière les cordons que la police avait tirés autour de la pelouse. L'archidiacre était mort, c'était malheureux et le jeune homme ne l'avait pas voulu. De toute façon, pensa-t-il, ce n'était pas bien grave. Malgré sa bigoterie, il l'avait mérité, mais il n'avait pas eu le temps d'être sanctifié. Son Dieu l'avait abandonné. Tant pis pour lui. Il avait finalement compris, à l'orée de sa mort, que toute sa vie il s'était trompé.

Le jeune homme rit, un peu trop fort, un rire quasi démoniaque qu'il exulta par colère. En bas, un badaud leva la tête, mit sa main sur son front pour repousser la lumière, et l'aperçut. Le jeune homme triste continua à rire, puis il se mit à pleurer. Le badaud appela un *bobby* et lui désigna l'homme qui se tenait sur le toit. Le policier mit à son tour ses mains en visière pour se cacher du soleil puis héla à la rescousse trois autres agents. Ils s'engagèrent sous les voûtes et rejoignirent les escaliers.

Le jeune homme triste sécha ses larmes, juste à temps pour voir les curieux lever des doigts vers lui. Il attrapa son sac en cuir et s'élança vers la crête du bâtiment. Les policiers débouchèrent derrière lui et le sommèrent de s'arrêter, de décliner son identité. Il les ignora, prit son élan, se lança dans le vide et s'accrocha à la tête d'une gargouille. Il se balança et retomba sur un autre toit, quelques mètres plus bas. Impressionnés, les policiers redescendirent en courant les escaliers pour l'intercepter. Le jeune homme triste parcourait les arêtes des édifices de bonds en bonds, s'agrippait aux colonnes, glissait le long des gouttières. Devant, l'imposante façade de Westminster surgit des vapeurs estivales. Un petit groupe de policiers l'avait suivi dans sa course. Ils étaient lents et maladroits et, si lui-même n'était pas très rapide, il pouvait les semer sans trop de problèmes. Il entendit, devant lui, des cris et une vive agitation. Une seconde grappe de policiers suant et armés faisait son entrée sur les toits, entourant la position du jeune homme triste. D'un bond, il se rattrapa à la pente d'une bathysphère et glissa vers une gouttière, puis il grimpa sur le flanc d'un pigeonnier. Quelques coups de feu crépitèrent et des éclats de pierres vinrent le frapper au visage. Il tomba sur une esplanade vide. À l'autre bout coulait la Tamise. Les policiers se rapprochaient en rang serré. Le jeune homme triste se maudit en tapant du pied. Ils allaient réussir à le coincer, parce qu'il avait laissé sortir sa haine. Il s'en voulait mais c'était trop tard. Il courut vers le bord de l'esplanade. Une balle le toucha au bras, le faisant chanceler, glisser et tomber vers une Tamise sale et grondante.

AU SUJET D'UN LABORATOIRE

Le laboratoire de Bertrand Lacejambe, botaniste, se trouvait quelques rues plus bas que Notre-Dame-de-la-Garde, traverse d'Olympe, sous une verrière aux vitres fumées, étouffante comme un chaudron, aussi encombrée qu'un souk marocain. Lacejambe s'y sentait bien. C'était son royaume, son refuge, son champ d'expérimentations. On y trouvait toutes sortes de choses : des râteliers d'Anubis, une pelle de Brocéliande, quelques anneaux de pousses mordorées, des trachytes virulentes (pour les mauvaises herbes), un lapin énochéen (empaillé), des champignons aux couleurs mouvantes, une mandragore non fertilisée, une rose des sables mauve, le squelette d'une baleine miniature, de nombreux livres parcheminés, entassés çà et là dans un ordre occulte, traitant d'horticulture, de champignons hallucinogènes, d'opiacés et de cuisine végétarienne orientale ; ou encore une machine en cuivre qui permettait de donner régulièrement de l'eau aux plantes en l'absence de leur maître – c'était une chose un brin complexe, l'œuvre d'un obscur ingénieur breton qui avait fini sa pauvre vie en créant des automates-prostituées pour la mairie de Vannes. Lacejambe lui-même n'avait pas encore tout à fait compris comment la machine pouvait fonctionner, sans source d'énergie ni mécanisme cohérent. Mais elle marchait, et c'était cela qui comptait.

... Et puis des allées pleines d'étagères aux bocaux hermétiques, quelques instruments de musique aux formes tordues qui restaient suspendus à des crochets de bois. Lacejambe, musicien expérimental qui n'avait jamais appris le solfège, aimait jouer devant ses fleurs. C'était le seul auditoire qu'il appréciait. Fenby le comparait, quand l'envie le prenait, à un Sherlock Holmes végétal. Lacejambe n'aimait pas cela du tout. Il n'appréciait pas la littérature à sensation et n'aimait pas non plus la lecture qui ne soit pas un enseignement. Fenby, lui, était friand de romans policiers, de littérature inutile et de romances. Ses origines anglaises – Fenby était un Londonien exilé en France – resurgissaient de temps à autre pour contrarier Lacejambe et le railler pour son intolérance littéraire.

... Ou encore des plantes à ne plus savoir qu'en faire. Tantôt resplendissantes, tantôt horribles, mais toutes, sans exception, bénéficiaient de l'amour paternaliste de Lacejambe, qui les considérait plus comme ses filles que comme ses esclaves, même s'il se présentait souvent comme étant leur maître. Il avait appris à se faire respecter, à se faire aimer. Bien sûr, il y avait des disputes, quelques accroches sans importance, qui permettaient à la communauté d'exhaler sa rancœur dans un effort collégial. Prenons le cas, par exemple, de la petite *Villut ecclesia*, une variété fort peu connue de *Filipendula vulgaris*. D'origine grecque, *Villut ecclesia* était une petite peste, pourrie gâtée par ses parents. Mais Lacejambe l'aimait de manière presque infantile, ce qui ne plaisait pas aux parents. Lacejambe avait eu quelques problèmes d'ordre moral avec eux, jusqu'au jour où la petite avait décidé de prendre la route et de quitter le pot familial. À contrecœur, Lacejambe la greffa avec une pousse de *Pertuis cosac*. Ils eurent beaucoup de bonheur et, à cette époque, ils passaient leurs journées à regarder le panorama de la ville près de la table de jardin.

— Voyez-vous, très chère...

Ses cheveux passèrent au bleu clair.

— ... je crois que le temps est venu pour moi de me remettre en question. Ce séjour chez les Batinis m'a fait le plus grand bien. Leur philosophie n'est pas la même que la nôtre. Ils ne considèrent pas la nature comme leur. Ils m'ont appris une autre forme de respect envers votre race. Chez eux, les plantes sont les incarnations des rêves de Dieu et c'est...

— Et vous m'accusez de parler aux animaux ? dit une voix depuis la porte d'entrée.

Lacejambe ne se retourna pas. Il avait reconnu le terrible accent. B. Fenby s'avança sous la verrière, élégant, comme à son habitude, costume étriqué et bedaine bien portante. Il avait un petit paquet sous son bras. Lacejambe reposa l'ecclesia sur un plan de travail en bois et épousseta son tablier.

— Je ne savais pas que vous passeriez si tôt. J'avais espéré avoir plus de temps pour retrouver mes petites.

— Je peux partir si vous le souhaitez.

Lacejambe fit un geste de la main :

— Non, non, je vous taquinais. Restez, vous êtes le bienvenu.

Lacejambe glissa ses gants dans une poche de son pantalon, et jeta son tablier dans un coin. Ils prirent place autour de la table de jardin en fer forgé au centre du laboratoire. Fenby lui donna deux bouteilles de lait et quelques petites boîtes de teinture rousse. Lacejambe prépara un thé à la menthe. Ils se délectèrent pendant de longues minutes, puis ils regardèrent la lune à travers la lucarne ouverte sur les odeurs nocturnes.

Reposant sa tasse, Fenby rompit le silence :

— Avez-vous vu l'oiseau, ce soir ?

Lacejambe but une gorgée de thé.

— Je crois qu'il ne sait pas que je suis rentré. Je n'ai pas pris la peine de l'en informer.

— Que croyez-vous que c'est ?

— Que voulez vous dire ? De quelle race il est ?

— Oui.

Lacejambe haussa les épaules.

— Je crois que c'est un ornithorynque, mais je n'en suis pas sûr.

— Un ornithorynque qui vole ? Et si c'était tout simplement un canard ?

— Sa queue est trop grosse. En fait, je ne crois pas que ce soit une race connue.

— C'est stupide, pourquoi viendrait-il vous voir, vous ?

— Je ne sais pas.

Depuis trois ans déjà, un mystérieux volatile venait rendre visite à Lacejambe, tous les soirs vers onze heures. Il restait à bonne distance, perché sur une cheminée. Il le regardait travailler d'un œil rouge et curieux. Lacejambe n'avait jamais pu s'en approcher, pas plus qu'il n'avait pu clairement le détailler. Dans les rues infestées de mouettes du quartier d'Endoume, un entrelacs de bâtiments biscornus et de petites traverses pavées plus étroites qu'une gouttière, la sagesse urbaniste qui s'était emparée du pays quelques années auparavant n'avait pas prise. Les maisons donnaient directement sur les rues, sans s'encombrer de trottoirs, les villas s'y entassaient suivant quelques angles improbables, faisant du quartier un étrange mélange de cité balnéaire italienne et de bazar oriental plombé de rocailles et d'arbres torturés. Suivre un oiseau dans ces rues était, sinon impossible, du moins improbable.

Lacejambe s'était souvent demandé si, au cours de ses enquêtes, il n'avait pas rencontré un dresseur d'oiseaux qui lui en aurait voulu pour une raison ou pour une autre et qui, chaque nuit, lui envoyait un messager de mauvais augure. C'était une possibilité, mais le seul dresseur d'oiseaux auquel Lacejambe avait jamais eu affaire était six pieds sous terre, après l'échec de la décoction que le botaniste lui avait vendue. C'était une histoire assez triste : le dresseur avait engagé Lacejambe pour fabriquer un parfum semblable à celui de ses oiseaux. Le botaniste, perdu dans une autre affaire plus complexe, avait forcé la dose et les oiseaux avaient dévoré le pauvre homme. Lacejambe ne s'en était pas voulu longtemps car il apprit, quelque temps plus tard, que le dresseur était ruiné et qu'il n'aurait jamais pu le payer. Fenby ne lui avait pas adressé la parole pendant trois mois.

— Mais vous êtes sûr que c'est vous qu'il regarde ? dit Fenby, faussement dubitatif.

— Vous voyez quelqu'un d'autre dans cette rue ? La pension pour aveugles d'à côté est dirigée par une vieille au moins aussi aveugle que ses résidents ; l'autre maison, de l'autre côté de la verrière, est censée être hantée et, dans ma verrière, il n'y a que des plantes. Alors ?

Fenby pesa soigneusement la réflexion.

— Et si c'était la cheminée ? dit l'Anglais.

— Quelle cheminée ?

— Cet oiseau, il se pose sur une cheminée.

Lacejambe le regarda de travers puis bondit sur ses pieds et le prit dans ses bras :

— Fenby, vous êtes un génie ! Je vais chercher mon manteau.

Fenby resta muet. Enfin, non, il tenta un timide :

— Vous n'y avez jamais pensé ?

Lacejambe revint avec sa veste en queue-de-pie et un grappin passé en bandoulière. Il avait pensé à tout. Il avait déjà prévu l'expédition. Depuis quand ? En grimpant sur un tabouret, il ouvrit la seconde lucarne, pour permettre aux deux hommes de monter sur le toit.

— Non, *old chap*, je n'y ai jamais pensé. Je suis botaniste, pas ornithologue.

PRÉPARATION D'UN THÉ

Extrait non daté du journal intime de Kevin Laird, récupéré par la police de l'État de Washington, le 19 septembre 1897.

Non, décidément non. Je ne comprenais pas ce qui se passait. Elle fronçait les sourcils pendant son sommeil et je n'ai jamais, jamais aimé cela. Quand, sous les paupières, ses yeux entamèrent un mouvement rapide, je sus que tout était joué. Je ne voulais pas voir ça, je ne voulais pas, je ne voulais pas que ça se termine comme ça, c'est comme une fatalité à laquelle personne ne croit.

Sauf moi.

C'était il y a trois mois, je la trouvais belle, je la croyais différente. Je pensais que les choses que je voyais n'avaient pas prise sur elle. Que son sourire ne pouvait subir les assauts terrifiants de ce que j'avais appris à connaître comme le Diadème.

Ce soir-là, pourtant, alors que je n'arrivais toujours pas à dormir, que je regardais son corps scintiller de sueur dans le clair-obscur de la chambre, un bout de drap pudiquement jeté sur ses formes, tandis qu'elle souriait en silence, attendant que je vienne l'embrasser, j'eus peur. Comment aurais-je pu lui faire confiance si je n'étais pas sûr ? J'éteignis ma pipe et regardai les lumières de la ville, blottie au cœur de la baie. Dehors, la nuit était chaude, elle berçait les fins rideaux blancs d'un paisible ressac, comme un contrepoint éthéré aux violents rouleaux qui s'écrasaient bruyamment sur la grève, quelques mètres plus bas.

Il fallait que je sache. C'était inévitable. J'allais le faire.

— Ma douce, dis-je en la réveillant, vaincu par mes craintes, que diriez-vous d'un thé ?

Elle se retourna vers moi et coula entre les draps, glissant sur le sommier avec la grâce d'un scalpel sur une peau nue. Ses yeux flamboyaient sous son épaisse chevelure rousse et je crus qu'elle allait me dévorer. J'eus un frisson. Elle devait être différente. Il ne pouvait pas avoir d'emprise sur elle.

— Qu'avez-vous dit, mon doux ?

Je lui caressai les cheveux, l'air absent, puis me levai et me dirigeai vers la petite cuisine aménagée dans un coin de la pièce. Je fis bouillir l'eau. J'y ajoutais de zestes de citron et ne cessai de la remuer sur le petit feu que j'avais allumé. Je beurrai les deux tasses, puis les fis chauffer au four pendant quelques minutes, le temps que l'eau bouille.

Elle me dévorait du regard, elle était fascinée. Je lui souriais. Tout va bien se passer, ma douce. Tout ira bien. Au réveil, tu seras saine et sauve, nous serons heureux et tu seras épargnée parce que je l'ai voulu ainsi et que ta destinée t'appartient.

La théière siffla, et j'y versais trois cuillerées, pas moins. L'infusion dura quelques minutes. Je rajoutai une pointe de coriandre. Je sortis les tasses du four et les remplis du liquide ambré. Je mis les deux tasses sur un plateau et le déposai sur la grosse couverture du lit.

Elle s'assit en tailleur et prit sa tasse à deux mains.

— C'est chaud, me dit-elle, un sourire en coin.

Je mis un doigt devant ma bouche.

— Chut. Attends avant de boire. Nous devons boire en même temps, pour lier nos rêves.

Elle rit.

— Comment savez-vous autant de choses sur le thé en Amérique ?

Je me contentai de sourire.

— Maintenant, buvons, dis-je en regardant par-dessus ma tasse pour voir si nous étions synchronisés.

LES TOITS DE MARSEILLE

Les deux hommes se glissèrent hors du laboratoire. Dans la journée, les toits regorgeaient d'amoureux et de vagabonds poètes, fascinés par la beauté du panorama et la tranquillité des lieux. La nuit, ces mêmes lunatiques optaient pour la rue, car, à Marseille, les nuits sont fraîches et les étoiles brûlantes. Lacejambe repéra la cheminée et la désigna à Fenby. C'était une cheminée banale, un peu tordue et noircie par la fumée de ses propriétaires. Elle se dressait seule sur le flanc d'un toit décrépi. Les deux hommes progressèrent en silence. Fenby glissa sur une tuile, étouffa un juron puis accrocha sa canne à la gouttière du bâtiment. Il remonta en suant puis s'assit et s'essuya le front avec son mouchoir. Lacejambe s'accroupit furtivement à ses côtés, pointant son doigt vers un toit, de l'autre côté de la rue.

— Regardez, souffla-t-il.

Les yeux embués, Fenby plissa les paupières et focalisa son attention sur un détail bleu qui saillait de la paroi de la maison. C'était une fleur, qui avait poussé entre les briques, et qui se tenait fièrement sous le clair de lune. Fenby n'en avait jamais vue d'aussi bleue. Les cheveux de Lacejambe virèrent au vert vif, vif, vif.

— C'est un edelweiss, murmura Lacejambe.

Fenby le regarda par-dessus son épaule. Une flamme dansait dans ses yeux noirs.

— Vous l'admirez ? demanda Fenby en fronçant les sourcils.

Lacejambe força un petit sourire :

— Oui, je l'avoue. Mais j'aurais préféré le détester.

— Pourquoi ? Qu'est-ce qui se passe ?

Lacejambe se releva et commença à enrouler la corde du grappin autour de son coude.

— Parce que, dit-il avec un effort, je n'aurais pas eu à aller le chercher.

Le regard de Fenby alla de la fleur à Lacejambe, puis de Lacejambe à la fleur.

— Quoi ? Qu'est-ce que vous voulez dire ? Ne me dites pas que vous allez...

— Ne bougez pas, dit-il en ôtant sa veste, j'en ai pour une minute.

Lacejambe jeta le grappin, qui s'accrocha à la girouette du bâtiment d'en face. Il noua la corde derrière lui, au crochet d'un auvent, il tira dessus pour éprouver sa résistance et ôta sa veste. Il s'y suspendit et, à six mètres du sol, traversa rapidement la rue. Une fois sur l'autre bâtiment, il se hissa jusqu'à sa crête et rejoignit doucement la fleur. Assis sur le faîte du toit, il tira un gant de sa poche, se mordit la langue pour éviter tout souffle et avança une main tremblante. Il cueillit la fleur avec grâce et savoir-faire, proprement, en prenant bien soin de ne pas égratigner les racines implantées dans les tuiles. Il tira des petits ciseaux de la poche de sa veste et coupa les pousses mortes qui entouraient la fleur.

Fenby était fasciné par le spectacle. Observer Lacejambe opérer calmement dans les ténèbres, parfaitement découpé dans la nuit, était paradoxalement un repos pour l'âme et les nerfs. Lacejambe admirait la plante, et Fenby admirait Lacejambe. C'était comme cela depuis qu'ils se connaissaient. C'était pour ça que Fenby ne le quitterait jamais. La précision parfaite, l'amour inconditionnel.

Aussi le bon Fenby ne vit-il pas cette ombre s'avancer doucement dans son dos, cette menace silencieuse, cette main graisseuse qui le saisit pour le bâillonner.

Sur l'autre toit, Lacejambe mit la fleur dans la large poche de sa veste et commençait à rebrousser chemin quand il aperçut les godillots. C'étaient de grosses chaussures noires, usées par le ciment. Il y en avait une, deux, trois... quatre paires. Et autant de pieds, de jambes et de torses. Quatre visages de ramoneurs hargneux, couverts de suie, déformés par la haine et les dents cassées. Lacejambe fit un bond en arrière, glissa sur la pente du toit et s'écrasa miraculeusement dans la gouttière. Il cria :

— Fenby, fuyez ! Des ramoneurs !

Mais Fenby n'entendit rien. Gras et crachoteux, le ramoneur qui le retenait éructait :

— Alors, gros bourgeois, on veut voler nos merveilles ?

Fenby lui donna un coup de talon sur le pied. Le ramoneur hurla et le lâcha. Fenby se retourna et lui envoya un crochet du droit, qui l'envoya valdinguer par-dessus la crête du bâtiment. Le ramoneur essaya bien de se rattraper au rebord d'une fenêtre saillante, mais son geste avait été trop lent. Ahuri, il bascula dans le vide. Son adversaire hors de combat, Fenby se rua vers le bord et, avec de grands signes, cria à Lacejambe de le rejoindre.

Le botaniste vit que ses ennemis arrivaient sur lui. Il sauta et s'agrippa à la corde qui reliait les deux maisons entre elles. Il défit sa ceinture, la passa autour du filin et se mit à glisser en hurlant. Fenby eut un petit cri en le voyant heurter les tuiles avec un bruit rauque. Au bord du toit, les quatre poursuivants s'arrêtèrent de courir. Le plus grand, dont la dentition ressemblait à une butte de Waterloo, s'avança en regardant la corde d'un air intrigué. Il devait la croire piégée. Ôtant sa casquette, il dit :

— Messieurs, bien le bonsoir.

— Bonsoir ! cria Lacejambe en remontant vers Fenby.

— Rendez-nous la fleur.

— Elle n'est pas à vous ! dit Lacejambe. Elle appartient à la science !

— Ne dites pas de bêtises. Vous savez que nous en avons besoin ! dit le ramoneur.

— C'est le premier qui voit qui prend ! dit Fenby.

Lacejambe lui lança un regard diagonal :

— Fenby...

Fenby baissa la tête.

— Pardon.

Les ramoneurs se consultèrent un instant, puis le plus grand s'avança.

— Allez, ça suffit maintenant ! Rendez-nous la fleur !

— Allez vous faire voir !

— Même si on vous le demande gentiment ?

— Jamais ! hurla Lacejambe qui, déjà, entraînait Fenby vers les lumières rassurantes du laboratoire.

Il savait qu'une fois à terre les ramoneurs ne pourraient plus rien contre eux.

— Puisque c'est comme ça...

Le grand ramoneur mit les doigts dans sa bouche et siffla violemment, il se décolla du sol en suivant de multiples fréquences subtiles et insolites. Les autres ramoneurs commencèrent à danser, doucement d'abord, puis frénétiquement, avec leurs grandes jambes en accordéon, ou en entrechats. Il y eut une longue plainte, un long hululement. Puis Lacejambe entendit les grognements. Quelque chose sortait des cheminées.

— Nous avons un problème, Fenby.

— Encore des ramoneurs ?

— Non. Pis.

En un éclair, Lacejambe recula vers le bord du toit et tint la fleur au-dessus du vide. Les ramoneurs s'arrêtèrent de danser. Certains avaient sorti leurs grappins et s'apprêtaient à traverser l'espace qui les séparait de la fleur. Lacejambe fit mine de jeter la fleur vers la rue. Le grand ramoneur cria :

— Non ! Stop !

— Rappelez vos mignons, ou je lâche la fleur !

— Elle en mourra, vous le savez !

— Alors laissez-nous partir !

— Nous avons besoin de cette fleur pour vivre, vous le savez !

— Qu'allons-nous faire, Lacejambe ? frissonna Fenby. Nous sommes en mauvaise posture.

Tenant toujours la fleur au-dessus du vide, Lacejambe inspecta les alentours. De l'autre côté de la rue, les ramoneurs continuaient à danser, d'ailleurs plus du music-hall que du ballet classique, mais c'était leur manière de chanter. Lacejambe savait ce qui allait sortir des cheminées s'il ne trouvait pas très vite une idée. Des rongeurs de suie, la hantise du bourgeois. On n'engage pas un ramoneur pour nettoyer une cheminée mais pour éviter que les rongeurs n'entrent dans les maisons et ne ravagent les salons. Les ramoneurs avaient appris à monnayer leurs services car eux seuls savaient comment contrôler ces mystérieuses créatures que personne n'avait jamais vraiment vues. Qui pouvait prétendre connaître les liens mystérieux qui liaient les ramoneurs aux rongeurs de suie ? Lacejambe se mordit la langue. Il mourait d'envie de voir un rongeur, mais savait qu'il n'y survivrait peut-être pas.

— Lacejambe, je vous en prie, donnez-leur la fleur. Peut-être que nous en trouverons une autre plus loin.

— Non, Fenby, je ne céderai pas. Ce sont des criminels. Je ne m'abaisserai pas.

Fenby observa les ramoneurs sur l'autre toit. Leurs yeux brillaient d'envie, mais ils avaient l'air de pauvres hères. Vêtus de guenilles noires rapiécées et trop courtes, leurs foulards étaient déchirés, égratignés par le frottement de briques trop pointues. Ils étaient tristes, ils n'avaient jamais touché terre et l'edelweiss était peut-être, d'une manière dont Fenby ne savait pas grand-chose, leur seul moyen de retrouver les sensations vitales d'un homme marchant sur une terre ferme. Peut-être, par une pirouette florale incroyable, le fait de pousser sur une montagne représentait-il à leurs yeux la seule façon de bien sentir la terre sous leurs pieds, la puissance de la planète et sa majesté. Communiant avec la fleur, les ramoneurs pouvaient éprouver, à nouveau, les sensations d'un véritable Terrien. Fenby les prit en pitié. Ils étaient là, franchement inquiets, se rongeant leurs ongles noirs, tachés de crasse et de sang. Qui savait quels sentiments, quelles curieuses nécessités se cachaient derrière ces visages de parias ?

— Lacejambe, donnez-leur cette fleur.

— Fenby, ne vous laissez pas attendrir.

Mais c'était trop tard, Fenby avait pris sa décision. Avec

une rapidité qui étonna même Lacejambe, il s'empara de la fleur et la goba. Lacejambe cria :

— Eh, Fenby, attendez, ne vous emballez pas !

Il mâchouilla en reculant, parce que Lacejambe s'approchait, une méchante flamme dans les yeux.

— Fenby, n'avalez pas, ou je jure que je vous étrangle.

Puis Fenby recracha, à travers le fossé, entre les deux bâtiments. La boule de fleur pleine de salive s'écrasa sur l'autre toit. Frénétiques, les ramoneurs oublièrent leur invocation et se ruèrent vers elle, pour la déplier en ouvrant grand les yeux. Fenby tira Lacejambe par la manche. Le botaniste se retourna et, sans la moindre once de colère sur ses traits, dévisagea Fenby :

— *Old chap*, vous fûtes très bête. Et si je vous disais que...

Mais avant qu'il ait pu finir sa phrase, un ramoneur hurla et montra le ciel. Tout le monde regarda en l'air. Une forme se découpait sur les étoiles. Un oiseau.

— Il a attendu tout ce temps pour attaquer ? persifla Lacejambe, sentant quelque chose de tout à fait désagréable grimper le long de sa colonne vertébrale.

Quand il déployait ses ailes, l'animal était finalement assez immense et ressemblait à tout sauf à un canard ou à un ornithorynque. Il fonçait, le regard en feu, vers Lacejambe et Fenby. Les deux hommes clignèrent des yeux et quand les serres de l'oiseau, qui n'avaient rien de palmes, allaient se refermer sur eux, ils crièrent, bondirent s'accrocher au grappin, esquivant l'assaut de justesse. L'oiseau croassa, passa en vrombissant autour des ramoneurs en fuite et s'éloigna pour refaire un piqué sur ses deux proies suspendues.

La rue était bien dix mètres en dessous.

Sauter aurait été un suicide.

— Lacejambe, si on saute, c'est un suicide !

— Cela dit, avez-vous une autre solution ?

L'oiseau fondit sur eux à la vitesse d'une locomotive sans conducteur. La vie de Fenby passa devant ses yeux à la même vitesse. Une valse. Des rires. Des crécelles. Il esquissa une prière qu'il rapatria de son enfance, puis balbutia et s'empêtra dans ses versets. Jusqu'au dernier moment, il avait cru que les ramoneurs, impressionnés par son geste noble et généreux, viendraient le sauver. Mais les lâches s'étaient éparpillés en piaillant, terrifiés. Fenby se dit que, finalement, il allait mourir déçu par le genre humain.

C'était sans compter la légendaire, et parfaitement suicidaire, sagacité du botaniste. Alors que la mort était proche, Lacejambe eut un rire machiavélique et, avec un geste d'une rapidité déconcertante, trancha la corde avec le couteau d'ivoire qu'il gardait dans la manche gauche de sa chemise. Fenby ne comprit que trop tard.

Le filin se détendit avec un *sckoïng* détestable et les deux hommes furent précipités vers les lumières du laboratoire en hurlant. Les serres de l'oiseau claquèrent dans le vide. Toujours attachée de l'autre côté, la corde se tendit à nouveau à quelques mètres du sol, avec un hideux *boïng*, et, trop vite pour lui, Fenby vit s'approcher la verrière.

LE CONCLAVE

Au même moment, un conclave se réunissait au sommet de Big Ben. Les rouages soigneusement huilés glissaient les uns sur les autres avec une langueur irréelle. À travers le verre de l'horloge, où sont gravés, en chiffres romains, les chiffres qui dirigent l'Empire, la nuit se colorait d'un jaune ivoire et luisant. En relevant le nez vers l'imposant mécanisme qui actionne les aiguilles de l'horloge, on manquait de basculer en arrière, pris de vertiges et d'admiration. Dehors, Londres dormait paisiblement, bercée par les lumières bienveillantes des tours dorées du Parlement. Quelques fiacres se hâtaient pour amener les couples retardataires aux théâtres de Picadilly, où les pièces avaient déjà commencé.

Il était vingt heures vingt minutes et ils étaient huit. Il y avait le Dr Felix Grup, aliéniste français réputé compétent, Martin Fix, un inspecteur de Scotland Yard, et Japheth Gibbs, inspecteur de police à Marblehead, Salomon Jubly, pasteur anglican, ou encore Donal Popky, milicien de Dublin, Jasper Julien, un journaliste au bras long, et Tallulah Grove, fleuriste sur Trafalgar Square, et enfin Franz Schlorsky, gardien du mécanisme de Big Ben. Ils s'étaient tous assis autour d'une table improvisée sur un rouage en réparation, et se faisaient passer les photogrammes des meurtres dans un silence glacial. Quand Schlorsky reposa les clichés avec un couinement, Grup se leva, toussa un coup, et annonça, dans un anglais approximatif, sa décision d'engager Sherlock Holmes.

— Sherlock Holmes ? s'exclama Popky. Il n'existe pas !

— Mais bien sûr qu'il existe ! dit Grup.

— Popky a raison, appuya Jubly. Il semblerait même que le 221b soit aussi une invention.

— Ah bon ? fit Grove avec tristesse. Pourtant, je lui ai déjà écrit trois lettres.

Elle réfléchit un court instant.

— C'est vrai qu'il ne m'a jamais répondu.

— Vous êtes naïve, dit Jubly avec dédain.

— Naïve ? Si j'étais naïve, vous ne m'auriez pas appelée.

— On ne vous a pas appelée pour votre sagacité, mais parce que vous êtes fleuriste.

Il y eut un autre silence. Julien se curait les dents avec une épingle en argent. Agacé par le bruit, Grove lui lança un regard vénéneux, auquel il répondit par un baiser. Elle rougit.

— Et si Holmes n'existe pas ? dit Grup. Qu'allons-nous faire ? Les services de police internationaux ont déjà prouvé leur incompétence. Holmes est le seul à pouvoir nous aider.

— Peut-être Watson... dit Popky plein d'espoir.

L'inspecteur Gibbs secoua la tête.

— Non, non. Je crois qu'aucun des deux n'existe.

— J'avais entendu dire que notre reine elle-même avait demandé ses services pour une histoire de bijoux volés.

— Non, Miss Grove. Votre reine en a effectivement fait la requête, mais personne n'y a accédé. Aussi n'a-t-elle jamais retrouvé ses bijoux.

— Comment s'appelle le monsieur qui retranscrit les faits de Holmes ? Blayle ? demanda Grup.
— Boyle, dit Gibbs.
Julien répondit sans relever les yeux :
— Doyle. Conan Doyle.
— Oui ! dit Popky. C'est ça !
— Un faiseur ! répliqua Grove avec un piaillement qui fit taire tous les autres.
Elle rougit puis se renfrogna en murmurant :
— Je sais que M. Holmes existe. Une amie m'a dit l'avoir rencontré.
— Où ? interrogea Julien avec un sourire.
Elle passa un bout de langue sur ses lèvres puis baissa les yeux et observa la poussière à ses pieds :
— Eh bien, en fait, je ne suis pas très sûre...
Les autres poussèrent un soupir et se renfrognèrent à nouveau. Gibbs osa :
— Eh bien ?
— On ne peut pas rester là comme ça, dit Jubly.
— Oui, il faut faire quelque chose ! dit Popky.
— Vous avez raison, il ne sert à rien de rester assis sur nos chaises sans rien faire. Il en va de la vie d'êtres humains ! cria Grup.
— Le docteur a raison, nous devons agir ! dit Grove.
— Agir, c'est le mot ! Bravo chère amie ! répondit Grup.
— C'est le mot, oui. Il n'y en a pas d'autre ! affirma Jubly.
Il y eut un long, horrible, silence. Quelqu'un toussa, puis s'excusa. Shlorsky se leva pour aller surveiller le mécanisme de l'horloge. Alors, c'était un mécanisme très intéressant, fait de grands engrenages de laiton, unis entre eux par de savants cordages et une subtile connaissance mécanique. Il faisait *clicliclicliclicliclic*, et puis *tictactictactictactictac*. Il avait rendu fou bon nombre de gardiens avant Shlorsky. Certains s'étaient suicidés en s'accrochant aux aiguilles, en attendant que celles-ci, sonnant minuit sur l'Empire, leur coupent la tête avec un petit *clac* misérable, goutte d'eau dans un océan de clics.
Shlorsky n'était pas encore fou. Du moins, pas à cause de l'horloge, la grande H, comme certains s'amusaient à

l'appeler. Shlorsky ne faisait même plus attention aux bruits de l'habitacle qui était devenu son repaire. Deux jours avant la réunion du conclave, il avait retrouvé, couché dans son lit, le cadavre de Lily, la prostituée à qui il louait la remise où s'entassaient les rouages et les aiguilles de remplacement.

Ce soir-là, il s'était demandé pourquoi Lily n'avait pas éteint sa bougie. Peut-être était-elle malade, incapable d'aller travailler. Doucement, Schlorsky avait entrebâillé la porte du cagibi. La lumière des bougies tissait des ombres gracieuses, recréant, en s'écoulant sur les parois, la forme des aiguilles et l'aspect macabre des créneaux d'engrenage. Le lit était défait et Lily dormait en souriant. Un drap la recouvrait chastement, avec délicatesse. Shlorsky s'était approché, d'abord amusé, puis inquiet. Lily fixait le plafond avec un rictus dérangeant, qui confinait à la folie. Puis Shlorsky avait aperçu la tache de sang. Pas plus grande qu'une tête d'aiguille, elle s'agrandissait sous le drap. Il avait tiré d'un coup sec sur le linge. Puis il avait reculé, était tombé sur les genoux, s'était signé dans le mauvais sens et avait fui pour trouver du secours. La rue était déserte et les gens l'avaient regardé comme s'il était fou.

La voix stridente de Julien le tira de sa rêverie.

— Schlorsky ? Qu'est-ce que vous faites ?

— Je remonte le mécanisme, dit Schlorsky en actionnant un levier.

— Nous débattons ici d'une grave question, dit Julien.

— Vous êtes un témoin, comme nous tous. Vous avez votre rôle à jouer, dit Jubly.

Marmonnant dans sa barbe, Schlorsky revint à la table et croisa les bras, boudeur. Julien le toisa, puis lui fit un clin d'œil. Fix attendit que le calme revînt puis ouvrit le dossier devant lui.

— Ceci, messieurs, mademoiselle, est strictement confidentiel. J'accepte de le soumettre au jugement de notre conclave, vu l'état d'urgence de la situation. C'est le témoignage sous serment de plusieurs personnes de la cité de Londres, Angleterre.

— Un témoignage sur quoi ? demanda Jubly, intéressé.

— Sur le tueur.

Un murmure impressionné parcourut l'horloge.

— En fait, il semblerait que le tueur ait été là pour voir si le cadavre était retrouvé, comme il le souhaitait, dit Grup. Je pense, mais ce n'est qu'une conjecture, évidemment, que cela faisait partie de son plan. Jusqu'à présent, les victimes sont toutes retrouvées disposées dans une posture semblable, presque comme dans un théâtre de marionnettes... Vous savez, Punch et Judy.

— Eh bien ? dit Julien, qui commençait à sentir la fibre éditoriale monter en lui.

— Le tueur veut être là pour voir comment le cadavre est réarrangé. Il est là systématiquement quand la police vient relever les indices.

— Comment pouvez-vous en être sûr ? Nous jouons ici avec la vie d'êtres humains, pas au backgammon, lâcha Grove avec anxiété.

— Calmez-vous, Miss, calmez-vous... Nous avons des preuves.

Étonnement général.

— Des preuves ?

— Oui, ajouta Fix d'un air détaché. À Westminster, il a été vu et poursuivi sur les toits de l'abbaye.

— Ce pouvait être n'importe qui, répliqua Schlorsky.

— Non. À la fin de la poursuite, il s'est jeté dans la Tamise. Nous ne l'avons pas retrouvé, mais nous avons découvert son sac, flottant pas très loin. La sangle s'était brisée lors de son plongeon, plutôt raté d'ailleurs.

Fix sortit de sa valise quelques dessins qu'il lâcha sur la table.

— Ceci, dit-il, fier de lui, est le sac du tueur.

Sur les dessins était représenté un petit sac en bandoulière anodin qui, s'il n'avait pas été celui d'un tueur, aurait été celui d'un écolier. Jubly releva ses grands yeux pieux, pleins de pitié et de compassion :

— Mais mon fils, comment pouvez-vous être sûr que c'est celui du tueur ? Ce sac pourrait appartenir à n'importe qui.

— On dirait le sac d'une petite fille, dit Grove.

— Ou d'un écolier, dit Gibbs.

— C'est juste. Regardez ce que l'on y a trouvé.

De sa sacoche, il tira une petite enveloppe. Il la tendit à Julien qui essaya de déchiffrer ce qu'il voyait à l'intérieur. Enfin, il réussit à définir ce que c'était. Du moins de quoi ça avait l'air. Ahuri, il fit passer l'enveloppe à sa droite, et ainsi de suite, jusqu'à ce qu'elle revienne à Fix. L'inspecteur la rangea et posa les mains sur la table.

— Le sac du tueur était rempli de ces curieuses petites choses.

Popky, le frère de la petite Molly, celle qui avait été tuée dans sa maison de campagne, près de la falaise de Killgery, articula lentement, en pesant soigneusement ses mots :

— Qu'est-ce que c'est que ce nom de Dieu de truc ?

Jubly fit les gros yeux et Popky se signa. Le blasphème n'alla pas plus loin. Fix prit son inspiration et déclara :

— On n'en sait fichtre rien.

Il y eut un murmure d'approbation. Julien fit la moue :

— Vos services sont remarquables, Fix.

— Excusez-moi si je me trompe... minauda Grove.

— Quelqu'un aurait-il une idée brillante ? dit Fix, vexé.

— Pourquoi est-ce une preuve que c'est notre tueur ?

Fix sourit, un sourire à défoncer à coups de poings. Il invita Gibbs à prendre la parole. L'Américain se leva et ouvrit une petite boîte en carton qu'il avait tenue jusque-là cachée dans son veston. Il montra le contenu à l'assistance, tétanisée par la curiosité.

— Mon Dieu, que c'est étrange, siffla Grove.

— Que c'est curieux... C'est comme le... là... la chose que vous venez de nous montrer, dit Popky.

— Oui, mais c'est fait avec un autre matériau... dit Julien en s'avançant sur la table pour mieux voir l'intérieur de la boîte.

— Exact, dit Grove. Il y a de l'herbe, un bout de bois... et une épingle à cravate !

— Incroyable, souffla Jubly.

— Où avez-vous trouvé ceci ? demanda Julien en se rasseyant.

Gibbs referma la boîte et la posa sur la table.

— Sur une colline qui surplombait l'endroit où l'on a retrouvé la première victime, Jasmine Verdi.

La révélation souffla ce qui restait de cohérence à l'assistance. Toujours à l'affût, Julien persista :

— Le tueur aurait très bien pu jeter le sac dans la Tamise après avoir tué le petit Jonathan. Le pauvre bougre, celui qui était sur le toit et qui n'était peut-être pas le tueur, qui s'est jeté dans la Tamise, n'a pas eu de chance, et on croit que c'est lui le tueur.

— Il y a de ces coïncidences, dit Grove, songeuse.

— Je trouve ça franchement tiré par les cheveux, maugréa Schlorsky.

Tout le monde s'accorda, dans un long silence étriqué, qu'il fallait faire quelque chose. Et vite : on ne connaissait pas les motivations du tueur. La presse s'emballait et la police devenait subitement lâche et impatiente. La nécessité d'un conclave comme celui qui, ce soir-là, se réunissait à Big Ben, était devenue inévitable.

— Tout le monde compte sur nous, dit Jubly.

— Mais personne ne nous connaît ! dirent les autres en chœur, serrés autour de la table.

— Nous devons nous faire connaître !

— C'est essentiel !

— Capital !

— Il nous faut une légitimité !

— Oui ! Appelons Sherlock Holmes !

Puis il y eut des cris, des insultes et des bagarres.

UNE VALSE

Reprenons... Ils traversèrent la verrière avec fracas. Ce fut une cacophonie, un boucan de tous les diables, et c'est Fenby, le premier, qui hulula de douleur. À quatre pattes, Lacejambe jubilait :

— Incroyable ! Incroyable, c'est incroyable ! Vous avez vu ça, Fenby ?

— J'ai... mal, Lacejambe.

— C'est dément ! Ce démon veut nous dévorer !

Il se redressa et s'avança vers la fenêtre pour observer l'envol de l'oiseau. La créature libéra ses grandes ailes disproportionnées au-dessus des maisons et s'éloigna rapidement vers la lune. Le visage illuminé par les lumières du voisinage, Lacejambe étouffa un juron puis se retourna vers Fenby.

— Incroyable, Fenby, incroyable. Vous vouliez voir une fée, en voilà une.

— Ce n'est pas une fée, Lacejambe. C'est... c'est une chose horrible.

— Vous n'y êtes pas. Cette chose est magique.

— Et moi, je dis que c'est un oiseau normal, comme vous et moi, et qu'il s'est transformé en entrant en contact avec les déchets de votre laboratoire. Ne riez pas, j'ai déjà entendu des choses pareilles ! Vous fabriquez ici des choses qui ne devraient pas être autorisées !

— Elles ne le sont pas.

Lacejambe s'éloigna pour aller chercher son encyclopédie zoologique. C'était un vieux bouquin effeuillé qui devait dater de l'an mil et qu'il tenait de son grand-père Anatole, qui était à l'origine de sa vocation – un portrait de pépé Anatole trônait d'ailleurs dans l'appartement de Lacejambe, rue Fortia. C'était un homme au physique de garde-chasse, ce qu'il avait été de son noble vivant. Les joues bien rouges, comme deux fruits mûrs, il avait veillé sur une petite forêt pas très loin de Rennes. Il avait appris à connaître chaque plante, chaque arbre, chaque animal par son prénom. Lacejambe avait hérité de son don pour l'empathie végétale. Quand il lisait, Lacejambe chaussait les grosses bésicles de son papa et affectionnait une lueur tamisée, à la limite des ténèbres. Il lut pendant quelques heures.

Fenby commença à ranger la pièce pour se changer les idées. Il était choqué et furieux du comportement irresponsable de son ami. Les fées sont douces, fleuries, élégantes. Les ramener à un vulgaire oiseau était un comportement pervers, vicieux, hérétique, totalement disgracieux. Si la reine Mab entendait...

Fenby cligna des yeux, ouvrit la bouche pour, finalement, ne rien dire. Les vers de Shakespeare lui revinrent en mémoire, comme pour se rassurer sur le bien-fondé de ses croyances. Il se mit à chanter doucement, pour lui-même, audience silencieuse des jours solitaires :

— Oh, je vois bien ! La reine Mab vous a fait visite. Elle est la fée accoucheuse et elle arrive, pas plus grande qu'une agate à l'index d'un alderman, traînée par un attelage de petits atomes à travers le nez des hommes qui gisent endormis. Les rayons des roues de son char sont faits de longues pattes de faucheux ; la capote, d'ailes de sauterelles ; les rênes, de la plus fine toile d'araignée ; les harnais, d'humides rayons de lune. Son fouet, fait d'un os de grillon, a pour corde un fil de la Vierge. Son cocher est un petit cousin en livrée grise, moins gros de moitié qu'une petite bête ronde tirée avec une épingle du doigt paresseux d'une servante. Son chariot est une noisette, vide, taillée par le menuisier écureuil ou par le vieux Ciron, carrossier immémorial des fées. C'est dans cet apparat qu'elle galope de nuit en nuit, à travers le cerveau des amants qui alors rêvent d'amour, sur les genoux des courtisans qui rêvent aussitôt de courtoisies, sur les doigts des gens de loi qui aussitôt rêvent d'honoraires, sur les lèvres des dames qui aussitôt rêvent de baisers ! Ces lèvres, Mab les crible souvent d'ampoules, irritée de ce que leur haleine est gâtée par quelque pommade.

Il attendit que la musique passe tranquillement, puis il alla regarder la nuit à travers le verre du laboratoire.

— Tantôt, reprit-il, elle galope sur le nez d'un solliciteur, et vite il rêve qu'il flaire une place ; tantôt, elle vient avec la queue d'un cochon de la dîme chatouiller le nez d'un curé endormi, et vite il rêve d'un autre bénéfice ; tantôt, elle passe sur le cou d'un soldat, et alors il rêve de gorges ennemies coupées, de brèches, d'embuscades, de lames espagnoles, de rasades profondes de cinq brasses, et puis de tambours battants à son oreille ; sur quoi il tressaille, s'éveille, et, ainsi alarmé, jure une prière ou deux, et se rendort. C'est cette même Mab qui, la nuit, tresse la crinière des chevaux, et dans les poils emmêlés durcit ces nœuds magiques qu'on ne peut débrouiller sans encourir malheur. C'est la stryge qui, quand les filles sont couchées sur le dos, les étreint et les habitue à porter leur charge pour en faire des femmes à carrure solide. C'est elle...

— Fenby, dit Lacejambe sans lever les yeux de son livre. Paix, paix, Fenby, paix. Vous nous parlez de rien.

Fenby baissa les yeux et, en lui, la musique s'éteignit. Il attendit patiemment que le calme revienne. Haussant les épaules, il alla chercher un balai et nettoya le sol des bris de vitre. Puis il s'assit sur le petit canapé aménagé dans une alcôve.

Les deux hommes restèrent en silence dans l'obscurité. Enfoncé dans un grand canapé moelleux, Lacejambe disparaissait avec les ombres. Fenby ne pouvait que deviner son pied, qui s'agitait nerveusement alors que le botaniste se plongeait dans ses réflexions.

D'un mouvement machinal et élégant que Fenby ne perçut qu'à moitié, le botaniste sortit une fleur de sa poche. Il commença à jouer avec elle. Fenby en fut suffoqué :

— Lacejambe ! Qu'est-ce que c'est que ça ?

— Quoi donc ?

— Ce... cette fleur !

— Comment savez-vous que c'est une fleur, vous n'y voyez goutte.

Fenby recula vers une petite lampe et tira sur le cordon. Une lumière jaune pissa sur les vitres de la verrière. Lacejambe tenait, dans ses longues mains, l'edelweiss. C'était elle, à n'en pas douter.

— Lacejambe ! Comment avez-vous pu ?

— Quoi donc ?

— Comment avez-vous pu faire cela à ces pauvres ramoneurs ?

— Tous les jeudis, je dois subir leurs insultes et leur petite guerre sur les toits de mon laboratoire. J'en ai assez. J'en ai assez de payer leur péage quand j'ai envie de me promener sur les toits de *ma* ville. Je suis libre.

Silence.

— Et c'est pour ça que j'ai sorti la mauvaise fleur...

— Pour information, comme ça, parce que je suis curieux... Quelle est la fleur que je leur ai crachée ?

— Une *Helio meralix*.

Ses cheveux passèrent au vert clair. Il ne servait à rien de moraliser Bertrand Lacejambe. Il reniflait sa fleur et jouait avec elle, comme un enfant loin de tout. Il lui parlait doucement. Le monde aurait pu s'écrouler, mourir en hurlant, mais Lacejambe continuerait à sentir son doux, tendre, fragile edelweiss des villes. Exaspéré, Fenby sortit prendre l'air.

Tout était silencieux. Les curieux, réveillés par le bruit sur les toits, s'étaient rendormis. Les ramoneurs avaient disparu et la lune paressait dans le ciel, au-dessus des toits plats. Dans le laboratoire, Lacejambe se leva et chantonna. Finalement calmé, Fenby soupira puis rentra. Lacejambe venait de lâcher sa fleur. Il marchait doucement entre les allées du laboratoire, de plante en plante, les caressant, les chatouillant. Puis il eut une idée et alla chercher son instrument de musique. En chemin, il eut une autre idée. Il se baissa et refit son lacet. En se relevant, il haussa les épaules et utilisa le téléphone pour appeler son appartement. À l'autre bout du fil, François décrocha.

Lacejambe réfléchit une fraction de seconde, le temps que quelques ordres lui reviennent en tête :

— François, dis à papa les messages.

— Mam Gaucherand dem matin... Plus fleurs...

— Rien d'autre ?

— Nark.

— Merci, François.

Il y eut un déclic à l'autre bout du fil et Lacejambe raccrocha.

— Des messages ? demanda Fenby.

— Mme Gaucherand souhaite me voir.

— La femme du parfumeur ? Qu'est-ce qu'elle vous veut ?

— François dit que c'est une fleur disparue. Mais il se trompe souvent.

— Elle veut peut-être une nouvelle gamme.

— Ce ne serait pas la première fois.

— Mon Dieu, vous vous rappelez la fois où vous vous êtes trompé de pousse pour un parfum ?

— Je croyais avoir effacé ce malheureux événement de ma mémoire.

Ses cheveux devinrent roses.

— Le Premier ministre m'en a voulu pendant trois ans.

— Jusqu'à la mort de sa femme.

Toujours dans les ténèbres, les deux hommes souriaient en repensant au bon vieux temps, pas si vieux que ça d'ailleurs, cinq, six ans peut-être.

— Et vous, Fenby ? On n'a pas eu beaucoup le temps de parler de vos affaires depuis mon retour. Qu'est-ce que vous devenez ?

Fenby regarda ses souliers.

— Pas grand-chose. J'ai continué mes recherches, sans trouver quoi que ce soit.

— C'est regrettable. J'ai rencontré des gens bien à Jérusalem. Vous devriez aller les voir. Ils savent beaucoup de choses sur le Petit Peuple.

— Vous pensez ?

— Sûr. Il se passe des choses là-bas très intéressantes.

— Alors, reprit Fenby plein d'espoir, vous y croyez, vous savez que je ne suis pas fou.

— Fenby, je n'ai jamais dit que vous étiez fou. Vous avez eu une expérience malheureuse avec un phénomène naturel totalement intelligible. Vous avez vieilli de dix ans à la suite d'une stupide dépression nerveuse. C'est triste, mais il ne faut pas vous faire des idées.

— C'était une valse.

— Allons Fenby, voyons...

C'était vrai. Les croyances de Fenby alimentaient souvent les longues soirées d'hiver des deux hommes où, devant un feu de bois ou perdus sur le front de mer, ils laissaient leurs différends reprendre le dessus. Encore aujourd'hui, Fenby entendait résonner les étranges accords de cette valse hors du temps, au rythme ternaire aussi pesant qu'un flonflon berlinois. Quelquefois, ces accords l'hypnotisaient. Il entrait dans une sorte de transe forcée, qu'il ne contrôlait jamais, où ses pires cauchemars, étrangement séduisants, dansaient en rond avec lui. Malgré les sarcasmes de Lacejambe, il savait qu'un jour il comprendrait. Il savait qu'un jour, il saurait qui étaient les êtres qui lui avaient pris dix ans de sa vie en lui faisant croire qu'une danse pouvait le rendre meilleur. Il savait qu'un jour il se vengerait.

Mais, pour l'instant, misérable et épuisé par ses retrouvailles avec Lacejambe, botaniste marseillais, Fenby se replongea dans le sofa, observa son ami pendant quelques minutes et défit ses chaussures. Bientôt, le son de l'instrument de musique de Lacejambe résonna dans le grand laboratoire. C'était merveilleux et insupportable, délicat et vulgaire. C'était... pratiquement divin, bourré de contresens. Dans le fond du laboratoire, Fenby entendait les herbes, les plantes, les fleurs, les champignons soupirer en chœur les accords mélancoliques de leur maître. Comment diable ce curieux personnage s'y prenait-il pour faire chanter ses fleurs ?

Confortablement assis, Fenby sortit de sa poche son livre de chevet, *Les Valses féeriques*, de Woodworth Thomas, publié pour la première fois en 1823, l'ouvrit au marque-page et lut quelques lignes, encore et encore, et encore, et encore.

« ... ne croyez pas ce qu'on vous raconte. Les fées n'existent plus. Au moment même où l'humanité se réfugiait dans la voie du progrès et de la raison, les fées s'endormaient paisiblement dans nos mémoires. Peut-être, effectivement, qu'en élevant la collectivité à un degré supérieur de conscience, les phénomènes naturels reprendront, à nos yeux, leur nature surnaturelle et le règne des fées recommencera, comme un cycle divin où l'espèce humaine, et son pouvoir de décision, joueraient un rôle pivot. Comme dans une grande valse tourbillonnante, l'homme serait à nouveau entraîné dans l'errance de sa pensée et la reine Mab, reine de toutes les fées, reine symbolique, frivole, rivale de Titania, seconde manifestation plus noble et plus obscure, reviendrait sur Terre. »

Fenby bâilla. Il avait lu ce passage des dizaines de fois. Il feuilleta son livre, histoire de trouver une indication concernant l'oiseau de proie dont ils avaient été les victimes ce soir. Au bout de quelques pages, bredouille, il sentit ses yeux se fermer. En lui, la dépression s'accentuait, prélude aux larmes. Il se gratta le lobe de l'oreille gauche, bâilla à nouveau, posa le livre sur son ventre et se laissa couler dans un sommeil peuplé de créatures criardes et de bruits stridents.

LE VIN DE LA COMÈTE

Le Français montra du doigt la ligne étincelante qui illuminait le ciel. Il se mit à genoux et commença à prier. Ivre mort, l'Anglais monta le talus et se posta à ses côtés. Il n'en croyait pas ses yeux : la comète semblait danser sur les étoiles. Elle tournait, esquivait et s'enroulait autour des constellations. Elle se déroulait comme une chevelure bouclée prise dans un buisson de ronces. Jusqu'ici, l'Anglais pensait que les comètes passaient dans le ciel comme une étoile filante. Un vœu et hop ! c'était fini. Mais ici, on ne lui avait pas menti. Comment avait-on pu cacher cela au monde pendant tant d'années ?

Hypnotisé, l'Anglais s'assit à son tour, croisa les jambes et observa le spectacle. Le ciel rouge commençait à pulser. C'était un feu d'artifice, une féerie de tous les instants. Le Français se mit à parler, comme dans un songe :

— Certains disent que c'est la plus belle comète au monde.

— Combien de temps danse-t-elle ? demanda l'Anglais.

— Oh, ça, je ne sais pas. Ça dépend des cycles, je crois. Si vous êtes assez saoul, ça peut durer longtemps.

Ils observèrent le ciel pendant plus de cinq minutes. Le Français sortit sa montre et siffla d'admiration :

— La cuvée va être somptueuse !

La comète valsa pendant encore quelques secondes, elle semblait heureuse, fébrile, puis, elle fit une dernière pirouette; dessina un arc de cercle au-dessus de la Grande Ourse et s'en fut en tournoyant dans les abysses du ciel. Le silence qui s'ensuivit pétillait de magie. L'Anglais pleurait d'émerveillement. Le Français se redressa et se retourna vers le champ.

— Regardez, car le spectacle est ici aussi.

L'Anglais sécha ses larmes. Il vit le champ de vignes rougeoyer comme sous l'effet d'une pulsation intérieure. Le grand vignoble s'agitait d'une nouvelle vie. La nuit se colorait de nuances bleues et roses. Il y avait un nouveau bruit, un *pom pom pom* grondant, comme le bougonnement d'un troll hollandais.

— Quel est ce bruit ?

— C'est le raisin qui s'éveille. Il chante pour montrer qu'il existe à nouveau.

— Incroyable. Sait-il que nous sommes ici ?

— Il nous sent et il nous honore.

— Et la comète ? Quand reviendra-t-elle ?

— Pas avant trente ans, je le crains.

— Combien de fois l'avez-vous vue ?

— Avec ce soir, trois fois.

— Et la récolte ?

— Pour septembre.

— Et maintenant ?

— Chut, regardez...

D'un grand geste, il embrassa tout le paysage. Le vignoble ressemblait à une foire médiévale. Les couleurs rappelaient des arlequins désintégrés dans la nature, les échos se renvoyaient les conversations et les émotions. Il y avait des bâillements, des rires flûtés, des cris de joie... Le sentiment d'une intense et éprouvante activité sensuelle.

— Comment est-ce possible ? souffla l'Anglais.

— Comment croyez-vous que ça l'est ?

— Magie ?

Le Français se mit à rire.

— Vous n'y êtes pas du tout. C'est la nature.

— Je ne comprends pas.

— Disons que chaque chose peut interagir avec une autre. C'est comme ça, c'est la vie. Chaque chose a besoin de quelqu'un qui ressent les mêmes choses, qui l'accompagne.

— Les comètes interagissent avec le raisin ?

— Mes raisins sont un peu spéciaux. Mais ce n'est pas seulement au niveau physique que ça se passe. C'est aussi émotionnel.

— Ah, oui... L'ivresse.

— Exactement. Vous avez vu la comète.

Dans son souvenir, elle dansait encore comme une toupie.

— La Comète ivre. Je comprends mieux.

Le Français sourit et mit les mains dans les poches de son tablier. Il contempla son champ, son petit champ. Celui que son père lui avait laissé à sa mort, et que lui-même tenait de son père, etc. Il contempla les grappes de raisin qui riaient sous les étoiles. Chaque chose est liée avec une autre. Les comètes avec les raisins. Les fleurs à la musique. Les humains à l'amour. C'est ainsi.

L'Anglais, toujours accroupi dans la terre de la butte, commençait à respirer lourdement. « Les vapeurs l'étreignent, son esprit fuit la réalité, pensa le Français. Il n'en a plus pour longtemps. » Comme pour affirmer ses pensées, le visage de l'Anglais s'empourpra violemment et devint rapidement aussi rouge qu'une tomate méditerranéenne. Puis, dans un sursaut d'émotions, ses yeux s'agrandirent, son pouls s'accéléra. Il se mit à rire, à hoqueter, puis à souffrir. Il se débattait pour avoir de l'air, il chancela.

Le Français le regarda tomber sans un mot puis il s'éloigna doucement, en le laissant mourir paisiblement, dans une dernière extase. Il descendit la pente et, triturant un chapelet de bois ciré qui traînait dans la poche de ses vieux pantalons jaunis, regarda le champ qui pulsait en chœur. « Les vendanges sont vivantes », songea-t-il, pétri de grandeur, comme s'il vantait son propre enfant.

— Les vendanges sont vivantes ! cria-t-il pour célébrer la naissance du divin.

Il s'assit sur une pierre et mit son menton dans sa main :

— C'est la dernière fois que je vous verrai, mes petites. Je vais m'éteindre moi aussi, anéanti par trop d'années de dévouement. Je vous ai aimées, mes petites. Amies ! Que cette dernière cuvée soit la meilleure. Santé !

HOLMES EST DANS LA PLACE

Le grand écrivain reçut le conclave chez lui alors qu'il s'apprêtait à partir pour les États-Unis. Touie, sa femme, clouée dans un fauteuil roulant, le pressa de faire vite, car il fallait finir les valises et rejoindre le fiacre à la gare Victoria, il était tard, et le train partait, et la femme de chambre ne pourrait pas rester longtemps, et c'était bien dans son style de recevoir des étrangers le jour d'un départ et...

— Oui, oui très chère, laissez-nous, je vous en prie, j'arrive. J'en ai pour une minute, dit-il en la roulant gentiment dehors.

La femme de ménage lui fit passer le couloir.

Arthur Conan Doyle resta un moment perplexe, pensant que Touie n'en avait plus pour longtemps, qu'il fallait se résigner. Il cligna des yeux et, avec un petit mot d'excuse gené, invita Fix et les siens à s'asseoir dans le boudoir. La fenêtre y donnait sur le Strand, la grande artère qui joignait Trafalgar Square à la Cour royale de Justice. Ça impressionnait toujours les touristes. À Londres, l'été sévissait comme la pire des pestes. Impeccables, comme à l'accoutumée, les Londoniens étouffaient sous les cols amidonnés de leurs costumes de flanelle. Ils divaguaient élégamment sur les trottoirs de la capitale en tâtonnant du bout de leur canne, en la balançant devant eux pour faire de l'air, autre petite habitude londonienne qui, quelques années plus tard, deviendra une marque de classe certaine. Conan Doyle sourit devant le tableau pittoresque de la ville, puis s'accouda au bord de la fenêtre.

— Messieurs, vous avez entendu mon épouse : allez au fait.

Fix remua sur son tabouret et dit :

— Monsieur Doyle... Où pouvons-nous joindre Sherlock Holmes ?

Conan Doyle le regarda avec des petits yeux fatigués :

— Sherlock Holmes ?

Il éclata de rire. Ses visiteurs se regardèrent lentement, pleins de honte et de doute. Fix déglutit difficilement et attendit en tapotant sur l'accoudoir de son petit fauteuil, qui devenait d'une étroitesse toute détestable. Quand il eut fini sa crise de hoquets et de gargouillis hilares, Doyle s'assit dans un fauteuil et les regarda en séchant ses larmes :

— Sherlock Holmes ? Il part en vacances !

Il se remit à rire de plus belle. Fix se tortilla, en plein malaise.

— Je... je ne comprends pas. En vacances ?

— Oui ! Il part en Amérique pour une lecture !

Et il rit plus fort encore.

— Écoutez, monsieur Doyle, il faut nous prendre au sérieux. Nous ne sommes pas là pour rire. Il en va de la vie d'êtres humains. Nous sommes un conclave, une milice, et nous œuvrons pour l'humanité.

Doyle s'arrêta de rire puis les dévisagea un par un :

— Un pasteur, un Irlandais, une femme de petite vertu...

— Une fleuriste.

— Une fleuriste, un poseur, un inspecteur de police en civil... Eh bien, oui, je pense que vous êtes sérieux.

Et il rit à nouveau, comme une baleine. Il se tenait les côtes et pleurait de pitié. Fix commençait à en avoir assez.

— Nous n'avons pas beaucoup de temps, M. Doyle. Savez-vous où nous pouvons trouver M. Holmes ?

Doyle ri encore et encore.

— Ou bien Watson... continua Fix en fixant les lattes du plancher, plus très sûr de lui.

Doyle s'étouffait. Il s'étouffait tellement qu'il dut boire pour éviter d'en mourir. Mme Hudson, la petite femme de ménage, accourut avec un verre de bière tiède. Quand il fut calmé, hoquet de rire après pets de détente, Doyle demanda des explications. Fix soupira et décida de raconter toute l'histoire depuis le début.

— Avez-vous entendu parler des meurtres du Fleuriste ? demanda Fix.

— C'est un fou qui étrangle ses victimes avec des fleurs.

— En fait, ce n'est pas *exactement* ça...

Fix lui raconta ce que le Fleuriste faisait vraiment à ses victimes, ce que la presse n'osait pas révéler au grand public, de peur de voir le spectre des vieilles superstitions revenir au galop dans l'esprit équilibré du citoyen universel. Conan Doyle fit les yeux ronds.

— Vous me faites marcher.

— C'est la stricte vérité, M. Doyle. Plusieurs indices nous prouvent que...

Doyle explosa à nouveau de rire. Il se tenait le ventre. Fix se leva, ulcéré et choqué.

— Monsieur Doyle, cela vous fait peut-être rire de savoir que des gens sont morts dans d'atroces souffrances, mais je crois que...

— Non, non, ce n'est pas ça qui me fait rire !

— Quoi alors ?

— Holmes ne vous servirait à rien !

— Mais qui ? Qui ?

Doyle s'arrêta quelques instants, les regarda un par un, puis recommença à rire. D'abord doucement, puis monstrueusement. Il cria :

— *Un botaniste ! Allez voir un botaniste !*

Et il rit, il rit, il rit.

Le conclave quitta la pièce, terrifié par le doute et le désespoir. Regroupés sur un bout de trottoir gluant de chaleur, observés par quelques enfants curieux qui entendaient la crise de rire du grand écrivain, ils en vinrent à se demander si, quelque part, en devenant justiciers, ils ne s'étaient pas trompés de métier.

L'enfant se pencha et observa l'intérieur de la cloche. Les oiseaux étaient partis. Ils avaient quitté leur nid pour aller visiter les îles du large. L'enfant sentit monter en lui une bouffée de tristesse qu'il ne réussit pas à contrôler. Pour éviter de pleurer, il sortit de sous la cloche et alla prendre l'air sur la petite plate-forme qui permettait de frapper les coups annonçant le café ou la sieste. D'ici, on voyait la côte, clairement découpée sur une mer d'un bleu si profond que l'on pouvait y marcher. Sur la plage, les baigneurs profitaient du calme du matin et s'ébattaient tranquillement en s'envoyant des gerbes d'eau fraîche à la figure.

Une mouette se posa sur le bord de la corniche et fit sa toilette. L'enfant la regarda, fasciné. Il croisa les bras sur le parapet, y posa son menton et attendit.

— Tu ne parles pas, n'est-ce pas ? demanda-t-il.

La mouette continua à triturer les dessous de ses ailes.

— Et puis, de toute façon, qu'est-ce que tu pourrais raconter ? Combien de poissons tu as mangés, combien de plumes tu as perdues, comment sont les nuages... Ça ne m'intéresse pas beaucoup. Je préfère que tu te taises.

Puis il entendit un bruit. Ou plutôt non, un murmure, peut-être humain, mais rien n'était moins sûr, car la fraîcheur de cette matinée d'été empêchait les sons de circuler librement dans l'air. Un écho, peut-être un simple bruissement porté par la brise. L'enfant plissa le nez, traversa le beffroi et se pencha de l'autre côté pour scruter la grande forêt qui s'étendait vers l'intérieur des terres. Couverte de rosée, elle palpitait et brillait. Il tendit l'oreille. Le son, qui semblait monter des profondeurs du bois, était devenu une mélopée sourde, un *pom pom pom* lancinant, doux et captivant comme la voix d'un grand-père.

Intrigué, l'enfant descendit du clocher, traversa le grand hall d'entrée désert où s'affairaient quelques portiers fatigués, évita la salle de bal où sa mère répétait tous les matins, continua dans la cour, salua les jardiniers et s'enfonça dans la forêt.

Pas un animal, pas un bruit d'insecte. Quelques rayons de soleil perçaient l'épaisse couche de feuillage, transportant des poussières babillantes, mais rien de plus. Le sous-bois était désert, et l'enfant ne tarda pas, en suivant les bribes de mélodies qui flottaient, à découvrir un sentier qu'il ne connaissait pas. Étroit, le chemin serpentait autour d'un petit ravin feuillu avant de disparaître derrière un buisson de ronces. Ravi par cette nouvelle découverte, l'enfant bondit et courut en suivant les lignes de cailloux.

La forêt était belle et sombre. Avant, quand Kevin était encore là, ils allaient souvent s'y promener, main dans la main. Ils jouaient aux nordistes et aux sudistes, cachés derrière les épais troncs d'arbres, derrière les larmes séchées des saules et le lierre des vieux chênes. Des souvenirs étaient hantés de frissons, de rires, de joies et de beauté forestière. L'enfant rêvait souvent de son frère, quand il se sentait seul dans la chaleur estivale. Il se repassait ces moments heureux où les...

Un cerf se tenait devant lui. Il ne bougeait pas.

L'enfant cligna des yeux.

Le cerf s'ébroua et s'engagea en bondissant sur le chemin, vers le plus profond de la forêt.

— Eh ! Attends !

L'enfant le suivit en courant. Il traversa un grand bosquet, s'égratigna la jambe sur une épaisse touffe de ronces, et suivit le cerf à la trace, attiré par la musique qui se fit plus forte, une mélopée entêtante, gorgée de chaleur. Elle pulsait comme un chœur et résonnait sur les troncs d'arbres. *Pom pom pom.* C'était un homme qui chantait. Probablement un vieux monsieur barbu, aux grands yeux doux.

La chanson cessa quand l'enfant déboucha dans la clairière. Le cerf était là. Il paressait tranquillement dans un rayon de soleil qui filtrait par l'épaisse barrière de broussailles et de branchages. L'enfant n'était jamais venu ici. Il savait qu'un lieu aussi beau ne pouvait exister autrement que dans un livre. Même le Grand Hall du Royaume n'était pas aussi beau. Des champignons multicolores bordaient les franges de la forêt dans un ordre que la raison elle-même n'aurait pu comprendre. De grandes floraisons, d'un vert sombre, pendaient en travers de la place, silencieuses, sans oscillations. L'enfant entendait respirer les plantes et la mousse au pied des arbres, les bosquets murmuraient au gré du vent, et les insectes bourdonnaient.

Au centre de la clairière, juste derrière le cerf, caché par ses larges bois, se dressait un petit cénotaphe en pierre blanche. L'enfant ne savait pas ce qu'était un cénotaphe. Tout au plus se dit-il qu'il s'agissait d'une pierre tombale, une pierre rectangulaire, d'environ un mètre cinquante de haut, qui évoquait le socle d'une statue. Il n'y avait rien d'autre et tout paraissait si ralenti, si lent, que l'enfant crut qu'il rêvait.

Le cerf déguerpit et s'enfuit en franchissant un parterre de fleurs rouges. L'enfant s'approcha de la pierre et détailla ses contours du doigt. Il vit qu'il y avait une inscription en anglais gravée sur une face. Il s'accroupit et, en se mordant la langue, car il n'était pas très bon en classe, entreprit de déchiffrer ce qu'il y lisait.

P.D. Finn
(1701-1763)
In Memoriam

« Elle rêve qu'elle est heureuse ; que sa nature corporelle a changé, ou que, du moins, elle s'est envolée sur un nuage pourpre, vers une autre sphère, habitée par des êtres de même nature qu'elle. Les fleurs dansent autour d'elle en rond, comme d'immenses guirlandes folles, et l'imprègnent de leurs parfums suaves, pendant qu'elle chante un hymne d'amour, entre les bras d'un être humain d'une beauté magique. Mais ce n'est qu'une vapeur crépusculaire que ses bras entrelacent : et quand elle se réveillera, ses bras ne l'enlaceront plus. Ne te réveille pas : ne te réveille pas encore. Je t'en supplie. Dors toujours, n'ouvre pas tes yeux. »

L'enfant ne comprit pas ce que voulaient dire ces mots. Il murmura la citation, plus pour lui-même que pour d'hypothétiques auditeurs, et se gratta le crâne. Soudain, la musique reprit, très proche. L'enfant fit un bond de côté et se retrouva assis sur un tas de feuilles mortes. La musique provenait de la pierre. Maintenant qu'il était si près, il pouvait mieux l'écouter : de longues phrases mélodiques embourbées les unes dans les autres, entremêlées dans une complainte complexe, faite de gros chœurs masculins et d'arrière-voix cristallines. La musique grandissait, et en lui frémit un frisson. Les arbres commencèrent à trembler, quelques branches tombèrent avec des bruits secs. Des petits champignons implosèrent, avec des petits pets joviaux, parfaitement orchestrés.

L'enfant comprenait : la clairière chantait en même temps que la musique. Les troncs d'arbres renvoyaient le chœur à travers leurs fûts usés et résonnants, les petites fleurs vrombissaient en laissant glisser la mélodie sur leurs pétales dorés, les feuilles s'envolaient et décrivaient, perchées en plein ciel, des figures en forme de partitions musicales. Toute la clairière s'éveillait au son de la mélodie et renvoyait l'image d'un orchestre symphonique parfaitement accordé, guidé par un maestro invisible. Le pollen s'ébrouait en de larges nuages à géométrie variable, comme autant de pulsations rythmiques, le sol bougeait au gré des phrases musicales, les branches cassaient, avec des *clacs* et des *clocs*, comme des percussions.

L'enfant eut peur, très peur. Ses yeux s'agrandirent d'inquiétude.

— Kevin, murmura-t-il.

Quelque part, sans savoir pourquoi, il sentit la présence de son frère. Et il perçut autre chose. Quelque chose qu'il connaissait mieux que tout. Peut-être les habitants du Royaume étaient-ils nés ici. Peut-être étaient-ils encore là. Mais ce n'était pas possible. Car ils n'existaient plus. Il le savait.

L'enfant poussa un cri et, les yeux pleins de larmes, partit en courant pour retrouver sa maman. Derrière lui, la clairière ne bougeait plus. Ou bien si : quelque part, au pied du cénotaphe, il y eut un petit bruit, un infime bruissement. Accompagnée d'une petite musique cristalline, aussi brève qu'un pleur en pleine nuit, une fleur poussa. Rouge, verte et jaune. Elle s'étira doucement dans la lumière, heureuse d'être venue à la vie. Peut-être l'existence qui l'attendait était-elle pleine d'incertitudes et de dangers. Mais elle était heureuse. Son embryon de conscience lui fit deviner les contours de la clairière et elle se surprit à penser, dans un formidable élan de solitude, qu'elle aurait bien aimé avoir un compagnon de jeu.

L'AFFAIRE

Après quelques jours de tests et d'introspection, Lacejambe en était arrivé à des petites conclusions toutes simples concernant la couleur de ses cheveux. Bien sûr, il y avait des nuances car il n'avait pas encore pu envisager toutes ses possibilités émotionnelles. Aussi roula-t-il en boule son essai et le jeta-t-il tranquillement dans la corbeille près de son secrétaire. Il reposa son crayon et observa le ciel.

L'air était si chaud que les vapeurs qui s'élevaient de la ville plongeaient le panorama dans un cauchemardesque brouillard urbain, hanté par quelques formes tordues. Il tapota des doigts sur le bureau. Il s'ennuyait. L'affaire Gaucherand n'avait été qu'un feu de paille, une vulgaire histoire de parfum volé qui n'avait qu'un intérêt, celui d'amener quelques revenus substantiels pour de nouvelles cultures de laboratoire, et il se sentait dériver sur les perspectives d'un été somnolent. Puis il aperçut la pile de courrier sous sa porte. Il se leva doucement et, du pied, éparpilla les lettres par terre, pour avoir une vue d'ensemble.

Le cachet lui sauta immédiatement aux yeux. Genève. Il prit l'enveloppe. Une écriture élégante, raffinée, solide. Il sentit. Un parfum de menthe. Moira. C'était une lettre de Moira. Cela faisait combien de temps ? Deux, trois mois ? En tout cas, c'était trop pour un seul homme. Lacejambe s'écroula dans son fauteuil en regardant l'enveloppe, sans l'ouvrir. Il la dévisageait encore quand Fenby entra, jovial et chantonnant. Il portait une lourde mallette noire à la main. Il piétina les lettres sans les voir, pendit son chapeau et sa redingote, d'où tombèrent quelques revues bon marché, puis prit sa pose la plus irritante – la conspiratrice des jours flous.

— Hello Lacejambe !

— Mmm.

— Ça n'a pas l'air d'aller fort aujourd'hui.

— Mmm.

— En y réfléchissant bien, moi non plus.

— Vous avez été violé par la reine Mab ? dit Lacejambe, en étirant un rictus.

— J'ai fait un drôle de rêve, cette nuit. Encore cette histoire de mont Olympe.

— Oui, moi aussi.

— Comment, vous aussi ?

— J'ai moi aussi fait un rêve curieux. Je crois que cette histoire de couleur me tape sur les nerfs, je n'arrive pas à fixer la durée de ce phénomène.

— J'espère qu'il n'y aura pas d'effets secondaires.

— Autre que mes changements de couleur ? Mon Dieu, je ne veux pas imaginer.

— Et ce rêve ?

— Disons que je préfère ne pas en parler.

Fenby ouvrit sa sacoche et en tira un paquet cadeau rose bonbon, avec un gros nœud par-dessus :

— Joyeux anniversaire, Bertrand !

Lacejambe eut un sursaut. Il prit le paquet en le regardant comme s'il s'agissait d'un nouveau-né, dégoulinant de liquide amniotique.

— Merci, Fenby, vieux gredin, merci ! dit-il en grinçant des dents.

— Je vous en prie, ce n'est rien, une babiole.

Fenby joignit ses mains et se dandina sur le fauteuil. Lacejambe clignait des yeux.

— Eh bien ? demanda le botaniste.

— Quoi ? Vous ne l'ouvrez pas ?

Lacejambe déglutit. Il regarda le paquet et se décida, capitaine courage. Il se débattait encore avec le nœud quand on sonna. Fenby alla ouvrir la porte en trottinant. Il s'immobilisa, la bouche grande ouverte. Dans la cage d'escalier s'entassaient une dizaine de personnes, hirsutes, épuisées et tellement criardes qu'elles en devenaient insubstantielles. Fenby reprit sa prestance :

— Oui ?

L'un des visiteurs s'approcha, un petit bonhomme rondouillard et sournois, qui souleva son chapeau et déclama, avec un fort accent anglais.

— Est-ce la demeure de M. Lacejambe, *please* ?

Fenby remua le nez et indiqua la plaque à côté de la porte.

Bertrand Lacejambe
Botaniste

Le visiteur tiqua, puis revint à Fenby.

— Votre accent... Vous êtes anglais.

— Oui, du Devonshire.

Le visiteur souleva son chapeau.

— Excellent ! Je me présente, Martin Fix, Scotland Yard.

— Quelle délicieuse coïncidence.

Les autres n'avaient pas si belle allure, si ce n'est pour un ou deux. Ils composaient un patchwork tissé par quelques vieilles aveugles complètement folles. Ils suaient, ils étaient énervés, effrayés. Il y avait un pasteur, une femme un peu vulgaire, un dandy de salon, un grand type en costume de ville étriqué qui ressemblait à un chien triste, un autre bonhomme tout rond aux yeux de morue, un petit type tout sec avec une valise en cuir et des lunettes de soleil carrées et un jeune Irlandais tout rouge.

— Quel bon vent vous amène ici, monsieur Fix ?

— Nous venons voir M. Lacejambe.

La voix du botaniste résonna dans le couloir :

— Faites entrer, Fenby, vous ne voyez donc pas qu'ils ont chaud ?

Fenby s'effaça et observa la file de visiteurs qui, lentement, allèrent piétiner le tapis du salon, les enveloppes et les revues. Bubastis, l'air plus misérable que jamais, s'éloigna, la queue entre les jambes, pour aller chercher refuge dans la baignoire de la salle de bains. Lacejambe, toujours en train de batailler avec le nœud du cadeau, posa le paquet sur une petite table, satisfait, et s'avança vers eux, rajustant son gilet et sa montre à gousset d'un geste impeccable, témoignant d'années de soin vestimentaire.

— Messieurs, mademoiselle, dit-il en s'inclinant prestement. Je suis Bertrand Lacejambe, botaniste. Que puis-je faire pour vous ?

Fix se présenta, ôta son chapeau et lui serra la main.

— Vous êtes anglais, monsieur Fix, dit Lacejambe.

— Du Surrey.

— Et vous travaillez pour le Yard.

— Oui, mais je m'occupe surtout de la cohésion entre les services de polices internationaux. M. Gibbs, ici présent (Gibbs hocha la tête pour se faire reconnaître – c'était le grand type à la tête de chien), est inspecteur dans la police régionale américaine.

— Très intéressant.

— Voici Miss Grove, fleuriste.

Lacejambe lui baisa la main.

— Très, très intéressant. C'est un honneur, madame, de rencontrer une consœur aussi ravissante.

Miss Grove rougit. Lacejambe arrondit les sourcils. Fix continua.

— Voici l'inspecteur Gibbs, de Marblehead, que vous connaissez déjà ; le pasteur Jubly, de Londres (grand, aride, sobre) ; M. Julien, du *New York Times* (le dandy de salon) ; M. Schlorsky, horloger à Westminster (le petit rondouillard) ; M. Grup (le sec aux lunettes de soleil), aliéniste, et Donal Popky, frère de Molly Popky.

— C'est un beau métier, remarqua Fenby.

— On nous a beaucoup parlé de vous, monsieur Lacejambe, continua Fix.

— Ah oui, qui donc ?

— Heu... Sherlock Holmes.

Fix essayait de faire de l'humour.

— Ah ! s'exclama Lacejambe. Comment va-t-il ?

— Je...

— J'espère qu'il a appris à jouer du violon.

Fix jeta un coup d'œil en arrière à la troupe. Hormis Gibbs, qui s'était adapté aux touristes quand ils envahissaient sa ville, aucun des autres ne parlait français. Ils l'interrogèrent du regard avec insistance. Fix se retourna vers Lacejambe, sourit, se passa une main dans les cheveux, toussa puis dit :

— Il va bien, bien. En fait, il est éclatant de santé. Il est allé faire une cure en Amérique. C'est lui qui nous a conseillé de venir vous voir.

— Parfait, parfait. Fenby, *old chap*, allez donc nous faire du thé.

— Moi ? gémit Fenby. Pourquoi moi ?

— Parce que nous avons des invités.

Fenby partit vers la cuisine en maugréant. Les visiteurs s'installèrent, debout ou sur le canapé. Il régnait un silence de mort. Geoffrey Cook, en pleine forme, se réveilla et dévisagea Miss Grove. Julien eut un sourire en détaillant le chaos vaguement organisé qui régnait dans l'appartement. Puis Fenby revint avec un très large plateau de thé. Une fois tout le monde servi, il y eut une autre pause, pleine de glouglous et de palais ravis, puis un bruit de tasses que l'on repose et un autre silence. Geoffrey Cook bruissa. Lacejambe s'enfonça dans son canapé.

— Eh bien, messieurs, je suppose que vous vous intéressez aux fleurs ?

— En un sens, oui, s'étrangla Fix en desserrant sa cravate. Êtes-vous au courant des meurtres du Fleuriste ?

— Le quoi ?

— Le Fleuriste.

— Qui est-ce ?

— Un tueur.

— Dans quel magasin travaille-t-il ?

— Ce n'est pas un fleuriste.

— Ce n'est pas ce que vous venez de dire.

Fix ouvrit grand les yeux. Fenby vint à sa rescousse :

— Attendez, oui. Je crois que j'en ai entendu parler. N'est-ce pas cet homme qui égorge ses victimes et qui les décore de fleurs ?

— C'est d'un banal, dit Lacejambe.

— C'est ce qu'écrit la presse, répliqua rapidement Fix. La vérité est, disons, plus crue.

— Mais encore ?

— En fait, il les éventre, les vide et les bourre de fleurs.

Fenby ouvrit la bouche.

— Pardon ?

Fix toussa.

— C'est malheureusement la triste vérité.

— Attendez, attendez... dit Lacejambe. Il *remplit* ses victimes avec des fleurs ? Après les avoir vidées ? Je veux dire, comme le font les traiteurs ?

— J'en ai bien peur.

Lacejambe s'affala, soufflé.

— Incroyable, c'est incroyable. Quel genre de fleurs utilise-t-il ?

— Nous n'en savons rien.

— Comment ça, vous n'en savez rien ? Vous les avez fait examiner, non ?

— Oui.

— Et ?

— Eh bien, rien.

— Rien ?

— Rien.

— Incroyable, c'est incroyable.

— Comme vous dites.

— Vous en avez un spécimen ?

— Oui.

— Montrez-moi ça.

Fix fit un signe de la tête à Gibbs. L'inspecteur tira de sa valise un petit sachet en papier et le tendit au botaniste. Lacejambe le prit, le tâta et mit son oreille dessus.

— Drôle de bruit, fit-il.

Gibbs leva les yeux au ciel.

— C'est le papier, monsieur Lacejambe.

Le botaniste arrondit les pupilles, regarda le sachet et rit :

— Mon Dieu, suis-je bête ! Je me disais bien qu'elles paraissaient bizarres pour des fleurs, rectangulaires et tout...

Fenby eut un large sourire, pour rassurer le conclave sur la santé mentale de son ami.

— Il est un peu nerveux en ce moment...

Gibbs se renfrogna et laissa la parole à Fix.

— Jusqu'ici, le Fleuriste a fait quatre victimes.

Il sortit une petite liste froissée de la poche de son costume en tweed.

— Jasmine Verdi, vingt-six ans, Marblehead, Rhode Island, USA ; Jonathan Bradoukis, onze ans, Londres, Angleterre ; Elizabeth Crosby, vingt-huit ans, Londres, Angleterre ; et Molly Popky, dix-neuf ans, Dublin, Irlande. La police est incapable de faire quoi que ce soit. Tout le monde a peur : les pistes sont piétinées, les indices sont trop maigres, ou trop étranges pour être pleinement exploitables. Le tueur ne se limite pas à une seule ville, et les victimes exerçaient toutes des métiers très différents. Le public regarde l'affaire de loin et la police, peu convaincue, ne suit pas. C'est une situation délicate, monsieur Lacejambe, nous ne savons pas par quel bout la prendre. Et certains aspects sont très, très inquiétants.

— Inquiétants ? demanda Fenby, soudain intéressé.

Gibbs lui exposa le problème en lui montrant les dessins de la valise, puis l'un des objets dont elle était remplie, puis la petite construction qu'il avait trouvée à Marblehead.

— Qu'est-ce que c'est ? demanda Fenby en ouvrant le sachet pour examiner plus précisément la petite sculpture qui s'y trouvait.

— Personne n'en sait rien.

Fenby se lissa le bout du nez en réfléchissant.

— On dirait un diamant en trois dimensions. C'est saisissant. Et les autres indices ?

Fix se gratta le menton.

— Aucun vrai témoin, aucun vrai suspect, mis à part l'homme repéré sur les toits, qui est probablement notre homme, mais dont on ne peut pas faire une autre description que : jeune homme en train de rire.

— C'est mince.

— *Indeed.*

— Lacejambe, qu'est-ce que vous en pensez ? Lacejambe ? Où êtes-vous ?

Le botaniste s'était appuyé contre la fenêtre et avait posé son oreille sur le paquet de la fleur.

— Écoutez, Fenby, dit-il en levant un doigt. Elles chantent...

Ils se regardèrent tous en clignant des yeux. Secrètement, Fenby profita de leur inattention pour empocher la pince à cravate de la sculpture de Marblehead, et remettre l'objet dans son sachet. Personne ne vit quoi que ce soit.

Fix fit tourner sa langue dans sa bouche avec un curieux mouvement.

— Bon, très bien. Je crois que nous allons essayer de trouver un autre détective.

— Lacejambe n'est pas un détective, répliqua Fenby, un peu déçu.

— Oui, enfin, je voulais dire, nous allons trouver un *vrai* détective.

— En ce qui me concerne, dit Lacejambe, je prends l'affaire en main.

— Vous... quoi ? balbutia Fix.

— Je m'occupe de votre cas. Je n'ai jamais entendu des fleurs chanter comme cela.

— Mais vous ne les avez même pas encore vues, elles sont restées dans le paquet !

Lacejambe le regarda de haut en bas et dit :

— Et alors, avec un chapeau, votre femme vous reconnaît, non ? Mes honoraires sont de cinquante francs par jour.

Fix regarda les autres. Ils haussèrent les épaules. Ils n'avaient rien compris à la conversation.

— Cinquante francs ? Combien en livres sterling ?

Fenby lui dit l'équivalence. Fix faillit toucher le plafond.

— Mais c'est une fortune !

Lacejambe le prit par l'épaule :

— Monsieur Fix, ne vous inquiétez pas. À la fin de l'été, j'aurai votre tueur.

— Comment allez-vous faire ? Vous n'avez aucune piste !

— J'ai des fleurs, monsieur Fix. Je n'en ai jamais vu de pareilles. En trouvant leur origine, je trouverai votre tueur. Je vous le garantis. Vous serez ruiné, mais vous aurez des résultats. C'est à prendre ou à laisser.

Fix se tourna vers Fenby.

— Je...

— Ayez confiance, dit-il à Fix avec un large sourire. Tout se passera bien. Lacejambe connaît son affaire.

Fix baissa la tête et dit, tout doucement, d'une voix où pointait le poids des responsabilités :

— D'accord.

— Excellent ! dit Lacejambe. Je vous laisse régler les détails avec mon associé, M. Fenby. Moi, je reste là pour examiner la fleur. Donnez-lui tout ce que vous avez et montrez-lui un cadavre.

— Lui montrer un cadavre ? s'indigna Fix. Il faudrait aller au Yard !

Fenby devint livide :

— À Londres ? Lacejambe, vous n'y pensez pas !

Bertrand Lacejambe s'enfonça dans son fauteuil préféré, récupéra son cadeau, croisa les mains, plissa les yeux et dit, laconiquement :

— Faites donc mes amitiés à ce cher Lestrade.

PAUVRE, PAUVRE, PAUVRE GABRIEL

— Je vais donc vous interpréter une chanson...

Il y eut quelques applaudissements polis. Elle reprit :

— ... qui m'a été inspirée par un rêve que j'ai fait, où un pauvre malheureux se retrouvait abandonné lors d'un grand voyage empli de périls. C'est quand vous voulez, maestro.

Elle leva le bras et sortit son mouchoir. Le pianiste salua l'assemblée et entama un petit morceau agile et sympathique. Évelyne Brummel, chanteuse de métier, se recoiffa puis sourit. Elle croisa les mains sur son cœur et commença à chanter.

Pauvre, pauvre, pauvre Gabriel,
Tout seul à bord,

Avec ton petit chapeau,
Et ton petit nez retroussé,
Je voudrais bien te croire,
Et penser que tu es pur,
Mais ton cœur est sinistre.

Pauvre, pauvre, pauvre Gabriel
Trouveras-tu ce que tu cherches ?
Ces cabines rouges et bleues,
Cette bâtisse blanche et cette forêt radieuse,
Près d'une eau chaude et peuplée,
Où les rêves sont rois ?

Pauvre, pauvre, pauvre Gabriel
Tu es tout seul à présent,
Et rien ne pourra te sauver,
Pas même les cabines rouges et bleues,
Ou toutes les forêts radieuses.
Tout cela est trop beau pour toi,
Et tu ne comprends pas.

(Ici, un petit solo de piano, simple et efficace)

Pauvre, pauvre, pauvre Gabriel,
J'aimerais te serrer dans mes bras,
Mais tu n'existes pas.
Existeras-tu jamais pour moi ?
Que je puisse te voir, te toucher ?
Pauvre, pauvre, pauvre Gabriel.
Tu es perdu.

Des applaudissements peu convaincus crépitèrent dans la salle à manger. Assis à la table du capitaine, Arthur Conan Doyle tapait faiblement dans ses mains en se penchant à l'oreille de sa femme :

— Cette chanson est ridicule.

Touie remua la tête.

— Moi, je ne trouve pas. Elle me rappelle quelque chose.

— Le pauvre, pauvre, pauvre Gabriel ?

— Oui, dit Touie. J'ai l'impression de connaître cette histoire.

— C'est peut-être un rêve. Qui sait ?

Doyle but un verre de vin, en levant sa coupe vers la scène :

— Le pianiste, lui, était très bon.

— Après tout, tu crois en ce genre de choses, non ?

— À quoi ? Aux présences résiduelles ?

— Oui.

— Mon Dieu, mais bien sûr. Ça ne m'étonnerait pas que toi aussi tu aies rêvé de ce pauvre, pauvre, pauvre Gabriel.

— Tu es sérieux ?

Conan Doyle s'essuya les commissures des lèvres avec une belle serviette blanche. Il esquissa un pâle sourire.

— J'essaie juste de justifier la médiocrité de cette chanson.

Évelyne Brummel descendit de la scène en relevant un bout de sa grande robe. Le capitaine lui prit la main et la guida à sa table. Il la présenta aux convives :

— ... et voici enfin M. et Mme Arthur Conan Doyle.

Évelyne tendit le bras. Conan Doyle lui baisa la main. Elle vissa son regard sur le sien.

— Avez-vous aimé ma chanson, monsieur Doyle ?

— Eh bien, dit-il en jetant un regard furtif vers sa femme, pour tout vous dire, elle m'a semblé un peu... grasse.

— Je vous demande pardon ? dit-elle distraitement en s'asseyant.

— Écrire sur les rêves, c'est un joli projet, mais c'est souvent incompréhensible pour nous autres, pauvres, pauvres auditeurs.

— C'est la mélodie qui compte, répliqua-t-elle, sarcastique.

— Oui, mais une chanson, à mon sens, ce n'est pas seulement cela.

Elle se pencha vers lui, au-dessus de la table.

— Je vais vous faire une confidence, monsieur Doyle.

— Je vous écoute.

— Ce n'est pas seulement *mon* rêve.

Quelque chose frémit sur l'épine dorsale de Doyle.

— Plaît-il ?

— C'est le rêve de nombreuses personnes sur ce bateau, reprit-elle, visiblement heureuse de son effet. Demandez donc au capitaine. Je vais aller me servir du caviar.

Elle se releva, toute la table en fit de même. Elle traversa la grande salle à manger, d'un mouvement noble et élégant. Elle dépassa les grandes tables nappées de blanc, fit un petit signe à l'orchestre qui se raccordait sur l'estrade et s'arrêta, assiette à la main, devant l'imposant buffet dressé sous le principal lustre de cristal.

Doyle reporta son attention sur le capitaine, qui se rassit maladroitement sur sa chaise.

— Qu'est-ce que c'est que cette histoire de rêves ?

— Eh bien, dit le capitaine, un léger malaise dans la voix, plusieurs passagers se sont déjà plaints de cauchemars. En confrontant les témoignages, il s'est avéré que, euh, que c'étaient les mêmes cauchemars.

Doyle repoussa son assiette et croisa les bras sur la table.

— Des gens se sont plaints des rêves qu'ils faisaient en dormant ? À vous ? Ah ! C'est de la pure fantaisie ! Je veux bien croire qu'il y ait quelque chose de spécial sur ce bateau, mais de là à penser que les passagers se responsabiliseraient à ce point pour une histoire de rêves... c'est très improbable.

— Certains passagers ont eu beaucoup de mal, par la suite, à trouver le sommeil pendant les jours de croisière qui leur restaient.

Doyle tapota sur les bords de son plat avec une fourchette en argent.

— Je n'arrive pas à le croire. Rendre un capitaine responsable des rêves...

— Je suis capitaine. Ceci est mon bateau. Je suis responsable de tout ce qui s'y passe.

— Quelle abnégation !

— Merci. Pouvez-vous arrêter ceci, s'il vous plaît ?

— Quoi donc ?

— Ce que vous faites avec votre fourchette.

— Oh, bien sûr, je suis désolé.

Il lâcha son couvert.

— Mais dites-moi, continua Doyle, ces personnes, avaient-elles quelque chose en commun ?

— Je ne crois pas, non. Mlle Brummel, notre chanteuse de bord, a fait son enquête. Je crois qu'elle en sait un peu plus que moi. Mais la revoilà.

Ils se relevèrent tous au moment où elle s'asseyait. Elle les observa un moment en souriant, puis leur dit de se rasseoir, princière. Figée sur sa chaise roulante, Touie lui lança un regard noir que la chanteuse eut toutes les peines du monde à esquiver.

— Alors, monsieur Doyle, choisit-elle comme ouverture, êtes-vous convaincu ?

Doyle fit la moue.

— Le capitaine me disait que vous aviez fait votre enquête.

— C'est exact. Je suis une artiste.

— J'en suis persuadé. Mais ces personnes, qui ont des cauchemars...

— J'en ai aussi, monsieur Doyle.

— Ces personnes donc, dont vous faites partie, ont-elles un point commun ?

Évelyne sourit, radieuse à nouveau, comme une orchidée prétentieuse qui venait d'éclore au milieu de fleurs sauvages.

— Eh bien, reprit-elle, peut-être bien, oui. Mais vous n'aimeriez pas savoir lequel.

Ses yeux étaient incandescents, brillants comme des rubis. Doyle lança un regard au capitaine. Celui-ci fit tourner sa langue dans sa bouche, sourit puis reprit son repas là où il l'avait laissé.

Au milieu de cette débauche de digressions, Touie ne se sentait pas à sa place. Une bouffée de tristesse lui monta dans la gorge et elle détourna les yeux. Elle s'excusa faiblement et déposa sa serviette sur la table. Elle s'apprêtait à demander à Arthur de la mener sur le pont quand elle entrevit, perchée sur les à-pics du grand lustre, une présence qui observait la foule d'un œil tendre. Ce n'était que cela, une présence, un mouvement, une forme gracile aux courbes délicates qui embrassait la salle d'un regard doux et affectueux. Touie lui fit un petit signe de la main. Autour d'elle, le monde se ralentissait, le concert de voix devenait un vrombissement, le bruit des couverts dans les assiettes devenait le mécanisme complexe d'une grande machinerie humaine à la mélodie indéfinissable. La présence s'étira, bâilla, puis s'assit en tailleur au milieu du lustre. De son vivant, elle se serait mise à chanter, tranquillement, sans se soucier du regard des autres. Quelque part sous sa douleur, Touie se persuada que c'était ce pauvre, pauvre, pauvre Gabriel, mort pour une tâche impossible à accomplir, figé dans un monde qui ne lui appartenait pas. Touie se sentit soudainement très mal. Elle savait que ce soir, immobilisée dans son lit, ses jambes malades repliées sous elle, elle rêverait de Gabriel.

Elle regarda autour d'elle, paniquée. Arthur discutait bruyamment avec le capitaine, sa bouche se déformait alors que les mots qui en sortaient se déroulaient comme une pâte graisseuse mal pétrie. Elle était déjà seule. De toute façon, qui l'aurait crue ?

LA PLAGE ET LE DIADÈME

C'était la nuit et Fenby fit un rêve. Au départ, rien de bien dépaysant, c'était sa rencontre avec Lacejambe. Depuis sa toute jeunesse, Fenby voulait aller sur le mont Olympe. Il le voyait quelquefois en rêve, mais il hésitait à le gravir pour rencontrer les dieux. Il savait que ce qu'il voyait dans son sommeil n'était en rien la réalité. La réalité était bien plus froide. C'était sur le mont Olympe que Fenby et Lacejambe s'étaient rencontrés. Là-bas, ils avaient vécu des instants exceptionnels. Mais Fenby s'était persuadé que cette rencontre idéale n'avait été qu'un rêve. Souvent, quand il rêvait, Fenby se persuadait que ce qu'il avait rêvé était réellement arrivé. Depuis sa tragique expérience, la Valse, il lui arrivait de confondre ses deux existences. Une fois, il avait demandé à Lacejambe s'ils s'étaient vraiment rencontrés sur le mont Olympe. Le botaniste, en haussant un sourcil lui avait répondu qu'effectivement, oui... Fenby s'était senti rassuré, mais là encore, il croyait que la réception n'avait été qu'un rêve. Il avait confondu ses sphères d'existence et ne savait plus qui croire. Peut-être toutes ces réflexions n'étaient-elles que le fruit du rêve qu'il faisait en ce moment. Peut être n'y avait-il jamais eu de mont Olympe, ni de méprises métaphysiques. Oh, mon Dieu, c'était si compliqué. Un épisode somptueux, comme on en connaît peu dans sa vie. Fenby le revivait très souvent dans son sommeil. Il se plaisait à croire qu'en le polissant, telle une pièce d'orfèvrerie, il pourrait en faire un livre. Et devenir célèbre. Et devenir riche. Et puis... Et puis, à un moment, le rêve basculait. Pour une raison idiote, dont Fenby ne se rappelait jamais.

Il marchait sur une plage. Une longue plage qui serpentait autour de quelques palmiers aux formes biscornues. L'eau semblait immobile, parsemée de reflets métalliques inquiétants. L'air était gorgé d'iode, d'odeurs de crustacés et d'oursins de mer. Fenby regarda ses empreintes dans le sable. Il se retourna vers l'horizon et la mer avait disparu. Ce n'était plus qu'une large étendue désertique, baignée par une nuit noire parsemée d'étoiles bancales. Quelques palmiers solitaires se dressaient ici et là, mais la mer s'était définitivement évaporée. Fenby regarda autour de lui et ne vit pas son ombre. Il leva le nez vers le ciel et ne vit pas de lune.

Mais il vit le diadème.

C'était un large diadème noir aux contours flous qui tournait, sorti de nulle part. Fenby frissonna et se rapprocha. Le bijou était fait de plaques couleur d'ébène, aux reflets pourpres translucides, usés par le temps, incrustés de coquillages. Fenby tendit la main, juste pour le toucher, pour voir comment il réagissait à un contact. Jusqu'à ce jour, il avait toujours eu peur d'entrer en contact physique avec le produit de ses rêves. Il pensait que le jour où cela arriverait, il mourrait. Une pression invraisemblable le poussait à toucher le diadème, à frôler les imperfections du verre pour s'assurer qu'elles étaient vraies.

Il avança la main.

Il avança les doigts.

Il se vit mort, dans son lit.

Fenby se convainquit qu'il venait d'inventer tout cela. Il était sauf. Il dormait sous un duvet de plumes d'oie. Il souriait dans son sommeil puisqu'il avait triomphé. Les rêves sont souvent des pièges.

Il toucha la rugosité du diadème.

Dans le diadème, quelque chose grattait et crépitait comme une bobine électrique, un grondement métallique qui vrillait peu à peu les tympans, et qui se frottait aux parois, les heurtait tel une bête féroce en cage. Fenby savait que ce diadème était en lui, dans sa tête, et il savait aussi que ce qui y crépitait l'était tout autant. Il savait que quelque chose se réveillait. Affolé, il commença à courir, loin du diadème. Plus il avançait, plus les palmiers s'étiolaient. Le diadème semblait bouger, luire, semblait le rattraper. Dans le bijou, des formes se créaient, des mains se tendirent, sorties d'un liquide noirâtre aux reflets immondes. Le bruit devenait assourdissant, machiavélique. Le diadème appelait, comme toutes les nuits. Car le diadème avait toujours été là.

Fenby ouvrit doucement un œil. Le rêve reflua avec une rapidité fulgurante. Il alluma sa lampe de chevet et regarda sa petite montre dans la clarté lunaire. Quatre heures du matin. Son ventre gargouillait, il avait faim. Il se leva en se grattant le ventre puis, assis sur le bord de son lit, essayant de trouver le courage d'aller manger un morceau, il repensa à son rêve. L'espace de quelques petites secondes, il crut voir un bijou, un petit cristal rouge, puis le souvenir s'effaça. Il avait rêvé de sa rencontre avec Lacejambe. Il avait rêvé de l'Olympe. En très peu de temps, il oublia le diadème.

Dans la cuisine, il jeta un coup d'œil au panorama de Marseille sous la nuit : une multitude de lumières orange nichées au pied des formes sombres de collines arides. Il se sentait bien. Il prit un morceau de dinde froide dans le placard puis le mâchouilla doucement en regardant les étoiles. Il aperçut quelques silhouettes sur les toits puis il songea aux ramoneurs, en quête de leurs fleurs citadines. Son départ pour l'Angleterre, le lendemain, créait en lui un vide incompréhensible. Se pouvait-il que son pays lui ait à ce point manqué ? Finalement las, il jeta les restes de dinde à la poubelle et retourna se coucher. Pour lui, comme pour des millions de gens autour du monde et ailleurs, le Diadème n'avait jamais existé.

UNE CLÉ DE *SOL*

Pendant ce temps-là, à Paris, Frédérick Délius, compositeur de musique, sortait d'un café, le journal sous son bras. À côté de lui, assis à une table trop petite, un jeune homme vêtu d'un canotier et d'une chemise bleue faisait la cour à une jeune fille en lui tenant les deux mains. Elle lança à Délius un petit regard avide de conseils et d'encouragements. Le compositeur se contenta de sourire faiblement, puis il remit son chapeau et profita de ce superbe temps pour aller rendre visite à Notre-Dame. Il salua de sa canne une petite vendeuse de fleurs installée au coin du boulevard Saint-Germain et s'éloigna doucement vers la cathédrale.

Il faisait très beau. Quelques personnes somnolaient le long des quais, chapeau de paille incliné sur le nez, bercés par les rayons du soleil. La Seine paressait sous les ombres des ponts et Délius trouva là matière à quelques mesures intimes, aux accords étrangement orientaux. L'éclat des bâtiments renvoyait aux oreilles du musicien une résonance si précise, si nette, qu'il percevait, en battant la mesure avec le bout ferré de sa canne, les portées en surimpression sur son champ de vision. Elles se dépliaient avec une grâce dont il ne les aurait pas crues capables, lui qui avait, toute sa jeunesse, exécré les cours de solfège que sa digne mère lui assenait comme un enseignement biblique. Délius n'avait jamais eu besoin de cours. La musique lui était naturelle, un écho particulier de sa conscience, qu'il maîtrisait parfaitement, qu'il avait appris à utiliser pour mieux se placer dans l'Univers.

Quelques notes passèrent près de lui en riant. Il les esquiva en soulevant le bord de son chapeau. Elles ne firent pas attention à lui et allèrent se perdre dans une nuée d'*ut* et autres *contre-ut* qui dansaient au-dessus de la Seine. En ce beau matin d'été, les touristes étaient nombreux au pied de Notre-Dame. Ils s'extasiaient sur les bas-reliefs des rois et les gargouilles, les détaillant pour leurs enfants effrayés, blottis dans les robes de leur mère. Les notes franchirent les ponts et se délièrent sur la population. Délius sentit son cœur battre plus vite. Des paroles, des sons, des mots et des rires vinrent tinter à ses oreilles. Consciemment, il brouilla son esprit d'interférences musicales. Son seul rempart. Il sourit de son début de victoire et, de l'index, esquissa un mouvement musical qui suivait l'ondulation de la foule. Les notes et les clés, qu'elles aient été dièses, bémols ou simplement pauses, oscillaient autour de lui comme pour mieux s'affirmer : il était leur prince, leur guide.

Délius murmura à un *do* récalcitrant de se ranger à côté d'une portée de petits *mi* qui batifolaient, piaillants, autour d'un groupe d'enfants anglais, habillés de noir et de chaussettes blanches. Délius sortit son calepin et nota le mouvement. *Allegro più allegro*. Il passa entre les groupes et les pigeons, notant leurs réactions à la musique. Au bout de quelques minutes, alors qu'il avait déjà rempli trois pages de carnet, noircies d'une écriture à la limite du compréhensible, il entendit se superposer à sa perception une seconde mélopée, bien plus sombre, bien plus forte.

Il tourna sur lui-même dans le flot de curieux qui se pressaient sur le parvis de Notre-Dame. La musique semblait venir de partout et de nulle part. Elle planait au-dessus de la mêlée avec un large mouvement concentrique qui donnait le tournis. Les notes du compositeur, qui continuaient à décrire l'ambiance survoltée qui étreignait l'île de la Cité, se turent un instant. Elles s'arrêtèrent et attendirent de comprendre ce qui se passait. Délius rangea son calepin, et se dirigea vers une présence qu'il commençait à mieux définir, recluse dans un coin sombre du parvis, où les pigeons et les hommes n'avaient pas prise. Les notes, déçues d'être ainsi délaissées, se dispersèrent dans l'atmosphère en une triste sarabande. Certaines se désintégrèrent en pleurant, d'autres en pestant contre leur prince qui les abandonnait au profit de plus belles mesures. Et toutes, sans exception, avaient disparu, la rumeur s'était tue, lorsque Délius aperçut la clé de *sol*.

C'était une magnifique floraison en forme de note de musique. Ou bien était-ce le contraire ? Elle planait à deux mètres du sol, tournant sur elle-même, sans ombre. Distillée sans conscience, la musique en émanait avec une majesté insoupçonnée (pour une clé de *sol*, évidemment, considérée, à juste titre, comme étant seulement une indication de ton destinée à des notes plus fines et plus musicales). Délius s'approcha d'elle, avança le bras pour la toucher, mais son contact était fuyant. La clé s'éleva et continua à vrombir, tournoyant sur elle-même comme un danseur ivre.

Délius baissa les yeux et vit que, dans l'ombre du mur, coincé entre un pot de peinture défraîchie et un banc défoncé, un nain jouait d'un orgue de Barbarie. Son visage enfoncé sous une casquette rapiécée, il ne disait mot. Il se contentait de tourner la manivelle avec l'absence d'un aveugle. Hormis la clé de *sol*, aucune autre note ne sortait de l'instrument. Et pourtant... et pourtant. La musique était si belle, si harmonieuse que Délius pensa qu'elle pouvait exister sur plusieurs états de conscience à la fois, sensible au moindre frétillement émotionnel.

— C'est votre œuvre ? demanda Délius.

Le musicien ne lui répondit pas et, toujours engoncé sous l'épaisseur de sa casquette, ne semblait pas manifester le moindre signe d'intérêt à son entourage. Délius fit une moue de désapprobation : ce n'était pas très *gentleman*. Il sortit son calepin et commença à griffonner les quelques accords qu'il pouvait identifier dans les fluctuations de la mélopée.

— Vous n'avez pas le droit de faire ça, dit le musicien, sans l'ombre d'une émotion dans la voix.

— Vous parlez donc.

— Bien sûr que je parle, vous me prenez pour quoi ? Un automate ?

— Disons pour une gargouille.
— Les gargouilles parlent...
— Je vous demande pardon ?
— ... mais personne ne les écoute.
— Quel est votre nom ?
— Qui est-ce que ça pourrait intéresser ?

Il continuait à jouer fixement, sans sourciller ni bouger. Délius ne voyait même pas la bouche articuler les mots qui en sortaient. Seul son bras semblait animé de vie.

— Frédérick Délius.

Contre toute attente, le pauvre homme tendit sa main mais le musicien ne fit rien pour la serrer.

— J'ai entendu parler de vous, monsieur Délius.
— Vraiment ?
— Et je vous connais bien.
— Vous semblez savoir beaucoup de choses.
— Je suis médium.
— Où avez-vous appris ce passage ?
— Quel passage ?
— Celui que vous jouez sur votre orgue.
— Je joue ce qu'il y a sur la partition mécanique.
— Ce n'est pas vous qui l'avez écrit ?
— Non. C'est mon orgue.
— Où avez-vous entendu parler de moi ?
— Nulle part.
— Je... et la clé de *sol* ?
— Vous êtes compositeur, vous devriez comprendre sa signification.
— Je ne suis donc pas fou, vous la voyez, vous aussi.
— Quoi donc ?
— La clé qui tourne au-dessus de nous.
— Évidemment que je la vois, c'est mon orgue qui la crée.
— Comment fait-il ?
— Est-ce que je vous demande comment vous créez vos notes en vous promenant ?

La révélation souffla Délius.

— Co... comment avez-vous réussi à voir ce que je créais ?

— Vous croyez que tout se passe dans votre tête, monsieur Délius ?

— Eh bien, je...

— C'est faux. Mais comme des milliers d'aveugles sur cette terre, vous ne voulez pas l'accepter. Pour vous et vos modalités d'existence, qui vous empêchent de passer à l'étape supérieure, c'est du fantasme, du rêve.

— C'est le but de l'existence, oui.

— Vous vous trompez. Et vous le savez. Vous êtes-vous déjà posé la question de savoir d'où venait votre talent, monsieur Délius ?

— Mon talent ? Je... je ne sais pas.

— Je vous croyais plus vif que cela. Cherchez au fond de vous-même.

— Et qu'est-ce que j'y trouverai ?

Maintenant, Délius avait peur. Devant lui ressurgissait la hantise des jours passés.

— Ce qui vous lie aux autres. Pourquoi j'en sais autant sur vous et votre intimité ? Votre clé de *sol*.

— Comment savez-vous tout cela ? Vous êtes vraiment médium ?

Il n'y eut pas de réponse, seulement le lancinant refrain de la mélodie, récurrente, telle une boucle temporelle aux implications différentes à chaque nouveau passage.

— Si vous êtes vraiment médium, peut-être pouvez-vous me dire l'avenir.

— Vous ne savez pas ce qu'est un médium.

— Peut-être pas.

— Mais je peux vous dire votre avenir, monsieur Délius. Vous allez au-devant de graves ennuis.

Il fit une pause.

— Regardez derrière vous.

— Derrière moi ?

Délius se retourna. Il n'y avait personne, seulement quelques badauds impassibles devant la majesté de la cathédrale. Quand il se retourna, l'organiste était parti.

Choqué par cette discussion, Délius fit un pas en arrière et sortit de l'ombre. La clé de *sol* le hantait comme le symbole de son échec, la beauté totale, la victoire de la musique sur l'existence mondaine. La mélopée de l'orgue voguait encore au-dessus de la place mais, déjà, elle s'effaçait pour laisser place au renouveau de l'esprit musical du compositeur. Agacé par sa faiblesse, par son manque d'assurance, Délius s'assit sur un banc. Devant lui, un gros homme moustachu, qui semblait aussi heureux qu'un roi, donnait à manger aux oiseaux. Les volatiles se perchaient sur lui, le recouvraient de picotis et de piaillements. Ses vêtements étaient sales et c'était probablement sa seule possession. Délius pensa qu'il venait ici tous les jours, vouant sa vie à nourrir les oiseaux indolents qui fréquentaient la cathédrale. Le flot de tristesse qui l'envahissait était de mauvais augure.

Il repensa à cette musique, cette clé de *sol*, cette boucle qui passait et repassait incessamment sur le même point invisible. Un point qui, aiguisé par les passages répétitifs, devenait aussi brillant et poli qu'un bijou de famille. Un bijou de famille. Un bijou. Un diadème.

Délius remonta les quais et chercha des yeux une bijouterie. Devant la vitrine d'un artisan suisse, il observa la profusion d'écrins, de facettes, et trouva ce qu'il cherchait, un petit rubis qui reposait dans une boîte rembourrée de velours. Il était magnifique, très cher aussi. Délius fronça les sourcils. Peut-être était-ce cela qui le hantait. Ce diadème, peut-être était-ce son talent. Peut-être qu'à force de polir sa pensée, il en arrivait à cela, à un bijou. Un musicien bijoutier des sens. L'idée fit vibrer quelque chose en lui, comme un ronronnement. Il voulait mettre le doigt dessus, une peccadille qui traînait sur sa langue mais qui refusait de tomber et de se révéler. Brusquement, l'idée du diadème était partie, et il ne sut même plus si elle avait jamais existé.

Il haussa les épaules. Dans quelques semaines, il serait à New York. On lui proposait un travail important, largement rémunéré, où son talent, sa verve et son imagination seraient sollicités à tous les instants. Mais cette pensée l'attrista soudain. Vendre ce qu'il avait en lui l'écœurait mais, et c'était fatal, c'était sa vie. Il repensa au couple heureux du café et se surprit à les envier, à envier cet état de grâce, entre l'anonymat et le bonheur d'un rien. Lui se sentait souillé, déchu. Il irait à New York, oui. Mais qu'y ferait-il ? Baissant la tête, tel un vaincu, il rentra à son hôtel sans penser à rien, pris dans une musique intérieure aussi sombre que son destin.

Depuis quelques années déjà, les Anglais s'adonnaient à la coutume du lunch, au détriment du traditionnel breakfast à base de harengs fumés, de rôti de bœuf, de saucisses, bacon, porridge, crackers et kidneys. La portée historique de ce changement de mœurs s'imposa dans l'esprit de Fenby quand, pris d'un certain dégoût, il dévisageait son pique-nique. Il posa sa fourchette et son panier-repas sur la banquette et tira son journal pour ne pas avoir à rester là à rien faire, bloqué dans un compartiment bouillant, sous le regard inquisiteur et inquiet des membres du conclave. Les paysages anglais qui défilaient derrière sa vitre ne pouvaient pas le distraire : il ne les connaissait que trop bien et les retrouver n'était pas pour le réjouir.

Il parcourut rapidement les colonnes du quotidien. Pas grand-chose de nouveau dans le monde. C'était 1897, bientôt la fin d'un siècle. Chaque année, le soleil devenait plus chaud et certains savants avaient prédit la fin du monde pour 1900, à la suite d'une fonte des grands glaciers du nord. Lacejambe, lui, pensait qu'en 1900 les citoyens de tous les pays auraient des fusées dans le dos pour voyager et se rendre au travail. En Angleterre, les festivités du Jubilé de diamant de la bonne reine Victoria, qui s'était déroulé en juin, battaient leur plein. Le peuple l'aimait et lui avait confié sa destinée de peuple souverain. New York allait fêter les lucioles, et célébrait cette année l'intégration de Brooklyn, Staten Island, du Bronx, Manhattan et du Queens. La ville allait devenir gigantesque, peut-être la plus grande ville que le monde civilisé n'ait jamais connue. Le journaliste du *Times* semblait admiratif devant les préparatifs qui, déjà, agitaient les plus grands artistes de la ville américaine. Les pages spectacles annonçaient une reprise de *Lorenzaccio* à l'Elephant and Castle de Londres. Fenby ferma les yeux et essaya de se rappeler la pièce, qui n'avait été montée que l'année précédente, alors qu'elle avait été écrite en 1834. Oui, 1834, c'est cela. Il essaya de se souvenir des traits du Lorenzo, entre la douleur et la tristesse infinie, sa résignation devenant l'équivalent d'une raison de vivre. Qui était donc cet acteur sublime ? Ou bien était-ce une actrice ? Sarah Bernhardt peut-être. En dernière page du journal, on signalait que la canonnière française Avalanche, patrouillant dans le nord de la baie d'Along, au Tonkin, avait tiré au canon sur deux serpents de mer en train de s'ébattre dans l'eau.

Plongé dans les remous compulsifs de l'actualité, Fenby ne fit pas attention à l'arrêt du train en pleine campagne. Le compartiment était désormais vide et il pouvait entendre quelques éclats de voix dehors. Il baissa un peu plus la fenêtre, reçut une bouffée de chaleur sur le front et tordit le cou pour apercevoir ce qui se passait. Un attroupement s'était formé près du quatrième wagon, pas très loin de là. Il y avait le chef de train, le conducteur, quelques paysans, des voyageurs, le conclave. D'un grand geste de la main, Fenby appela Gibbs, qui s'était accroupi près des roues du wagon, s'éventant le visage avec son chapeau melon.

— Eh bien ? cria Fenby.

— Vous n'allez pas le croire...

— Quoi ? Qu'est-ce qu'il y a ?

— Il y a eu une sorte d'accident.

— Un accident ?

— Le train a écrasé quelqu'un.

— Quoi ?

— Le train a écrasé un homme !

— Mais comment diable est-ce possible ? Il n'a pas vu le train venir ?

— Il semblerait qu'il ait été attaché aux rails !

— Attaché ?

— Le train va reculer pour qu'on puisse voir à quoi il ressemble.

Gibbs pesa soigneusement l'incongruité de cette décision.

— On ferait peut-être mieux de le laisser là-dessous, dit-il en se frottant les cheveux.

Gibbs partit informer les conducteurs. Fenby se rassit dans le compartiment. Ce voyage devenait dangereusement hors de contrôle. D'abord, la présence insupportable des membres du conclave qui, pendant tout le trajet, n'avaient pas cessé de l'examiner, agglutinés sur la banquette d'en face, serrés comme des harengs. Fenby avait bien essayé de lancer une conversation, mais ils restaient à le regarder comme un paria ou un pestiféré, incompréhensible et babillant. Seul Gibbs semblait doué de raison. Mais lui avait compris l'astuce, car il avait passé le voyage à dormir, son chapeau, baissé sur les yeux.

Ensuite, il y avait cette migraine qui lui vrillait le cerveau, comme une insupportable mouche bourdonnant derrière un rideau. Il entendait des voix caverneuses résonner dans ses synapses et neurones. Il percevait des rires, des sons de crécelles, de clochettes et des mélodies flûtées. Que se passait-il donc autour de lui ? Était-ce si dur de retourner chez soi ?

Quand le conclave rentra dans le compartiment, quand le train s'ébranla et repartit, laissant derrière lui une traînée de sang et quelques bouts de cordes déchiquetées, Fenby souffla et s'endormit aussi vite qu'il le put. Son rêve était confus et oppressant, rempli de voix piaillantes et de cris d'oiseaux. Quand il ouvrit les yeux, encore étouffé par le sommeil, ils étaient à Londres. Coincé entre deux wagons, attendant patiemment l'arrêt complet du train, ses bagages en main, Fenby regardait les passagers s'affairer, avec leur sens anglais du timing et du rythme. Il les écoutait se railler et discourir de faits sans importance, avec cet accent arrogant qu'il avait appris à évincer de ses paroles avec empressement. Selon Lacejambe, l'effort avait été vain.

Une fois dans la gare, Fenby mit un certain temps à reconnaître les lieux. Il fut terrifié de voir à quel point sa ville lui avait manqué après tant d'années d'exil – presque quinze ans, pensez donc. Gibbs remarqua sa gêne et se posta derrière lui :

— Fenby ? Tout va bien ?

— Oh... oui, je pense. C'est juste que je suis un peu ému.

— Vous ne m'avez pas dit pourquoi vous étiez parti.

Fenby regarda l'immense horloge qui lorgnait sur les quais, du haut d'une grande structure métallique en forme de dentelle.

— Je ne sais plus. Je crois que je voulais m'éloigner de mes souvenirs. C'était trop dur à garder.

Gibbs fit claquer sa langue et lui donna une tape dans le dos :

— Allez, laissez cela et hâtons-nous. Nous avons du travail.

Ils prirent un fiacre et se dirigèrent vers le cœur de la ville. Sous le soleil, Londres était magnifique. Plus tard, quand Lacejambe lui demandera de décrire ses retrouvailles avec sa ville, Fenby dira qu'on ne peut pas raconter Londres. Londres se vit. Puis il ajouterait :

— C'est un peu comme se trouver au sommet d'une montagne, avec un orchestre qui joue en fond. Tout tourne autour de vous, mais vous restez immobile. Les odeurs des sachets de thé se mêlent aux émanations de la Tamise ; les plus nobles personnages, en costume noir et parapluie, marchent sur des mendiants avec des foulards autour du cou, des clochards qui se sont organisés en véritables microsociétés, qui rivalisent d'influence avec les clubs de St. James. Les perspectives sont trompeuses, les rues se divisent et se télescopent, l'ambiance est inimitable, Lacejambe. C'est comme se tenir au centre d'une centrifugeuse culturelle, qui parle autant à l'intellect qu'aux sens. C'est un brouillard, un son de fiacre, un roucoulement de pigeon, une mélodie lors de la relève de la garde. C'est vert, bleu et rouge. Surtout rouge. Ce sont les traditions, les ruelles pavées, les bouchers et les arrière-cours chères à Stevenson. C'est ma ville, bon sang. Nous naissons londoniens, nous mourons londoniens. C'est cruel.

Alors que le fiacre remontait Tottenham Court Road, qu'ils dépassaient à rebrousse-poil une foule de gens dense qui se pressait, tête baissée, sur les étroits trottoirs pour se dérider l'esprit, Fenby remarqua le parapluie de Grove, qui s'était assise en face de lui.

— Vous avez un joli parapluie, dit-il en souriant, ravi de cette ouverture.

— N'est-ce pas ? C'est tout nouveau. C'est un inventeur suisse qui a fait ça : une petite pression sur le bouton et hop ! un petit ressort détend les baleines.

— Oui, oui, je connais le mécanisme, Lacejambe a le même chez lui.

— C'est une invention incroyable. Je vous garantis que, dans quelques années, ce sera le *nec plus ultra* de l'homme de haute société.

— Vous êtes une femme, il me semble.

— Ce n'est pas une raison pour être sarcastique.

— Toutes mes excuses, Miss.

Il s'inclina et tira son chapeau, à la fois par politesse et pour cacher le mince sourire qui étirait ses lèvres. Puis il cligna des yeux :

— Pourquoi portez-vous donc un parapluie ?

— S'il pleut, vous serez heureux de vous abriter.

— Nous sommes à Londres, mais quand même, nous sommes en plein mois de juillet.

— Eh bien ?

Fenby la dévisagea. Il revit, en silence, les images de son départ de l'Angleterre, dix ans plus tôt. Il revit ce pays qu'il abandonnait, ces fausses convictions, complexes et trompeuses, qui lui assuraient un avenir de dilettante. Il se souvenait de ces tristes moments, perdus dans la lande, à errer en demandant de l'aide. Le choc émotionnel fut trop violent pour ses nerfs en bouillie. Il demanda au cocher de stopper le véhicule et il alla vomir son lunch sur les trottoirs de la capitale.

LES ESMÉRALDA QUE L'ON MÉRITE

Extrait non daté du journal intime de Kevin Laird.

Encore une fois, je n'ai pas dormi. Depuis combien de temps n'ai-je pas dormi ? J'ai l'impression que le fait de connaître l'existence du Diadème, de ne plus pouvoir l'oublier, m'empêche de dormir. Seulement rêver par procuration.

Elle portait un grand chapeau blanc avec deux longs rubans. Elle était belle que je n'ai pas pu résister à l'idée de tout lui faire comprendre. Je l'ai invitée à la table d'un café près de Notre-Dame. On voyait les quais et les gens passaient sans se soucier de moi. Ses cheveux remontaient dans le cou avec un mouvement superbe, fixés par un camée rose d'une rare finesse. Je captai un reflet de lumière sur une des boucles qui ondulaient sur ses tempes délicates. Elle me parlait et je faisais semblant de l'écouter. Je souriais. Je lui plaisais. C'était une expérience bizarre, aussi irréelle qu'un rêve. Tout dans cette journée avait l'air d'un rêve. Le soleil, l'eau de la Seine, les gargouilles sur les sommets des édifices.

Mû par l'instinct, je l'ai emmenée voir l'intérieur de la cathédrale. Pour moi, cet endroit est, à lui seul, l'expérience d'une ère, d'un bout d'humanité laissé en friche dans le temps. Alors que nous marchions entre les colonnes, monumentales et silencieuses, elle me prit la main. Elle se tourna vers moi, me laissa en cadeau un petit baiser sur les lèvres et s'écarta pour admirer les vitraux avec les tics d'un enfant qui découvre la mer. Je l'ai laissée seule et je me suis réfugié dans un coin de l'édifice, un angle que tout le monde évitait, près d'un portique où se tenaient deux anges côte à côte, munis d'épées somptueuses et de robes aux plis détaillés. Je tremblais. Je me blottis dans le coin et la pierre sentait le médiéval. En relevant la tête, je pouvais voir la perspective du plafond plonger vers moi. Le gigantesque vitrail central me renvoyait la lumière bleue du dehors. Je me calmais. Je respirais la poussière accumulée depuis des siècles et je me sentais mieux. Le passé possède une odeur, car le parfum et le passé se marient bien. Les senteurs dégagées par les fouilles archéologiques, ce discret mélange de poussière, de moisi et d'odeurs spécifiques, frappent l'imagination autant que les images. Je touchai timidement la pierre froide du bout des doigts. J'eus comme une décharge d'électricité et je sortis en courant, entraînant la fille par la main.

Je l'emmenai à l'hôtel. Le réceptionniste nous donna une chambre au dernier étage. De là, je regardai Paris. Je me penchai pour mieux détailler le Sacré-Cœur, perché loin sur sa colline. Derrière moi, elle s'approcha. Elle me prit par la taille. Je me retournai et la regardai. Oui, elle était belle. Oui, elle était différente des autres, je le savais. Sa façon de me tenir, de me dévisager, avait quelque chose d'arrogant et de terriblement choquant. Mais je n'étais pas un gentleman.

Je défis sa longue robe, qui s'étendit à ses pieds avec la grâce d'une flaque d'eau. Je la déshabillais doucement, en prenant soin de faire glisser doucement les vêtements sur son corps blanc. Elle portait un médaillon à son cou, qui retombait sur sa poitrine comme une larme de sel. Je l'embrassais, d'abord dans le cou, puis sur un téton, et je la couchais sur le lit, en la caressant, en dessinant tendrement les contours de ses formes graciles. Elle ne bougeait pas et se laissait faire. Elle ferma les yeux et se mit à rire.

Nous fîmes l'amour, puis je lui fis du thé.

Dans ma hâte, dans ma passion, je me suis dit, encore une fois, qu'elle était épargnée, que le Diadème ne l'avait pas encore trouvé. Peut-être ma quête touchait-elle à sa fin. C'était heureux, car je n'en pouvais plus. Mon équilibre mental vacillait et je n'étais pas sûr de pouvoir brouiller les pistes trop longtemps. Il fallait que je trouve très vite quelqu'un à qui parler, quelqu'un à qui me confier et qui pourrait m'aider.

Malgré tout, aujourd'hui, ils ont trouvé le cadavre. Il y avait toute une foule agglutinée autour, comme pour un combat de chiens. Je me suis avancé. Un moment, un policier m'a repoussé. Le contact de sa main m'a fait tout drôle. Je l'ai regardé dans les yeux, mais il n'a pas fait attention à moi. C'était un imbécile. Il m'a forcé à rejoindre le périmètre de sécurité et à attendre. Attendre quoi ? Je n'avais pas besoin de rester là. Je suis parti, j'ai rejoint mon hôtel. Et je me suis allongé sur mon lit. Sans dormir, les yeux grands ouverts.

Je me revois enfant. Je cours avec mon petit frère dans les hautes herbes d'une forêt qui me semble déjà bien loin. Nous rions et nous jouons. Rien ne peut nous arriver car nous sommes invincibles. Et pourtant, je ne peux me résoudre à croire que le Diadème torture aussi mon petit frère. Il faudrait que j'en sois sûr. J'ai été stupide de croire que je pouvais trouver de l'aide ailleurs que chez moi. Maintenant je mesure mon erreur, mais la folie a cela de formidable qu'elle empêche tout discernement critique. Maintenant que je suis au bout du che-

min, je me surprends à penser, dans l'exiguïté de mon compartiment de train, à la force de ma famille. Peut-être Josh et les miens me comprendront-ils. J'ai toujours voulu qu'ils soient fiers de moi. J'aimerais qu'un jour, ils puissent me dire : « Kevin, tu as réussi, tu as montré ta différence, ton génie. Nous t'aimons et nous ferons tout pour toi. »

Oh oui. J'aimerais que ce soit comme cela.

LA FLEUR

Lacejambe nettoyait la lentille de son microscope avec la délicatesse et la patience d'un père attentif. Il l'essuya avec un chiffon neuf, la frotta avec un peu de savon, en tailla les contours avec une petite lime de poche. Le microscope, une machine horrible qui tenait plus de la chaudière que de l'instrument de précision, siégeait, tout de cuivre et de tuyaux vêtu, sur le grand bureau, en acajou, situé sous une alcôve du laboratoire. Autour, quelques fleurs, une *Mauvana tlatha*, une *Felix mix* ou encore quelques pousses broussailleuses de *Phylimanes nasso*. Lacejambe aimait bien son bureau. Jonché d'objets divers, de lunettes, de plumes, de jouets, de plantes en pots, de bijoux, c'était son refuge, son roc, l'endroit où il écrivait ses traités, où il dormait quand, trop fatigué pour rejoindre le canapé défoncé de la verrière, ses recherches le menaient trop tard dans la nuit.

Lacejambe avait amené François, pour lui tenir compagnie. Le mainate aimait le laboratoire et Lacejambe se plaisait à lui parler, à discuter en analysant quelques nouveaux spécimens. François répondait sans cohérence, mais permettait aussi au botaniste de se concentrer sans difficulté. À cette heure, François, plutôt que de voleter tranquillement dans la verrière, préférait la quiétude de sa cage et ronflait bruyamment.

Lacejambe prit la fleur entre ses longs doigts. Il la tint

devant le luminaire : ses reflets rayonnaient sur les meubles de la pièce. La capacité réfléchissante de la fleur avait, quelques heures auparavant, étonné Lacejambe : le spectre de lumière qu'elle diffusait atteignait des extrémités insoupçonnées, comme un rayon de soleil vu à travers les ailes d'un papillon.

Lacejambe poussa un soupir de découragement. Puis il revint à son bureau, pianota un air de Tchaïkovski, puis il eut une idée. Il maintint la fleur avec une petite pincette en argent gravée à ses initiales, et gratta un peu les pétales avec un scalpel. Il fit tomber les microscopiques épluchures dans une petite éprouvette. Il les isola avec un produit de séparation de son invention et attendit, en fumant une cigarette, que l'ensemble séchât. Après quelques minutes, il le démoula, tel un petit gâteau, et en coupa une tranche. Il la mit sous son microscope. Au début, il ne vit rien d'autre qu'un flou, puis il fit le point, en tournant une grosse manette en cuivre. L'image devint plus nette et il aperçut les mouvements microscopiques de la fleur. Ses pressentiments étaient fondés : la fleur vivait toujours car, sous ses yeux, les particules bougeaient et frétillaient de façon surprenante, comme dansantes, ondulant leurs ridicules silhouettes sur un air absent. Lacejambe se pencha sur son appareil et se fit mal à l'œil. Il voulait voir plus loin, car quelque chose l'intriguait. Il manœuvra la manette de l'engin et força la lentille. Les formes devinrent plus grosses, leur entourage mieux défini.

Lacejambe faillit s'étouffer en prenant conscience de ce qu'il voyait : en détaillant le mouvement des cellules, il se rendit compte qu'elles esquissaient une sorte de partition, jouant le rôle de notes sur les portées fictives des anfractuosités du verre. Il n'en crut pas ses yeux.

Pour se rassurer, il se versa un verre de cognac.

Puis il alla couper une autre tranche de gâteau de synthèse et la disposa dans une éprouvette. Il avait dans l'idée de tester ses réactions. Il sortit du placard son nécessaire de chimie et disposa le tout sur un grand établi. Pendant presque quatre heures, il essaya toutes les combinaisons possibles. Tous ses produits y passèrent mais rien n'y fit : la tranche restait stoïque, inerte à ses manipulations et son savoir-faire. Cette effronterie avait le don de le faire enrager. Désormais, la tranche baignait dans un liquide bleuâtre assez écœurant. Juste pour voir – cela ne pouvait plus empirer – il y déposa quelques cendres de sa cigarette. Rien. Enfin, découragé par la tournure des événements, la vue fatiguée par trop de concentration, il y versa une dose de cognac. Ou plutôt trois. Comme ça, juste pour voir.

Et là, enfin, il se passa quelque chose.

Au début, ce n'était rien, quelques remous dans le bouillon de culture, un vague mouvement sous-marin. Lacejambe avança le visage vers la petite bassine et mit ses yeux au niveau de l'eau. Oui, il y avait bien quelque chose, comme un petit tourbillon qui se formait à la surface. Lacejambe avança son nez. Une odeur étrange se dégageait de la bassine.

Il vit des formes bouger à la surface, des rides parallèles qui s'écartaient en s'étoilant. Puis, soudainement, deux yeux s'ouvrirent dans l'eau, deux immenses pupilles, rieuses et folles. Le botaniste fit un pas en arrière. Les yeux commencèrent à sortir de l'eau. Plus bas, un visage se dégagea du liquide, terrifiant. Puis le mélange bouillonna et deux vagues mains sortirent de la bassine. Elles s'agrippèrent au bord et se hissèrent le reste du corps qui ondulait comme un buisson agité par le vent. Lacejambe s'empara de son parapluie, paisiblement rangé dans une hotte près du bureau. Il y eut quelques râles en provenance de la bassine alors que la créature, qui semblait sortir de la fleur elle-même, continuait de naître. Le botaniste remonta les manches de sa chemise. Pas question de fuir.

La tête de la créature se précisa, grotesque, macabre et hilare, puis elle se brouilla à nouveau, comme du *shimy* dans la vision. Lacejambe chercha du regard une aide quelconque. De l'autre côté de la verrière, François s'agitait dans sa cage et commençait à piailler. Mais c'était une cage en acier, solide comme du roc. Le mainate ne pourrait jamais en sortir.

La créature était maintenant pratiquement formée. Seuls ses pieds restaient dans la bassine, mais elle était encore trop floue pour être clairement définissable. Effrayé, Lacejambe s'approcha de la porte d'entrée, finalement prêt à s'enfuir, à prendre ses jambes à son cou et à parcourir la ville en hurlant sa découverte. Mais, dans un élan de générosité qu'il ne comprit pas, il ne voulut pas abandonner François. Il tapa du pied sur le sol. Quel stupide, stupide animal.

Les pieds de la créature se hissèrent enfin et elle retomba sur le sol dans un éclaboussement. Son ombre s'étendit jusqu'au botaniste, fasciné par la beauté tentaculaire de ce qu'il avait contribué à créer. La créature se pencha, étira les bras, les doigts, et poussa un hurlement tétanisant. Lacejambe hurla à son tour. Surprise, la créature le fixa d'un drôle d'œil, entre l'incompréhension et l'appétit farouche. Elle prit conscience du lieu où elle était, regarda sous ses pieds, leva la tête vers le plafond. Puis, voyant qu'elle avait largement le contrôle de la situation, le monstre sourit et se précipita vers sa proie.

Lacejambe bondit sur la grande armoire où il rangeait ses instruments de travail et grimpa aussi vite qu'il put. La créature heurta le meuble. Lacejambe faillit basculer. Empoignant le parapluie, il se hissa jusqu'au sommet de l'armoire. Ses semelles de cuir glissèrent sur le bois ciré. Quel stupide, stupide meuble ! La mâchoire de la créature, empêchée de mordre à cause des moulures du meuble, trop saillantes, claqua à quelques centimètres du torse du botaniste. Il arrondit les yeux et déglutit. La créature ouvrit la bouche à nouveau. Ses dents, de fines tiges translucides aiguisées comme des lames de rasoir, s'ouvrirent sur un néant sans fin. Sans trop réfléchir, Lacejambe y enfonça le parapluie. La pointe se coinça entre deux dents. La créature gémit, hurla, mais cela ne suffit pas à la calmer. Le botaniste roula vers le mur, espérant que les moulures le protégeraient assez longtemps. Assez longtemps pour quoi ? La créature griffait et postillonnait. Elle mettait en pièces l'armoire.

Lacejambe, bien décidé à sauver sa peau, sauta du meuble et courut, ventre à terre, vers la cage de François. Derrière lui, la créature s'apprêta à bondir. Mais elle était plus intelligente. Elle tira le tapis persan qui couvrait tout le sol de la verrière. Déséquilibré, Lacejambe alla valdinguer contre une lourde chaise. La créature fit quelques longs pas, sans se fatiguer, et vint jusqu'à lui. Lacejambe suait, et son gilet lui semblait trop étroit. La créature s'immobilisa devant lui et le dévisagea de ses grands yeux fous.

— Petit, petit... dit Lacejambe sans grande conviction.

Elle le fixait si intensément que ses rétines le brûlaient.

— Susucre ?

La créature siffla. Dans ses yeux, Lacejambe ne vit que du vide, encore du vide, rien que du vide. Elle ne vit en lui qu'un bon gros repas. Inutile de discuter. Elle ouvrit grand la bouche. Lacejambe avisa le parapluie, toujours coincé, dégoulinant de bave. Et il remarqua le petit bouton pressoir rouge. Plus rapide que la créature, il tendit la main et appuya sur le bouton une fraction de seconde avant que la mâchoire ne se referme. La créature poussa un hurlement de douleur effroyable quand le parapluie se détendit dans sa bouche. Lacejambe bondit et poussa la bête vers les murs de la verrière. En passant, il bouscula la cage de François, qui alla buter contre le tronc d'un séquoia miniature, que Lacejambe conservait depuis sa plus tendre enfance. Sous le choc, la cage s'ouvrit et le mainate s'envola en hurlant : « Alarme ! Alarme ! ». La créature et le botaniste, emportés par l'impulsion, s'écrasèrent contre un énorme cactus. Les piquants se ruèrent à l'assaut de ces proies faciles. Lacejambe et la créature hurlèrent de concert. Le botaniste tourna sur lui-même, les bras refermés autour du monstre. Malgré la douleur, il continua à pousser, à pousser, à pousser. Complètement groggy, le visage de la créature se déformait sous la pression du parapluie et son corps, parsemé de piquants, lui faisait mal.

Lacejambe ne savait pas trop où aller, mais, en entendant les cris du mainate au plafond, qui agissaient comme une bouée en pleine tempête, il changea de cap et précipita la créature vers la cage. Elle ne comprit qu'au dernier moment. Lacejambe la poussa brusquement dans l'ouverture. Il savait que le monstre était fait d'eau et de fleurs, deux corps extensibles : malgré la petite ouverture, il entrerait. Lacejambe gémit sous l'effort. Avec un bruit de succion, la créature pénétra dans la cage. Ses griffes lacérèrent la chemise de son agresseur. Lacejambe se dégagea au dernier moment et la main passa en coup de vent, arrachant des lambeaux de tissu comme seuls trophées. Enfermée, la créature persiflait, en attendant de reprendre son souffle pour trouver la force de sortir. Lacejambe ne chercha pas à comprendre. Il se rua vers elle, mains tendues en avant, et donna un grand coup sur le parapluie, qui, forcé de se replier, coincé dans la gorge du monstre, le transperça de part en part. Elle eut un dernier gargouillis d'impuissance et, très vite, ses longues mains, déformées par la crispation de la mort, retombèrent pour se balancer mollement à quelques centimètres du sol.

Exténué, le botaniste s'écroula par terre. François vint se percher sur ses genoux, finalement assez calme. Lacejambe regarda le carnage avec un soudain sentiment de fierté. « C'est moi qui ai fait ça, pensa-t-il avec un large sourire. Bertrand Lacejambe, botaniste, tueur de monstres. »

UNE AUTOPSIE

D'un rose criard particulièrement laid, le cerveau de la jeune femme gisait sur le plateau cuivré d'une balance médicale. Benoît, le commis, que la vue de l'intimité humaine ne chamboulait plus depuis déjà quelques mois, le détailla avec une petite pincette :

— Vous voyez cette marque ? Là, regardez mieux.

Fenby se pencha sur la table d'autopsie. Derrière lui, le conclave fit de même, d'un seul et même mouvement irritant, comme quelqu'un qui lisait par-dessus votre épaule.

— Quoi donc ? demanda Fenby. Ce petit losange, là ?

— Oui. C'est une marque naturelle.

— Comment est-ce possible ? On dirait que ça a été découpé avec un scalpel.

— Non, monsieur, c'est naturel. Et vous savez le plus incroyable de l'histoire ?

— Dites-moi.

— Quatre-vingt-dix pour cent des macchabées qui entrent ici ont le cerveau dans cet état. Oui, monsieur.

— Quoi, avec cette marque ?

— Absolument.

— Vous blaguez.

— Les commis sont effectivement très blagueurs.

— Ah !

— Mais c'est la vérité. C'est sûr, vous n'allez pas lire ça dans les livres de médecine. Si le monde savait ce qu'il a vraiment dans la tête, il ferait une révolution.

— Êtes-vous en train de me dire que quatre-vingt-dix pour cent des gens qui rentrent ici, donc qui sont morts...

— En général, oui.

— Quatre-vingt-dix pour cent des morts, donc, ont cette espèce de figure, ce petit diamant, gravé sur le cerveau ?

— C'est absolument ce que je dis.

— Et les dix pour cent qui restent ?

— Environ six pour cent n'ont plus de cerveau en entrant.

— Et les autres ?

Le commis se tripota l'oreille, fronça les sourcils.

— Je ne suis pas autorisé à vous dire ça. C'est secret. Si le médecin légiste en chef était là, il vous dirait ce que vous voulez savoir. Il a fait pas mal de recherches là-dessus.

— Où est-ce que je peux le trouver ?

— Il est en vacances en France, je crois.

— Et ces découvertes qu'il a faites, vous ne pouvez rien m'en dire ?

— Vous savez, je ne suis qu'un commis. Je ne sais pas si j'ai le droit de divulguer cette information. Et puis, je ne sais pas grand-chose. C'est un monsieur plutôt secret. Mais je crois que ça a un rapport avec...

Fix s'avança vers Fenby.

— Excusez-moi si je gêne, mais qu'est-ce que ça aurait à voir avec nos meurtres ?

Fenby soupira :

— Rien, probablement, mais je me méfie de tout. Laissons de côté le cerveau et regardons le reste du corps.

La victime se nommait Amandine Chatillon, retrouvée morte dans un hôtel minable à Saint-Michel, Paris. Elle avait été belle et ses yeux ressemblaient à ceux d'une poupée de porcelaine cassée. Une petite serviette blanche était chastement jetée sur son bas-ventre. La voir dans son ensemble relevait de la vision d'horreur : son ventre, vidé de ses organes, béait, noir et gluant. Sa peau était si pâle qu'on aurait pu voir à travers. Il restait encore quelques fleurs accrochées à des bouts d'os brisés. Jubly se signa. Le visage de la jeune femme reflétait la gaieté la plus réjouissante et, en la voyant ainsi sourire, Fenby sembla la comprendre et, pendant un instant, partagea son bonheur.

— Dites-moi, demanda Fenby. Comment se fait-il que cette Française soit autopsiée chez vous ?

— C'est convenu avec les gouvernements européens.

— Un accord ?

— Nous centralisons les cadavres à Londres. D'après le guide Fogg des meilleures morgues, nous passons pour le meilleur service légiste d'Europe.

— Il faudra que vous me prêtiez ce livre.

Il y eut un petit moment de flottement.

— Et que pouvez-vous nous dire des circonstances de sa mort ? reprit Fenby. Par exemple, si elle a été... enfin, vous savez... elle a souffert... Fenby regarda autour de lui pour bien montrer son embarras. Il toussa puis sourit : ... Comme si elle a eu des rapports avant... enfin, pas elle, mais si on l'avait forcée à...

— Si elle a été violée.

— Oui, en quelque sorte.

— Eh bien, non. Je ne crois pas. Elle a eu un rapport sexuel peu avant de mourir, mais rien de brutal.

— Ah, très bien.

Fenby était ravi de cette issue.

— Ça a dû quand même être dur pour cette petite. Et les autres victimes ?

— Dans le même cas. Sauf le petit garçon, évidemment...

— Évidemment.

— ... il était bien trop jeune.

— J'allais vous le dire. Et le reste ?

— Eh bien, si le *modus operandi* est le même que les précédents, ce n'est pas bien compliqué. Elle était probablement déjà dans le coma quand le meurtrier l'a ouverte, avec un long couteau de cuisine. Il l'a ensuite éviscérée, s'est débarrassé des organes – où, on n'en sait rien, mais certains pensent qu'il les mange – et a bourré le corps de fleurs, comme vous le savez déjà.

— Elle était donc déjà morte quand on lui a fait ça ?

— Pas vraiment morte – inconsciente tout au plus.

— Comment pouvez-vous être sûr de cela ?

— C'est compliqué. C'est de la médecine.

Fenby détourna son regard de la jeune femme et inspecta le reste de la pièce. Il y avait deux autres tables en fer, entourées de rigoles à la macabre utilité, un grand établi bourré à craquer de produits pharmaceutiques divers, une grande armoire et la porte de la chambre froide. Fenby frémit en imaginant ce qu'il y avait derrière. Il entendit un craquement au plafond et leva les yeux. Il vit un insecte gratter une poutre. Il le détailla un instant, cligna des yeux et s'aperçut que l'insecte n'était plus là. Il fronça les sourcils et le chercha. Rien, plus une trace. Disparu, envolé. Ce devait être un termite géant, qui venait de s'engouffrer dans un tunnel sous le plafond.

— N'est-ce pas ? Mais je ne vois pas trop ce que nous pourrions faire d'autre ici. Fenby, vous avez vu ce que vous vouliez ? Fenby ?

— Mmm ? Oh, pardon. Que disiez-vous, monsieur Fix ?

— Je disais : je ne vois pas ce que nous pourrions faire d'autre ici.

— Oui, vous avez raison. Il est temps de partir.

Pourtant, quelque chose gênait Fenby. Quelque chose qui lui trottait dans l'esprit depuis plusieurs jours, qu'il n'arrivait pas à détacher, ni à exprimer. Une pulsion, une image qu'il avait du mal à définir.

— Ça ne va pas, Fenby ? Vous vous sentez mal ? demanda Gibbs dans son dos.

— Non, ça va, ça va. Un peu mal à la tête, c'est tout.

— Ah, vous aussi. Moi aussi je traîne ça depuis quelque temps. C'est comme un bourdonnement d'abeilles dans les oreilles.

— La pire des maladies, n'est-ce pas ?

— Quoi donc ?

— La migraine.

— Oh, ça. Oui, dit Gibbs, pensif.

Fenby eut un pauvre sourire. Il avait un mauvais pressentiment. Une présence hantait la pièce, il en était sûr. Quelque chose de monstrueusement grand qui flottait au-dessus et qui jouait avec eux en riant. Il l'avait senti auparavant, en arrivant à la morgue. Quelque part, quelque chose tirait les ficelles. Et Fenby n'aimait pas être manipulé. Cela lui était arrivé une fois déjà. Une fois de trop, bien sûr.

Il sortit de la pièce sans autre regard pour le cadavre. Il retrouva le soleil en plissant les yeux. Comme pour ironiser, d'une manière si tendrement anglaise, sur les activités de la morgue, un petit cimetière avait été dressé derrière le bâtiment. Fenby s'accouda à la barrière et observa une procession funéraire finir de pleurer un mort – la jeune fille d'une petite famille, à ce que Fenby crut deviner.

Les deux commis chargés de charrier le cadavre, suant toute l'eau de leurs corps, avaient fini par amener le cercueil au bord du trou. Le croque-mort, appuyé sur sa pelle, très crédible dans son complet noir étriqué parfumé au formaldéhyde, paraissait consterné par ce qui se passait dans le cimetière. Il semblait s'ennuyer. Le prêtre, debout sur une stèle funéraire écroulée, mit un point final à son discours et, tout rouge, reprit son souffle en attendant des applaudissements qui ne vinrent pas. Il était enrhumé et paraissait fiévreux.

Le prêtre descendit de son promontoire et se fondit dans la petite masse des spectateurs. Le croque-mort fit un signe aux deux commis. Les deux hommes se regardèrent en clignant des yeux. Ils ne savaient pas comment faire descendre le cercueil. L'un d'eux eut une idée brillante et balança, l'air de rien, un bon gros coup de pied dans la caisse. Le cercueil glissa la tête la première et tomba en biais dans le trou. Un brouhaha éclata dans l'assistance et la mère, accablée par le chagrin, se précipita dans le trou avec un piaillement. Le spectacle était grotesque et pathétique.

Personne ne bougea. Tous observèrent la mère se débattre sur le bois ciré du cercueil, tapant des poings et des pieds sur la dépouille boisée de sa fille. Elle maudit la capitale et ses pièges, elle maudit les hommes et leur méchanceté, elle maudit le Grand Tout, avec des larmes, des cris et des reniflements. L'assemblée ne savait plus quoi faire, partagée entre la commisération et le fou rire. Las des jérémiades, Fenby se détourna et s'éloigna pour rejoindre le fiacre. En chemin, il repensa à la mort de sa mère et se demanda pourquoi lui ne s'était pas jeté dans le trou pour taper sur son cercueil. Peut-être parce qu'il n'avait jamais aimé sa mère. Un vide se fit soudain en lui et il esquissa la superficialité de l'être humain avec une déglutition de dépit.

LA THÉORIE DES MIROIRS

Enfoncé dans les remous du canapé de son laboratoire, Lacejambe se frottait les tempes d'un mouvement hypnotique. Quelquefois, il arrivait à s'hypnotiser lui-même, à entrer dans une forme de catalepsie hors du temps. Peut-être était-ce l'effet des multiples senteurs qui chargeaient son laboratoire, le fruit de centaines de fleurs vivant et respirant ensemble. Peut-être était-ce seulement son imagination.

La créature était morte, enfermée dans la cage de François. Lacejambe lui tira la langue. Il s'était habitué à sa présence et, désormais, elle lui paraissait misérable, tassée dans un tout petit espace habituellement réservé à un oiseau minable. Il sourit, écrivit un petit mémo sur son carnet écorné puis se leva. Il s'approcha de la cage et essaya de détailler le visage de la créature.

Elle possédait une large mâchoire, prognathe, striée de fines dents translucides qui formaient une paroi impénétrable, comme la bouche d'une baleine sur les gravures pour enfants. Ses yeux étaient immenses, émerveillés. De grandes bandes de cheveux noirs, semblables à des orchidées, s'entremêlaient dans un mouvement plein de grâce et de mystère. De quoi était-elle composée ? Comment fonctionnait-elle ? De quoi vivait-elle ? Pourquoi n'aimait-elle pas le cognac ?

Son sang vert avait coagulé et le sol du laboratoire était tout collant. Lacejambe s'assit sur son bureau et réfléchit quelques instants, le regard perdu dans un reflet du sol. Il reprit tous les éléments de l'enquête, un par un, soigneusement, comme avec un boulier.

Il en arriva à la conclusion que cette fleur n'était pas une fleur normale. Brillante déduction ! Pour lui, elle était hybride, située quelque part entre le règne végétal et... autre chose. Le fruit d'un accouplement hors normes, qui se manifestait de manière imprévisible. Lacejambe avait entendu parler de ces phénomènes, connus sous le nom fédérateur de Théorie des miroirs. Gladstone lui-même avait trouvé la chose digne d'intérêt.

« *Au cours de cette vie capricieuse et déconcertante*, écrivait-il avec bonheur dans ses mémoires, *il existe souvent une opposition extérieure, et une condamnation sincère et même violente entre des personnes et des organismes, néanmoins profonds, et qui demeurent unis par des liens et des relations qu'ils ne connaissent pas eux-mêmes.* »

Mû par l'instinct, Lacejambe se replongea dans sa bibliothèque. En 1816, année du blocus, le philosophe Auguste Floch avait pour la première fois émis les principes de base d'une théorie qui avait fait voler en éclats de nombreux tabous spirituels. Ces principes sont assez hermétiques, pour qui ne connaît pas les subtilités de la vie sur Terre. Mais, aussi farfelue soit-elle, cette théorie avait permis à l'esprit scientifique du XIXe siècle d'acquérir une sensibilité inédite, où les dogmes mathématiques rencontreraient les sentiments les plus imprévisibles.

Citons pour l'exemple :

« ... et pour toute chose son miroir. Ou plutôt devons-nous parler de "relation privilégiée". J'ai, depuis longtemps, constaté que toute chose avait son équivalent, souvent de manière incongrue. Par exemple, entendre de la musique évoque chez l'homme des complications physiques souvent incroyables. Pourquoi n'en serait-il pas de même, mettons, entre les insectes et les étoiles ? Mon raisonnement paraîtra hasardeux aux esprits trop rigoureux, mais pourtant l'évidence est là : en cherchant bien, toute chose possède son double, son écho en quelque sorte, un autre phénomène, qu'il soit biologique, sensuel, matériel, onirique ou chimique, qui interagit directement avec lui, et de façon souvent très complexe, comme une image et son miroir, sans qu'aucun des deux partis en présence ne soit sûr qu'il est bien le reflétant et non le reflété. Ainsi, les fleurs sont liées à la musique, les hommes aux nuages, les nénuphars aux fées, le raisin aux comètes. »

Et c'est donc le lendemain matin, en se rasant, que Lacejambe eut l'idée de tester le vin de la Comète. Les effluves de la douce mousse parfumée à la rose que le botaniste utilisait pour sa toilette n'étaient en rien responsables de cette brusque et scandaleuse décision. L'idée lui était venue peu à peu, d'abord en rêve, puis en force. L'évidence montrait son visage : les émotions qui régissaient la composition de la fleur étaient les mêmes qui régissaient la fabrication du vin de la Comète, un vin obtenu en exposant les vignobles aux rayons d'une comète spécifique – une alliance de miroirs. En comprenant le vin, peut-être serait-il à même de comprendre la fleur.

Les joues maculées de grésillements blancs, les cheveux d'un splendide violet, Lacejambe s'était précipité sur ses vieux recueils de coupures de journaux. Il en dévora trois tomes, sous les yeux morts de la créature de la cage, avant de trouver l'article qui, des mois auparavant, l'avait frappé et intrigué. C'était une petite colonne du *Figaro*, en page six, sous le titre, certes racoleur, de « Un viticulteur retrouvé mort ». Le texte, mal rédigé et cynique, relatait la tragique destinée d'Athos Persiflard, viticulteur de Provence, que l'on avait retrouvé égorgé au pied de ses vignes. Selon le journaliste, Persiflard aurait essayé, je cite, de *« mettre en vente un vin rare et subtil qui lui aurait attiré les inimitiés de certains agriculteurs concurrents »*. Lacejambe savait, comme le journaliste, qu'il n'y avait qu'un seul vin au monde qui répondait à cette appellation : le vin de la Comète, qu'une famille de viticulteurs avait le droit de cultiver – du moins, c'est ce que disait le texte de loi érigé, en 1764, par la Nationale des secrets taste-vins.

Lacejambe ne connaissait pas le nom de cette mystérieuse famille mais, plus loin dans l'article, le journaliste citait le nom du voisin de Persiflard, un certain Fayard, viticulteur lui aussi. Lacejambe comprit vite comment utiliser ce témoin : Fayard connaissait peut-être les relations entre Persiflard et la famille de la Comète. Si ses déductions étaient exactes, le botaniste était convaincu que Fayard n'avait rien révélé à la police, tenu qu'il était par le serment de Bacchus. En cherchant bien, Lacejambe pourrait retrouver la trace du vin et tenter l'expérience... Les paramètres flottants de ce début d'enquête étaient nombreux, incertains, et Lacejambe le savait. Mais c'était assez audacieux pour marcher et Lacejambe aimait ça, ce sentiment d'impuissance totale, mener une enquête avec des bouts de ficelles et autant de croûtons de pain.

Il passa sa journée à chercher Fayard. En démarchant certains vendeurs de vins qui tenaient boutique rue d'Aubagne, une étroite ruelle pas très loin de la Canebière, il dénicha des bouteilles étiquetées *« Vin du cru – Côtes-de-provence – Vignes Fayard »*. Moyennant quelques pièces, il put récupérer l'adresse du viticulteur, quelque part près de Martigues. Le lendemain matin, profitant de l'absence de Fenby, Lacejambe enfila son complet de voyage, mit son grand chapeau de paille préféré et prit le premier train pour Martigues, la Venise du sud.

Après être descendu du train dans une gare pittoresque, Lacejambe, en bon sportif, trouva plaisir à entamer sa promenade de santé annuelle. À cette époque de l'année, la Provence libérait ses odeurs les plus intimes : sous le chaud soleil du Midi, la garrigue sentait l'épice et le sel, les collines grises sécrétaient une multitude d'éboulis sonores qui, en écrasant les épais massifs de fleurs sauvages qui se prélassaient à leur pied, répandaient dans l'atmosphère, déjà bien suffocante, un parfum si épais qu'il en devenait presque visible.

Lacejambe aimait bien les promenades et, tout naturellement, il erra parmi les fleurs avec l'aisance d'un initié, discourant avec les unes, moralisant les autres.

Il trouva la ferme des Fayard sans trop de problèmes. En traversant le village qui la précédait, un bourg d'ailleurs infâme, le botaniste fut l'objet d'une curiosité malsaine : on médisait sur son allure guindée, sur ses airs de supériorité et sur la longueur de ses cheveux. Alors que derrière lui se regroupaient les villageois, Lacejambe sortit du village à grands pas, rapides mais assurés. Il traversa une petite forêt sans grand intérêt, hormis quelques *Lychnis floscuculi* d'un superbe rose écarlate, et aperçut, après quelques heures de marche tranquille, le toit rouge d'une ferme qui pointait au-dessus des arbres.

Il s'approcha de la clôture du verger et, s'y accoudant, demanda à la jeune femme, qui y cueillait des pommes, si elle connaissait M. Fayard. Oui, elle se trouvait être sa fille et elle lui dit, en rougissant timidement, que son père était dans le vignoble, plus bas dans la vallée. Lacejambe la salua et reprit son chemin, guilleret. Il descendit le flanc d'un petit coteau qui donnait sur une grande cuve naturelle où se tassaient quelques centaines de pieds de vigne rouge, luisants sous la colline. Fayard, un bon gaillard, était accroupi et travaillait, à l'aide d'un petit canif émoussé, sur quelques racines récalcitrantes.

Lacejambe enjamba un arbuste et se planta derrière le viticulteur, lui cachant le soleil. Il souriait comme un ambassadeur. Fayard, troublé dans sa tâche, se retourna, eut un réflexe de surprise et le toisa, de bas en haut.

— Qui êtes-vous ? demanda-t-il d'une voix où pointait l'ennui.

Lacejambe avança sa main gantée :

— Bertrand Lacejambe, botaniste, tueur de monstres. Je suis de Marseille.

Fayard parut impressionné. Il lui serra la main d'une poigne lourde, virile, paysanne.

— J'ai entendu parler de vous.

— Splendide, splendide, répondit Lacejambe, ravi de ce début en fanfare.

— En fait, reprit Fayard, j'ai même testé votre... Il parut chercher ses mots et son front se plissa sous l'effort... *Super Potion pour super pousses poussives.*

— Ah, oui ! J'en suis très fier, de celle-ci.

— J'ai d'ailleurs quelques problèmes...

— Oui, j'ai eu des réclamations.

— ... rien de bien sérieux, quelques développements un peu trop rapides.

— Je vois.

— En fait, j'ai perdu le toit de ma grange.

— Votre grange... C'est là où vous mettez vos pousses, je suppose.

— Vous êtes très fort.

— Je suis botaniste.

Ils se serrèrent à nouveau la main chaleureusement.

— Que puis-je pour vous, monsieur Lacejambe ?

— Eh bien, c'est un peu compliqué.

Et il lui raconta le but de sa visite et son intention de boire le vin de la Comète.

— Vous êtes fou, dit Fayard.

— Absolument. Mais c'est la seule solution. Vous expliquer serait bien trop long. Faites-moi confiance.

Fayard le fixa à nouveau, comme pour le jauger.

— Écoutez, dit-il en baissant la tête, j'aimerais vous dissuader de le faire, mais vous vous en moquez...

— Totalement.

— ... alors je vais vous dire ce que je sais : le vieux Persiflard voulait cultiver des raisins traités au phosphore. Vous savez, pour attirer les rayons et...

— Oui, oui. Je connais.

— Bon, alors, il s'est renseigné et il est entré en contact avec un type de Bordeaux, un restaurateur, ou un gourmet, je ne sais plus. Il est venu ici une fois ou deux.

— Vous connaissez son nom ?

— Non, en revanche je sais qu'il était très mince.
— Un indice de première importance.
— Assurément. Vous voulez mon avis ?
Il regarda de droite à gauche pour vérifier que personne ne les observait.
— Je pense que ce type voulait aider Persiflard à cultiver le vin mais que, pour une raison que j'ignore et dont je me fous comme des chausses de Napoléon, il s'est retourné contre lui, l'a dénoncé à la famille du vin, et... *couic*.
Le viticulteur leva le pouce et fit mine de se trancher la gorge. Lacejambe ferma un œil.
— Dites-moi, Fayard, comment vous savez tout ça ?
— Oh, facile. Persiflard était un bon copain. Il traînait dans des histoires auxquelles je ne voulais pas vraiment toucher, mais souvent, autour d'un bon verre, il me racontait ses tourments. Il m'avait parlé de sa magouille avec l'autre bourgeois de Bordeaux, sauf votre respect, monsieur. Je lui avais dit que ça finirait mal, qu'il y aurait de la casse. Mais le vieux Persiflard n'écoutait personne d'autre que son chien.
— Il parlait ?
— Persiflard ?
— Non, son chien.
— Pas que je sache.
Un indice de première importance.
— Assurément.
Puis, comme s'il comprenait soudain ce que venait de remarquer Lacejambe, Fayard faillit dire quelque chose. Dans un même élan salvateur, sa santé mentale et son intelligence lui conseillèrent de ne pas chercher à en comprendre davantage. Le botaniste, lui, paraissait ravi. Son regard papillonnait en l'air, comme s'il réfléchissait en laissant jouer les rayons de soleil sur sa peau blanche et délicate.
— Merci pour ces précieuses indications, monsieur Fayard. Elles me seront très utiles.
— À vot' service.
Lacejambe remonta le coteau. En rentrant, il évita le village de bouseux et rejoignit Martigues sous un soleil d'enfer. Son train avait un peu de retard. Il attendit patiemment,

assis sur un banc, les jambes croisées, plongé dans ses pensées compliquées, et quand la locomotive entra en gare, il se choisit le meilleur compartiment. De retour à Marseille, il acheta sur les escaliers de la gare Saint-Charles une grande gerbe de fleurs multicolores pour sa concierge, qu'il agrémenta de quelques bouffées de parfum pimenté, une bouteille qu'il gardait habituellement dans la poche de son pantalon, puis alla dicter un télégramme pour l'Angleterre. Fenby le recevrait probablement le lendemain matin. Il repartit enfin vers son appartement, le cœur léger et l'esprit libre. Pourtant, il n'y avait pas de quoi : la piste qu'il avait décidé de suivre pour retrouver la trace du Fleuriste était dangereuse. Trop dangereuse. Cela en valait-il vraiment la peine ? Il s'arrêta quelques minutes pour y réfléchir. Puis il haussa les épaules. « Oui, pensa-t-il en reprenant son chemin, sifflotant. Décidément, oui. »

LE TORRENT

Extrait non daté du journal intime de Kevin Laird.

J'avais envie d'écrire sur Phyllis, la cause de toute cette histoire, la raison pour laquelle je suis là aujourd'hui, auprès de qui j'ai trouvé le réconfort. Je vais essayer, mais ne soyez pas trop durs, car je n'ai rien d'un écrivain.

Si je ne me trompe pas, ce devait être à Newport, vers la fin juillet 1763.

Émilie s'approcha de la chambre une bougie à la main. Elle pouvait entendre le vent rugir et les vitres trembler sous l'Appel. Elle entrouvrit la porte et passa, d'une main tremblante, la bougie dans la pièce.

— Maîtresse ? Vous êtes là ?

La pénombre était immense. Émilie devinait la forme du grand lit à baldaquin sur le mur ouest de la pièce. Quelques pétales de fleurs étaient éparpillés sur le sol. Phyllis se tenait devant la grande fenêtre. Elle était immobile et écoutait les mélodies de la nuit en tenant fermement le col de sa robe de chambre.

— Maîtresse ?

Émilie s'approcha doucement et se plaça à ses côtés. Dehors, il faisait noir. Du vent, de la pluie qui battait les carreaux. Et des petites lueurs jaunes qui oscillaient suspendues sur les branches des arbres. Phyllis était fascinée. Elle comprenait l'Appel. Elle entendait leurs cris de souffrance.

— Maîtresse ? Que se passe-t-il ? Vous n'êtes pas bien ?

Phyllis ferma les yeux :

— Non, Émilie, tout va très bien. Allez vous coucher. Vous n'avez pas besoin de voir cela.

Figée par la peur, Émilie serra son châle sur ses épaules :

— Maîtresse, allez-vous les rejoindre ?

Phyllis rouvrit ses yeux voilés de cataracte.

— Non, je ne crois pas. Je leur ai trop donné. Je ne peux pas leur donner mon âme.

— Mais sans vous, elles sont condamnées.

— C'est ainsi.

Phyllis étouffa un sanglot puis demanda à Émilie de sortir, de la laisser seule avec ses démons. Émilie baissa la tête et s'exécuta. En partant, elle vit que sa maitresse avait écrit un ultime poème. Il traînait sur le secrétaire d'une façon négligée. La plume d'oie était jetée en travers de la page et le pot d'encre était renversé. Émilie put discerner le titre, Farewell, *avant de refermer la porte. Elle savait qu'elle ne reverrait jamais sa maîtresse. Eh bien soit, adieu donc. C'était le fond du puits.*

Phyllis resta debout face à la fenêtre. Dehors, sous la pluie, elle devina la présence d'un torrent féerique qui se mourait : un amas difforme de gobelins, de lutins, de boggarts, de leprechauns, de dragons, de cygnes, de pukahs, d'arbres animés, de floraisons vénéneuses, d'épines de ronces, de farfadets, de trolls... Ils étaient tous là et ils l'attendaient, pleins d'espoirs et de rêves.

Mais elle ne vint pas. Lasse, rongée par la tristesse et la lâcheté, elle se mit au lit et attendit le réveil sous une épaisse couette aux motifs floraux. Dehors, le torrent gémissait, implorait sa générosité. Il avait besoin de son talent, de sa fibre, pour vivre. Phyllis le savait mais ne pouvait s'y résoudre. Elle avait attendu toute sa vie ce moment, ce moment où, en mourant, elle aurait le choix de vendre son âme aux bienfaits d'une immortalité féerique ou de mourir comme un humain.

Le moment venu, elle avait pris peur. Elle s'était retranchée dans ses vieux dogmes d'enfance, ceux qui affirment que le danger vient toujours de l'extérieur, jamais de l'intérieur. Maintenant, Phyllis se rendait compte de son erreur. Les fées appelaient et elle avait peur. Peur d'y perdre son âme, un hymen qu'elle destinait au paradis. Un Éden qu'elle s'était construit depuis sa naissance, qui ne cessait de grandir avec le temps et qui ne ressemblait pas à cela. Elle ne voulait pas de la vie éternelle. Sa chair mortelle la satisfaisait. Même si cela devait sonner le glas d'une troupe de fées qu'elle avait appris à aimer comme sa propre descendance. Et, de toute façon, c'était trop tard, elle avait déjà fait son choix.

Elle ferma les yeux, pour éviter de voir tout cela, mais elle ne put les tenir clos longtemps. Elle mourut au petit matin. Émilie la retrouva allongée sur ses couvertures. Ses grands yeux morts fixaient le plafond avec une expression terrifiée. Au loin, dehors, Émilie entendait les fées souffrir et mourir. Puis il y eut un craquement sinistre et le corps de Phyllis commença à tomber en poussière, à brûler. Quelque chose de monstrueux sortit d'elle, réjoui. Un filet méphitique qui partait rejoindre le puits des âmes, la Gouve, comme un bijou magnifique qui se lasse de son écrin d'orfèvre. Le Diadème de Phyllis venait de se rompre et laissait jaillir la mer Intérieure. Et quand je regarde mes notes, je me rends compte que ma main a tremblé.

UN TÉLÉGRAMME

`Fenby Stop Formidable idée Stop RDV Bordeaux ce jeudi Stop 16 h Stop Palais Gallien Stop Nous sommes proches de la solution Stop`

B.L.B.T.M.

— Oui, c'est un Anglais, je crois.
— Oh, mon Dieu, il ressemble à Sherlock Holmes.
— Et ce sourire, il semble si vrai.
— C'est si rare de trouver l'authenticité chez un *gentleman.*
— Lady Rachel, baissez le ton, quelqu'un risque de vous entendre.
— Avec ce bruit ? Et quand bien même, la comtesse n'a que faire de mes propos. À cette heure, elle doit roucouler quelque part.
— On m'a dit l'avoir vue danser avec le comte.
— Ça, c'est une première.
— Oh, Rachel. C'est votre mère !
— Eh bien ?
— Taisez-vous, Sherlock Holmes vient vers nous.
— Ne vous retournez pas, faites comme si de rien n'était.
— Oui, c'est cela, couvrez vos visages. Vous n'avez que cela à faire.
— Rachel !
— Chut. Le voilà.
— Mon Dieu, il est si beau, je défaille.
— Tenez-vous, chère amie, vous êtes en société.
— Rachel, vous êtes impossible.
— Il va voir la comtesse !

— *Contessa...* dit Délius en se penchant.

Frédérick Délius adorait le principe du baisemain. Chaque fois que le bout de son nez effleurait la peau blanche et douce de ces belles dames de la haute société, les cheveux se hérissaient sur sa nuque. Il souriait intérieurement et profitait de ce moment privilégié, où les délicieuses odeurs de savon blanc se mêlaient à l'odeur naturelle de la peau et des soieries froufroutantes. Comme il fallait, il souffla doucement sur l'épiderme. Il sentit la chair de poule se propager sur le dos de la main et il émit un petit bruit de baiser. La comtesse gloussa.

— ... c'est un honneur de vous rencontrer à nouveau. Votre beauté n'a pas pâli.

— Oh, monsieur Délius, vous n'êtes qu'un vil séducteur.

Le comte de Belmont, à la tête d'une grande et belle famille new-yorkaise qui, des années durant, avait eu le monopole de l'importation de coton, se glissa entre deux poseurs et vint à la rencontre du compositeur, mains en avant, sourcils en accents circonflexes.

— Cher ami !

— Monsieur le comte.

Délius s'inclina avec respect.

— Nous ne vous attendions plus. Donnez donc vos affaires à Molly.

— Elle a grandi, dit le compositeur en regardant la domestique qui, sous son tablier blanc, déjà rougissait.

— N'est-ce pas ? Nous lui donnons beaucoup de soupe.

Délius sourit puis tendit son manteau et son chapeau haut de forme. Molly les prit délicatement, sans un regard, et alla les porter vers le local – en fait un petit bureau –, où les affaires des nombreux invités étaient soigneusement rangées. Délius était, comme à son habitude, impeccable. Son costume, ses chaussures superbement cirées, son plastron aussi blanc que l'émail, la chaîne de sa montre d'un or étincelant, ses guêtres amidonnées aussi droites que le col de sa chemise, ses boutons de manchettes brillants dans la lueur des lampes couvertes, sa mince chevelure élégamment coiffée en arrière, ses gants soigneusement repliés sur sa manche, ses mains stoïques, proprement manucurées, son visage fraîchement rasé aussi lisse que celui d'un bébé, parfumé à l'encens, la fleur de sa boutonnière, violette superbement fleurie, son sourire fondant, sa posture rigide et intelligemment étudiée pour paraître à la fois détendu et sur ses gardes, son carnet de bal, dûment rempli des noms des belles dames qui croisaient son regard triste en se voilant la face d'un éventail oriental... tout faisait de Frédérick Délius le noceur idéal. Tout respirait le luxe, l'authenticité, le savoir-faire, le comme-il-faut. Et pourtant, il se dégageait de lui une force que bien peu de bourgeois pouvaient se vanter de posséder, un charme irréel, presque fantastique, qui émanait du moindre de ses gestes avec la grâce d'un battement d'aile. C'était là, à n'en pas douter, un bien beau paradoxe qui n'avait pas fini d'alimenter les conversations mondaines.

Le comte prit la main de son épouse et sourit à la domestique quand elle leur apporta châles et pardessus.

— Vous nous quittez déjà ? demanda Délius d'un air parfaitement adéquat.

— Rassurez-vous, cher ami, nous sortons simplement voir le clair de lune sur Central Park. C'est un petit rituel auquel nous ne dérogeons jamais. En juillet, il est délicieux.

— Eh bien soit, je vous verrais plus tard.

Délius s'esquissa pour les laisser passer. Avant de sortir, le comte se retourna vers lui, chapeau en main :

— Oh, Délius, j'allais oublier, votre imprésario vous cherche. Il voulait vous présenter quelqu'un, un de vos compatriotes à ce que j'ai compris, et il semblait s'inquiéter de votre absence.

— Dans ce cas, je m'en vais le rassurer.

Le compositeur les observa, alors qu'ils disparaissaient derrière la porte d'entrée vitrée. Il eut un rictus moqueur puis gravit les escaliers moquettés, avec la régularité d'un métronome. Déjà, la musique se faisait plus forte. Une marche de Radetsky. Plutôt de bon goût. Il esquiva un groupe de demoiselles en robes blanches, qui gloussèrent à son passage.

— Rachel, cessez de vous moquer et regardez vos pieds.

— Je regarde ce que je veux.

— Chut. Taisez-vous !

Délius inclina la tête pour les saluer. Trois d'entre elles se cachèrent le visage dans les replis de leurs larges apparats. Une seule le dévisagea farouchement, l'air aussi vif et acéré qu'un aiglon, pour le faire frissonner. Il inclina la tête une nouvelle fois, en la fixant droit dans les yeux. Elle rougit, tourna son cou, sa nuque parfaite où se déroulaient les mèches, et alla perdre son regard dans les peintures qui décoraient le plafond.

Le compositeur s'engagea dans le long couloir, jalonné de portraits de famille, encombré d'invités qui, appuyés sur les balustrades de la cage d'escalier, discouraient avec prétention et infatuation. Le corridor débouchait sur une succession de salons particuliers, véritables antichambres vertueuses, jusqu'à la gigantesque salle de bal. Délius esquiva un serveur et pénétra dans un premier salon, rouge, lourdement décoré, drapé d'épais rideaux sombres. Il devina dans la pénombre quelques formes alanguies sur les divans rembourrés. Il entra dans le deuxième salon, en évitant les personnes ivres de danse et de sous-entendus qui babillaient dans son champ de vision. C'était un petit parloir, simple et sans prétention, où le rococo s'effaçait au profit de touches plus classiques, où quelques jeunes gens de l'école de danse enseignaient les pas les plus compliqués à une audience extatique. Le compositeur passa sous une grande arcade portant une cocarde républicaine et traversa le fumoir. Là, quatre hommes plutôt gras discutaient politique d'une voix grondante et pataude. Au passage du compositeur, ils se turent et l'observèrent avec des yeux vieux et malsains. Délius n'aimait pas la politique et ces gens-là ne pouvaient rien pour le faire changer d'avis. Il choisit de les ignorer et, se frayant un chemin dans l'épaisse fumée virile qui montait de la salle, il prit sur sa gauche et passa dans le gynécée. Avec une pirouette, il récupéra une coupe de champagne sur le plateau d'argent d'un serveur chinois et, buvant une gorgée de nectar, savourant le pétillant sur sa langue de gourmet, passa rapidement entre les essaims de robes et de bijoux qui vrombissaient autour de lui. Il eut rapidement le tournis mais réussit à rejoindre le dernier salon, en fait l'endroit où se trouvait le gigantesque buffet de bienvenue. Les Belmont se refusaient à tout académisme gastronomique et leurs grands buffets froids, si parfaitement européens, ravissaient le Tout-New York. Caviar rouge, toasts au citron, raisins de Corinthe, moussaka froide, feuilles de vignes, vin français, poulet farci à l'orientale, salade de saumon norvégien, champignons blancs, larges tranches de bacon, fruits exotiques, poisson cru, crème fraîche, citrons verts, sorbet à la rose.

En se courbant sous une arcade trop basse pour sa grande taille, Délius entra dans la salle de bal. Sous le gigantesque lustre de cristal qui ondulait sur la musique, un tourbillon de danseurs, parsemé de couleurs éblouissantes, opérait une révolution astrale bien réelle. Délius se crut pris en pleine ruche d'abeilles industrieuses. Les reflets des couples, renvoyés par les grandes baies vitrées et les longs miroirs qui couraient sur les murs de la salle, projetaient à l'infini ce qui paraissait être la plus formidable concentration de danseurs que le compositeur ait jamais vue. Le plafond, soigneusement drapé de grands rideaux bleus, était moucheté de petites étoiles bleues, qui renvoyaient la lumière sur le moindre bouton de manchette. L'effet était saisissant. Il lui fallut un certain temps pour réagir et entendre l'appel.

— Délius ! Délius, cher ami !

Leonard se profila entre deux personnages hauts en couleur et s'approcha, à bout de souffle. L'imprésario était un petit homme qui ressemblait à un leprechaun, qui avançait en se projetant en avant par de petits bonds. Au bout d'une chaîne d'or, des bésicles pendaient de sa jaquette. Les deux hommes se serrèrent la main avec joie.

— Quel plaisir de vous retrouver, Délius.

— Leonard, vous avez grossi.

— Vil flatteur.

— Alors, ce contrat ?

— Il s'annonce plutôt bien.

— C'est une chance.

Délius ne paraissait pas convaincu. Leonard prit cela pour de la modestie.

— Laissez-moi vous présenter quelqu'un.

Il entraîna Délius par la manche, vers un rassemblement près du buffet. Quelqu'un riait haut et fort.

Arthur Conan Doyle, qui surplombait son auditorium d'au moins une tête, reprit son aplomb malgré les assauts verbaux de ses congénères.

— Oui, monsieur Luske, comme je vous le dis. Tout l'équipage, et de nombreux passagers.

— Comment s'appelle-t-il ?

— Gabriel. Mais, comme vous le dites si bien, c'était un rêve, pas un fait réel, je suis le premier à l'admettre.

— Vous admettez donc que toutes les fariboles surnaturelles, concernant, par exemple, l'existence des fées, sont d'astucieux pièges à enfants. Pour les endormir ou les tenir sages.

— Je n'en suis pas si sûr. Il existe des preuves. Même les plus grands étaient persuadés de leur existence. Lisez Paracelse !

— Allons, monsieur Doyle !

— Nous ne pouvons être seuls sur terre. Il y a forcément d'autres races.

— Il y a des Noirs.

— Je veux dire, une autre race que l'homme. Les Noirs, c'est comme les Blancs, nous sommes tous humains.

— Vous n'êtes pas sérieux.

— Que voulez-vous dire, monsieur Luske ? Que les Noirs sont différents de nous ?

— Différents, oui. Et inférieurs.

Arthur Conan Doyle se figea.

— Bien. Vous ne croyez donc pas aux fées. Mais je suppose... que vous croyez aux anges.

— Bien sûr, dit M. Luske avec aplomb. Vous ne supputez quand même pas que je suis athée.

— Vous auriez pu être juif.

— Juif ?

Leonard intervint avant que le visage poupin de Doyle ne devienne tout rouge, que ses moustaches ne frémissent de retrouver l'élan bagarreur de sa jeunesse. Il se fraya un chemin parmi les convives.

— Doyle ?

— Leonard, vous tombez à point.

— Toujours. Voici l'homme dont je vous ai parlé tantôt.

Il poussa Délius en avant. Le compositeur se trouva face à l'écrivain. Ils se regardèrent dans les yeux pendant un long moment. Doyle sourit et étira une grosse main.

— Je suis ravi de faire votre connaissance, monsieur Délius.

— Monsieur Doyle.

— Quittons cette foule un instant, voulez-vous ?

Doyle mit sa main dans le dos du compositeur et le

poussa gentiment vers un endroit plus aéré, une terrasse près du jardin. Leonard les suivit d'un petit bond. La lune était haute dans le ciel et Central Park resplendissait sous les étoiles. Les trois hommes prirent une coupe de champagne et sortirent prendre l'air. Là, il y avait des chaises longues et de nombreuses statues d'éphèbes grecs. Délius se sentit légèrement déplacé.

— Alors, commença Arthur Conan Doyle en s'allongeant sur une chaise longue. Comment va la musique ?

Délius parut gêné.

— Oh, je ne sais pas. Je fais de mon mieux.

— J'ai entendu dire que vous travailliez pour New York.

— C'est exact.

— J'ai pris sur moi de proposer votre nom à la Reine pour la réception annuelle de Balnoval. Vous savez que notre nation manque cruellement de grands talents et, connaissant votre passion pour le frou-frou, j'ai pensé que l'idée vous séduirait.

— Frou-frou ?

Doyle s'accouda pour mieux lui faire face.

— J'ai parlé à Lord Meister de vos icebergs, il a trouvé l'idée sublime, ce serait rafraîchissant pour toute la soirée, et je suis sûr que vous trouverez la salle de bal à votre goût.

Délius tiqua. Doyle revint à la charge.

— Écoutez, je suis comme vous, je n'aime pas beaucoup toutes ces fadaises politiques et ces courbettes de gala. Mais vous méritez mieux qu'une terre de colons pour laisser votre empreinte dans l'histoire. Meister vous paiera, et tout le gratin sera là pour vous congratuler. Si vous n'aimez pas l'étiquette, faites au moins ça pour votre carrière. Une nation reconnaissante, monsieur Délius. Tout un peuple derrière vous, pensez-y.

— Mmm...

— Vous n'êtes pas très bavard.

— Je ne comprends pas bien votre intérêt pour moi, monsieur Doyle.

— Eh bien, disons que je vous admire, voilà tout.

— Je vous admire aussi, monsieur Doyle.

— Alors, tout va bien.

Et il se mit à rire.

— Dites donc, vous voulez que je vous en raconte une bonne ?

Ses manières rustres, calculées, étaient charmantes et Délius se sentit mieux.

— Allez-y, dit-il en s'allongeant lui aussi sur une chaise. Je vous écoute.

— Connaissez-vous Sherlock Holmes ?

— Oui, c'est votre personnage.

— Oui, eh bien, figurez-vous qu'avant mon départ, je reçois la visite d'une dizaine de personnes, totalement hirsutes, qui s'entassent dans mon vestibule.

— Que voulaient-ils ?

Conan Doyle se mit de nouveau à rire et il eut toutes les peines du monde à retrouver son souffle :

— Ils voulaient voir Holmes !

Délius arrondit ses yeux :

— Voyez-vous cela.

— Comme je vous le dis. Et vous savez pourquoi ? Figurez-vous qu'ils cherchaient quelqu'un qui...

Derrière, dans la salle de bal, la musique s'était tue et quelques applaudissements gantés retentissaient. Délius fronça les sourcils :

— Oh, c'est fâcheux, dit-il en tirant de sa poche son carnet de bal. Il va falloir se dévouer. Vous me raconterez la suite plus tard.

Délius se releva, rajusta la fleur à sa boutonnière et s'engagea, mains sur les pans de sa veste, dans la foule. Sur la notice de sa liste, il avait lu : « Lady Rachel de Belmont ».

Il détailla le parterre de jeunes filles qui se tenait près des grands miroirs au fond de la salle. Déjà, des couples se formaient et se disposaient sur la piste en attendant patiemment, mains l'une sur l'autre. Une fille de comtesse, probablement aussi détestable que sa mère.

On le tira par la manche. Il se retourna pour découvrir une ravissante jeune femme. Autour de lui, il entendit les railleries de *gentlemen*, qui trouvaient cela fort inconvenant – en effet, une femme ne devait jamais demander une danse, même si celle-ci lui avait été dûment réservée. Délius la reconnut : c'était elle qui l'avait fixé quand il grimpait l'escalier du hall. Il en fut ravi. Il sourit et lui tendit son bras. Elle le saisit doucement, et, une moue hautaine gravée sur ses traits, elle se laissa guider vers le marbre de la piste.

L'orchestre accorda ses instruments un bref instant puis entama l'ouverture. Les couples se saluèrent et se mirent en place. Une valse démarra. Délius ferma les yeux et se laissa guider. Il laissa son pied glisser vers la droite et commença sa danse.

Un, deux, trois, quatre.

Un, le couple s'élance en se tenant par la main.

— Vous n'osez pas me regarder, monsieur Délius.

— Je... je ne comprends pas ce que vous me demandez.

— Je dis que vous n'osez pas me regarder.

— Ce serait inconvenant.

Deux, et Délius se concentre sur l'intervalle de ses pas.

— Inconvenant ? Vous me surprenez.

— Pourquoi donc ?

— Je vous croyais artiste, pas *gentleman*.

— Vous êtes très spirituelle.

Trois, les robes des danseuses tournoient comme des nénuphars multicolores.

— Avez-vous déjà composé une valse ?

— Non, pas encore. Mais j'y pense.

— Vous trouvez les valses trop populaires ?

— Pas du tout. Je les trouve seulement un peu vaines.

Quatre, et Délius se regarde danser sur les reflets de la piste, pour corriger ses écarts.

— Vaines ? C'est un peu maigre.

— Pas autant que vous croyez.

— Vous composerez une valse pour les lucioles ?

— Qu'est-ce qui vous fait dire cela ?

Ils s'arrêtèrent un bref instant, tournèrent sur place deux fois puis repartirent d'un pas plus léger avec le deuxième mouvement du morceau.

Un, et Délius fronce les sourcils et détaille le visage de la jeune femme. Elle n'est pas belle, mais elle possède une aura somptueuse, quelque chose d'unique, de presque féerique.

— Mon petit doigt.

— Vous vous trompez. Je ne sais pas encore ce que je composerai.

— Comment ? Vous n'y avez pas pensé ?

— J'ai tout mon temps.

Deux, ils frôlent un autre couple qui passe en coup de vent. Ils tournoient à une vitesse incroyable et, soudain, Délius croit qu'il a déjà trop bu.

— Mais la célébration est dans un mois !

— Cela devrait être suffisant.

— Vous êtes prétentieux.

— Je ne sais pas.

Trois, les perspectives des miroirs deviennent plus profondes. Délius sent sa tête lui tourner et son ventre gronder sous la force centrifuge de la danse.

— Je suis sérieuse. Vous vous croyez différent ?

— Et vous ?

— Je le suis plus que vous.

— Vos parents ne vous ont-ils jamais appris la politesse ?

Quatre, et le mouvement faiblit. Délius ne sait plus où il est ni ce qu'il dit. Il perd son regard dans les grands yeux de Lady Rachel.

— Vous jouez un rôle, monsieur Délius.

— Que voulez-vous dire ?

— Vous ne dites jamais la vérité.

— Je... C'est faux.

Tourne, tourne, tourne, tourne, tourne, tourne, tourne, tourne, tourne, tourne, tourne, tourne, tourne, tourne,

tourne, tourne, tourne, tourne, tourne, tourne, tourne, tourne, tourne, tourne, tourne, tourne, tourne, tourne.

— Vous vous croyez différent, Frédérick ?

— Qui êtes-vous ?

— Rien d'autre que quelqu'un qui vous admire.

— Alors, vous aussi ?

— Cela vous étonne ?

— Je...

— Regardez-moi dans les yeux, Frédérick.

— J'ai mal à la tête.

— La valse est bientôt finie.

— Je l'espère.

— Regardez-moi. Nous reverrons-nous ?

— C'est inconvenant de me demander cela.

— Tout est inconvenant. Regardez-moi.

— Oui.

— Nous reverrons-nous ?

Elle le fixa, sembla lire quelque chose en lui, fronça les sourcils puis déglutit.

Délius baissa les yeux.

— Oui, dit-il, le ton voilé, d'accord, oui... Je l'espère.

LES PREMIÈRES GORGÉES

Comme convenu, Fenby et Lacejambe s'étaient retrouvés au palais Gallien. Dans une accolade chaleureuse et fraternelle, ils s'étaient salués et congratulés. Ensuite, ils étaient partis vers les cafés du parvis et avaient dévoré des croissants en se racontant les dernières nouveautés d'une voix enthousiaste. Lacejambe mima, en plein café, son incroyable combat contre la créature végétale. Fenby se jeta par terre pour raconter comment l'enterrement s'était transformé en tragédie. Puis ils s'interrogèrent sur les mystérieux quatre pour cent dont le commis avait parlé. Lacejambe avait bien son idée, mais il n'était sûr de rien :

— Pourquoi croyez-vous qu'on met les morts dans un cercueil ? Pour les empêcher de sortir.

— Ça me paraît sensé, dit Fenby en remuant sa cuillère dans le chocolat noir qui coagulait dans sa tasse.

Ils s'interrogèrent ensuite sur la présence de l'esquisse de diadème sur le cerveau des morts. Lacejambe se demanda comment joindre le directeur de la morgue.

— Le commis m'a confié qu'il était en vacanches, dit Fenby, la bouche pleine de pain au chocolat.

Lacejambe but une gorgée de café chaud.

— Il vous a dit où ?

— En Franche, je crois. Mais où exactement, che n'en chais rien.

— C'est fâcheux. Curieuse, cette analogie entre le dessin sur les cerveaux et l'objet laissé par le tueur. Vous vous souvenez des sculptures en forme de diamants ?

— Tiens, ch'est vrai. J'avais oublié. Probablement une coïnchidenche.

— Probablement. Et vos retrouvailles avec Londres ?

Fenby déglutit puis réfléchit deux secondes.

— Disons que je préfère ne pas trop en parler.

— Ça me va comme ça. Dépêchez-vous de finir votre petit déjeuner, nous allons être en retard.

Lacejambe enfila son manteau, et Fenby le regarda, la bouche maculée de chocolat.

— Où allons-nous ?

— Surprise ! dit Lacejambe avec un clin d'œil, en lâchant noblement quelques pièces sur la table.

Une calèche les sortit de la ville et les emmena plus bas dans les champs. Lacejambe expliqua à Fenby comment il avait retrouvé la trace du vin.

— Les bouteilles se font très rares et les cuvées sont très espacées. Le seul moyen de goûter le vin est de le trouver à sa source principale.

— Les fermes viticoles de la famille ?

— Absolument. Après quelques recherches dans le guide Fenwick des meilleurs restaurants français, je suis allé trouver le directeur du restaurant *Helvética*. C'était la piste la plus probante. Savez-vous ce que raconte le guide au sujet de ce restaurant ?

Fenby fit la moue.

— Je ne crois pas en avoir jamais entendu parler.

— Attendez...

Lacejambe fouilla dans sa besace pour sortir un petit livre écorné. Le guide Fenwick des restaurants français, le grand luxe du plus guindé, le plus aristocratique de la littérature culinaire. Lacejambe l'ouvrit à son marque-page et lut, pontifiant, la lèvre inférieure en suspension :

— *« L'hôtel* Helvética, *de Bordeaux, est une des meilleures tables au monde. Non seulement la cuisine y est bonne, mais en plus, elle parle ! Cinq étoiles. »*

Il referma le livre, tout fier.

— Alors ?

— Alors quoi ? dit Fenby.

— N'est-ce pas surprenant ? On a accusé le vin de la Comète de créer quelques étranges réactions dans l'alchimie biologique du corps humain.

— Comme quoi ?

Lacejambe rangea son livre et se pencha vers Fenby.

— Eh bien, l'expérience est si intense que chaque parcelle du corps acquiert la conscience, lutte pour son indépendance et s'émancipe.

— S'émancipe ?

Lacejambe imita deux petites explosions avec sa bouche, en ouvrant ses mains :

— Boum ! Le corps se dissocie. Et il n'y a plus de souffrances, car la souffrance est partie depuis longtemps.

— Lacejambe ! C'est horrible ! Et c'est ça que vous voulez me faire boire ?

Le botaniste sourit et se renfonça dans son siège.

— Je suis allé trouver le directeur du restaurant et je lui ai offert un verre au bar le plus proche. Là-bas, j'ai glissé dans son verre une petite décoction à base de mytilène bleue et de curare édulcoré.

— Attendez... C'est votre *Boisson de la Vérité vraie* !

— Vous devenez très bon, Fenby. Oui, c'est exact. J'en avais fait de même pour quelques restaurateurs de Bordeaux – des fausses pistes – et, comme je l'avais deviné, celui de l'*Helvética*, que je ne nommerai pas, eu égard à son influence, a été le bon.

— Et ? demanda Fenby qui buvait littéralement ses paroles.

— Il m'a tout raconté. Où il s'approvisionnait en vin de la Comète, son erreur de vouloir faire son propre vignoble de la Comète avec Persiflard, le nom du vignoble de la Comète le plus proche...

— Incroyable ! Et où est-ce ?

Lacejambe se pencha à la fenêtre et pointa un doigt vers une vieille baraque croulante plus bas dans la vallée.

— Nous y sommes Fenby, nous y sommes.

La ferme Gojon ne ressemblait, pour ainsi dire, à rien. C'était un mas de briques et de bois agencé de manière à donner l'illusion d'un lieu de résidence paysanne. De loin, Fenby pensa qu'elle ressemblait à un tas de boue.

— On dirait une bouse de vache, dit Lacejambe en avançant, le pas léger et guilleret, comme s'il allait à l'Opéra.

Fenby étouffa un petit rire. Ils avaient laissé le fiacre plus haut et avaient descendu le sentier cahoteux qui menait à la ferme. Derrière la baraque, ils avaient vaguement aperçu un large vignoble qui grimpait le long d'une colline à la forme alambiquée. Le lieu n'avait rien d'enchanteur, et le ciel était sombre. Alors qu'ils approchaient de l'entrée, ils virent qu'une tombe avait fraîchement été creusée dans le sol, près de l'étable. Une petite croix de bois y était pauvrement plantée.

Debout sur le perron, se tenait la masse informe de ce qui, jadis, avait dû être un homme. Auguste Gojon ressemblait, à peu de chose près, à un concombre moisi au soleil. Les deux hommes se regardèrent avec une lueur de panique dans leurs yeux.

— C'était un Anglais. J'aime pas les Anglais, dit Gojon.

Le nez rouge épaté comme une tomate au milieu du visage, Gojon avança en claudiquant. Il s'arrêta devant Fenby et le détailla de haut en bas en le reniflant. Puis il passa au botaniste. Lacejambe arbora son plus beau sourire.

— Cher ami... commença-t-il.

— Ah, pas de salades avec moi, bougre de nom ! cracha Gojon. Vous êtes les types de Marseille, c'est ça ?

— Oui. Vous connaissez ? C'est une ville charmante.

— Je ne l'aime pas. Et je ne vous aime déjà pas. Si vous n'étiez pas riche, je ne vous aurais même pas autorisé à venir ici.

— Oui, mais justement, je suis riche. Je m'appelle Bertrand Lacejambe, botaniste.

— Je sais. Le type de Bordeaux me l'a dit. Et lui, c'est qui ?

Fenby s'approcha pour se présenter, mais Lacejambe se mit devant lui :

— C'est mon frère, Aristote. Il m'accompagne dans toutes mes aventures.

Gojon l'inspecta de haut en bas, renifla bruyamment puis retourna vers la maison.

— Suivez-moi. Le plus vite ce sera fait, le plus vite vous partirez.

— Nous vous suivons, dit Lacejambe.

Fenby restait derrière.

— Aristote ? Quelle est donc cette misérable invention, Lacejambe ? murmura-t-il au botaniste sur le chemin.

— Vous avez vu ce qu'il fait aux Anglais ? dit Lacejambe en se penchant discrètement. Autant mettre le plus de chances de notre côté. Ne le froissons pas et abstenez-vous de parler.

— Il a aussi dit qu'il n'aimait pas les Marseillais.

— Eh bien ? Vous vous rendez compte ? Marseillais *et* Anglais ? Mon pauvre.

Et il gloussa. Fenby se renfrogna et mit ses mains dans les poches. Ils entrèrent dans un salon écœurant de saleté. Il y avait là une vieille bonne femme, perchée sur un appareil bizarre, qui tissait un pull hideux. Il y avait aussi un autre vieux type visqueux qui se balançait dans un fauteuil à bascule défoncé. Gojon esquissa un geste assez vague :

— Ma mère, mon frère.

Lacejambe souleva son chapeau :

— Messieurs-dames.

Fenby fit un petit signe de la main. Personne ne répondit. Gojon les mena à une petite porte. Il alluma une lampe tempête et les fit descendre un petit escalier branlant. Une grande table de bois vermoulue traînait sa carcasse au centre d'une large cave à vin, encombrée par les formes de grandes barriques. Gojon les fit s'asseoir.

— Bon, maintenant l'argent... Vous en aurez pour mille francs.

— *What ?* dit Fenby.

Lacejambe le foudroya du regard et sortit une liasse de billets serrés par une pince en argent. Gojon ferma un œil, prit l'argent, le compta en se léchant les doigts, le mit dans la poche de sa veste et se pencha finalement à l'oreille du botaniste :

— Il a un accent bizarre, votre frère. Il serait pas anglais ?

— Non. Il est un peu limité, c'est tout.

Il lui décocha un nouveau sourire. Gojon cracha par terre et leur dit de patienter. Il fouilla les étagères et tira une bouteille de vin sans étiquette. Il la posa violemment sur la table, boum ! Fenby se pencha en avant :

— C'est ça, lé vin de la Comète ?

La tête de Gojon devint soudainement énorme, toute rouge, prête à exploser. Lacejambe intervint :

— Aristote, tu es un vrai numéro ! Cesse ton imitation et bois ton verre.

Le botaniste versa une large rasade de vin dans le verre sale de Fenby. Il se servit ensuite.

— Attention ! dit le fermier en louchant. L'Expérience ne durera que quelques secondes. Vous êtes des privilégiés. La récolte est vieille, les effets vont être très forts. La Comète âgée est la pire de toutes.

— Merci, dit Lacejambe en levant son verre. Alors, Fenby ? Santé ?

Au début, Fenby ne vit rien d'autre que quelques formes simplistes qui fonçaient vers lui. C'était, il en était persuadé, leurs consciences libérées qui s'ébattaient tranquillement dans les vapeurs divines du vin. Il observa ses souvenirs voler autour de lui sans intervenir. Il ne savait plus où il était, ce qui se passait. Il y eut un grand bruit, et bientôt Fenby vit apparaître la table de Gojon. Il vit se dessiner les tabourets, les murs en briques, les pichets, les bouteilles rangées sur le côté en ordre de vieillesse. Puis il vit Lacejambe.

Le botaniste s'était levé et dansait en tournant sur lui-même, son long manteau dans le prolongement de ses mouvements. Il avait fermé les yeux et semblait heureux. « Peut-être est-ce cela la Grande Saltarelle, pensa Fenby, qui remettait en ordre ses pensées pour mieux affronter la situation. Peut-être est-ce cette danse mythique que les fées célèbrent quand leur esprit se libère de toute contrainte, une danse intuitive, que l'on n'apprend vraiment jamais mais qui reste inscrite dans la nature de tout être capable de pensée. »

Fenby se leva, grimpa sur la table et essaya, à son tour, de danser en suivant les pas de son ami. Gojon n'était nulle part. N'ayant pas goûté le vin, il ne pouvait participer à leur union. Lacejambe ouvrit les yeux, se mit à rire. Une musique étrange surgit de derrière les murs de la cave. Le botaniste prit la main de Fenby et lui montra le mur.

— Regardez ! dit-il avec émerveillement.

Dans le mur se découpait une nouvelle porte. Fenby n'en croyait pas ses yeux : était-ce vrai ou seulement une hallucination éthylique ? Non, ce ne pouvait être qu'un songe. Le vin était trop fort, l'endroit trop étouffant, plein de poussière, vieux comme le monde. Un lieu propice aux digressions imaginatives. Alors, il choisit de prendre les choses comme elles venaient.

— C'est magnifique, Lacejambe !

— N'est-ce pas ? Allez l'ouvrir.

— Quoi donc ?

— La porte, idiot.

Et il le poussa en avant. Fenby tendit ses bras pour freiner sa chute. Mais il tombait au ralenti. Il fit une culbute sur le sol et ses mains touchèrent le bois de la porte. Ce contact lui rappela quelque chose... mais c'était trop tard, trop fugitif, c'était déjà parti. Il poussa la porte en grognant. La lumière envahit toute la pièce et les deux hommes furent absorbés dans un torrent bouillonnant qui les noya.

ET ENCORE BEAUCOUP DE JOYEUX RETOURS

Extrait non daté du journal intime de Kevin Laird.

Je suis exténué. Je n'en peux plus. J'ai trop sommeil, et c'est chaque fois la même chose. Je crois avoir trouvé quelqu'un qui me comprenne et qui puisse lutter avec moi. Au dernier moment, je m'aperçois que lui aussi porte son Diadème et sa menace, comme les autres. Il faut que je trouve une solution, quelque chose qui puisse m'aider à garder la tête hors de l'eau. Je pensais que je pourrais trouver quelqu'un. Mais rien n'y fait. Ils sont tous voués au Rien. Et plus personne ne sera là pour me réconforter. J'en ai assez. Je suis épuisé. Je veux retrouver ma maman, Josh, les gens que j'aime, qui me comprennent. Peut-être que je pourrais vivre tranquille. Je voudrais aller me promener dans ma forêt, avec mon petit frère et mon petit monde. Je ne suis pas fait pour ici. Je n'y ai pas ma place. Je ne veux pas faire du mal aux gens, je ne veux pas qu'on me fasse du mal, qu'on m'enferme dans un trou à rat, loin du ciel et de la mer, avec des gens que je ne connais pas, qui me haïront. Peut-être que je pourrais dormir.

J'ai trop mal. C'est comme un démon en moi, qui s'amuse à me manipuler avec des fils de marionnettes. Peut-être quelqu'un, quelque part, là-haut sur le mont Olympe, me met-il à l'épreuve. Peut-être quelqu'un joue-t-il avec moi et mes émotions comme avec une poupée de chiffon souillée ? C'est trop dur, j'aimerais que ça s'arrête. La nuit dernière, alors que je suais et pleurais dans ma chambre d'hôtel, je me suis souvenu de cette expérience magnifique avec le petit Jonathan. Vous ai-je déjà dit que je lisais dans les rêves des autres ?

Non, je ne crois pas. Alors, il est temps que vous sachiez quelques petites choses de moi. Je ne veux pas que vous me jugiez, que vous approuviez ou non mes actes. Je n'ai pas le choix, comprenez-vous ? C'est mon chemin de croix, c'est mon Golgotha. J'ai essayé de convaincre Jonathan. Cette fois-ci, je pensais qu'en m'adressant à quelqu'un de jeune, de totalement pur, d'innocent, je pourrais trouver un asile pour mon esprit malade. Que les liens qui unissent les hommes sont privilégiés par une relation adulte-enfant, comme au joli temps de Périclès.

Alors je lui ai parlé, toute la nuit. Je lui ai tout expliqué. Un moment il a dit qu'il me comprenait, que s'il avait été dans ma situation, il en aurait fait de même. Il m'a touché le visage et je me suis mis à pleurer. Car j'avais peur de ce que j'allais trouver dans ses rêves : une heure auparavant, je lui avais fait boire le thé sans lui dire quoi que ce soit. Il n'a pas fait le rapprochement. Il n'en a pas eu le temps. Il s'est paisiblement endormi sur moi, un sourire sur son visage. J'ai lu en lui comme dans un lac de cristal. Son rêve était d'une tendresse incroyable et, pendant un instant, j'ai cru que j'avais trouvé un ami. Mais la malédiction est plus forte. Quelques minutes plus tard, je l'ai vu. Il était là, placide, méchant, comme dans mon souvenir. Il tournait sur lui-même comme une toupie sale. Je me suis de nouveau mis à pleurer, j'ai essayé de réveiller le petit, pour m'enlever ces images de la tête, j'ai crié, hurlé, frappé, mais c'était trop tard.

Il était encore dans mes bras, souriant comme un ange, quand il est mort. Je revois encore son visage magnifique éclairé de larmes. Je n'ai rien pu faire. Il ne m'a pas aidé. Je lui dis merci de m'avoir fait prier, de m'avoir laissé espérer, mais maintenant, je suis fatigué de vivre, peut-être simplement fatigué de ce que je suis. L'échec marque mes meilleures intentions et mes rêves d'enfant. Maintenant, j'aimerais sortir de ma tête, sortir de mon lit et regarder les étoiles. Mais non. C'est trop dur pour moi. C'est décidé. Je rentre chez moi.

Quand tout s'assombrit enfin, ils comprirent qu'ils se trouvaient à l'orée d'une grande forêt. Devant, clouée à un arbre noueux, une pancarte gravée.

— Je n'arrive pas à lire. Qu'est-ce que vous y lisez ?

Lacejambe haussa les épaules.

— Aucune idée.

Fenby se gratta le menton :

— Le vin essaie pourtant de nous dire quelque chose, non ?

— C'est un peu ça. Il se connecte sur notre conscience et répond aux questions qui se trouvent à la surface de notre cortex. Tout ce que nous voyons ici a un rapport avec notre fleur et notre meurtrier.

— Ah bon ? Vous n'avez rien d'autre sur la conscience ?

— Non, pourquoi ?

— Eh bien, parce que moi si...

Lacejambe entra dans une fureur noire.

— Fenby ! Je vous avais pourtant prévenu : P.e.n.s.e.z a.u.x m.e.u.r.t.r.e.s.

— Mais je n'ai pas pu m'en empêcher !

— À quoi pensez-vous donc, bougre d'Anglais ?

— Eh bien... aux fées.

— Aux fées ! Il pense aux fées !

Lacejambe se tapa le front et s'assit sur un tas de mousse fraîche et verte.

— Fenby, savez-vous combien de fois nous pourrons tenter cette expérience ?

— Non.

— Plus jamais ! C'est notre seule chance. Estimez-vous heureux d'être encore vivant. Une autre tentative serait un désastre.

— Je... je ne savais pas, Lacejambe, je suis désolé.

Lacejambe soupira, une fois, deux fois. Puis il se calma.

— Bah, ce n'est pas grave, *old chap*. Si ça se trouve, notre histoire a même un rapport avec les fées.

— Et sinon ?

— Eh bien, tant pis !

Il se leva, reprenant confiance.

— Le conclave se débrouillera tout seul. Je n'ai pas envie de tenter le diable.

— De toute façon, dit Fenby en observant les alentours, le meurtrier n'est pas immortel. Il finira bien par mourir.

— Oui. C'est un peu immoral, mais nous n'y pouvons rien.

— Absolument.

— Alors, profitons-en pour visiter cette jolie forêt. Avec un peu de chance, le vin me laissera repartir avec une fleur d'ici...

Ils partirent en chantant, ivres, bras dessus, bras dessous. Mais, en plein élan jovial, ils entendirent sonner un cor de chasse. Ils se regardèrent en clignant des yeux, plus très sûrs d'avoir le contrôle de la situation. Comme pour affirmer leurs pensées, une meute aboya au loin.

— Lacejambe ?

— Je suis là, mon vieux.

— Qu'est-ce que c'est que ça ?

— Une meute.

Puis, il y eut un raffut incroyable, comme si une charge de cavalerie passait à quelques mètres d'eux. Lacejambe saisit la manche de Fenby et le tira à travers la forêt, courant comme un dératé. Fenby se laissait entraîner sans mot dire, éberlué par la vitesse à laquelle ils avançaient, par le dessin des arbres en mouvement qui croisaient leur route. Parvenus à un sentier terreux, ils se mirent à osciller. Progressivement, leurs mouvements devinrent plus lents, et, en plein élan ralenti, ils retrouvèrent leur vitesse normale, comme si quelque chose, ou quelqu'un, avait décidé que les choses étaient trop folles, et qu'il fallait y remettre de l'ordre. Ils s'écrasèrent dans la boue, surpris par leurs derniers mouvements.

Il y eut un fourmillement dans les buissons de houx à côté d'eux, puis deux énormes chiens bondirent pour leur barrer le passage. Ils n'avaient pas de tête et leur robe était d'un mauve luisant. Lacejambe, raide comme une pique, pas même fatigué, serrait les poings en jurant entre ses dents. Fenby écarquilla les yeux et balbutia :

— Des... Des...

— Mais encore ?

— Des chiens de Yeth. Enfin, je crois. Ce sont des chiens de chasse.

— Charmant. Et ça se tue ?

— Parlez plus doucement.

Le botaniste murmura :

— Et pourquoi ils n'ont pas de tête ?

— Comment voulez-vous que je le sache ? Ce sont des fées. Ils n'ont pas les mêmes cycles biologiques que nous.

— Fenby, vous êtes saoul : ce que vous voyez est le produit de votre imagination.

— Un produit qui va nous bouffer !

Il se tourna pour essayer de voir à travers les arbres :

— Mais regardez, ils ont l'air gentils. Fenby, soyez un amour, restez derrière moi. Quand je vous dirai de courir...

— ... je cours ?

Au loin, le cor de chasse retentit une seconde fois. Fenby frissonna. C'était le signe de la charge. Il y eut un bruit de cavalcade effrénée et des formes noires passèrent entre les arbres. Des rires éclatèrent dans toute la forêt.

— On essaie de nous rabattre, dit Fenby, gluant de sueur.

— Si ce sont des gens civilisés, on pourra discuter.

Fenby sentait quelque chose. Un fluide, un sentiment d'angoisse croissant qu'il ne connaissait que trop bien. Un curieux mélange d'horreur mythologique et de beauté sauvage. Quelque chose qui l'avait accompagné pendant toutes ces années où, rongeant son frein en attendant la vengeance, il avait étudié et lu tout ce qu'il était possible sur la curieuse engeance féerique, qui brassait les mythes et les émotions de manière souvent incompréhensible.

— Oh, dit-il en se mordant un ongle. Si c'est ce que je crois que c'est, ce ne sont pas les plus commodes. Et ils sont proches.

Les chiens ne bougeaient pas. Plantés sur le sentier comme deux statues saccagées, ils grognaient. Lacejambe était admiratif :

— Mais comment font-ils des chiens comme ça, Fenby ? C'est incroyable, ils n'ont même pas de tête.

Fenby vit s'approcher une chevauchée entre les arbres. Son sang ne fit qu'un tour.

— Courez ! cria-t-il en se ruant de l'autre côté.

Lacejambe s'engagea derrière lui. Les deux chiens bondirent au même moment. Le botaniste fit un pas de côté. La première bête s'écrasa contre le large tronc d'un arbre en piaillant, *knock-out* dès le premier round. L'autre chien sauta sur le dos du botaniste et le renversa sur le chemin. Fenby était déjà loin. Repoussant le cabot d'un violent coup de coude, Lacejambe se retourna et sortit une bouteille de parfum de sa poche – une savoureuse décoction, à base de ronces, d'épines de rose, d'orties et de champignons vénéneux. Avec un rictus de joie, il arrosa le corps du cabot, qui, piqué par les effluves, couina et partit en traînant la patte, la queue recroquevillée. Le botaniste se redressa et s'épousseta dignement. Aussi ne réagit-il pas quand un coup de botte le jeta à nouveau face contre terre. Il roula dans un petit fossé et se retourna, couvert de feuilles mortes.

Au-dessus de lui se tenaient quatre cavaliers qu'il n'avait pas entendu arriver. Il ne vit pas tout de suite leurs visages, dissimulés sous de grands chapeaux hauts de forme. Leurs chevaux étaient noirs, superbes et écumants, laissant un mince filet de fumée s'échapper de leurs énormes narines. Puis il perçut la présence alentour de multiples petites formes ricanantes qui convergeaient vers lui. Il se redressa quand émergèrent du bois des dizaines de petites créatures noires et difformes, pas plus hautes que trois pommes, vêtues comme des gardes-chasse. Leurs nez pendaient suivant quelques angles ridicules, leurs yeux n'étaient pas visibles, cachés sous les visières d'épaisses casquettes de tweed. Elles bondissaient et cancanaient autour du botaniste. Fenby s'approcha, recouvert de petits monstres qui s'accrochaient à lui comme des poux. Les deux hommes se dévisagèrent sans rien dire. Lacejambe haussa les épaules, puis, très digne, se releva pour faire face aux cavaliers.

Ils étaient magnifiques et la couleur de leur peau était jaune. Vêtus de vestes rouges et de grandes bottes noires luisantes, ils se tenaient majestueusement sur des chevaux à la robe si étincelante qu'il fallait plisser les yeux pour clairement les détailler. Ils portaient leur cor de chasse en bandoulière, comme de sinistres baladins. Puis ils s'écartèrent pour laisser passer deux autres superbes cavaliers, un homme et une femme, aux minces sourires menaçants. Les cheveux de la femme étaient mauves avec des reflets d'azur, une queue-de-cheval liée par des fleurs. Leurs longues mains étaient gantées mais sans nul doute d'une blancheur éblouissante. Leurs montures étaient vertes et leur robe était entremêlée de pétales de fleurs. Autour d'eux flottaient des lumières cliquetantes et tintinnabulantes.

L'homme s'avança et fit stopper son cheval devant le botaniste.

— Que faites-vous ici ?

— Je... commença Lacejambe.

— Répondez, dit la femme.

— Mais... dit Fenby.

— Vous mourrez si vous ne parlez pas.

— ...

— Très bien. Je me présente, Lord Fox. Et voici ma femme, Lady Hound.

— Enchanté, dit Lacejambe, un peu perdu, il faut le dire.

Fenby sut immédiatement que ce n'était pas leurs vrais noms. Une fée ne dit jamais son nom, de peur de devoir y répondre, d'y être enchaînée. Savoir le nom d'une fée, c'est déjà un moyen de la ranger à sa volonté.

— Vous fûtes bien malintentionnés de venir en ces contrées, reprit Lord Fox, rayonnant. Vous n'espériez quand même pas quitter cette forêt vivants ?

— J'avoue que l'idée m'avait traversé l'esprit, dit Lacejambe.

Le beau visage du Lord se durcit.

— Eh bien, vous aviez tort, monsieur... Monsieur ?

— Bertrand Lacejambe, de Marseille.

— Lace... ? Le botaniste ?

Il y eut un épouvantable silence. Lord Fox essaya d'articuler quelque chose, mais sa mâchoire ne répondit pas. Le dur regard de sa douce femme allait de lui au botaniste.

— Très cher, que se passe-t-il donc ? Vous ne sonnez pas l'hallali ?

Lord Fox tendit un doigt vacillant vers Lacejambe.

— C'est un botaniste.

Lady Hound se figea sur son cheval, rouge de vexation. Lord Fox se gratta une oreille et héla ses serviteurs :

— C'est bon, les enfants, vous pouvez les lâcher...

Les rabatteurs s'éloignèrent et se fondirent dans les bosquets, comme par magie. Lacejambe, agréablement surpris, s'étira, remit en place le col de sa veste et leur adressa à tous un grand, grand sourire.

— Merci, merci mes amis, merci.

Il frétilla des doigts et fit apparaître sa carte de visite. Lord Fox la prit et la lut en tremblant. Le visage de Fenby s'éclaira de mille feux radieux. Il commença à bondir en tous sens. Lord Fox dévisagea Lacejambe.

— Vous êtes le célèbre botaniste.

— C'est ce qui est marqué sur ma carte.

— Oui...

Fenby s'approcha, hilare :

— Une carte qu'il vient de vous offrir !

— Oui...

— Et que vous avez acceptée...

Lord Fox cligna des yeux, abattit sa bride et descendit de selle. Sa femme rougissait à vue d'œil.

— Chéri, que faites-vous ? Que se passe-t-il ?

Lord Fox s'approcha de la monture de sa dulcinée, lança un sourire crispé au botaniste puis demanda à sa femme de se pencher. Il lui murmura quelque chose à l'oreille en pointant son doigt vers Fenby. Lacejambe bavait d'impatience.

— Fenby, qu'est-ce qui se passe ? dit-il.

— Nos amis ont fait deux erreurs. Vous rappelez-vous ces quelques conseils que je vous avais prodigués pendant votre thèse sur les fleurs-cadeaux ?

— Ma dissertation pour les fleuristes de Paris ?

— Celle-là même.

— Eh bien ?

— Je vous avais dit que faire des cadeaux est une activité typiquement humaine que les fées...

— ... avaient appris à aimer comme leur. Oui, eh bien ?

— Les cadeaux des fées sont donc différents des nôtres. Ils sont chargés d'affects différents, bien plus déviants. Chez eux, c'est avant tout un acte calculé, psychique.

— Oui, oui, c'est exact, je me souviens maintenant.

— De plus, vous êtes botaniste...

— Oui, je...

» Je voudrais bien comprendre... murmura chichement Lacejambe, érasé par la situation.

Lady Hound descendit de selle, fort noblement, et se posta à côté de son mari.

— Moi aussi, j'aimerais comprendre, dit-elle, avec une pointe de raillerie dans la voix.

Fenby la dévisagea avec un grand sourire.

— Vous venez de tomber dans notre piège.

— Un piège ? Mais comment ça ? C'est vous le renard.

— Oui, mais votre mari a été emporté par ses émotions.

— Mon mari ?

Elle lança un regard furieux à Lord Fox, qui baissa la tête de dépit.

— Très cher, qu'avez-vous donc encore fait ?

Fenby s'avança et mit les mains dans ses poches.

— C'est tout simple. Votre mari a été victime de ses principes. Voyez-vous, mon ami ici présent est un brillant botaniste. Vous n'êtes pas sans savoir que les botanistes sont les personnes humaines qui étudient le règne des fleurs sur terre.

— Oui, je sais. Et nous les estimons beaucoup.

— Pourquoi les estimez-vous donc ?

— Je ne sais pas, mais vous allez me le dire.

— Parce que sans eux, vous n'existeriez pas.

— *Oh !*

— Ne soyez pas choquée, Lady. C'est grâce aux botanistes que votre engeance peut survivre. Ils comprennent le pouvoir des fleurs, ils savent que c'est le produit de quelque chose d'autre que le seul processus naturel.

— Fenby ? demanda Lacejambe. Qu'est-ce que vous racontez ?

— Ce que vous n'avez jamais voulu savoir. Toute votre vie, vous avez été en contact avec les fées, mais vous ne l'avez jamais accepté.

À présent, Fenby parlait comme s'il était saoul.

— Pourquoi croyez-vous que vos fleurs chantent, Lacejambe ?

— Parce qu'elles ont une belle voix.

— Non, parce que ce sont des fées.

— Plaît-il ?

— Ce n'est pas ce que je voulais dire. En fait, c'est parce qu'elles sont liées aux fées. Quand les fées ont été chassées de notre monde par notre raison, elles se sont réfugiées dans des symboles, accessibles au plus grand nombre. Des symboles qui leur permettraient de survivre dans l'imaginaire de l'être humain.

Lacejambe siffla :

— Oh, je comprends. Et je m'occupe des fleurs. Donc...

— ... vous vous occupez des fées. La fleur est l'élément essentiel de la psyché féerique. Lisez Keats !

— Ah, d'accord.

— Et c'est pour cela que Lord Fox a eu ce mouvement de surprise. Votre nom est connu des fées, vous avez bien fait de leur donner votre vrai nom, si vous aviez menti, nous serions déjà faits. Vous fûtes brillant !

— Et là, je lui ai donné ma carte...

— Et il était tellement impressionné qu'il l'a acceptée.

— Et il n'aurait pas dû.

— Sûrement pas. Les fées donnent les cadeaux, pas les humains.

— Maintenant, il est notre débiteur.

— Eh oui.

— Et il nous doit une faveur. C'est superbe, superbe. Bravo, Fenby.

Ils se firent une accolade, ravis du tour fameux que prenaient les événements. Des larmes de bonheur dans les yeux, Lacejambe s'approcha du seigneur féerique.

— Lord Fox...

Le Lord ne les regardait plus. Il implorait la pitié de sa

femme, qui ne la lui accorda pas. Il prit finalement les deux hommes à part.

— Bon, qu'est-ce que vous voulez ? Un château ? Un cheval ?

— Un renseignement.

— Soit. Alors, le Graal, c'est tout bête, c'est juste une baignoire de...

— Non, non, dit Lacejambe en agitant les mains, ce n'est pas ça que nous voulons savoir. Nous sommes à la recherche d'une fleur.

— Une fleur ? Quelle fleur ?

— Une fleur très particulière, puisque ce n'en est pas une.

— Si vous pouviez être plus clair.

Lacejambe croisa les bras.

— J'ai eu une expérience avec une fleur inconnue, qui change d'apparence selon son humeur, comme si elle résultait non pas du seul règne végétal, mais d'un accouplement entre plusieurs données.

— Et qu'est-ce qui vous fait dire que je connais cette fleur ?

— Ici, dans les remous du vin, vous devez sentir quand les échos des miroirs deviennent trop forts. Vous êtes le produit d'une association hors normes. Vous résidez au cœur même d'un complexe d'émotions et de perspectives liées entre elles. De plus, comme nous l'a si bien fait remarquer Fenby, vos affinités avec les fleurs ne sont plus à prouver. Alors, si vous aviez senti des rumeurs étranges, liées au corps végétal, des vibrations, des renvois...

Lord Fox se raidit sensiblement, il parut être beaucoup plus grand.

— Je vois.

— Que pouvez-vous me dire ?

— Je ne crois pas que cela vous regarde.

— Et pourtant, oui.

Lord Fox regarda de droite à gauche, puis en l'air, comme s'il avait peur de quelque chose. Il renifla.

— C'est...

Il se passa la langue sur les lèvres :

— Je ne peux vous dire qu'une chose.

— Je vous en prie.

— Il y a des remous dans les fleurs, des agitations, comme une douleur. Quelque part, loin d'ici, notre royaume, ou l'une de ses infimes parcelles – il en existe encore beaucoup – vient de nouveau de communier avec la vie. C'est un phénomène aux origines encore plus nébuleuses, entre le songe et la réalité, là où se jouent toutes les grandes idées qui construisent le monde. Je ne m'attends pas à ce que vous compreniez.

— Mais qu'est-ce que c'est exactement ? Esquissez-nous au moins un schéma, que nous puissions savoir ce que nous cherchons.

Lord Fox haussa les épaules :

— Aucune idée. C'est juste que ça fait beaucoup de bruit. Ça pompe dans nos ressources, ça pulse comme un générateur qui s'alimenterait sur nos croyances et notre existence. Cela peut être n'importe quoi : une expérience chimique, un massacre de bégonias, une vérité végétale, un nouveau concept philosophique, si vrai qu'il bouleverserait l'équilibre en place...

Lacejambe se mordit un ongle.

— Et ça viendrait d'où exactement ?

Lord Fox voulut à nouveau hausser les épaules, mais il se rendit compte que cette attitude répétitive était trop humaine pour sa dignité royale. Il croisa donc les bras :

— Nos perceptions spatiales sont trop différentes des vôtres pour vous être utiles. Je sais que ça ne vient pas de Tir Na N'og, ni de son environnement proche.

Fenby se pencha à l'oreille de Lacejambe :

— Bon, Tir Na N'og, c'est l'Irlande. Vu ?

Lacejambe opina du chef. Le fait que Lord Fox puisse si bien concevoir l'académisme de son existence, où la moindre règle de Fenby s'avérait vraie, lui rappela la condition onirique de leur situation – le délire dû aux vapeurs éthyliques du vin et toutes ces choses – donc de ne pas prendre trop à cœur ces révélations, juste de les utiliser comme un fil révélateur, une amorce de guide, dont seul leur inconscient pourrait comprendre la portée.

Lord Fox reprit la parole :

— Nous avons dépêché un de nos meilleurs sujets là-bas, un littéraire versé dans les mystères terrestres. Le petit Gabriel.

— Et ?

— Nous ne savons pas ce qui lui est arrivé. D'habitude, nos services de renseignements sont efficaces : arbres, mouettes, coquillages et lutins inférieurs sont nos sources de prédilection. Dans le cas de Gabriel, nous n'avons rien reçu.

— Avez-vous demandé aux taupes ? dit Fenby.

— Nous avons effectivement fait une enquête auprès des milieux idoines, mais la réponse est partout la même : Gabriel n'a jamais demandé à quiconque de véhiculer l'un de ses messages. Il n'a donc pas dû aller très loin.

— Comment se déplaçait-il ?

— Depuis notre emprisonnement ici, nous ne pouvons que traverser les rêves des humains. C'est un processus très long, exigeant, qu'il ne nous est donné d'utiliser que trois fois dans notre vie. Gabriel est parti sur les rêveries d'une cavalière qui passait trop près de notre Royaume. Elle fantasmait sur un vieux saule, plus loin dans la forêt. Une fois en elle, Gabriel a pu concevoir son itinéraire avec les indices qu'il a pu réunir. Après, qui sait où il a pu se rendre ? C'est un jeu de pistes particulièrement complexe.

— Et c'est tout ? dit Lacejambe, une légère angoisse pointant dans sa gorge, mesurant froidement les risques insensés qu'ils avaient bravés pour ce petit rien du tout.

Lord Fox détourna les yeux.

— Oui, c'est tout.

Lacejambe se gratta la joue. Fenby se mordit la lèvre : maintenant qu'ils avaient fait le tour de la question, il voulait demander vengeance, il voulait comprendre. Une idée venait d'éclore dans son esprit : si toutes les fées s'étaient retirées dans l'inconscient populaire, comment pouvait-il avoir été emporté dans une valse féerique ? Que s'était-il réellement passé ? Qui s'était joué de lui ? Il ouvrit la bouche mais un gigantesque bruit, comme une grosse cavalcade, comme le sommeil empêché d'un monstre titanesque, rugit du fond de la forêt.

Lord Fox devint livide.

— Bien, je crois que nous allons partir.

Il tenta de faire demi-tour mais Fenby le retint par le bras :

— Attendez ! Vous êtes les maîtres ici ! Faites-nous rester encore un peu ! Je dois vous parler !

Lord Fox le dévisagea.

— Je suis désolé. Je ne peux rien pour vous. Nous n'appartenons plus à votre monde. Nous avons un maître désormais. Nous sommes liés par tant de rituels que nous n'avons plus la capacité d'aller contre...

Il jeta un regard de chien apeuré vers la lisière du bois, là où les craquements et les ronflements devenaient plus forts. Fenby vit une sinistre lueur rouge vaciller entre les arbres et un grondement, un grésillement, se faire plus fort. Tout cela commença à lui faire peur, car il comprit qu'il avait déjà vécu ce moment. Ce bruit, cette odeur, cette lueur...

Lacejambe s'approcha par-derrière.

— Fenby, *old chap*, je crois qu'il faut fuir.

Effectivement, le craquement devenait plus dur, plus violent. Une vibration rouge suintante de méchanceté perçait à travers les formes des arbres. Le grésillement devint plus fin, plus insidieux, comme un instrument de torture enroué. Les ronflements se chargèrent de fracas de bouches d'égouts, comme si des milliers de rats dansaient au son d'une flûte enchantée. Puis, brusquement, au fond de la forêt, les arbres commencèrent à tomber, un par un, poussés par une force invisible. Le sol vibra et les angles se défirent : la réalité prenait fin, les perspectives s'inversaient peu à peu, les choses se doublaient d'intangibilité. Le vacarme était assourdissant et, tout autour, les arbres continuaient à tomber comme une revue de cabaret.

Fenby s'accrocha au col de Lord Fox, le supplia :

— Je vous en prie, écoutez-moi !

Fox le repoussa violemment.

— Allez-vous-en, fuyez pendant qu'il est encore temps !

Lacejambe s'avança et le fixa froidement.

— Aidez-nous, Lord Fox. Je sais que vous en savez plus que ça. Je vous rendrai la pareille quand ce sera possible.

Fox lut en lui comme dans un livre ouvert. Il savait que ce qu'il y lisait était la vérité. Il se mordit la langue.

— Je peux vous dire par où est parti Gabriel. Je ne sais pas où vous arriverez, si c'est votre dimension ou non, mais c'est la seule chose en mon pouvoir.

Reconnaissant, Lacejambe lui tendit sa main. Lord Fox la regarda comme s'il s'agissait d'un poignard empoisonné puis il reporta son regard sur les yeux noirs du botaniste. L'espace d'un instant, il sembla se résigner. Au moment où ses lèvres commençaient à former une phrase, un gouffre se créa entre eux et ils furent violemment écartés les uns des autres.

— *Hâtez-vous !* cria Lord Fox, en s'enfuyant vers son cheval. *Ne tardez pas ! Cherchez le saule !*

Déjà, les murs de la réalité fondaient, les couleurs coulaient sur les feuilles d'arbres et les sentiers disparaissaient dans les ornières. Fenby entraîna Lacejambe au moment où un arbre s'abattait sur eux. Ensemble, ils franchirent un large fossé qui se creusait en avalant la réalité dans un grand bouillonnement. Lacejambe sentit le vin lui monter au cerveau et noyer ses idées. Il flottait sur un doux nuage de bonheur et observait la déliquescence de son entourage avec un sourire teinté d'admiration. Mieux campé sur ses pieds, Fenby attrapa son ami et le projeta en avant. Lacejambe bascula au ralenti, il s'empêtra dans les remous de son large manteau et glissa sur un courant d'air chaud. Fenby esquiva un buisson de ronces qui parcourait la forêt, hurlant dans sa désintégration.

Puis il aperçut le saule : c'était un arbre magnifique, aux couleurs sublimées, étincelantes dans le néant qui se créait tout autour. De longues branches pendaient comme des mèches et il souriait comme si, pour lui, tout cela était habituel. Fenby lui fit un signe de la main. Le vent s'était levé et projetait des bouts de rêves tout autour, mêlés de feuillages et de gobelins ricanant. Fenby vit passer un cheval, qui galopait dans l'air. Derrière lui, tout était noir et méchant. Devant lui, le saule ricanait avec des sons de basse crispants. Lacejambe se mit à chanter et Fenby s'empara de son pied au moment où le botaniste s'apprêtait à disparaître, riant, avec une cohorte de renards hilares, dans un terrier volant à trois mètres au-dessus du sol. Il s'agrippa aux guêtres de ses chaussures et tira aussi fort qu'il le put, contre le vent et les obstacles. Le visage du saule s'approchait. Il fredonnait une chanson, qui enveloppait le monde comme une mère protectrice, d'une voix bougonnante et tendre. *Pom pom pom*. Fenby tendit son bras libre et cria :

— *Attendez-nous ! Nous arrivons !*

Tenant Lacejambe par les bottines, il le tira aussi vite qu'il le put vers le saule. L'arbre se mit à rire, ouvrit les yeux, puis la bouche. Fenby eut peur un instant mais décida de continuer malgré tout. La bouche se rapprochait, riait, riait, riait. Ses dents étaient carrées, suintantes de sève et remplies de branchages, le fond de sa gorge était noir et puant. Fenby ferma les yeux, tournoya pour prendre son élan et jeta le botaniste dans l'arbre. Puis, sans lancer un autre regard au chaos qui s'achevait derrière lui, il se boucha le nez et sauta dans l'arbre les pieds en avant.

Le saule avala les deux hommes puis rota.

UNE CHANSON D'ÉTÉ
(1735)

C'était un mois d'août, les roseaux bruissaient,
Et le vent frémissait, comme une noix de beurre.
Le visage au soleil, flétri entre les feuilles,
Pétris de douceur,
Je bâillais.

Ouvrant les yeux sur votre spectacle,
Perchés sur les nénuphars,
Je me souviens avoir chanté,
Dansé, pleuré en votre compagnie.
Au creux de la vague,
Noyée sous les flots verts,
Je vis le vieil homme lunatique,
Guidé par sa sieste, qui chuchotait,
Cet air qui vous ressemblait tant.
Je buvais votre semence.

Je ne puis me résoudre à chanter,
Car le Don m'a quitté,
Je ne me rappelle plus rien.
Car, au creux de ma main,
Grandissait cette chanson d'été,
Dans ma main, trempée dans l'eau,
Je voguais sur la nuit.

Août

UN RÉVEIL EN FANFARE

Tout recommença par un murmure continu. Le ton monta, monta, monta, puis il éclata en mille morceaux rieurs et cristallins, qui vrillaient l'esprit et s'éparpillaient en chantant dans un océan de ténèbres. C'était une superbe sensation, entre le vertige et le sommeil, aussi soudaine qu'une accélération de battements de cœur, aussi sournoise qu'une bouffée d'opium. Lacejambe tournait sur lui-même, tournait, tournait, tournait encore et encore. Un bourdonnement agaçant dans son oreille gauche effaça son sourire béat. Le bourdonnement devint plus fort, plus clair aussi. Il se transforma en paisible *glissando* musical pour finalement se changer en va-et-vient incessant d'une valse.

— Quelque chose ne va pas ?

Lacejambe ouvrit brusquement les yeux. Il ne distinguait pas clairement son entourage. À peine put-il comprendre qu'il se trouvait au milieu d'une foule, qui tournait sur un même tempo hypnotique. Il secoua la tête pour faire le point. Devant lui, le visage d'une jolie femme se dessinait peu à peu, comme aperçu dans l'eau claire d'une source. Elle paraissait inquiète.

— Monsieur ? Vous n'allez pas bien ? Monsieur, voulez-vous que nous nous arrêtions ?

Lacejambe ne contrôlait rien. Ses pieds dansaient paisiblement, comme doués de vie. Ses bras entouraient sa cavalière mais il ne se souvenait pas l'avoir invitée. Sa bouche devint pâteuse. Autour de lui, les autres couples riaient et se bousculaient. Des lumières étaient suspendues un peu partout et l'air était frais, très pur. Il y avait une drôle d'odeur, chargée de barbecue et de poisson.

— Vous êtes tout pâle. Et vos cheveux sont jaunes.

— Je... C'est ma couleur naturelle. Excusez-moi.

Il lâcha la jolie femme et tenta d'arrêter de tourner. Il traversa la piste, évita quelques couples en s'excusant maladroitement, reprit son équilibre en s'appuyant sur un grand poteau blanc et tria ses idées. Au milieu du cercle de danse, sa cavalière le dévisageait sans comprendre. Il leva la main, comme pour la rassurer sur sa santé, puis il marcha loin de la foule. Il passa entre plusieurs tables éclairées de bougies multicolores, entendit la valse s'arrêter et les gens applaudir. Il sortit de la lumière et s'engagea sur ce qui semblait être une grande coursive de bois. Là, il vit une petite barrière et s'y accouda en respirant bien fort. La brise était chargée d'embruns. Lacejambe regarda par-dessus le bastingage. Il devina la coque d'un bateau, qui plongeait dans l'eau et créait des remous. Il ferma les yeux, inspira profondément, puis les rouvrit.

Il était seul sur le pont arrière d'un grand paquebot. Au-dessus de lui, trois larges cheminées brillaient dans la nuit, éclairées par des lampions. La piste de danse se trouvait sous une grande tente blanche, entourée de petites tables bondées d'hommes, de femmes, couvertes de coqs au vin et de bougies. Les gens riaient, criaient, applaudissaient.

Lacejambe entendit un bruit à côté de lui et vit que deux amoureux s'étaient aventurés sur le pont. Ils semblaient insouciants et ravis d'être là, ils observaient la lune en la montrant du doigt, en détaillant ses moindres reflets. Dans sa tête, le botaniste formula clairement sa phrase :

— Excusez-moi... bégaya-t-il.

L'homme se retourna, avenant et gentil.

— Oui ?

— Où sommes-nous ?

Les deux amoureux le regardèrent, effrayés, puis s'enfuirent sans dire un mot. Déçu, Lacejambe mit son menton dans le creux de sa main et regarda les étoiles clignoter sur les eaux noires. La lune était belle, un magnifique croissant perché haut dans le ciel comme un sourire qui le narguait.

— Foutue lune... lâcha-t-il, déprimé.

Il était encore saoul, il le savait. Combien de temps cela

durerait-il ? Son esprit ne répondait plus aux appels insistants de sa raison. Il n'aimait pas l'ivresse : il perdait le contrôle, il laissait ses sentiments sortir de lui trop vite. Ses plus grandes déconvenues, il les avait trouvées dans l'alcool. Derrière lui, comme pour le ramener à la réalité, il perçut un éclat de voix connu :

— Oui, comme je vous le dis. Et il lui a donné sa carte de visite !

Il y eut des rires et des acclamations, puis :

— Encore ! Encore ! C'est si drôle !

Lacejambe se retourna, plissa les yeux et ausculta les tables autour de la piste de danse. Au bout de quelques instants, il le vit : Fenby, hilare, rouge comme un nez de clown, assis à une table généreusement décorée de fanions. Autour de lui se pressaient une dizaine de personnes en habit de soirée qui riaient aux larmes, verre de champagne à la main. Lacejambe devint furieux. Il s'avança, très déterminé.

— Alors, reprenait Fenby, ivre mort, Lord Fox nous dit : « Co... comment ? Que... que voulez-vous dire... une fleur ? » Il ne comprenait rien à rien !

Encore des rires. Lacejambe se fraya un chemin et se planta devant la table, en croisant les bras.

— Fenby... dit-il, froidement.

Fenby s'interrompit en plein élan. Les rires se turent. Fenby leva les yeux pour comprendre ce qui se passait, puis aperçut son ami.

— Tiens, Lacejambe, vous voilà.

— Fenby dit le botaniste, toujours très calme, venez avec moi un instant...

Il le tira par une oreille et l'entraîna à l'écart.

— Bougre d'imbécile ! reprit le botaniste quand ils furent assez loin. Mais qu'est-ce que vous avez dans la tête ?

— Mais je fais mon enquête !

— *Votre* enquête ? Et moi dans tout ça ?

— Vous dansiez !

— *Je...*

Il s'arrêta. C'est vrai qu'il dansait. Il décida de laisser aller.

— Fenby, dit-il en se pressant les sinus, est-ce que vous savez où nous sommes ?

— Sur un bateau.

— Ah !

— Nous traversons l'Atlantique, à ce que j'ai compris.

— C'est de quel côté, l'Atlantique ?

— À gauche je crois.

— On va en Amérique alors.

— Je pense, oui.

— Ça, c'est intéressant !

— Et pourquoi donc ?

— Eh bien, je ne sais pas. Je ne suis jamais allé là-bas.

Fenby, de dépit, leva les yeux au ciel. Lui s'était réveillé affalé sur une table de banquet. Avant de faire le point sur sa situation, il avait avalé ce qui se trouvait dans son assiette. Il n'avait pas tout de suite compris de quoi il s'agissait, mais c'était bon. Les gens l'avaient regardé bizarrement et il crut qu'il s'était sali la chemise. Alors il s'était excusé, platement, en prétextant qu'il ne se sentait pas bien et qu'il venait de faire une tragique, tragique expérience. Les convives, l'œil saoul, l'avaient pressé de raconter ses malheurs. Il s'était senti galvanisé par ses récentes aventures. Alors il avait bu du champagne. Et raconté toute l'histoire. Et encore bu du champagne.

— En tout cas, dit-il en souriant, leur champagne est excellent.

— Vous savez en quelle cabine nous sommes ?

— Aucune idée. En fait, nous venons juste d'arriver. Nous sommes des passagers clandestins. Peut-être aurions-nous dû être plus discrets.

— Fenby, nous ne sommes pas des clandestins. Regardez, vous êtes en smoking.

— Tiens, c'est vrai ça. Je ne comprends pas.

— Peut-être vaut-il mieux ne pas chercher à comprendre. Vous n'aimeriez pas la réponse.

Fenby fouilla dans son crâne pour essayer de trouver une explication logique à leur présence sur le paquebot. Mais son dernier souvenir était la gueule béante du saule chantant. Et rien d'autre. Pas d'embarquements, ni de réservations. Avaient-ils vraiment rêvé ?

— Bien, décida Lacejambe en se frottant les mains. Si nous nous trouvons ici, c'est que nous sommes sur la piste du tueur.

— Nous cherchons Gabriel.

— Oui, en quelque sorte. En fait, nous cherchons un indice. Par où commencer ?

— On pourrait essayer de fouiller le bateau. Peut-être y trouverons-nous quelque chose.

— Quoi donc ?

Fenby haussa les épaules.

— Je ne sais pas.

Lacejambe fronça les sourcils.

— Je suppose que c'est ce que nous avons de mieux à faire.

Fenby réfléchit trois secondes.

— Et si nous demandions à voir Gabriel ?

— Fenby, soupira Lacejambe, Gabriel n'existe pas. C'est notre esprit qui nous joue des tours. Gabriel est un nom comme un autre pour l'indice que nous cherchons.

— Je ne comprends rien à ce que vous racontez.

Lacejambe prit son ami par l'épaule et lui parla franchement :

— Fenby, nous étions saouls. Je veux bien croire que le vin ait des vertus particulières, qui nous permettent d'aiguiser notre esprit logique. Mais Gabriel est un code, un symbole. Trouver Gabriel, c'est trouver la bonne piste. Nous sommes ici après avoir longuement réfléchi, après avoir testé nos facultés logiques. Nous ne nous en souvenons plus, mais le fait est là : Gabriel n'existe pas.

Fenby allait dire quelque chose pour protester, mais des rumeurs venant de la tente l'interrompirent. Des applaudissements, des rires. Quelqu'un se mit à parler, assez fort, d'une voix d'opéra :

— Merci, merci. C'est un plaisir d'avoir un public comme vous. Laissez-moi, pour vous remercier d'être là ce soir, vous chanter une chanson que j'ai composée lors d'une récente traversée. Elle conte les exploits merveilleux d'un pauvre petit garçon perdu dans un Royaume magique. Maestro, c'est quand vous voulez.

Quelques notes de piano, puis une voix haut perchée, assez détestable.

Pauvre, pauvre, pauvre Gabriel,
Tout seul à bord,
Avec ton petit chapeau,
Et ton petit nez retroussé,
Je voudrais bien te croire,
Et penser que tu es pur,
Mais ton cœur est sinistre.

UNE CONFÉRENCE

De nombreux lecteurs s'interrogeront sur le bien-fondé de la belle chanson d'Évelyne Brummelle, qui chantait régulièrement à bord du *Béhémoth*, paquebot joignant New York au Havre. Arthur Conan Doyle lui-même, malgré ses premières réticences, en était venu à s'intéresser au cas du pauvre Gabriel, qui, selon lui, était le témoignage de l'omniprésence féerique dans notre civilisation.

En 1922, quelques semaines après la parution de son livre *The Coming of the Fairies*, suite à son enquête sur les mystérieuses photos de Cottingley, Doyle s'était intéressé à tous les cas d'apparitions féeriques de son ère. Touie était malheureusement morte depuis longtemps, mais il put se souvenir de l'histoire de Gabriel en dénichant, dans un vieux coffre de sa femme, le menu de cette soirée d'été où ils avaient traversé l'Atlantique pour se rendre au carnaval des lucioles, à New York. Au dos du menu était imprimé, en belles lettres, le texte de la chanson d'Évelyne Brummelle, chanson inspirée des rêves des passagers du *Béhémoth*.

Doyle essaya de se rappeler ce qui l'avait empêché de croire en cette évocation. Peut-être la rigueur envahissante de sa création, Sherlock Holmes, qui pesait sur sa personnalité comme un hôte indésirable. Mais il put se souvenir du malaise de Touie, peu après la fin de la soirée. Si ce malaise émotionnel, puisque c'était de cela qu'il s'agissait, avait été assez fort pour marquer le cœur de sa femme, il pourrait espérer en retrouver l'analyse dans son journal intime, cahier où elle avait régulièrement écrit tous les matins, à l'aube, avant que son mari ne s'éveille.

C'est ainsi qu'Arthur Conan Doyle prit connaissance de la mystérieuse vision de sa femme, de sa tristesse pour Gabriel. C'est ainsi qu'Arthur Conan Doyle comprit que Touie avait percé la nature de Gabriel, qui, selon elle, n'était que « l'esprit d'une petite fée bloquée sur le bateau », pour une raison que, malgré sa science des fées, Doyle ne connaissait pas encore.

À Noël 1923, Arthur Conan Doyle fut invité à l'université d'Oxford pour proposer une lecture d'un de ses textes sur Gabriel. À cette époque, Doyle était devenu un spirite réputé et il avait pris l'habitude de parcourir le monde pour prouver l'existence du surnaturel dans notre société, textes et photos à l'appui. Les jeunes gens d'Oxford, et leurs professeurs au rictus de dédain, n'étaient pas particulièrement intéressés par ces thèmes, considérés comme enfantins. Mais la curiosité anglaise est légendaire, et Arthur Conan Doyle était un pilier de la culture britannique.

Doyle fit donc son entrée dans le grand amphithéâtre d'Oxford sous un torrent d'applaudissements enthousiastes. Il s'installa confortablement à son pupitre, souhaita aux jeunes gens un joyeux Noël, et montra les photographies de Cottingley, projetées sur un grand drap blanc tendu sur le tableau. En 1916, les petites Elsie Wright et Frances Griffiths, deux cousines résidant à Cottingley, Angleterre, avaient réussi à prendre, avec l'appareil du père d'Elsie, parti à la guerre, cinq photos d'elles-mêmes dansant avec les fées du cottage, qu'elles connaissaient, semblait-il, depuis longtemps. Même pour les plus rationnels, les photos étaient assez stupéfiantes, non par leur crédibilité, mais par l'élégance et la maîtrise avec laquelle elles avaient été prises. Les deux filles étaient des enfants : auraient-elles pu dessiner de telles figures, grandes de plusieurs centimètres, avec autant de détails, autant de beauté ? La fausseté des photos n'avait jamais pu être prouvée, mais on soupçonna, à l'époque, un habile montage photographique qu'une tierce personne aurait effectué (certains ont murmuré le nom d'Arthur Rackham, le fameux illustrateur féerique). Mais le refus systématique de publicité de la part des instigateurs noyait les mobiles de l'entreprise sous un flot de questions. Arthur Conan Doyle, à qui les photos avaient été providentiellement adressées, prit position pour les petites filles et se battit pour affirmer son idée : que les fées étaient un phénomène naturel non identifié, qui calquait son apparence sur l'imagination des gens aptes à les concevoir, tels les enfants, les vierges ou les fous.

Devant le parterre d'Oxford, et pour mieux défendre ses théories, Arthur Conan Doyle avait décidé d'aborder le problème de Gabriel. Après avoir brièvement décrit la soirée sur le *Béhémoth*, il chanta la chanson aux étudiants, parla de son enfantement, des rêves simultanés des passagers et attendit la réaction des jeunes gens. Personne ne dit rien. Ou plutôt si. Un jeune homme se leva, au fond de la salle :

— Monsieur Doyle, d'après vous, comment Gabriel aurait pu venir sur ce bateau ?

Doyle sourit, but une gorgée d'eau, posa ses deux mains sur le pupitre, et dit, ravi :

— Bien. Quels sont les faits exacts ? Gabriel est resté bloqué sur le bateau, dans les rêves de plusieurs passagers. S'il est resté bloqué dans un rêve, je suppose que les rêves étaient son moyen de locomotion principal. Il a pu partir de son Royaume en voyageant sur le rêve d'une personne et, ainsi, de rêves en rêves, atterrir sur le *Béhémoth* où il s'est bloqué.

— Mais comment se serait-il bloqué ?

— Je me suis moi aussi posé de nombreuses fois cette question. Et j'ai trouvé la réponse. Il y avait un point commun à toutes ces personnes qui ont fait le rêve. J'ai ici une liste...

Il sortit de sa poche un petit bout de papier plié en quatre. Il le déplia, chaussa ses lunettes et lut :

— Alors voilà... Donald Hemingway, trente-quatre ans, peintre ; Félicien Lemans, cinquante-six ans, compositeur ; Felix Millet, seize ans, violoniste ; Ginger Conor, vingt-six ans, danseuse ; Évelyne Brummelle, trente-cinq ans, chanteuse ; et Jean-Marc Charrière, trente et un ans, cinéaste. Tous des artistes. Une simple coïncidence ?

Un murmure se répandit doucement dans l'amphithéâtre. Les professeurs jubilaient, assis sur leur estrade, en médisant sur la coupe de cheveux de l'écrivain. Doyle but une autre gorgée :

— Maintenant, dit-il doucement, essayons de reconstituer le parcours de ce pauvre Gabriel, depuis son emprisonnement jusqu'à sa mort.

Il leva les mains et mima :

— Imaginez une terre somptueuse, Arcadia, la terre féerique, au-delà de tout, un monde qui n'existe plus que dans nos rêves. De là partent les mythes fondateurs de l'humanité, ces mythes que nous avons appris à oublier. Gabriel est une fée. L'analogie entre Gabriel et l'ange du même nom n'aura échappé à personne. Mais c'est là un autre débat. Que fait Gabriel ? Pourquoi souhaite-t-il partir de chez lui ? Personne ne le sait. Mais il part. Il choisit un premier rêve et s'enfuit dans notre réalité. Peut-être n'est-ce qu'un symbole, une allégorie sur le fonctionnement de l'imagination humaine, qui cherche et se crée des alter ego fantastiques pour se sentir moins seule. Mais, voyageant de rêves en rêves, s'alimentant des croyances et des fantasmes des gens qu'il croise, Gabriel arrive sur le *Béhémoth*, paquebot traversant l'Atlantique. Et là, que se passe-t-il ? Il entre dans un rêve trop complexe pour lui, un rêve d'artiste, ou de fou. À qui appartient ce rêve ? Je n'en sais rien – mais pas aux gens qui s'en sont plaints, j'en suis convaincu. Donc, Gabriel se soumet au rêve, il ne contrôle plus rien. Son esprit se focalise sur une fréquence et y reste coincé. Il aurait pu s'en sortir s'il avait eu le temps mais, là-dessus, d'autres rêves, assez forts, des rêves d'artistes, se fraient un chemin jusqu'à lui et l'entourent : rien n'est meilleur qu'une proie à terre. Gabriel se dissocie dans les rêves, peu à peu, incapable de bouger. Pour un temps, il hante le bateau, *son idée* hante le bateau. Il reste là, entre le rêve et la réalité. Quelques personnes assez sensibles l'aperçoivent, comme ma femme. À l'heure qu'il est, Gabriel est probablement mort depuis longtemps.

Le silence se fit dans l'amphithéâtre. Les étudiants se regardaient, bouche bée. Ils ne savaient que penser, partagés entre la commisération et l'admiration. Puis un professeur remarqua :

— Je ne comprends pas, cette dissociation, comment peut-elle arriver si les fées sont des rêves ? Puisque c'est le cas, non ?

Doyle sourit.

— Oui, c'est le cas, et j'ai une réponse pour vous. Les fées sont des rêves. Pour beaucoup d'entre vous, elles ne sont que cela : un rêve, c'est-à-dire le produit conjugué de l'activité cérébrale et d'un miracle. Mais le rêve existe aussi d'une manière différente. C'est un mode de vie, comme notre cycle de carbone. Les vrais extraterrestres, ils sont dans nos rêves. Alors, souvent, comme on l'a vu sur les photographies de Cottingley, ce rêve prend l'apparence de phénomènes naturels banals. Le fait est là : le rêve vit. Peut-être que dans l'Antiquité, quand l'esprit humain ne s'était pas encore formé au matérialisme inhérent à toute forme de progrès, les humains laissaient-ils le rêve en liberté dans la nature. Le mythe, la mort du Grand Dieu Pan est là pour nous rappeler cet âge d'or hypothétique. Mais, de nos jours, le rêve est une denrée rare, que nous obligeons à rester parquée dans nos réserves psychiques. C'est du colonialisme. Après avoir dominé le monde, l'homme s'attaque à ses mystères. L'histoire de Gabriel est, à ce sujet, particulièrement édifiante. Les fées se sont réfugiées dans leur nature même, le rêve, comme dans un cocon. C'est leur moyen de vie, leur unique ressource. C'est comme l'être humain moderne, bloqué dans ce qu'il a créé, les villes. Quand la fée trouve un rêve suffisamment fort, elle y reste, parce que, même si elle ne le veut pas entièrement, c'est là qu'elle est le mieux. C'est comme la chaleur qui vous étreint quand vous commencez à dormir : votre corps régule sa température, c'est doux, c'est confortable.

Quelques étudiants se mirent à rire sur le balcon de l'amphithéâtre. Doyle toussa, but une autre gorgée d'eau et se recoiffa. Il appela l'assistance à se calmer :

— Il ne sert à rien de s'agiter, je vous en prie. Ce sont des hypothèses, pas des dogmes bibliques, ni des lois physiques. La féerie est un phénomène extrêmement compliqué : pour la comprendre, c'est notre subjectivité qui importe. D'où les frictions...

Mais rien n'y fit. Le remue-ménage s'amplifia et des sifflements apparurent. Doyle ne comprenait pas ce manque de foi en le merveilleux. Se pouvait-il qu'il se trompât ? Que toutes ces années d'enquêtes et d'espoirs puissent être remises en cause par les doutes de quelques étudiants sans imagination ?

L'assemblée rit plus lourdement. Bientôt, les éclats furent si forts que les quelques personnes qui n'avaient pas pris part à la conférence se précipitèrent dans l'amphithéâtre pour voir l'objet des railleries. Doyle sentait que c'était le moment de partir, de laisser tomber sa fierté et de baisser la tête. Sous un torrent de fous rires, il récupéra ses notes et se rua dehors.

NEWSREEL

Quelques semaines après sa valse avec Lady Rachel, toujours dans le flou pour sa symphonie, et pressé par les sbires de Tammany Hall, le cabinet du maire, Frédérick Délius entra dans un kinétoscope de Broadway. Ce n'était qu'une ancienne fabrique de chaussures convertie en salle de projection. Vers 1895, pour vingt-cinq *cents*, on pouvait visionner un film, un combat de boxe, une scène de cirque, des pièces de théâtre, en se penchant sur une boîte de bois. En 1897, c'était déjà demain : le kinétoscope des frères Holland pouvait projeter de courts films et des bobines d'actualités sur un drap de toile blanc suspendu dans une salle où s'alignaient des chaises de bois.

Délius s'assit et croisa les jambes. Le film était déjà commencé. Le pianiste, qui jouait courbé sur son instrument, semblait mourir un peu plus à chaque nouvelle image. Il peinait sur les notes et trébuchait sur les coordinations. Délius le trouva sympathique. Le reste des spectateurs, peut-être dix personnes, s'ennuyaient ferme, bâillaient et bavardaient sans se soucier de l'écran. Délius les tint pour des imbéciles : le cinéma n'était pas né depuis longtemps, mais, déjà, il croyait que ce serait un art majeur du XXe siècle. Pour lui, le respect faisait partie intégrante du cérémonial cinématographique.

Il était venu pour les actualités. À cette époque, elles n'étaient pas encore très en vogue, mais quelques curieux se pressaient déjà pour voir les images du monde. Sur l'écran, on montrait Central Park et ses promeneurs. Une statue de Diane Chasseresse venait d'y être inaugurée et, comme l'indiquait la pancarte, son architecte, Stanford White, comptait bientôt en construire une autre au sommet du Madison Square Garden. Une autre pancarte indiquait que Tammany Hall allait célébrer une grande fête en l'honneur de la fin de l'été et que de nombreux artistes et milliardaires se prêtaient au jeu. Dans la salle, certains spectateurs applaudissaient.

Délius se sentit mal à l'aise. Il défit le nœud de sa cravate et s'éventa avec son chapeau. Il ne voulait pas rester là. Cette ville était trop dure pour lui. Il ne pourrait rien composer. Il ne ressentait rien, pas même la plus petite inspiration. Son ventre était vide, ses tripes se refermaient sur elles-mêmes. Il ne dormait pas et passait ses nuits à regarder son plafond. Certains jours, il oubliait de se coiffer, ou même de se laver. Il évitait les gens, il restait seul, comme d'habitude, mais chaque fois plus proche de la neurasthénie. Il fuyait les réceptions. En définitive, il avait peur. Peur d'affronter ses créations, sa clé de *sol*, car il la sentait fuir. Même si c'était son idéal, cette sorte d'ingéniosité intemporelle qui ne supporte ni la critique, ni les coups du sort, il voulait se cacher, loin de tout. Car affronter son talent, son génie, c'était peut-être comprendre ce qu'il était vraiment.

À cette pensée, il tressaillit. Il regarda derrière lui, mais les gens riaient de ce qu'ils voyaient à l'écran. Les rires résonnaient dans ses oreilles au ralenti, comme un long bruit de train qui s'essouffle lors de son entrée en gare. Il transpirait. Il posa sa main sur son front brûlant. Devant lui, les mouvements saccadés des images devenaient des flashs blancs détestables. L'accélération des papillonnements l'hypnotisa. Bientôt, il ne vit plus rien. Sauf une tache rouge devant ses yeux. D'habitude, ces taches n'apparaissaient que lorsqu'il fermait les yeux assez longtemps pour se faire mal et voir des formes qu'il ne connaissait pas.

Mais là c'était différent. C'était une trace, une traînée sale qui se collait à sa rétine, comme issue d'un stroboscope subliminal. Il sentit une drôle d'odeur, entre le poil brûlé et l'herbe coupée. Un haut-le-cœur le saisit. Il tremblait. Sa tête lui faisait mal. Il eut subitement l'impression de mourir. Sa chaise sembla basculer en arrière et il se sentit glisser sur un sursaut de son imagination. Tout tournait autour de lui comme dans un système solaire, comme une planète en révolution.

Puis la tension baissa, brusquement, comme si le projectionniste avait décidé d'arrêter de jouer avec lui. Sur l'écran, on voyait les petits bâtiments bizarres qui pullulaient sur Ellis Island, l'antichambre migratoire des États-Unis. Un large paquebot était amarré aux docks, et le temps semblait beau, même si, sur la toile, il n'était que blanc.

Et, en plissant les yeux comme pour mieux voir dans le crépuscule les détails d'un paysage, on pouvait deviner, qui descendaient la rampe du bateau, en saluant les stewards du bord, deux personnages portant des valises. Ils semblaient intéresser le cameraman et le prochain plan était pour eux. Dans un mouvement accéléré, un homme hirsute, étrangement vêtu, posait ses valises sur le quai et montrait la statue de la Liberté en riant. À ses côtés, un étrange petit bonhomme, plutôt gros, qui riait aussi. Ils paraissaient heureux d'arriver aux États-Unis.

Au moment où Bertrand Lacejambe, botaniste et tueur de monstres, et B. Fenby pénétraient fictivement sur l'embarcadère des docks d'Ellis Island, Frédérick Délius sortait du cinéma, en courbant la tête, l'esprit assailli de questions trop compliquées. Approchons-nous un peu plus, tendons l'oreille. L'image devient plus grande, les pigmentations plus complexes. Peu à peu, nous entrons dans le film et les notes de piano deviennent des cris, des acclamations. Au loin, nous entendons les cloches des bouées de mer, les cornes des paquebots résonner. De noir et blanc, l'image devient pâle, puis les couleurs reviennent. Les bruits, d'abord muets, deviennent plus évidents. Nous distinguons les vociférations d'une foule hirsute et heureuse. Les panneaux de textes sont jetés à la mer et les mouvements sont plus réalistes. Les bâtiments se teintent de rouge et d'ocre, la voix d'un homme qui hurle des noms dans un haut-parleur de cuivre retentit dans nos oreilles. Les cris des mouettes se mêlent à la frénésie des arrivées. Nous y sommes.

Fraîchement débarqués, Bertrand Lacejambe et B. Fenby observaient les environs, mains sur les hanches, tels deux conquérants.

— Sentez-moi cette odeur, Fenby !

— Ça me rappelle Marseille.

— Oui, mais en plus grand. Regardez donc cette profusion de gens qui croient en la liberté. Regardez cette statue, elle est admirable ! Non, Fenby, croyez-moi, ici, c'est vraiment différent.

— Vous vous laissez berner, Lacejambe. Il paraît que New York est la ville la plus sale au monde. On m'a raconté qu'en hiver, on glisse sur des plaques d'urines gelées.

— Qui vous a raconté cela ?

Fenby baissa la tête.

— Madame Marcelle.

— Ah ! s'exclama Lacejambe. Allons donc nous faire enregistrer.

— Qu'est-ce que nous allons dire ?

Lacejambe se gratta le menton et trouva son inspiration :

— Tourisme !

Fenby le suivait péniblement alors qu'il s'avançait vers la file d'attente la plus proche :

— Mais Lacejambe, où allons-nous ? Nous ne savons pas par où commencer !

Le botaniste se mit à chanter :

— *« Pauvre, pauvre, pauvre Gabriel, / Trouveras-tu jamais ce que tu cherches ? / Ces cabines rouges et bleues, / Cette bâtisse blanche / Et cette forêt radieuse, / Près d'une eau chaude et peuplée, / Où les rêves sont rois ? »*

Le botaniste fit une pause pleine de prétention.

— Il n'y a qu'à suivre la piste !

Fenby fut soufflé, car ils n'avaient pas eu beaucoup de temps pour comprendre le sens de la chanson : ils étaient arrivés la veille sur le bateau, et mademoiselle Brummelle s'était montrée plus que hautaine quand ils avaient demandé des précisions. Fenby se perdait en conjectures :

— Mais enfin, Lacejambe, cela peut être n'importe où !

— Pas n'importe où, Fenby. Soyez logique.

Lacejambe énuméra ses conclusions sur ses doigts.

— Un : des cabines rouges et bleues.

— Des magasins ?

— Fenby, un peu plus d'imagination, s'il vous plaît.

— Des vestiaires de plage ?

Le botaniste sourit :

— J'aime mieux. Deux : une bâtisse blanche.

— Une église !

— Peut-être. Un hôtel aussi.

— Bien vu.

— Trois : une forêt radieuse.

— Un paysage ?

— La Nouvelle-Angleterre ? Pourquoi pas ? Quatre : une eau chaude et peuplée.

— Un bord de mer. Non, une plage !

— Exactement ! Cinq : où les rêves sont rois.

Fenby se gratta la tête :

— Là, j'avoue que je sèche.

— Moi aussi. Mettons cela de côté. Ce qui nous donne : des vestiaires, une église ou un hôtel, une forêt et une plage.

Fenby réfléchit deux secondes puis claqua des doigts :

— J'ai compris. Une station balnéaire.

— J'y pensais. Je conçois mal une église avec des vestiaires.

— En Nouvelle-Angleterre donc.

— Disons que nous devrions commencer par là. C'est plus près.

— Mais comment Gabriel savait-il tout cela ?

Lacejambe haussa les épaules.

— Gabriel ne savait rien. Nous avons tout deviné.

— Je trouve cela prétentieux.

Lacejambe se contenta de sourire. Aussi improbable que ce fût, il savait qu'ils étaient sur la bonne piste. Mais ce serait long.

— Lacejambe, il doit y avoir beaucoup d'hôtels en Nouvelle-Angleterre.

Lacejambe sourit à nouveau, plus mystérieux cette fois.

— J'ai gardé un atout dans ma manche.

Le botaniste sortit de sa poche un bout de papier rectangulaire que Fenby connaissait. Il le déplia soigneusement.

— Regardez, dit-il les yeux brillants d'admiration. Notre carte.

Rouge et jaune. Une fleur des cadavres.

La bobine de film s'arrêta brusquement et la lumière revint dans la salle.

TRÈS CHÈRE CHLOÉ

Assise dans la grande verrière qui surplombait la cinquième avenue, Lady Rachel de Belmont sortit son nécessaire de correspondance. Méthodiquement, elle aligna devant elle les ingrédients de son art le plus abouti : un petit pot d'encre noire, une grande plume de paon, un buvard rose pâle, une enveloppe nacrée, un petit répertoire d'adresses et ses petites lunettes rondes à montures de métal froid. Elle s'était confortablement installée dans le siège de son père et attendait patiemment que l'inspiration fasse son apparition. Elle laissa traîner son regard sur les tableaux de la pièce, elle permit aux sons chauds de la rue de pénétrer jusqu'à elle, de saisir son âme et ses sens, et de l'amener à une paix intérieure totale, terre en friche où son épanouissement prenait la forme d'une aile d'oiseau trempée dans l'eau. Elle arrangea la feuille devant elle, bien parallèle aux bords de la table. Puis elle écrivit, d'un seul jet, comme un long bouillonnement d'idées et de sensations. Ses mots étaient simples, son style victorien. C'était, en tous points, une bien belle lettre.

Très chère Chloé,

C'est une telle joie de résider ici. La vie à New York vous ravirait. Mes parents sont la coqueluche de la ville. Partout, on me présente comme une Lady, partout on me révère, on me cajole. Si seulement vous étiez ici, vous, mon amie, vous seriez traitée avec les égards d'une princesse et non plus comme une artiste paria. Bien sûr, vous me direz que mes parents sont riches et que je n'ai pas besoin de travailler pour vivre. Les jours ensoleillés sont ici les plus beaux que j'aie jamais vus. La lumière est si belle, si forte, que je ne puis me résoudre à retourner en France.

Rien que pour cela, cette ville deviendra la plus grande du monde. On parlera d'elle comme d'un dieu, et je veux en faire partie. Et ce n'est pas une surprise si mon cœur bat plus vite que je ne le voudrais. J'ai rencontré un homme. Peut-être le connaissez-vous, car récemment, il habitait Paris. C'est un homme seul qui supporte mal la célébrité, un compositeur. Son nom vous dira peut-être quelque chose : Frédérick Délius. Il est à l'image de l'idée qu'on peut se faire des gentlemen *anglais, mais on me dit qu'il est aussi d'origine allemande. Je voudrais que ce ne soit pas le cas, car je n'aime pas beaucoup les Allemands, ils sont trop bruyants. Frédérick, lui, est si discret, si doué pour les relations en société, que se trouver à ses côtés pendant une valse est une extase. Oh, Chloé, comme j'aimerais que vous le rencontriez. Il vous plairait tant.*

Vous pourrez parler art avec lui. C'est un amateur de Constable. Il aimera vos œuvres, j'en suis sûre.

Le maire s'est adressé à lui pour les festivités de l'été. Vous devez sûrement savoir qu'à New York, chaque été est dignement fêté – peut-être un stigmate des temps passés, Pocahontas aurait été heureuse de savoir que notre civilisation n'est pas tout à fait dénuée de paganisme. Pour la fin de l'été, en prévision des grandes choses qui attendent New York l'année prochaine (vous savez bien, la réunification des grands Burroughs – Brooklyn, le Bronx, Staten Island, Manhattan et Queens seront désormais des parties intégrantes de la ville. Ils sont en train de bâtir le plus grand léviathan que la terre ait jamais connu, et c'est sur terre qu'il régnera). Si vous pouviez voir l'ambiance qui règne ici ces derniers temps, vous seriez folle. Le maire est un grand admirateur de Délius, et il a pensé à lui pour composer la grande ode d'été, qui sera montée au Metropolitan. On murmure que le cachet des musiciens dépasserait tout ce que l'on pourrait imaginer. Frédérick sera bientôt plus riche que mon père ! J'exagère, bien sûr, mais le maire ne fait jamais les choses à moitié. Ce qui est incroyable, c'est qu'il reste si peu de temps avant l'ouverture et que Délius semble encore incertain quant à l'œuvre qu'il jouera. Mais tout le monde lui fait confiance.

Savez-vous comment, ici, nous appelons la célébration de l'été ? Le carnaval des lucioles. Car New York est une ville de lucioles. En été, au crépuscule, ces curieux insectes sortent des bois et viennent vers la ville pour, eux aussi, profiter de ses couleurs. Quelquefois, des fiacres sont même arrêtés par des essaims de lucioles qui traversent devant eux. Mais personne ne cherche à les chasser. Ce serait merveilleux si Délius voulait bien composer une ode aux lucioles. Mais je le soupçonne de trouver cela bien trop naïf.

Ce n'est pas facile d'être amoureuse. Surtout d'un homme que de nombreuses personnes considèrent comme un génie. Lui, en revanche, accepte sa notoriété avec sévérité. Il est si affable que l'on croirait qu'il joue. Leonard Bocialli, un ami de mon père et l'impresario de Délius, m'a confié certaines choses sur sa personnalité. Par exemple, que Frédérick est excessivement mal vu à Paris. Il a mentionné un séjour que

Frédérick aurait fait à Sainte-Anne, un asile psychiatrique parisien. En riant, il m'a confié que Frédérick y avait terrorisé la population en criant à la sorcellerie.

C'est une histoire étrange, et je crains le pire. Mais je ne peux pas vous en dire plus. Vous connaissez la nature de mes travaux littéraires, et vous savez que ce que j'y découvre est trop immense pour vos sens fragiles. Vous-même me l'avez dit. Mais je vous ennuie peut-être. Oh, Chloé, vous me manquez tellement, vos conseils sont si pertinents. Dites-moi ce qu'il faut que je fasse. Essayez d'en savoir plus sur Sainte-Anne, si on se souvient de lui là-bas, si ce que Leonard m'a dit est vrai. Écrivez-moi vite. J'ai hâte de vous lire. Je ne puis me résoudre à garder tout ceci pour moi seule.

Embrassez votre frère.

Votre dévouée, Rachel.

Elle reposa sa plume. Elle ne se relisait jamais. C'était là un exercice périlleux, mais elle aimait les risques de l'écriture. Elle savait ses mots hypocrites et pleins d'ombres, mais elle ne pouvait clairement exprimer ses sentiments et ce qu'elle savait. Elle plia la lettre, la glissa dans l'enveloppe, la cacheta avec la cire d'une bougie qui, malgré la luminosité, brûlait encore, apposa la marque de sa bague et se leva.

De la verrière, la vue sur le parc était splendide et Lady Rachel se surprit à penser au bonheur de voguer sur les eaux du lac au clair de lune. Ses parents avaient acheté une petite gondole lors d'un récent voyage à Venise. Ils l'avaient acheminée jusqu'ici, au bord du lac, et s'en servaient régulièrement pour leurs promenades d'amoureux. C'était une coutume locale, cette façon de rapporter des éléments d'autres pays, comme pour construire une ville hors du temps et des normes de l'époque. Certains apportaient des pierres de châteaux forts, des chevaux arabes, d'autres des tissus exotiques ou encore quelques meubles orientaux. Elle aimait cela, elle qui avait toute sa vie été éduquée dans le ton et la cohérence. Mais elle savait, au-delà de son esprit formé aux exigences de la société, qu'il existait une seconde vue des choses, un nouveau monde fait de bric et de broc, de copies et de nouvelles versions, aussi profond que les modèles qui le sculptaient. Délius en faisait partie : un romantique vu dans l'œil d'un kaléidoscope, qui changeait de couleur et de forme à chaque nouveau tour de lunette.

À son souvenir, tout son ventre sembla fondre. Elle s'aperçut de son inconfort et, en bonne aristocrate, elle dispersa son esprit sur d'autres pensées. Mais, tout au fond, elle savait que quelque chose n'allait pas. Lors de la valse, quand elle avait regardé dans ses yeux et qu'elle y avait lu... Mais lu quoi ? Une lumière, une forme vacillante qui s'était éteinte aussi rapidement qu'elle était apparue, sortie des tréfonds d'une âme sans contours, sans frontières ni commencement. Cette forme, elle la connaissait. Et c'était ce qui avait scellé son attachement pour Délius, plus une fascination qu'un amour aveugle. Attristée par ce souvenir, elle observa les cygnes danser sur le grand lac, petites taches blanches illuminées par le soleil. Pourquoi n'y avait-il pas, l'été venu, quand la couleur de leurs plumes est si belle, de fête des cygnes ? Les lucioles étaient-elles plus intéressantes que ces animaux majestueux, qui étiraient leurs ailes en signe de bonheur ?

Lady Rachel sourit malgré elle. Avant de continuer sur la voie qu'elle s'était tracée, vers les choses qu'elle voulait que Délius fasse pour se sauver de lui-même, elle devait savoir. En avoir la preuve. Elle serra la lettre contre son cœur et se surprit à penser à ce qu'elle ferait si aucune réponse satisfaisante ne venait confirmer ses doutes. Probablement rien. Probablement rien du tout.

NEWPORT

L'enfant courait dans les couloirs en laissant glisser ses doigts le long des parois. Il se laissa guider par les accords gracieux d'une mélodie au piano, jouée par sa mère dans la salle de bal, puis tourna à gauche. Il vit défiler quelques personnes qui portaient des piles de draps propres en discutant. Il passa en coup de vent, bouscula et joua des coudes pour mieux prendre son élan. Il courut encore quelques mètres puis, essoufflé, s'arrêta devant la porte de la chambre des nouveaux arrivants. Il colla son oreille : des murmures, de la musique. Il rit puis entra brusquement.

La chambre était plongée dans un nuage d'encens douceâtre. Il renifla et s'approcha, pour commencer à discerner les formes. Il vit l'Anglais farfouiller dans la corne d'un vieux gramophone usé. L'enfant bondit sur le lit puis posa les coudes sur le rebord de la fenêtre. Dehors, il faisait chaud, tout était vert et bleu, et il éclata de rire à nouveau. Il s'allongea sur le lit. Il fixa le plafond, en laissant entrer la musique dans sa tête. Puis il s'endormit en rêvant de fleurs.

Lacejambe entra dans la chambre, l'air sombre et pensif. Il s'approcha de la fenêtre et rumina quelques mots. Après quelques minutes, il fit les cent pas. Au début, Fenby n'y prêta pas attention. Mais les allées et venues du botaniste finirent par l'irriter. Le vin n'avait pas encore tout à fait fini de stimuler ses sens. Fenby commença par grincer des dents. Puis il leva les yeux au ciel, jura, devint rouge, pour finalement exploser.

— Lacejambe !

Rien.

— *Lacejambe !*

Toujours rien.

— *Lacejambe, je voudrais que vous m'écoutiez !*

Le botaniste stoppa au centre de la pièce et le dévisagea.

— Fenby ? Que fait cet enfant ici ?

— *Je pense que...* Quoi ? Quel enfant ?

— Celui-ci.

Lacejambe désigna le gamin qui dormait paisiblement sur le lit. Fenby se frotta la tête.

— Je ne sais pas, dit-il. Je ne l'ai pas vu entrer.

Lacejambe huma l'atmosphère :

— Ça ne m'étonne pas que vous ne l'ayez pas entendu. Il y a trop de fumée ici...

Et il alla ouvrir la fenêtre, bloqua les vitres près du mur puis posa ses mains sur le rebord pour observer les alentours. Le paysage se décomposait sous la lumière oblique de la fin d'après-midi. Derrière l'hôtel, loin de la mer, il y avait une forêt. Une grande forêt, très verte, avec de grandes buttes herbeuses et d'épais buissons. Lacejambe fronça les sourcils.

— Le vin ne nous a pas trompés, murmura-t-il. C'est ici.

— Qu'est-ce que vous dites ?

— Vous vous rappelez la forêt de Lord Fox. Regardez...

Fenby s'approcha derrière lui et contempla le panorama en silence.

— La Nouvelle-Angleterre est bourrée de forêts comme celle-ci, Lacejambe. Ce n'est pas forcément celle que nous cherchions.

Lacejambe écouta doucement la mélodie du paysage. Ses sens étaient encore exacerbés. Il pouvait comprendre les murmures des feuilles, les discours des fleurs et des sous-bois.

— Il y a quelque chose dans cette forêt, dit-il, sinistre. Je sens qu'il y a quelque chose.

Fenby tendit l'oreille :

— Quoi donc ?

— Une menace. Une présence qui demande à sortir.

Cette allusion créa un écho dans l'esprit encore embrumé de Fenby. Un mur ? Une menace ? L'espace d'un instant, il crut tenir une image. Puis elle partit d'un seul coup. Hop ! et elle n'était plus là. Elle n'avait jamais été là. Fenby haussa les épaules et regarda l'enfant endormi sur le lit.

— Que fait-il là ? Vous savez qui c'est ?

— Aucune idée. Je ne savais même pas qu'il était là.

— Moi non plus. Puis, avec une inspiration : cet hôtel est si bizarre. Il me rappelle quelque chose.

— Votre enfance ? demanda Lacejambe, toujours face à la fenêtre, les mains croisées derrière le dos.

— Non, plutôt une émotion que j'ai eue jadis...

Il réfléchit quelques secondes.

— Mais non, ça ne peut pas être ça. C'est trop complexe.

Il secoua la tête, comme pour échapper à un mauvais rêve ou une idée fixe.

— Nos bagages sont-ils arrivés ?

— Mmh ? Ah, oui. Le garçon d'étage nous les montera plus tard. Je suppose que vous prenez le lit de droite.

— Comme d'habitude. Et si nous allions visiter ?

— Je ne sais pas. Je me sens assez placide. Allez-y, si vous le souhaitez. Je vais rester regarder le paysage.

— Bon, comme vous voulez...

Fenby jeta un dernier regard à l'enfant endormi puis sortit en fermant doucement la porte. Lacejambe resta seul, accompagné par la lente respiration de l'enfant. Il poussa un soupir et s'allongea sur le lit d'à côté. Le voyage l'avait épuisé, son esprit était chargé de théories plus farfelues les unes que les autres. Il avait envie de rêver, de dormir. Il ôta ses guêtres et ses bottines, croisa les jambes et mit ses mains derrière sa nuque. Il fixa le plafond puis s'endormit.

Il rêva de thé.

UNE NUIT SUR LES NÉNUPHARS

Elle chantait doucement, au gré du clapotis de l'eau sous la coque de la gondole. Les étoiles au-dessus scintillaient sur son visage de porcelaine. Elle souriait. Délius cessa de ramer et se laissa porter par le chant. La chanson était longue, envoûtante, aux rythmes sans cesse rompus, comme une plainte languissante aux douces harmonies.

— C'est étrange, ce que vous chantez, remarqua-t-il, songeur.

Lady Rachel cessa de fredonner et le regarda avec deux grands yeux ronds.

— Pourquoi étrange ?

— Je ne sais pas... Cette chanson, elle me rappelle quelque chose.

— Mon père avait l'habitude de me la chanter, les dimanches d'été.

En parlant, elle faisait tourner son doigt dans l'eau.

— Peut-être vos parents la connaissaient-ils.

— Non, je ne crois pas. Ça n'a rien à voir avec mes parents.

Il posa son menton dans le creux de sa main. Il perdit ses pensées le long des nénuphars qui barbotaient sur le lac. Même dans la pénombre, ils restaient d'un vert superbe. Près d'une forêt de roseaux, Délius entendit chanter quelques grenouilles. Il promena son regard sur les environs. La petite gondole ondulait doucement sur une eau noire, étrangement séductrice ; au loin, les formes sombres des bâtiments découpaient sur les étoiles de curieuses géométries. Aucun bruit ne provenait du parc, que seuls quelques réverbères éclairaient. Non, décidément non. Délius ne voyait pas ce que cette chanson lui rappelait.

— Peut-être m'avez-vous entendue chanter cette chanson au bal.

Délius sortit de sa torpeur.

— Mmh ? Vous dites ?

— Je disais : peut-être m'avez-vous entendue chanter cette chanson au bal.

Délius replongea ses yeux sur les arbres pliés qui bordaient le petit lac.

— Non, non. Ce n'est pas ça. Je pense à quelque chose de plus... intime. Quelque chose d'important que j'avais oublié et qui revient à moi d'une manière détournée.

— Vous savez, c'est une chanson féerique.

— Plaît-il ?

— Je disais : c'est une chanson féerique.

— Oui, j'ai entendu, mais pourquoi dites-vous cela ?

— C'est ce que mon père avait l'habitude de me dire quand j'étais petite. Que c'était une chanson que les fées avaient donnée aux humains pour célébrer l'été.

— Comment s'appelle-t-elle ?

— Je ne sais pas... *Une chanson, d'été*, probablement.

Délius fit claquer sa langue, puis se gratta le front sans trop savoir quoi penser.

— Frédérick, ça ne va pas ?

— Si, si. C'est juste que je réfléchis. Pouvez-vous m'en dire plus ?

— Sur quoi ?

— Sur les fées, sur cette chanson...

Lady Rachel se renfonça dans la barque et, ramenant son fichu sur ses épaules, parce que la nuit était froide, elle plissa le nez, chercha l'inspiration, et, finalement, la trouva dans la couleur du ciel – bleu, mauve, moucheté d'étoiles jaunes :

— C'est la vieille ballade d'un enfant qui n'aimait que la neige. Il ne vivait que pour le froid, l'hiver et le blanc. Il habitait chez ses parents, dans la montagne, et, l'été venu, il se cloîtrait dans la cave en attendant la venue des premiers flocons. Désespérés, ses parents décidèrent de l'envoyer sur la côte, voir l'océan, s'y baigner et connaître les douceurs estivales. Ils lui tendirent un piège et, par un habile stratagème, lui firent croire qu'ils allaient tous habiter plus haut dans les montagnes, là où la neige est éternelle. Ils lui bandèrent les yeux et l'emmenèrent voir la mer. Ils le jetèrent dans l'eau en riant. Paniqué par ce nouveau contact, l'enfant se débattit et coula à pic. Et il disparut. Tout le monde le crut mort, mais personne ne se résigna à cesser les recherches. Quelques jours plus tard, ses parents le retrouvèrent échoué sur une plage, un peu plus loin. Il était vivant. Ce fut un moment de liesse. Quand il s'éveilla, il était heureux et se précipita vers la mer, en chantant une curieuse chanson. Jouant dans l'eau, il raconta qu'il avait été emmené par de belles sirènes multicolores, qui l'avaient fait voyager vers un superbe château d'algues enfoui sous les eaux : là, elles lui auraient enseigné les merveilles de l'été et la mélodie d'une petite chanson, qu'il lui suffirait de fredonner pour retrouver les émotions de ce voyage au fond des eaux. Après cela, ses parents ne purent plus jamais le faire sortir de l'eau. Il se fit construire un bateau et partit pour le large et les îles, où l'on dit qu'il vit encore, obligé de subir l'étreinte du soleil et de l'eau de mer pour vivre. Les parents ont fait circuler la chanson pour que l'on se souvienne de leur fils.

Elle laissa ses dernières paroles flotter dans l'air doux et tiède du soir, qui apparaissait paisiblement autour d'eux.

Elle les regarda partir et se dissoudre dans les eaux de l'étang. Délius était abasourdi.

— *Ça y est !* cria-t-il en se redressant violemment, manquant de faire chavirer la gondole. *Je me souviens ! Cette chanson ! Je la connais, je l'ai déjà ressentie !*

— Entendue, vous voulez dire... Attention, Frédérick, vous allez nous couler !

Elle poussa un petit cri et s'agrippa aux bords de l'esquif.

— Je sais Rachel, je sais ! Je suis déjà venu ici !

— Où ? À Central Park ?

— Non, en Amérique.

— Eh bien ? Ce n'est pas une raison pour nous faire prendre un bain.

Délius cligna des yeux et la regarda, désemparée, accrochée à l'embarcation pour ne pas noyer sa belle robe du soir, son chapeau qui lui tombait sur les yeux comme un vieil oiseau mort. Il se rassit en rougissant.

— Je... je suis désolé.

— Oh, ça va, tout va bien. Calmez simplement votre ardeur. Nous ne sommes pas en société.

Elle lui fit un clin d'œil. Et il sourit, plus confortablement cette fois.

— Et si vous me racontiez ce que vous avez sur la conscience ?

Mu par il ne savait quelle confiance, Délius décida de s'ouvrir :

— Je suis venu me ressourcer aux États-Unis, il y a de cela peut-être dix ans. J'étais jeune et je me croyais déjà en manque d'inspiration. J'ai décidé de venir ici, dans le nouveau monde.

— Pas si nouveau que ça...

— Oui, c'est ce que j'ai rapidement compris. J'ai débarqué à New York et je suis descendu vers la Floride, où j'ai retrouvé ma muse.

— Et la chanson ?

— J'y viens. Lors de mon voyage vers le sud, j'ai fait une étape. De presque un an.

Lady Rachel baissa les yeux et remit en place sa tenue :

— C'est une longue pause. Vous avez rencontré une femme ?

Délius sourit et croisa ses mains devant lui :

— Non, non. Plutôt un lieu.

Elle le dévisagea sans cligner des yeux. Puis elle cligna.

— Un lieu ?

— Oui, un hôtel balnéaire, sur une île, qui bordait une longue forêt. C'était un endroit magnifique, unique, totalement hors du temps.

— Et c'est là-bas que vous avez entendu cette chanson...

— Pas entendue, je vous l'ai dit. Ressentie. J'ai éprouvé la même chose en vivant là-bas qu'en vous entendant chanter cet air. Si ce n'est pas la même chose, c'est très proche.

Il se pencha par-dessus bord et laissa glisser son doigt dans l'eau. Il fit des ronds, des carrés, des petits dessins.

— J'étais fasciné par la puissance de cet endroit. C'était à la fois terrestre, aquatique, aérien. Il y avait un grand clocher blanc d'où l'on pouvait voir la côte et les terres, il y avait une mer aussi bleue que la nuit. C'était... féerique.

— Qu'avez-vous fait là-bas ? Un an, c'est long.

— J'ai écrit.

— Un livre ?

— Non, une symphonie.

Le visage de Lady Rachel s'éclaira :

— Merveilleux ! Ce doit être superbe ! Chantez-la-moi !

— Je suis désolé, Rachel. Non. Je ne peux pas.

— Et pourquoi donc ?

— Je ne m'en souviens plus.

— Eh bien, lisez vos notes.

— Non, justement, je ne peux pas.

— Pourquoi ?

— Je m'en suis débarrassé.

— Vous... *quoi* ?

Délius s'allongea un peu plus dans la barque et regarda les étoiles.

— Je ne pouvais pas enfermer la beauté de ce lieu dans une partition.

— Vous parlez comme un adolescent, Frédérick. Vous avez détruit vos notes pour ces... peccadilles ?

— Non, je ne pourrai jamais faire cela.

— Qu'avez-vous fait alors ? Mais parlez, bon Dieu !

Lady Rachel rougit de son blasphème, puis haussa les épaules avec un gloussement. Délius la regarda, soudain peiné.

— Je l'ai enterrée.

Délius replongea son esprit dans ce matin doré qui l'avait vu se séparer de sa première vraie partition. Cela lui semblait si loin, si différent de lui. Et pourtant, c'était lui, c'était son âme. Bien plus que ces ersatz d'inspiration qu'il se forçait à acquérir dans cette ville qui l'enserrait chaque jour un peu plus. Il se revit marcher dans le matin, sa sacoche sous le bras, cachant ses traces dans le bois parsemé de taches de soleil. Il se revit gratter la terre jusqu'à faire saigner ses ongles. Il se revit partir précipitamment, sans un adieu. Peut-être était-ce pour cela qu'une fois consommé son crime, Frédérick Délius n'avait jamais pu rester le même homme. Il s'était retiré en Floride et avait cultivé des oranges. Il avait passé ses soirées à écouter, les yeux dans le vague, les chants murmurés par les esclaves qui rentraient chez eux en traînant les pieds. Son esprit voguait sur des terres nouvelles, mais il était un naufragé.

Et ce soir-là, sur une gondole vénitienne à New York, il mesurait le chemin parcouru. Il se dit que s'il ne trouvait pas rapidement une solution, il en mourrait. Le doute finirait par le tuer, par le dépecer et le crucifier sur la place publique, devant des hommes et de femmes rieurs venus pour entendre sa musique de concession. Il pensa que le moment était venu de faire un choix. Un embryon d'idée se forma dans son esprit, mais il ne réussit pas à l'attraper à temps. Il regarda les yeux de Lady Rachel, qui le fixaient intensément dans la pénombre, comme si elle lisait en lui, si elle retenait son souffle en attendant sa décision. Mais l'idée ne vint pas. Il détourna son regard. Comment aurait-il pu le supporter ?

— Je... je suis désolé. Je voudrais rentrer.

Lady Rachel le dévisagea avec une moue dégoûtée. Elle étouffa un petit rire moqueur et se retourna pour contempler l'eau. Délius prit la rame et fit avancer l'embarcation jusqu'au débarcadère. Jamais dans sa vie il n'avait autant eu envie de dormir, de s'enfouir sous les couvertures et de pleurer comme un enfant.

LA CHASSE AUX PAPILLONS

Fenby observait les allées et venues des vacanciers, confortablement installé devant une tasse de thé dans le petit salon du lobby. Devant cette saine agitation, il se demanda pourquoi il ne prenait pas plus de vacances au bord de la mer. Car, c'était certain, il adorait cela, cette indolence sous le soleil, les cris des enfants jouant avec les vagues et les embruns qui collaient aux narines comme le sable aux chaussures. Bien sûr, Marseille était un bord de mer, mais différent, souvent indolent. À Newport, le dépaysement était total.

La ville se trouvait sur une petite île de l'État du Rhode Island, une île fertile et jolie qui bouclait la baie comme un camée dans la chevelure d'une belle dame. Pour y aller, il fallait prendre un court ferry rempli de gens très gais. Des enfants couraient sur les ponts en bois, des mouettes se posaient sur les bancs et vous regardaient lire le journal. La ville était blanche, petite. C'était un endroit où passer ses vacances, où s'alanguir au soleil, où flâner. Le Grand Hôtel de Newport était situé à presque un kilomètre sur la côte, un site solitaire, blanc, vierge, bordé par une grande forêt d'un vert si profond que le regard n'en discernait plus les subtilités.

L'enquête pour retrouver l'hôtel n'avait pas été très longue. Lacejambe et Fenby avaient parcouru la Nouvelle-Angleterre pendant près d'une semaine sans rien trouver, puis Lacejambe s'était décidé à sacrifier une fleur des cadavres pour trouver son chemin. Son intention, encore issue d'une théorie vaseuse comme le botaniste avait l'habitude d'en concevoir, était de tester la fleur pour la faire réagir à son environnement. À l'abri sur une colline du New Jersey, ils l'avaient brûlée, saupoudrée de terre, de talc et de chocolat pilé. Puis ils avaient soufflé dessus, pour la pousser sur le vent des directions. Ils l'avaient caressée, embrassée, lui avaient susurré des mots gentils enrobés de caramel. Lacejambe lui avait murmuré, dans un bref souffle d'inspiration, d'aller rejoindre ses consœurs fleurs, quelque part dans ce grand pays.

Et la fleur s'était envolée, soudainement, comme un grand papillon rouge et jaune. Munis de filets, pour la rattraper au cas où elle se prendrait dans un arbre, ils avaient couru après elle, par monts et par vaux, ils avaient pris des fiacres en criant « Suivez cette fleur ! » à des cochers ahuris. Ils n'avaient que peu dormi, se permettant quelques pauses en retenant l'élan de la fleur dans leurs filets. Ils avaient suivi la côte en chantant. Postés sur des collines, les yeux agrandis par des jumelles, ils l'avaient observée se poser sur l'eau et glisser sur l'onde vers le sud.

Ils avaient loué un bateau et suivi le courant en gardant un œil sage sur la fleur qui s'étiolait dans l'eau. Quand elle montrait des signes de lassitude, ils lui avaient chanté des airs d'encouragement, pour l'obliger à repartir d'un meilleur élan. Ils avaient écarté les gens et les feuilles des arbres qui gênaient son passage. Ils avaient traversé des villages endormis, des forêts d'arbres muets. Ils avaient visité nombre d'hôtels mais finissaient toujours par repartir en courant, prétextant un train à prendre, car la fleur ne s'arrêtait pas et continuait son chemin comme si de rien n'était.

Ils avaient dépassé des paysages qu'ils n'avaient jamais vus, ils avaient aperçu la lune, belle et haute dans le ciel. « Foutue lune... » avait murmuré Lacejambe dans un moment de dépit. Ils avaient franchi des rivières et des ponts, des marais et des nénuphars ; ils avaient chassé les grenouilles, tué des moustiques. Ils avaient mangé toutes leurs provisions, ils avaient sali leurs beaux vêtements, allégé leurs valises des poids indigestes. Ils avaient demandé leur route aux passants qui, bagages à la main, se rendaient en vacances sur la côte.

Bref, ç'avait été un beau voyage.

Et c'est à leur arrivée à Marblehead que Lacejambe se rappela que c'était là que Gibbs exerçait sa belle profession de policier. Et que Jasmine Verdi, première victime du Fleuriste, avait été trouvée.

— Cela ne peut être une coïncidence, avait dit Lacejambe, plein d'espoir.

Mais à Marblehead, la fleur ne s'immobilisa pas définitivement. Elle reprit son chemin en bâillant et redescendit encore le long de la côte. Une fois à Rhode Island, elle s'était envolée vers le ciel et avait traversé la mer. Les deux hommes avaient pris un bac et, la nuit venue, la fleur s'était donc arrêtée, exténuée, sur les abords du phare de Newport. Elle mourut tranquillement, satisfaite de son effort. Ils l'avaient enterrée, la larme à l'œil, parce qu'elle s'était montrée serviable et courageuse. Et ils s'étaient dirigés, le pas léger et le ventre vide, vers les lumières de l'hôtel, qui resplendissaient sur l'eau noire de la baie. Ils avaient attendu les lumières de l'aube pour entrer, ils avaient loué une chambre au nom de M. Isaac, Fenby se faisant passer pour son domestique. Ils avaient dormi, las mais heureux, saouls, mais sûrs d'eux-mêmes.

— Monsieur Fenby ?

Fenby ouvrit un œil. Deux personnes étaient penchées au-dessus de lui. M. Lippman, de Boston, et sa grande cheminée de femme, tous deux vêtus de maillots rayés, leurs belles serviettes aux armes de l'hôtel sur l'épaule. Fenby les avait rencontrés au restaurant, lors du déjeuner – d'ailleurs fameux. Deux insupportables casse-pieds, en vacances loin de la ville, entassés dans une chambre au troisième. Fenby se crut obligé de sourire.

— Oh, bien le bonjour, madame Lippman. À vous aussi, monsieur.

La cheminée gloussa. Son mari lui lança un regard en biais :

— Très chère, dites bonjour à M. Fenby...

Mme Lippman sourit bêtement et gloussa à nouveau.

— Bonjour, monsieur Fenby.

Le mari parut satisfait.

— Eh bien, monsieur Fenby, vous plaisez-vous dans notre pays ?

Fenby croisa ses doigts.

— Oui, beaucoup. J'aime bien les étoiles que vous mettez sur les murs autour des piscines.

M. Lippman s'offusqua :

— Monsieur Fenby, ce sont nos États ! Nous en sommes très fiers.

— C'est pourtant curieux, j'ai compté, mais il n'y en avait pas cinquante...

M. Lippman ouvrit la bouche, mais ne dit rien. Il sourit finalement :

— Comptez-vous rester longtemps parmi nous, monsieur Fenby ?

— Je ne sais pas. Nous avons un tueur à retrouver. Tant que nous n'avons rien, nous restons.

— Je vous demande pardon ?

— Juste de l'humour, monsieur Lippman.

La vérité, c'était que l'endroit lui plaisait. Il y resterait bien quelque temps, si le temps, justement, ne les pressait pas. Les couleurs d'abord. Vert pomme, bleu azur, blanc de roche et jaune d'été. Les odeurs ensuite. Et le ciel, si bleu et si pur. Fenby soupira à nouveau, car il ne s'était pas senti aussi bien depuis des années. S'il n'était venu ici pour mener une enquête, il aurait aimé pouvoir s'étendre sur une chaise longue, posté sur une grande terrasse du front de mer, et regarder les bateaux passer au loin, silencieusement, comme des canards dans une mare. Il aurait tranquillement rêvé des aventures qu'il n'avait jamais eues, des belles femmes en chapeaux de paille qu'il n'avait jamais rencontrées.

Pendant un bref instant, alors que M. Lippman vantait les vertus thérapeutiques des stations balnéaires de la Nouvelle-Angleterre, Fenby entrevit, au-delà des baies vitrées qui bordaient le bar de l'autre côté du hall, la présence d'une femme penchée par-dessus une balustrade de pierre. Elle était vêtue d'une grande robe blanche et tenait son chapeau à ruban d'une main. Les bouts de soie ondulaient dans l'air comme deux papillons amoureux. Un petit vent s'était levé, et la femme semblait heureuse de lui présenter son visage.

Un moment, elle se retourna et Fenby crut qu'elle le regardait. Il faillit lever la main pour l'inviter mais il ne le fit pas : elle observait juste son reflet dans la vitre.

Fenby n'était pas dupe, il savait que son physique n'avait rien d'avenant. Autrefois, avant la Valse, il se rappelait avoir été séduisant, mais depuis... À dire vrai, il ne s'en souciait guère. Seul lui importait son monde intérieur, fait de peur, de curiosité et de fascination pour quelque chose qu'il commençait à peine à comprendre. L'expérience du vin ne l'avait pas rassuré. Bien au contraire, il était désormais plus nerveux, plus tendu. Plus sombre aussi. Il ne savait plus trop quoi penser, mais cet état de somnolence lui plaisait. Que croire ? Les fées étaient-elles vraies, fausses ? Tout cela, cette fabuleuse danse qui lui avait pris dix ans de sa vie, n'était-ce que son imagination et sa folie qui lui jouaient des tours ?

Le cas du petit Gabriel lui avait ouvert les yeux sur bien des choses. Fenby avait compris que Gabriel, d'une façon ou d'une autre, s'était retrouvé bloqué sur le paquebot. Il y était peut-être mort, puisqu'une fée emprisonnée est une fée morte, mais il avait eu le temps de laisser des indices pour les enquêteurs à venir : les indices suggérant que le trouble dans les fleurs provenait d'un endroit bien précis. Son esprit, bloqué en boucle sur un bateau, qu'il ne pouvait plus quitter, avait continué à ressasser ces mêmes renseignements, ces mêmes descriptions, cette même volonté de continuer son travail. Comment avait-il obtenu cette description ? Fenby avait une hypothèse, mais elle semblait improbable : il pensait que ce qui avait fossilisé Gabriel sur le bateau était un rêve surpuissant, capable de figer la pauvre petite fée. Et ce que la fée avait retiré de ce rêve l'obsédait comme un métronome.

Oui, Fenby pensait que Gabriel s'était aventuré dans un rêve du Fleuriste, pendant l'une de ses traversées – il tuait sur plusieurs continents. Plus il y pensait, et plus cette idée le séduisait, car elle expliquait de nombreuses choses. Gabriel aurait très bien pu être attiré par les rêves du Fleuriste, probablement proches de l'agitation des fleurs notée par Lord Fox. Néanmoins, ce n'étaient que conjectures et le dernier mot resterait toujours trop obscur pour lui.

Fenby sentit que quelqu'un lisait par-dessus son épaule. Il faillit sursauter. C'était l'enfant qui avait dormi avec eux lors de leur arrivée à l'hôtel. Un petit bonhomme aux grands yeux doux. M. Lippman et sa femme n'étaient plus là. Probablement offusqués du mutisme de Fenby, ils devaient être allés se baigner. Fenby regarda l'enfant.

— Tu cherches quelqu'un, petit ?

— Non.

— Tu veux un bonbon ?

— Non.

— Qu'est-ce que tu veux, alors ?

— Eh bien, vous faire visiter.

— Me faire visiter ? Oh, c'est gentil ça !

— Vous voulez bien ?

— Et comment que je veux, laisse-moi poser ce journal...

Il déposa le journal sur la table de verre du hall.

— ... et je suis à toi. Voilà, allons-y.

Ils s'apprêtaient à sortir quand Lacejambe, les cheveux flamboyants, déboula sans crier gare.

— Ah, Fenby, vous voilà ! Je vous cherchais partout.

— Lacejambe, permettez-moi de vous présenter... Quel est ton nom, petit ?

— Josh.

— Lacejambe, permettez-moi de vous présenter Josh.

Le botaniste tendit la main. L'enfant rougit, puis avança timidement la sienne.

— Bien, dit Lacejambe en lui ébouriffant les cheveux. Nous sommes prêts.

Fenby montra les escaliers du hall.

— Josh se proposait de me faire visiter l'hôtel.

— Plus tard, *old chap*, plus tard. D'abord la forêt. Je ne veux pas passer à côté d'indices importants.

— Mais pourquoi la forêt ?

Lacejambe pesa soigneusement la question :

— Eh bien, disons que je serais ravi de voir ce qui s'y passe. C'est une trop belle coïncidence.

— Vous avez probablement raison. Josh, tu veux bien m'attendre ? Nous jouerons plus tard.

L'enfant fit un grand sourire.

— Ne vous inquiétez pas, je ne serai pas très loin. Après, on ira chasser les papillons.

Fenby fronça les sourcils à cette réponse. Comme s'il avait lu dans ses pensées, Josh hocha la tête. Lacejambe entraîna son ami dehors, dans le jardin qui se glissait entre l'hôtel et la grande forêt. Josh les observa partir alors qu'ils empruntaient le grand escalier forestier qui grimpait une colline touffue jusqu'à l'orée du grand bois. L'enfant s'assit sur la tête d'une statue cassée et se demanda s'ils verraient le cénotaphe.

L'ÎLE DE RHODE

Extrait non daté du journal intime de Kevin Laird.

Quand on arrive sur le bord de mer, on voit Newport de loin, perché sur son île comme un paisible dinosaure. C'est d'abord le vieux phare qui fascine le touriste, un vieux monsieur rouge et blanc qui se dresse sur la falaise comme un garde endormi. Aux dernières nouvelles, personne n'y habitait pas depuis que le gouvernement avait choisi de construire un autre phare, plus loin dans la baie, plus moderne et plus fiable.

Ensuite, une fois le court bras de mer franchi, les couleurs frappent par leur simplicité : des couleurs primaires, harmonisées entre elles comme frères et sœurs, comme ces îles grecques au teint de marbre qui nous font rêver, où les temples colorés se mêlent aux légendes et au merveilleux, prenant forme dans de somptueuses mosaïques progressivement rongées par le sel et l'attente. Puis les odeurs, légères, empreintes d'iode et de crustacés. Ici, même l'eau a une odeur, du goût. Je me souviens que, enfant, je buvais de l'eau de mer parce qu'elle sentait bon et qu'une eau qui sentait bon devait être délicieuse. Je me trompais, évidemment. Ma première grande désillusion.

Quand vos yeux franchissent la barrière de la forêt, vous apercevez enfin l'hôtel. Le Grand Hôtel, comme on l'appelle par ici. Newport est une petite ville, plus bas sur la côte, mais l'hôtel, bien qu'éloigné d'un bon kilomètre, en fait partie, comme un grand frère paisible et indolent qui veillerait sur le bien-être de la région. C'est un grand bâtiment blanc et vert, qui doit dater de l'avant-guerre. Ma mère me disait qu'avant ma naissance, des militaires (les bleus ou les gris ? Je ne me souviens jamais) venaient s'installer ici et ne voulaient plus repartir. Certains, après la fin de la guerre, sont revenus et le vieux Brown Jasper, qui, tous les jours à midi, tire un coup de canon pour activer la maisonnée, avait acheté sa chambre avec les économies de sa solde, qu'il avait précieusement gardées pour revenir à Newport si la guerre l'épargnait.

On raconte également de curieuses histoires sur Newport et son Grand Hôtel. D'abord que certaines personnes, proches du gouvernement, y auraient disparu au cours de l'été 89. Pendant trois mois, nous avons eu des policiers et des journalistes qui cherchaient des indices. Je m'en suis beaucoup amusé et j'aurais aimé qu'ils ne trouvent rien. Mais deux cadavres ont été dénichés, perdus dans la forêt. On m'a raconté que leurs corps étaient desséchés, que leurs yeux avaient été arrachés. Bien sûr, cela fit des histoires, pendant quelque temps, les clients se firent plus rares, et il a même été question de fermer définitivement l'hôtel.

Mais les clients sont revenus, plus rapidement qu'on ne le croyait. Un fameux journaliste de Washington avait écrit un bel article sur nous, dans un grand quotidien que tout le monde lit. Alors les touristes sont revenus, plus nombreux. Bien sûr, il y avait des curieux, des gens qui ne venaient que pour le sensationnel et la possibilité de capturer, ou seulement apercevoir, la mystérieuse créature qui hantait la forêt. Mais jamais plus il n'y eut de disparitions.

Je me suis toujours demandé à quoi elles étaient dues. Peut-être y avait-il un rôdeur qui s'amusait à enlever les gens et leur arracher les yeux pour mieux vivre sa condition d'exclu. Mais, sur les cinq personnes disparues, on n'en a retrouvé que deux. Où sont passées les trois autres ? C'est en enquêtant sur elles que j'ai découvert l'existence de P.D. Finn.

Maman était ravie de me voir enfin me donner à fond dans quelque chose. J'avais abandonné l'école, car je ne supportais pas que l'on m'enseigne des choses. Voyez-vous, j'aime découvrir le monde par moi-même. Je voulais avoir ma vision des choses, et non la vision d'un livre de classe que, de toute façon, j'oublierais quand je grandirai.

En fouinant dans la forêt, à la recherche d'indices sur les trois autres disparus, j'ai découvert le cénotaphe. Aujourd'hui, je me demande ce que je serais devenu si je n'étais pas passé par ce petit sentier. Peut-être serais-je un homme heureux, avec une femme, des enfants et une belle situation. Ou peut-être serais-je mort. Mais il ne sert à rien de broder sur le passé quand tant de choses sont encore à venir.

J'écris ces quelques mots à la lueur d'une lampe tempête posée sur un rocher mouillé d'eau de mer. L'océan est si calme que je me demande s'il sait que j'arrive, que je rentre chez moi. D'habitude, il m'accueille en grondant, projetant ses belles vagues sur les plages de sable qui bordent l'île. Il m'acclame comme son maître et son ami. Il doit pourtant savoir que je suis là, que je suis de retour pour me réconcilier avec moi-même. Je relis mes notes ce soir et je vois que je ne vous parle pas assez de mes rêves. Je n'aspire pas à grand-chose, juste à me faire comprendre. Depuis que je sais lire et voyager dans les rêves des autres, je vois des choses que nul autre n'a contemplées, des monuments d'horreur et de vice, qui rongent l'âme et la déchirent comme autant de lambeaux de viande rouge.

Je ne veux pas m'avouer la vraie raison de mon retour. Elle me fait encore trop peur. Je la fuis tel un loup la queue entre les jambes. Je me suis pourtant résigné. Quand j'ai choisi de venir ici, je connaissais les risques, le torrent d'émotions qui risquait de m'emporter. Quelquefois, je pense que je suis réellement fou. Mais que croire ? Si je ne peux trouver de réconfort dans l'extérieur, peut-être l'intérieur me laissera-t-il entrer, me fera-t-il une place dans la normalité. Je vais arrêter d'écrire pour ce soir, car j'ai froid et je sais que l'hôtel n'est pas loin.

Comme un soupir ronflant, trébuchant sur la brise chaude qui secouait ses feuilles, le bois chantonnait doucement à l'approche des deux hommes. L'un était plutôt grand, *gentleman* vêtu de curieuse façon : l'élégance était présente ; la cohérence, non. L'autre était petit, assez gras. Il avançait le nez en l'air, comme un enfant. Là, il venait de trébucher sur un tronc d'arbre pourri qui se mourait en travers du chemin. Le bois rit de sa sottise. Le *gentleman* fit de grands gestes, comme s'il était agacé par la sottise de son acolyte. Ce dernier, toujours à terre, portait toute la misère du monde sur son visage. Le *gentleman* tendit une main en soupirant, pour l'aider à se relever.

Les deux hommes se remirent en marche et, mains dans le dos, discutaient paisiblement. Le bois essaya de tendre l'oreille pour entendre ce qu'ils disaient. Un orme du quartier des ronces essaya d'étendre une branche assez loin pour la suspendre sur leur passage. On lui avait dit, il ne se souvenait plus quand, que le bois était le plus merveilleux conducteur sonore. Naïf, l'orme tendit sa plus longue branche à grand-peine. Autour de lui, les ronces pouffèrent. Il les réprimanda violemment, suant de sève et de feuilles collées, et il leur dit de ne pas rire, de faire silence pour le laisser se concentrer. Les deux hommes étaient peut-être des bûcherons et mieux valait connaître leurs intentions.

L'orme poussa sur ses racines et couina dans l'effort. Derrière lui, le bois l'encourageait en murmurant, en lâchant des cliquetis de brindilles et des frous-frous de feuilles ensoleillées. L'orme força sur son tronc et détendit sa plus noble branche au-dessus du sentier cahoteux. Il y était presque. Les deux hommes sortaient de l'ombre du virage et leurs silhouettes ivres de chaleur se dessinaient sur le sable. Encore un tout petit effort et ça y serait. Voilà, comme ça, c'est très bien.

La branche se suspendit, oscilla puis, contre toute attente, se rompit avec un assourdissant fracas de bois sec.

— Fenby ! Attention !

Lacejambe poussa son ami sur le bord du sentier au moment où une gigantesque branche d'arbre se brisait sur le sol, soulevant un épais nuage de poussière. Ensuite, une toux rauque.

— Lacejambe ? Tout va bien ?

Le botaniste se redressa, impeccable.

— Oui, oui, ça va.

Il avança vers la branche et s'agenouilla.

— Cet orme était bien vieux...

Fenby contourna soigneusement la branche, vint se poster aux côtés de Lacejambe puis regarda en l'air, sa main en visière.

— Fenby, dit Lacejambe en se redressant. Il n'y a pas de soleil dans ce sous-bois.

— Je sais, mais on m'a dit qu'en mettant sa main comme ça, on percevait mieux l'invisible.

— Ah. Et que ne voyez-vous donc pas ?

— Pas d'orme.

— Plaît-il ?

— Je dis : Il n'y a pas d'orme. Du moins pas au-dessus de la route. Il y en a un là-bas, regardez...

Lacejambe hésita puis mit sa main en visière. Il vit une mouette, placide dans le ciel. Et un orme.

— Oui, vous avez raison. *Ulmus campestris*. Il est loin. Il a dû souffrir pour étendre sa branche jusqu'à nous.

Fenby regarda son ami en clignant des yeux. Lacejambe s'épousseta le pantalon et inspecta les parages, mains sur les hanches.

— Bien, bien, bien, dit-il tranquillement, comme si rien ne s'était passé. Qu'allons-nous faire maintenant ?

— Aucune idée, dit Fenby en remuant la terre du sentier du bout de sa belle chaussure. Je ne sais même pas ce que nous faisons dans ce bois.

— Nous cherchons des indices.

— Quels indices ?

— Et bien, je ne sais pas... des choses.

— Ah.

Lacejambe se gratta la tête à son tour.

— Cette forêt ne vous rappelle rien ?

Fenby haussa les épaules et fixa la cime des arbres, qu'il ne voyait d'ailleurs pas.

— Je ne sais pas... Fontainebleau ?

— Non. Le vin. La forêt. La chasse à courre, vous vous souvenez ?

— Oh, ça. Oui, je m'en souviens. Ça signifie quoi ?

— Le vin essayait peut-être de nous dire quelque chose.

— Le vin ? Lord Fox, vous voulez dire...

— Non, le vin lui-même. Nous l'avons vu, Lord Fox n'a plus le contrôle de son Royaume. Il y avait autre chose... une présence.

Fenby blêmit.

— Oui, c'est exact. Je l'ai sentie aussi. Et il y avait cette lueur rouge, qui palpitait au fond de la forêt. Elle semblait leur parler, leur ordonner des choses.

Lacejambe opina du chef et posa une main sur l'épaule de son ami.

— Fenby, *old chap*. Je ne comprends rien à ce qui se passe, mais c'est ici que ça se joue, c'est évident. Et je suis encore ivre.

Fenby sourit.

— Vous avez raison. Vous avez toujours raison. Et si...

Il s'interrompit brusquement. Pendant quelques secondes, il s'immobilisa, concentré, l'oreille tendue, comme un chien. Lacejambe regarda autour d'eux, mais il ne vit rien d'anormal.

— Fenby ? Ça ne va pas ?

— Chut !

Lacejambe fit la moue. Il cligna des yeux une fois, se concentra, puis cligna deux fois.

— Fenby ? Ohé ? Il y a quelqu'un ?

— Taisez-vous ! Je n'entends rien.

— Entendre quoi ?

— La chanson.

— La chanson ? Quelle chanson ?

Fenby bougea un peu et, repoussant un épais buisson,

révéla l'entrée d'un étroit sentier qui s'enfonçait dans l'obscurité.

— Venez, dit-il en s'y engageant. Ça vient de là...

— Mais quoi donc ? dit pauvrement Lacejambe, en suivant malgré lui.

— La chanson.

— Je n'entends rien.

— Elle est pourtant là.

Ils marchèrent pendant quelques minutes, Fenby penché sur le sentier comme un gros chien de chasse, Lacejambe suivant, les mains dans le dos, détaillant patiemment le bois et ses habitants. Cette contemplation l'absorba assez pour l'empêcher de s'apercevoir qu'ils pénétraient dans une grande clairière obscurcie par un toit de branches.

— Lacejambe ? Regardez !

Le botaniste, sorti de sa rêverie, en resta muet d'émerveillement : le spectacle d'un cénotaphe, trônant au centre de la clairière, baignant dans un magnifique parterre d'herbes, était si délicat, si subtil, qu'il s'adressait autant aux sens qu'à l'esprit.

— Voyez-vous cela, dit-il en s'approchant, ravi. Et votre chanson, vous l'entendez toujours ?

Fenby n'y avait pas prêté attention. Effectivement, la musique s'était tue.

— Je n'entends plus rien. C'était pourtant clair.

— Chantez un peu...

— Euh... *Pom pom pom.*

— *Pom pom pom* ?

— *Pom pom pom.*

— Ce n'est pas ce que j'appelle de la musique.

— C'était pourtant très joli.

Lacejambe inspecta le cénotaphe.

— Regardez, là, dit-il à Fenby en tirant un pan de sa veste, des mots, sur la pierre.

Les deux hommes se penchèrent en un seul mouvement. Lacejambe chaussa ses grandes bésicles. Ils lurent en silence.

P.D. Finn
(1701-1763)
In Memoriam

« Les branches penchent sur elle leur élévation touffue, afin de la préserver de la rosée, et la brise, faisant résonner les cordes de sa harpe mélodieuse, envoie ses accords joyeux, à travers le silence universel, vers ses paupières baissées, qui croient assister, immobiles, au concert cadencé des mondes suspendus. Elle rêve qu'elle est heureuse, que sa nature corporelle a changé, ou que, du moins, elle s'est envolée sur un nuage pourpre, vers une autre sphère, habitée par des êtres de même nature qu'elle. Les fleurs dansent autour d'elle en rond, comme d'immenses guirlandes folles, et l'imprègnent de leurs parfums suaves, pendant qu'elle chante un hymne d'amour, entre les bras d'un être humain d'une beauté magique. Mais ce n'est qu'une vapeur crépusculaire que ses bras enlacent ; et quand elle se réveillera, ses bras ne l'enlaceront plus. Ne te réveille pas ; ne te réveille pas encore. Je t'en supplie. Dors... dors toujours, n'ouvre pas tes yeux. »

— Qui est P.D. Finn ? demanda Lacejambe.

Fenby posa un doigt sur ses lèvres :

— C'est un écrivain, ou une poétesse, je crois. Proudfitt la mentionne quelque part dans son journal.

— Proudfitt ?

— Un elficologue du XVIIIe.

— P.D. Finn est donc une femme.

— Quelle importance est-ce que ça aurait ?

— Je veux juste savoir à qui nous avons affaire.

— Affaire ? Lacejambe, que voulez-vous dire ?

Le botaniste se redressa soudainement, et montra quelque chose au pied du cénotaphe.

— Regardez, Fenby. La reconnaissez-vous ?

Il montra une fleur. Une petite fleur rouge et jaune, timide, qui se blottissait entre la pierre et la terre, terrifiée. Elle lui rappelait vaguement quelque chose, mais quoi ? Soudain, la révélation se fit dans son esprit.

— Lacejambe ? C'est ce que je crois que c'est ?

Le botaniste la cueillit délicatement, en la coupant avec sa petite pince en argent.

— Oui, dit-il en se relevant. C'est la fleur des cadavres.

UNE MOUETTE QUI CHANTE

La mouette s'éveilla à la conscience alors qu'elle finissait d'arracher les arêtes d'un poisson-lune. Elle cligna des yeux et observa les alentours. Elle considéra le rocher sur lequel elle mangeait, la couleur de la mer (bleu foncé... superbe !), les odeurs (un mélange de homard et d'iode... délicieux !), et détailla les contours de l'hôtel, une grande bâtisse blanche et verte surmontée d'un large clocher. Sur la plage, pas très loin du rocher, les gens semblaient heureux et profitaient de leurs vacances en chantant.

Elle essaya de parler, mais sans succès. Elle voulait appeler à l'aide, dire au monde qu'elle était la première mouette totalement intelligente, à se comporter et à raisonner comme un être humain. Ses cordes vocales restèrent muettes. Que s'était-il passé ? Voyons : jusqu'à ce matin, sa vie avait été la vie d'une mouette. Réveil à l'aube, petite toilette, première pêche, une bataille avec deux autres mâles, une visite dans la forêt, une seconde chasse, une dernière toilette... Quoi ? Quelle visite dans la forêt ? Aucune mouette ne va jamais dans la forêt. Qu'irait-elle y faire ?

La mouette tenta de se souvenir des faits exacts de la matinée. Elle se revit jouer du bec avec un poisson plutôt agressif. Il y avait eu de nombreux éclaboussements, mais aussi une mélodie (quand elle était encore mouette, elle ne l'avait pas exactement conçue en ces termes, mais c'était effectivement quelque chose qui avait dépassé son instinct). La musique l'avait entraînée vers le cœur de la forêt, chose rare dans la vie d'une mouette. Elle s'était envolée, elle avait survolé le grand hôtel et s'était frayé un chemin, entre les arbres de la forêt. Elle avait suivi le sentier de terre, toujours hypnotisée, avait dépassé deux hommes en train de se promener, un grand habillé de toutes les couleurs et un plus petit plutôt gros, elle avait tourné à gauche près d'un buisson de ronces rouges. Elle était entrée dans une petite clairière où paressait un cerf. La mélodie semblait émaner de la nature même de ces lieux. La mouette était passée au-dessus d'un cerf à l'orée du bois, s'était posée sur un petit piédestal de pierre qui se dressait au centre d'une clairière, et s'était gratté le dessous de son aile droite. Quand rien d'autre ne se passa et que la musique semblait s'être arrêtée, la mouette était repartie vers la mer. En quittant la clairière, il lui avait semblé entendre un petit rire fluet, mais ç'avait peut-être été un effet de son imagination. Elle n'avait acquis la conscience qu'une fois stabilisée sur son rocher, au large de la plage.

Revenue à sa condition présente, la mouette haussa les ailes et regarda avec dégoût le poisson qui gisait, éventré, sur le rocher, ses entrailles grillées au soleil. De toute façon, c'était plus facile désormais. Pourquoi se poser ces questions ? Peut-être commençait-elle à philosopher. Peut-être était-elle un génie qui n'attendait que la conscience pour faire du monde un endroit magnifique, et tout plein de poissons-lunes. La mouette sourit : elle venait de comprendre. Désormais, rien ne pouvait plus l'empêcher de régner sur le peuple des mouettes. Elle gouvernerait en toute impunité et pourrait soumettre les hommes à sa menace.

Prise de frénésie mégalomane, elle s'envola majestueusement vers les cieux, fit quelques figures acrobatiques au-dessus des vagues et piqua vers la plage. Elle fit fuir les baigneurs, qui s'éparpillèrent en hurlant. Elle piailla et remonta, fit un looping et fonça sur le sable. Elle toucha un enfant et le fit tomber des bras de sa mère. Elle passa à ras de tête, emportant quelques mèches. Elle piailla : *Je suis une mouette ! Je vole ! Je pense ! Je chante ! Je suis invincible. Tiens, celui-là, je vais me le faire...*

Kevin manqua de se faire arracher l'œil droit par une mouette qui terrorisait la plage. Il se pencha et ramassa une pierre triangulaire. Visant bien, il la tira. La mouette fut touchée à la tête, avec un son rauque. Vacillante, elle tenta de revenir à l'assaut, mais il était déjà trop tard. Les yeux aveuglés par le sang, l'oiseau vola encore quelques mètres, percuta une digue, poussa une petite plainte d'angoisse devant cette mort qui arrivait si rapidement et s'écroula en tourbillonnant vers la mer. Des cris de joie résonnèrent sur la plage, quelques personnes applaudirent et des enfants se précipitèrent vers l'oiseau mort et s'amusèrent, sous l'œil horrifié de leurs parents, à le démembrer en riant. C'était bien bête.

Kevin continua de marcher sur la plage. Il flânait, les mains dans les poches, et attendait sans trop savoir quoi. Son costume de flanelle blanc était souillé par son voyage. Il voulait entrer, embrasser sa maman et lui raconter toute l'histoire depuis le début. Mais c'était encore trop dur. Il voulait faire taire toutes les horribles choses qu'il avait dans la tête, mais il ne fallait rien brusquer, il le savait. Il s'approcha d'un grand rocher blanc qui surplombait la mer. Il remonta les manches de sa chemise et s'assit sur sa veste. L'eau était claire et les gens semblaient heureux d'être là. Il pensait que les retrouvailles avec son chez-lui seraient plus vibrantes. Mais, après tout, il n'était parti que depuis trois ou quatre mois. À quoi s'attendait-il ? Il fit une moue de dépit. Par où commencer ? Il ne pouvait pas entrer comme ça, après des mois d'absence, et s'attendre à ce qu'on le traitât comme un prince. Perché sur son rocher, Kevin Laird se demandait s'il avait bien fait de revenir chez lui.

Puis il aperçut son petit frère.

L'enfant sortait de l'hôtel en riant. Il jouait avec un gros bonhomme rigolo, bien habillé. Ils se tenaient par la main. Josh, son frère, montrait l'hôtel en pointant du doigt les endroits les plus jolis. Le gros bonhomme s'émerveillait. Kevin resta assis sur son rocher, à l'écart, pour mieux voir ce qui allait se passer. Mais il ne se passa rien. Josh perdit patience et s'en alla jouer avec d'autres enfants sur le rivage. Le gros bonhomme mit ses mains dans les poches, salua deux personnes sur la plage, et entra dans le bâtiment. Kevin voulut le suivre, mais son petit frère lui avait trop manqué. Il l'observait en train de jouer au bord de l'eau avec des coquillages et le ressac des vagues, petite figure rayée de bleu, insouciante et magnifique. Kevin fouilla dans son sac. Il trouva les restes d'un sandwich au salami et, en mâchonnant doucement, il pensa à ce qu'il allait faire.

EXHUMONS P.D. FINN

Boum ! Au coup de canon, la bibliothèque trembla un instant et les habitués qui lisaient tranquillement leur journal, avachis dans de grands fauteuils d'osier, sortirent en papotant, essayant de deviner quelles merveilles leur réservait le déjeuner. Seules deux personnes restèrent penchées autour d'une grande table, perchées sur une grande encyclopédie, hypnotisées par les pages qu'ils tournaient.

— Ah, voilà, dit Fenby en pointant un passage dans le livre.

— Alors ?

L'Anglais s'éclaircit la gorge.

— Hum hum : *« Finn (Phyllis Delanoe) [New York 1701, Newport 1763] Poétesse américaine. Issue d'un milieu aisé, politiquement très actif, P.D. Finn, à l'âge de 15 ans, préféra la vie d'artiste aux subtilités de la civilisation. Son seul recueil de poèmes connu, "Longing the Long Ride of Me", eut, en son temps, un succès retentissant, même si le style, assez emphatique, ne put s'attirer la sympathie des critiques littéraires. Elle mourut quelques jours avant sa parution. Son œuvre, quatre-vingts poèmes répétitifs aux résonances envoûtantes, est empreinte d'un amour immodéré du merveilleux. »*

— C'est mince, grogna Lacejambe.

— Je ne vous le fais pas dire. Qu'est-ce que cela aurait à voir avec notre tueur ?

Lacejambe montra la fleur qu'il avait cueillie. Rouge et jaune, ses pétales curieusement agencés. Fenby la regarda avec un mélange d'admiration et de répulsion. Il frissonna et tenta de détourner son regard.

— Elle peut pousser n'importe où...

— Non, Fenby, non. Souvenez-vous de mon petit test sur Ellis Island. Puis de notre course jusqu'ici. Cette fleur connaît ses semblables. Elle sait où les trouver. Elle nous a dirigés vers elles.

— Elle pouvait pointer dans la direction d'un autre continent.

— Fenby, votre manque de foi m'exaspère.

— Mon manque de foi ? Ça, c'est le comble. Et vous qui n'avez jamais cru, maintenant vous me tenez ce discours.

— Fenby, la nature se comporte de manière souvent très étrange. Ce n'est pas une raison pour appeler cela de la féerie.

Fenby se mit à bouder en croisant les doigts.

— Et, reprit le botaniste en se penchant au-dessus de la table, il ne sert à rien de se disputer. Ce n'est pas le moment. Rassemblons plutôt nos indices.

La directrice de l'hôtel entra dans la bibliothèque avec un plateau de thé en main. Elle était belle, très digne, le visage grave. Sa robe était bleu sombre, sobre, elle portait un camée sur sa poitrine. Ses grands yeux bleus s'écarquillèrent en voyant le botaniste.

— J'espère que je ne vous dérange pas... Une collation ?

— Madame Laird, dit Lacejambe en se frottant les mains, jamais un goûter n'est aussi bien tombé.

— Vous parlez bien anglais.

— Mon domestique m'a appris.

Fenby se sentit soudain très gêné. Il prit un petit gâteau sec et sourit en avalant de travers. Le botaniste, très à l'aise dans son fauteuil, gâteaux et tasse partout, détailla la décoration de la salle.

— C'est un hôtel magnifique que vous avez là, madame Laird. Il a dû vous coûter cher.

— Nous sommes une vieille famille.

— Et votre mari ? dit Fenby en avalant une gorgée de thé chaud.

— Il est mort.

— Oh. Je suis désolé.

— C'était il y a longtemps. À la naissance de Josh.

— Quel âge a-t-il maintenant ? demanda Lacejambe, visiblement intéressé.

— Neuf ans. Et il grandit toujours.

Ils rirent. Mme Laird toussota :

— Et si vous me disiez le motif de votre visite ? Ce n'est certainement pas le tourisme.

— Eh bien, dit Lacejambe en lançant un regard diagonal à Fenby, nous faisons des recherches sur certains écrivains américains du XVIIIe siècle.

— Oh, c'est ravissant.

— N'est-ce pas ? Nous avions entendu dire que Phyllis Finn avait été enterrée ici.

Mme Laird eut une courte hésitation :

— Pas enterrée. Ses héritiers ont juste élevé une pierre en son honneur.

— Elle n'a pas été enterrée ici ?

Lacejambe semblait très déçu.

— Où alors ?

Mme Laird fronça les sourcils.

— En fait, elle n'a pas été enterrée du tout.

— Vous voulez dire qu'elle vit toujours ? dit Fenby.

— Non, non. On n'a jamais retrouvé son corps.

Lacejambe se renfrogna dans le fauteuil.

— Mmm... Que s'est-il passé ?

— C'est une vieille histoire.

— J'aime les vieilles histoires.

— Eh bien, par où commencer ? Vous savez que Phyllis Finn avait vécu ici à la fin de sa vie, n'est-ce pas ?

— L'hôtel existait déjà ? dit Fenby.

— Ce n'était pas un hôtel mais un sanatorium. Phyllis Finn avait fui la ville pour venir se réfugier près de la mer, avec sa servante, dont je ne me souviens plus du nom. Si mon aîné était là, il vous en dirait plus. Finn est son violon d'Ingres.

— Cette Finn... elle a donc eu des descendants ?

— Oui, oui. Un fils, qu'elle avait eu avec un fermier de la région. Mais il s'est exilé, en Irlande je crois. Je ne sais pas s'il reste d'autres Finn en vie.

— Et son cadavre ?

— Elle s'est éteinte ici, au troisième étage. Le soir de sa mort, sa servante avait dit aux cuisiniers que sa maîtresse ne passerait pas la nuit. Et le matin, elle était morte. Les domestiques la recouvrèrent d'un drap blanc. Mais...

— Mais ?

— Mais lorsque ses amis vinrent pour voir son corps, il avait disparu. La fenêtre était fermée, les portes aussi. Personne n'était entré, et pourtant...

— ... elle n'était plus là.

Impressionné, Lacejambe se mit la main sur le front. Mme Laird sourit.

— Ça remonte à plus d'un siècle. Les esprits ont eu le temps de s'échauffer, d'imaginer bien des choses. C'est une histoire de sorcières, mais tout le monde y croit. Le plus curieux, c'est la réaction de sa servante, Émilie. Quand elle s'aperçut de la disparition du corps de sa maîtresse, Émilie se mit à pleurer, à supplier les esprits de la forêt de lui rendre Phyllis. C'était assez triste, je crois, il y a eu des témoins. Cette brave femme ne s'en est jamais remise.

Fenby resta pensif un instant, un doigt sur ses lèvres. Puis il dit :

— Les esprits de la forêt, vous dites... Et son cénotaphe ?

— Depuis l'établissement où elle était internée, sa servante avait décidé de consacrer une partie de son héritage à l'érection de cette pierre, prétendument mentionnée dans le testament de Miss Finn. Elle avait réussi à trouver un emplacement secret pour conserver l'intégrité de la personnalité de Phyllis. Mais on dit que cet emplacement avait été choisi par Miss Finn elle-même.

— Que voulez-vous dire par « secret » ?

— Vous savez, dit-elle avec un sourire en coin, cet hôtel n'est pas situé dans une région comme les autres. Les paysans de l'endroit, car il y en a toujours, disent que c'est un endroit secret. La forêt surtout.

Fenby fit un clin d'œil discret à Lacejambe, l'air de dire « Vous voyez ? »

— Et beaucoup de gens s'y sont perdus, reprit-elle. On dit que l'agencement des lieux change. Mais ce sont des légendes. En fait, c'est une forêt très vaste, plus étendue qu'il n'y paraît. Les promeneurs sont surpris par sa superficie. Beaucoup de gens se sont perdus. Si vous voulez vraiment voir la forêt, mon fils Josh vous guidera mieux que moi.

Le visage de Fenby s'éclaira :

— Oui, nous nous sommes rencontrés tout à l'heure ! Il m'a montré le clocher !

— Et puis, il a dormi dans notre chambre, dit Lacejambe.

— Oh, c'est une habitude qu'il a depuis qu'il est tout petit. J'espère qu'il ne vous a pas dérangé. Il dort dans les chambres des nouveaux arrivants.

— Tous ?

— Il fait sa sélection.

— Personne ne s'en est jamais plaint ?

— Pas que je sache.

Lacejambe consulta l'encyclopédie du coin de l'œil :

— Vous avez une jolie bibliothèque.

— Mon mari était un amoureux des livres.

— C'est une chance.

— Pour vous.

Elle sourit puis se leva sans froisser sa robe d'été. Lacejambe et Fenby l'accompagnèrent jusqu'à la porte.

— Où se trouve le restaurant ? demanda Fenby, le ventre vide.

— En haut, près des solariums. Je vous y emmène. Laissez vos travaux ici, vous aurez tout le temps d'y revenir.

Ils s'engagèrent dans le couloir. Lacejambe resta encore quelques minutes dans la bibliothèque. Il avait oublié de demander quelque chose, il le savait. Quelque chose d'important, qui trottait dans sa tête comme une bourrique malade.

Suspendus par les cris de la foule, des petits bouts de papiers multicolores tombaient du ciel sur ses cheveux. Délius ferma les yeux et laissa quelques confettis s'accrocher. Quand il les rouvrit, la pluie s'était éloignée vers une autre partie de la rue, là où l'avenue s'ouvrait sur le grand parc. Autour de lui tournait toujours une coulée d'hommes et de femmes criards. Des serpentins volaient, tourbillonnaient et se croisaient au-dessus d'une foule toujours plus bruyante, toujours plus dense. Délius avançait sur le trottoir comme un somnambule. Il jouait des coudes sans se soucier de quoi qui ce soit. Seuls les déchets de la fête suscitaient son intérêt. Il aimait voir ces restes décharnés, pendus à quelques réverbères érodés par les soûlards et l'urine de chien. C'était comme contempler un charnier de bonheur, où toutes les bonnes volontés, les espoirs, légers, virevoltants et bigarrés, seraient entassés comme des corps mutilés aux couleurs passées. Il fixa le bout de ses chaussures. Quelques bribes de serpentin s'y accrochaient. Délius voulut les rassurer, leur dire que ça n'avait pas d'importance, qu'il fallait se résigner. Mais il ne trouva pas les mots. Malgré son élégance, il s'assit au pied d'un réverbère et regarda passer les pantalons des New-Yorkais paradant. Il observait les pickpockets étendre leur réseau parmi les bourgeois repus qui sortaient des restaurants et se joignaient à la fête, l'esprit aéré, la mine réjouie. Il posa une main sur sa joue brûlante et sentit le sang affluer en lui. Quelque chose battit sur sa jambe. Il se pencha et ramassa un prospectus qui avait volé vers lui, probablement soufflé par un coup de tuba trop fort.

Les lucioles sont de retour pour annoncer la fin de l'été. Soyez prêts à les accueillir ! Laissez le miel et les fleurs à vos fenêtres. Profitez de leur grâce pour vous poser une question : et si, vous aussi, vous pouviez briller dans le noir ?

Délius observa le prospectus d'un air perplexe, puis il le roula en boule et l'envoya flotter dans l'eau croupie du caniveau, avec les serpentins et les reliquats de confettis. La célébration des lucioles. Cette ville était vraiment trop folle. Il ne pourrait jamais s'y sentir chez lui. Le soleil tapait aussi fort qu'il le pouvait, Broadway était noire de monde, grande fanfare ronflante et trébuchante, hilare, ivre et démente. Délius mit sa main en visière pour observer le bas de l'avenue. La foule s'y entassait comme dans un grand poulailler réveillé par un renard. Délius s'y sentit totalement étranger, comme une tumeur : la vision d'ensemble éveilla en lui un sombre sentiment. Il était vide. Aucun sens, aucune inspiration. Il tenta de faire le vide, de laisser venir les idées à lui, s'ouvrant comme une fleur au butinage des abeilles. Il se déploya jusqu'à en pleurer, mais il ne trouva rien. Les notes ne venaient pas, les partitions se décrochaient. C'était sans espoir.

Mais, comme il essayait d'accorder son esprit avec la fête, Délius réussit à percevoir, au-delà des rires et des tambourins, le minuscule écho d'une mélodie répétitive jouée sur des crécelles. Il se mit sur la pointe des pieds pour tenter de voir au travers du nuage de confettis qui planait au-dessus de la foule. Il grimpa sur un réverbère et se posta près de la lampe, son visage baigne par le soleil. Il scruta les bâtiments dans l'espoir de trouver un indice. Le monde ne cessait d'aller et venir en riant, brandissant des cocardes et des slogans en tout genre. Noyée au milieu de la masse, une grande troupe de bateleurs, qui était arrivée la veille avec cirque, costumes et musique, entretenait le feu de la fête et offrait le vrai spectacle. La ferveur qui avait saisi la ville était sans équivalent historique. On s'étonnait encore, dans certains milieux concernés, de l'incroyable facilité des Américains à descendre dans la rue, à agiter des drapeaux, à s'extasier devant n'importe quel petit feu d'artifice. Mais jamais, de mémoire de New-Yorkais, la ville ne s'était amusée à ce point. La célébration de l'été, d'ordinaire assez timide, coïncidait cette année avec la consécration du destin fantastique de New York, et devenait une explosion de bonheur naïf et prétentieux, que les New-Yorkais laissaient déborder dans la rue.

Délius essaya de distinguer la mélodie au-delà du grondement. Comme par magie, mais il savait que ce n'était que son acuité, il vit, non loin de lui, sur l'autre trottoir, entre deux chariots décorés, un curieux objet suspendu à la devanture d'une boutique, cinq tubes de métal, de longueurs différentes, assez légers pour s'entrechoquer au rythme des flots sonores qui parcouraient la rue. La mélodie produite était proche d'un tintement de cristal et ce que Délius avait d'abord pris pour des crécelles n'était, en fait, que l'écho des tubes à travers la foule. Délius descendit de son perchoir et traversa l'avenue. Il plongea dans un nuage de confettis et de gens heureux. Arrivé en face, après un long périple qui lui avait semblé une éternité, il secoua sa veste et se débarrassa des flocons de papier. Il était devant la boutique. L'objet oscillait doucement au-dessus de la porte vitrée où étaient notés les horaires d'ouverture. À côté, une vitrine alignait dans un décor éculé divers livres et photos usées. Et puis, par-dessus, en belles lettres rouges :

Librairie Terminus – Livres rares.

Délius mit ses mains en coupe pour mieux voir au travers de la vitre, mais, derrière le décor, un épais rideau rouge était tiré. Il revint devant la porte et s'immobilisa sous l'instrument de métal pour mieux le détailler. Il en esquissa vaguement la forme sur son calepin, se promit de demander en quoi il était fait, puis, satisfait, décida d'entrer. La porte tinta en s'ouvrant. Le magasin était petit et assez spartiate. Il y avait bien une grande chaise de barbier, des miroirs et de grandes armoires bourrées de livres, mais pas de vrais présentoirs. Et, surtout, il n'y avait personne. Ou bien si. Quelques éclats de voix incompréhensibles qui semblaient venir de l'arrière-boutique. Intrigué, Délius traversa la pièce jusqu'au comptoir, sans un bruit. Derrière, une porte était ouverte sur un lourd rideau de velours qui étouffait les voix. Délius fit tinter la petite sonnette du meuble. Le son s'accrocha dans l'air quelques instants puis se dissipa. Personne ne vint.

Délius recula et longea les étagères. Ses yeux allaient d'une tranche à l'autre, bondissant de livre en livre. Et puis, comme si le destin avait décidé de visser son attention sur un livre plus précis, il vit un titre qui le fit frissonner. C'était un livre de contes. Il se mit sur la pointe des pieds pour le saisir. C'était un petit volume sans illustration de couverture. Il le feuilleta, presque déçu. Mais la dernière page lui coupa le souffle. Un court texte, bordé par une image représentant une plage magnifique. Un texte sublime. Ses mains se mirent à trembler.

Une chanson d'été.

Il regarda autour de lui, pour s'assurer qu'il n'y avait personne. Il jeta un coup d'œil derrière le comptoir, puis il posa deux dollars sur le meuble et sortit doucement. La porte tinta en se refermant. La fête battait toujours son plein. New York riait et Délius se sentit seul. Il mit les mains dans ses poches et pénétra dans la foule en baissant la tête. Perdu dans la masse sonore qui l'entourait, Délius sentit la fatigue et la tristesse ronger son cœur. Ses récentes insomnies, ses migraines, pesaient sur lui comme une chape de plomb. Ses doutes enflaient à chacun de ses pas. Que faisait-il à New York ? Rien. Il se prostituait. Cela ne lui servait à rien d'essayer de composer sans inspiration. Bien sûr, il avait besoin d'argent. Bien sûr, il pourrait toujours essayer de créer quelque chose d'assez joli pour faire illusion devant un parterre de pontes en tuxedos noirs. Mais lui, Frédérick Délius, pourrait-il s'abuser lui-même au point de prendre son savoir-faire pour du génie ? Probablement pas. Déçu par sa propre faiblesse, Délius se laissa porter par le flux humain qui se serrait autour de lui en chantant l'hymne national. Il fut entraîné vers le bas de Broadway. Son esprit s'évapora et il s'ouvrit aux rires et aux chansons.

Avant de sombrer dans l'orgie de sons et de couleurs qui le poussait, sans relâche, à abandonner son sens commun, un déclic se fit dans son esprit. Une idée, un concept, une ébauche. Une porte de sortie. Il joua des coudes pour s'aménager une petite place dans la foule, il sortit le livre. Il relut le texte et il sut qu'il avait trouvé. Il prit un crayon dans sa poche et, sous la gravure, il traça une portée, où il inscrivit quelques notes. La musique coula en lui, portée par les sons. Sa main se mit à frétiller, alors qu'il notait les pauses et les rythmes – comme s'il avait toujours connu cette musique, comme s'il l'avait toujours portée en lui et que, plus jamais, elle ne devait s'échapper. Au fond, tout au fond, il sentit un déclic. Il regarda dans la foule, pour voir si, parmi tous ces visages, il ne trouverait pas l'écho de son propre bonheur, quelqu'un avec qui partager sa trouvaille : une chanson d'été. Une chanson féerique pour les lucioles. C'était si simple. Pour retrouver Newport. Pour monter sur scène. Pour se prouver qu'il pouvait être plus fort que tout. Sa symphonie. Ce torrent.

UNE FOIS

— Que savez-vous des étoiles, Fenby ?

— Des étoiles ? Pas grand-chose. Ce sont des rêves, non ?

— Oui. Les rêves des planètes. Quand une étoile s'éteint, une planète se réveille.

— Je croyais que les planètes se réveillaient quand le soleil se levait.

— Fenby, voyons, réfléchissez. Se réveiller avec le soleil, c'est une habitude humaine, pas céleste. Et puis, quand on se réveille en France, aux États-Unis, on dort toujours.

— Vous avez raison. J'ai parlé trop vite.

— Regardez celle-ci, elle est jolie, non ?

Fenby se pencha sur la balancelle pour chasser les franges de toile hors de son champ de vision.

— Ah, oui. On dirait qu'elle nous sourit.

— Elle nous sourit. Elle nous fait un clin d'œil... Regardez, Fenby, vous lui plaisez...

Fenby se mit à rire doucement. Lacejambe croisa les bras, car il ne voulait plus bouger, rester là pour toujours et oublier ses soucis. Mais son esprit le taraudait : trouver la solution, croiser la route du tueur, comprendre ce qu'il voulait leur dire, l'entendre s'expliquer. Trop de mystères. Plus l'enquête s'approfondissait, plus ils étaient aveugles.

Las du silence qui s'était tacitement établi, Fenby murmura :

— Lacejambe ?

— Mmh ?

— J'ai quelque chose à vous dire.

— Allez-y, mon vieux...

— Vous souvenez-vous de l'enfant qui a dormi avec nous quand nous sommes arrivés ?

— Oui, oui. Le fils de la directrice.

— J'ai passé l'après-midi avec lui, pendant que vous vous reposiez, après notre balade.

— C'est bien, Fenby, c'est bien.

— Il m'a raconté quelque chose qui pourrait vous intéresser.

— Dites voir...

— Des fées ont fait leur nid sous l'hôtel.

Lacejambe faillit s'étrangler :

— Quoi ? Des quoi ?

— Des fées. Il m'a dit qu'il ne les connaissait pas mais qu'il savait qu'elles étaient là.

— Mais il n'en a jamais vu ?

— Je ne crois pas, non.

Lacejambe se redressa vivement et arpenta le petit square bordé de statues en ruminant.

— Qu'est-ce que c'est encore que cette histoire ? Tout cela prend une tournure que je ne contrôle plus. Des fées, maintenant ?

Fenby se rongea un ongle sans le regarder :

— Vous ne l'avez jamais vraiment contrôlée, Lacejambe.

— Je vous demande pardon ?

— De toute façon, qui pourrait s'en vanter ?

— Fenby, vous me décevez. Pire, vous me blessez.

Les yeux de Fenby pétillèrent.

— Josh m'a dit qu'il pourrait, si on le souhaitait, et si nous étions gentils, nous montrer le chemin. Il se couche à minuit. Il suffit de le trouver avant. Si nous sommes dans une impasse, autant profiter de toutes les possibilités...

Le visage de Lacejambe s'éclaira soudainement :

— Fenby, j'adore cette idée !

Emportés par l'enthousiasme, ils se mirent en quête du petit et, après avoir patiemment arpenté les couloirs de l'hôtel pendant quelque temps, ils réussirent à trouver quelques pistes auprès de deux domestiques avachis, les bras chargés de linge sale. Plus loin, ils croisèrent un insomniaque en pyjama et robe de chambre, qui promenait sa bedaine dans les couloirs en fumant une pipe. Il les renseigna sur les curieuses odeurs de la cuisine et le rire d'enfant qu'il y avait entendu.

Ils dénichèrent Josh dans la cuisine, les mains plongées dans la pâte. Le cuisinier lui enseignait comment faire un clafoutis – les cuisines restaient ouvertes tard le soir, car il fallait préparer le petit déjeuner du lendemain. Devant ce spectacle réjouissant, Lacejambe ôta sa veste, mit un tablier et, à son tour, enfouit ses mains dans le saladier, sous le regard ravi du chef italien et l'admiration dissimulée de l'enfant.

— Bien. Cher, très cher petit Josh, dit Lacejambe en malaxant soigneusement la pâte, et si tu me parlais de ces fées ?

L'enfant jeta un regard amusé vers Fenby.

— Eh bien, dit-il, l'air important, elles vivaient dans un grand palais, sous terre. Mais elles sont parties depuis longtemps.

— Comment sais-tu cela ?

— Parce que j'y suis déjà allé, et que j'en ai jamais vu.

— Mais c'est très intéressant ce que tu dis. Peux-tu nous y emmener ?

— Pourquoi pas ? Vous me croyez ?

— Si on te croit ? Mais bien sûr qu'on te croit, n'est-ce pas, Fenby ?

Fenby, qui dévorait un gâteau, lécha ses doigts encore enduits de crème fraîche :

— Oh, mais oui, bien sûr.

Josh les regarda silencieusement, puis il sortit ses mains de la pâte, s'essuya sur un torchon et leur dit de le suivre.

Les deux hommes haussèrent les épaules, le suivirent le long des couloirs et le rejoignirent rapidement.

— Mais on va faire comment pour y aller ? dit Lacejambe en remettant son veston. Il y a un chemin, un endroit ?

— Ça change tout le temps. Il n'y a qu'un moyen de le savoir.

Les deux hommes se penchèrent vers lui, curieux. Josh sourit. Il prit un ton de conspirateur et dit, doucement :

— Ce sont les mouettes qui savent.

Fenby sourit. Lacejambe fut plus dubitatif.

— Les mouettes ? Quelles mouettes ?

— Celles de la plage. Venez, allons les voir.

Fenby prit Josh par la main et se laissa entraîner dehors, vers la plage. Les étoiles scintillaient au-dessus d'eux et la lune, la lune, un croissant parfait qui s'aiguisait de chaque côté des constellations, illuminait le sable et les vagues. La petite troupe marchait d'un bon pas. Fenby, le regard papillonnant, remarqua Lacejambe, qui s'appuyait sur son parapluie.

— Lacejambe, vous avez pris votre parapluie ?

— Pourquoi pas ? Depuis mon expérience avec la fleur, je ne m'en sépare plus...

Il montra fièrement les traces de dents sur les baleines du parapluie.

Ils continuèrent encore un peu, quand la forme d'un phare abandonné, depuis longtemps éteint, se découpa dans la clarté lunaire. La plage était déserte. L'enfant et Fenby trottaient devant. Lacejambe suivait, les cheveux d'un bleu sale.

— Dites, c'est encore loin, vos mouettes ?

Josh se retourna.

— Non, c'est juste là, dans les rochers. Elles dorment.

— Comment n'y ai-je pas pensé plus tôt ?

Fenby cessa de marcher et dévisagea son ami, l'air furieux :

— Lacejambe, vous n'y mettez pas beaucoup du vôtre. Soyez un peu aimable.

— Mais je suis aimable ! Je voudrais juste savoir ce que nous allons faire chez ces mouettes, c'est tout.

Comme s'il venait de se faire une raison, l'enfant soupira, lâcha la main de Fenby et s'avança vers le botaniste.

— Ce n'est pourtant pas compliqué, dit-il d'une voix douce. Les mouettes sont les seules à savoir où se trouvent les entrées du Royaume. C'est comme ça que moi je fais pour y aller. Il faut juste leur demander.

— Mais pourquoi des mouettes ?

Josh haussa les épaules :

— Je ne sais pas. Quand la lune est comme ça, elles sont plus intelligentes. Elles s'approchent de moi et veulent me parler, mais c'est impossible, car elles ne sont pas comme nous. Je ne sais pas pourquoi elles sont comme ça, mais ça n'arrive pas souvent. Ce soir, la lune est belle, peut-être que l'une des mouettes pourra nous dire où nous pourrons trouver une entrée. Vous savez, les entrées ne sont jamais les mêmes, vraiment – des fois, ce sont des portes, d'autres fois des vagues.

— Des vagues ?

— Oui... Vous n'êtes jamais passé sous une vague ?

— Je... non.

— Alors vous ne savez rien. Si vous nagez suffisamment bien, vous pouvez émerger au creux de la vague, là où le temps se fige. Ce sont des cathédrales d'eau magnifiques, avec des algues et des vitraux de corail. Et, souvent, on peut y trouver l'entrée du Royaume. Vous comprenez ?

Lacejambe ne dit rien. Il se demandait pourquoi Josh parlait ainsi : ces mots, « là où le temps se fige... des cathédrales d'eau magnifiques », ce n'étaient pas ses mots. Il les avait probablement lus ou entendus quelque part. Mais ce n'était pas lui.

— Très bien petit, dit Lacejambe, je te crois. Allons-y.

Satisfait, Josh reprit sa route et commença à monter sur un large rocher. Fenby lança un regard d'approbation à son ami, puis ils suivirent Josh. Ils traversèrent un petit sentier et gravirent plusieurs hauts rochers. Un peu plus haut, ils virent se dessiner l'entrée d'une grotte.

— Voilà, dit Josh, c'est ici qu'elles dorment. Il faut trouver un responsable.

Lacejambe regarda Fenby.

— Responsable ? Responsable de quoi ?

Fenby haussa les épaules et continua son ascension. Après quelques minutes de grimpette, Josh les guida vers une petite dépression rocheuse. Là, ils purent facilement pénétrer dans la grotte. Au fond de la caverne, une petite mare se reflétait sur les murs, formant des arabesques et des dessins mouvants. Nichées partout sur les pierres, dans les trous et les saillies, une centaine de mouettes dormaient paisiblement, sans un bruit. Josh s'approcha sur la pointe des pieds.

— Chut, dit-il à ses compagnons. Ne les réveillez pas encore – ce n'est pas le moment.

Lacejambe et Fenby se tassèrent contre un mur et attendirent que Josh en ait fini. L'enfant s'avança à petits pas dans la grotte et détailla chaque mouette endormie. Aucune ne semblait les avoir entendus entrer. Elles frémissaient dans leur sommeil, paisiblement, serrées les unes contre les autres, plumes contre plumes, becs sur becs. Josh s'écarta de l'entrée et passa entre les oiseaux endormis. Il cherchait quelque chose. Lacejambe et Fenby, dissimulés dans l'ombre, observaient son manège sans y comprendre quoi que ce soit. Puis, comme s'il avait soudain trouvé, Josh s'avança dans une travée centrale et se dirigea vers une grande mouette solitaire, endormie sur un rocher, dominant l'ensemble. Josh gravit le petit promontoire et se tint devant la mouette. Il fit claquer sa langue. La mouette ouvrit un œil. Sa pupille passa du blanc au rouge et elle ouvrit son bec pour bâiller. Puis elle vit Josh. Elle faillit faire un bond et crier l'alarme, mais Josh s'en empara et la tint contre sa poitrine, le poing refermé sur son bec. La mouette arrondit de grands yeux ahuris.

Josh se mit à lui parler, doucement. Josh semblait faire des confidences, murmurait presque, et il n'était pas possible d'entendre clairement ce qu'il disait. Après quelques minutes de discussion silencieuse, il laissa aller la mouette. L'oiseau s'ébroua, puis picora son aile. Josh revint vers les deux hommes, l'air satisfait.

— Voilà.

— Voilà quoi ? demanda Lacejambe. Qu'est-ce que tu lui as dit ?

Les yeux de Josh se perdirent dans le vague.

— Je lui ai fait une promesse. Je lui en fais toujours. C'est ma méthode pour trouver l'entrée du Royaume. C'est toujours la même.

— Mais la mouette, dit Fenby ? Elle n'a rien exigé ?

Josh ne souriait plus. Il baissa les yeux vers le sol et se souvint de ce que Kevin lui avait dit un après-midi qu'ils avaient passé, assis dans l'herbe, à se raconter leurs rêves :

— N'oublie pas, petit frère. Phyllis avait promis son âme aux fées – et les mouettes sont un peu des fées, non ? Promets-leur de les rejoindre. Elles feront tout pour toi.

Josh savait que jamais Kevin n'aurait imaginé que les mouettes puissent connaître les entrées du Royaume, car Kevin, malgré tout, n'avait jamais cru au Royaume. Ou si peu.

Lacejambe bougea dans l'obscurité. Il prit Fenby par l'épaule.

— *Old chap*, il se passe quelque chose.

La mouette se tourna vers Josh et piailla. Toutes ensemble, les autres mouettes s'éveillèrent. Un long pépiement monta dans la grotte et quelques centaines d'oiseaux commencèrent a s'agiter. La grande mouette piailla plus fort et les autres se turent. Josh revint sur la pointe des pieds et se terra dans un repli de la grotte. Il fit signe aux deux hommes de se cacher. Lacejambe regarda de droite à gauche sans rien trouver. Soudain, l'ensemble des mouettes s'envola brusquement, emplissant la caverne de plumes, de cris stridents et de battements d'ailes. Lacejambe poussa Fenby à terre. Ils sentirent passer au-dessus d'eux une colonie entière de mouettes. Le bruit était assourdissant et Fenby eut l'impression que la grotte s'effondrait.

Bientôt, il n'y eut plus que quelques plumes dans la grotte. Josh sortit de sa cachette en courant et dit aux deux hommes de le rejoindre dehors. Lacejambe aida Fenby à se relever, et ils quittèrent la grotte. Dehors, ils grimpèrent plus haut sur la falaise et Josh montra le ciel du doigt. Là où les étoiles se rejoignaient, les mouettes s'envolaient. Tel un essaim d'abeilles blanches, elles recouvraient le ciel et les constellations, en une danse complexe et éparpillée, faite de mouvements concentriques et de belles et longues arabesques.

— Regardez, dit Josh. Elles vont nous dire où se trouve l'entrée !

Fenby cligna des yeux.

— Elles nous montrent le chemin ?

Dans le ciel étoilé, les mouettes esquissèrent une dernière figure. Elles se dispersèrent pour former des lettres, qui clignotaient au rythme des ailes et des étoiles.

L, I, P, P, M, A et N.

— Lippman... lu Fenby, ahuri.

Les mouettes se séparèrent et disparurent à l'horizon.

— C'est cela qui était écrit, non ? Lippman ? Oui, c'est Lippman, indubitablement, dit Fenby, émerveillé.

— Ne serait-ce pas une marque de thé ? dit Lacejambe.

Fenby secoua la tête :

— Non, non, ce sont des clients de l'hôtel. Je les ai déjà rencontrés. Une horreur.

— M. Fenby a raison. Venez avec moi.

Josh remonta la plage et courut vers l'hôtel. Après un court moment d'hésitation, Lacejambe le suivit, Fenby trottant derrière lui comme un cheval de trait. Ils pénétrèrent dans la grande bâtisse silencieuse, filèrent au troisième étage et parcoururent les couloirs. Josh semblait chercher le numéro d'une chambre. Il se parlait tout seul :

— Lippman, Lippman, arrivés le 12... restés dans la chambre numéro...

Au loin, une horloge sonna onze coups. Josh s'immobilisa brusquement. Il observa les numéros sur les portes. Trente-trois. Il sourit puis, revenant sur ses pas, il se dirigea vers un petit placard du couloir et y prit une lampe tempête. Il revint vers les deux hommes, posa la lampe par terre et leur montra la porte de la chambre devant laquelle ils s'étaient arrêtés.

— Voilà, dit-il en confiant la lampe à Fenby. C'est là.

Fenby regarda de droite à gauche mais n'entendit que des ronflements.

— Quoi « là » ?

— Oui, dans cette chambre, dit-il doucement. Ne réveillez personne.

Il bâilla. Il avait l'air bien fatigué.

— Bon, moi, je vais me coucher. Vous me raconterez tout quand vous reviendrez.

Lacejambe le retint par la manche :

— Attends, attends... C'est tout ce qu'il faut faire ? Entrer dans cette chambre ?

— Il faudra que vous cherchiez un peu, mais comme les chambres sont petites, ça ne devrait pas prendre trop de temps. Bonne chance quand même.

Il se dégagea de Lacejambe et disparut plus loin au coude du couloir. Lacejambe se gratta la tête.

— Eh bien, dit-il en s'emparant de la lampe, quel sacré bonhomme.

— Lacejambe ?

— Mmh ?

— Vous gardez votre parapluie ?

— Mais bon sang, ça suffit avec mon parapluie ! Oui, je le garde, voilà !

Il ouvrit la porte, qui n'était pas verrouillée, dit à Fenby de faire silence et entra dans la pièce plongée dans la pénombre. Seul un rideau, légèrement tiré devant la fenêtre, laissait les lueurs bleues de la nuit colorer les meubles, les formes et les affaires. Dans le lit, deux personnes dormaient doucement. Leur respiration était régulière. Lacejambe laissa la place à Fenby et referma la porte précautionneusement. Puis il ausculta les ténèbres. Il ne voulait pas allumer la lampe, de peur d'éveiller le couple. Il n'y avait rien d'autre dans la chambre que ses occupants. Pas de fées, ni de royaume magique, ni rien. Fenby fronça les sourcils. Lacejambe s'enragea.

— Satané gamin. Nous nous sommes fait avoir.

— Pas tout à fait, Lacejambe. D'où vient ce vent ?

— Quel vent ? Rien n'est ouvert.

— On dirait que ça vient de là... regardez.

Fenby montra du doigt le bas du placard. Les deux hommes se dévisagèrent, impressionnés, puis ils s'avancèrent vers la double porte. Ils firent glisser les panneaux, en faisant très attention de ne rien faire grincer, et observèrent le fond du placard. Tout y était noir, mais il y avait clairement un léger souffle et leurs murmures résonnaient. Un tunnel de ténèbres. Lacejambe se gratta la joue :

— Se pourrait-il que... ?

Soudain, un nuage de poussière fut soufflé hors du tunnel par un vent silencieux. Lacejambe se couvrit les yeux, mais Fenby resta figé dans le souffle.

— Fenby ! Couvrez vos yeux !

— Lacejambe, ce n'est pas de la poussière !

— Pas de la poussière ?

Non, ce n'était pas de la poussière : plutôt une poudre d'or pailletée qui retombait dans la chambre en tintant. Fenby était émerveillé. Il tendait ses mains pour attraper la poudre, mais elle était si fine et si douce qu'elle glissait entre ses doigts. Lacejambe ouvrit les yeux :

— Fenby ? Qu'est-ce que vous avez encore fait ?

— Rien du tout !

Épuisée, la poudre se déversa doucement sur le lit, sans réveiller ses occupants. En l'espace de quelques secondes, une couche dorée recouvrit tout le mobilier de la chambre, commode, chaises, table de nuit, lit, époux, scintillants dans la clarté nocturne.

— Fenby ? fit Lacejambe. Qu'est-ce qu'on fait ?

— Ne devrions-nous pas, je ne sais pas, ouvrir la fenêtre pour évacuer la poudre ?

— La fenêtre... pourquoi pas ?

Le botaniste alla jusqu'à la fenêtre et l'ouvrit sans faire de bruit. Puis il revint au placard et alluma la lampe. Il y eut un murmure venant du lit. M. Lippman se réveillait. Lacejambe s'enfonça dans l'ombre du placard et Fenby se cacha derrière un fauteuil. M. Lippman remua un instant puis s'éveilla.

— Chérie ? Chérie ? Êtes-vous réveillée ?

— Mmh ? Quoi donc, très cher ?

— Je ne sais pas... Voulez-vous danser ?

La femme s'éveilla et se retourna dans le lit.

— Danser ? dit-elle. Pourquoi pas ?

Il y eut un moment de silence. Puis M. Lippman dit :

— Eh bien alors, dansons...

La poudre féerique se souleva quand le couple s'enlaça dans le lit. Ils se mirent à planer au-dessus du sommier, tournant et dansant, sans ouvrir les yeux. La poussière se projetait dans la pièce, les entourait et les enveloppait comme des nuées d'insectes. Puis, dansant toujours, ils se dirigèrent vers la fenêtre ouverte.

Fenby étouffa une exclamation :

— Oh, non ! La fenêtre !

Mais il était trop tard. M. et Mme Lippman, engagés dans une valse onctueuse et merveilleuse, sortirent à l'air pur et s'envolèrent vers les étoiles en dansant, la poudre féerique sinuant dans leur sillage, crépitant comme des petits oiseaux affamés. Bientôt, ils disparurent dans le ciel et la poudre se tarit.

Fenby sortit de sa cachette en chantant :

— Je le savais ! Je le savais ! Tra la la ! Tra la la ! Lacejambe ? Avez-vous vu cela ?

Mais il n'y eut pas de réponse.

— Lacejambe ? Ne me faites pas peur, où êtes-vous ?

Mais de Lacejambe, point. Horrifié, Fenby se tourna vers le placard et vit que, dans l'ombre, il n'y avait plus personne. Lacejambe avait disparu. Fenby voulut sortir en hurlant, mais le vide noir du placard, encore constellé de quelques résidus de poussière dorée, l'attirait comme un aimant.

Il appela doucement :

— Lacejambe ?

Son écho mourut dans les tréfonds de l'hôtel. Fenby frémit mais il fut plus courageux qu'il ne l'aurait pensé. Les yeux brillants d'espoir, Fenby s'engagea à tâtons dans les ténèbres du placard.

Extrait non daté du journal intime de Kevin Laird.

Je me suis installé dans le vieux phare, au sommet, près de l'ancien projecteur. Je suis bien ici. J'ai décidé de ne pas me montrer tout de suite. J'ai peur de la réaction de maman. Je sais que Josh comprendra, mais maman est peut-être comme les autres. Je crois que je vais y rester un peu. J'ai trouvé quelques affaires appartenant à l'ancien gardien du phare : des conserves, un pistolet et des balles en état de marche, un livre de Stevenson... Tous les matins, je pêche : ce serait trop dangereux pour moi d'aller en ville. Je ne veux pas que l'on me trouve, que l'on s'intéresse à mon absence de ces trois derniers mois. Je veux être tranquille, avoir le temps de penser, comprendre quelle sera la suite des événements. Pour une fois, après des mois de recherches effrénées, je veux être seul. Ce matin, quand je suis revenu à moi, quand mes pensées se sont enfin enfouies dans mes souvenirs et que j'ai pu revenir à la réalité, un visage me souriait. Par réflexe, j'ai bondi et je me suis emparé de mon couteau. Le visage était grand, jovial et halluciné. Il avait de grands yeux ronds et fous. C'était un cerf-volant qui planait en face du phare. Rassuré, je suis sorti sur la coursive et j'ai regardé en bas, me penchant discrètement entre les barreaux.

Un enfant tentait de contrôler le jouet sur les courants du petit vent qui soufflait sur l'île. Je me baissai un peu plus pour tenter de mieux le détailler. Un client de l'hôtel ? Non, il était trop tôt, le soleil était pâle et il faisait encore froid. À n'en pas douter, c'était Josh. Ce n'était pas son cerf-volant habituel mais je reconnaissais son style, cette façon qu'avait le cerf-volant de partir librement dans l'air et de chaque fois revenir brusquement vers son maître, comme s'il avait été rappelé à l'ordre. Quand je reconnus mon frère, mon cœur fit une embardée. Que faire ? Chercher à lui parler ? Le laisser tout seul et me faire tout petit ? Le suivre ? J'avais trop peur de sa réaction. Je suis rentré et j'ai ruminé, l'œil fixé sur le sourire hideux du cerf-volant. Je ne pouvais pas risquer de précipiter ma chute. Il me fallait procéder doucement. Je décidai de le suivre.

J'ai attendu que le cerf-volant redescende, puis je me suis précipité dans les escaliers et j'ai entrouvert la porte d'entrée. J'ai vu Josh enrouler sa corde, dire quelques mots à son jouet, puis repartir vers l'hôtel. Je me suis glissé dehors, dans la lumière matinale, et j'ai commencé ma filature. J'ai appris des choses incroyables. Il y a des invités particuliers à l'hôtel. Deux hommes venus de France. Le premier est anglais. C'est un petit gros au visage aimable. Il ressemble à mon vieil oncle Fumble et je l'ai déjà vu. Cette après-midi, Josh et lui ont joué au cerf-volant sur le bord de la mer. Les deux avaient l'air de très bien s'entendre. Je me suis vaguement déguisé, avec une veste de chasse et un vieux chapeau que j'avais trouvés sur la plage, et je me suis avancé sur le sable, le plus près possible d'eux. Je me suis assis et j'ai commencé à faire un château. Ils ne me regardaient pas. Ils fixaient le cerf-volant.

Je n'entendais pas grand-chose de leur discussion, mais quelques bribes me parvinrent sur des fragments de vents. Les vagues faisaient un bruit de fond détestable qui m'empêchait de saisir l'ensemble de leurs mots. Souvent, j'ai été tenté de m'approcher un peu plus, mais, chaque fois, ma prudence et la beauté du château que je créais me forçaient à rester là où j'étais. C'était un très beau château, avec trois grandes tours dressées vers le ciel. J'avais fait une grande muraille avec quelques cailloux plats que j'avais récupérés près du phare. J'ai construit une douve avec des crocodiles, une salle du trône, un grand tunnel, de grandes arcades, des créneaux, des fenêtres à vitraux. J'ai même fait une écurie, un peu à part. C'était vraiment un superbe château, et j'aurais voulu y habiter. Je ne sais pas pourquoi ce château prit tant d'importance à mes yeux : peut-être qu'il m'obligeait à repenser mon rôle dans cette histoire, me replongeait en enfance, me forçant à retrouver une humanité que je croyais avoir perdue.

Et puis, une phrase me vint aux oreilles : « Le Royaume est ouvert. Il suffit de trouver le chemin. » J'avais du mal à y croire. Josh était en train de parler du Royaume. L'espace d'un instant, j'ai frissonné. Voyez-vous, je n'ai jamais vraiment cru à l'existence du Royaume, c'est une lubie de Josh. Comme tous les petits garçons, il a ses passions et ses hantises. Mais celle-ci m'a toujours fait peur. Ces derniers temps, alors que je réfléchissais dans mes chambres d'hôtel successives, je me suis souvent demandé si Josh n'avait pas raison. S'il n'y avait pas quelque chose d'autre à Newport qu'un vieux cénotaphe hanté par une mémoire magnifiée.

Ce n'est pas possible, il ne peut pas y avoir de Royaume.

Quand leur conversation s'est achevée, le gros bonhomme est resté quelque temps sur la plage, songeur. Josh est reparti vers l'hôtel en courant, car Bridget, la blanchisseuse, avait besoin de lui pour distribuer les draps. L'homme est resté là encore quelques minutes, puis il est reparti vers le jardin. Je l'ai suivi. Il s'est engagé dans la bibliothèque et a lu pendant quelques heures. Je le voyais à travers la vitre, posté derrière un épais bosquet de rosiers. Je n'ai pas réussi à voir ce qu'il lisait. Bien sûr, j'aurais pu entrer et m'asseoir. Après tout, il ne me connaissait pas, mais j'avais peur qu'un membre du personnel ne me découvre et me reconnaisse.

Plus tard, il est ressorti et a gravi les grands escaliers qui mènent au jardin suspendu. Là, il a retrouvé quelqu'un. Un homme très élégant, très beau aussi. Ses cheveux étaient d'un rouge flamboyant, je n'avais jamais vu cela. Il était alangui dans une chaise longue et semblait dormir. Le gros homme s'est approché et l'a secoué. L'autre s'est réveillé en souriant. Je me suis dissimulé derrière un arbre et j'ai tendu l'oreille. Ils semblaient heureux d'être là. Ils parlaient de je ne sais quelle enquête. En fait, ils parlaient de beaucoup de choses que je ne comprenais pas. J'allais partir, quand, soudain, l'homme élégant s'est mis à discourir sur le cénotaphe. Mon sang n'a fait qu'un tour. Je voyais trouble. Il a parlé des meurtres, et de leurs rapports avec les fleurs du cénotaphe.

Je venais de comprendre : ils étaient sur mes traces. Ils ne savaient pas qui j'étais mais ils savaient que la fleur des cadavres venait d'ici. Ils l'avaient trouvée. Sont-ils de la police ? Non, ce n'est pas possible. En les écoutant parler comme cela je me suis senti tout petit, minuscule. J'aurais voulu me cacher, me fondre dans le bois et disparaître à tout jamais. De dépit, je suis rentré au phare. Ainsi donc, quelqu'un avait retrouvé ma piste. Je croyais pourtant avoir tout fait pour la brouiller. Mais je ne suis qu'un raté. Je ne suis pas Jack l'Éventreur. Je me ferai attraper avant même d'avoir pu expliquer au monde ce que j'essaie de faire. Je suis un minable, un misérable.

Ce soir, à l'heure où j'écris ces mots, les deux hommes sont allés discuter sur la terrasse. Le gros s'appelle Fenby, l'autre Lacejambe, ou quelque chose du genre. Il est français. Décidément, quelque chose m'échappe dans cette histoire. Assis sur ma balancelle préférée, celle qui se trouve au centre du cercle des statues, ils ont discuté des étoiles, des rêves, de la lune. Et puis Fenby a parlé de ce que Josh lui avait raconté sur le Royaume. Le Français s'est montré follement enthousiaste. Ils se sont précipités à l'intérieur pour aller trouver l'enfant et se faire expliquer le chemin vers le Royaume. Ces hommes sont eux aussi des enfants : ils bondissent sur les répliques et les décisions comme deux lunatiques illuminés par la grâce. Je les trouve merveilleux, mais ce sont mes ennemis.

Je suis à nouveau dans le phare. Je ne sais plus quoi faire. Après leur départ, je suis redescendu sur la plage et j'ai détruit à coups de pied les restes de mon château de sable. Sa seule existence me rendait malade. Je ne peux rien créer, je suis un incapable, un fou furieux qu'il faut enfermer. Ces dernières heures, j'ai souvent pensé à me rendre, à avouer mes crimes. Mais je suis trop fier, et trop triste aussi. La seule idée que le Diadème puisse rester libre me torture comme un étau. Je ne sais pas encore ce que je vais faire. Peut-être vais-je les suivre. Me débarrasser d'eux ? Pourquoi pas ? Suis-je aussi cruel ?

Oui.

Oui.

Oui.

L'escalier du placard s'enfonçait dans l'obscurité. Fenby renifla l'air ambiant : un peu de vent, peu de poussière, quelques relents de moisi. Le nez pincé, il referma les portes derrière lui, puis il commença à avancer maladroitement dans le noir. Pour éviter d'avoir peur, il s'interrogeait à voix haute :

— Josh est-il venu ici ? Ah, mais, il n'a pas dû aller très loin, sinon il nous l'aurait décrit, cet escalier, n'est-ce pas ?

Selon Fenby, qui, en ces moments de détresse, se repassait mentalement son encyclopédie du petit peuple, les royaumes féeriques n'étaient pas agencés comme nos villes ou nos maisons. C'étaient plus des états d'âmes que des lieux de résidence, des enchaînements de perspectives rêvées plus que des prouesses architecturales. Rien n'y paraissait logique et tout y était imprévisible. Brièvement, Fenby esquissa le plan du fameux Marché Vert, royaume féerique que Johann Winklemann avait visité – un dessin hâtivement tracé sur le dos d'un livre d'histoire que nombre d'elficologues et collectionneurs s'étaient arraché lors d'une récente vente chez Christie's. Fenby essaya d'appliquer la curieuse logique du plan à ce qu'il allait découvrir, mais c'était trop aventureux. Essayer d'être cohérent, c'était risquer de se laisser surprendre.

Il soupira. Puis il se remit à parler, à voix haute :

— C'est le plus beau jour de ma vie, Lacejambe. Pour une fois, j'ai l'espoir de trouver une solution à mon problème. Mais j'espère aussi voir une fée. Une vraie je veux dire.

Il fit une pause puis se mit à chanter cet air qui avait accompagné sa vie pendant près de vingt ans :

— Oh ! Je vois bien, la reine Mab vous a fait visite.

Il y avait quelque chose de pathétique dans ce refus systématique d'accepter le temps comme une ligne intouchable. Toujours ramener le temps à une sphère ne pouvait que ruiner la vie d'un homme. Fenby revoyait la valse dans son esprit. C'était la même sensation qui régnait sur ces lieux, une petite mort orchestrée de main de maître. Il revoyait clairement ces beaux visages féeriques déformés par le sadisme et la joie de la destruction. Il entendait ces chants, à mi-chemin entre les cris d'animaux égorgés et les harmonies subtiles d'une musique de chambre.

Fenby eut presque pitié. Ce lieu sentait la mort, l'absence. Et il serait déçu : il ne trouverait pas de fées ici. Pas vivantes en tout cas. Cela aurait été trop incohérent : toute cette enquête sentait la mort et la fin. Et toutes les pistes menaient jusqu'ici. C'était dans ce Royaume que la fleur prenait vie. C'était ici que tout se jouait. Tant de morts... La vie ne pouvait pas y commencer.

Avant de partir, Fenby fouilla dans sa poche, tira une épingle à cravate et la planta dans le mur décrépit de l'entrée.

— Voilà, dit-il. Un peu de ferraille et le Royaume ne se refermera pas derrière nous...

Gonflant le torse, Fenby descendit les marches en tendant les bras devant lui. Une pâle lueur, qui semblait émaner des murs eux-mêmes, lui permit de deviner les formes autour de lui. Les murs étaient lisses et propres, comme recouverts d'une couche de vernis. Ils menaient à un long corridor pavé, légèrement pentu. Le plafond était haut, formé d'arches élégamment taillées où oscillaient plusieurs globes blancs, suspendus par des racines et alignés à intervalles réguliers. C'étaient des lustres, qui dispensaient un faible filet de lumière sur le vernis des murs.

Fenby continua jusqu'au bout : là, le couloir s'ouvrait sur une salle aux dimensions insensées, une sorte de hall d'entrée aux murs décorés de miroirs gravés, parsemé d'autres globes blancs et d'entrelacs de lierres. Le sol était recouvert de gravats, des pilastres sculptés tombés en ruine, usés par le temps. Des rayons lunaires, probablement captés à la surface et diffusés par les globes, nimbaient la salle d'une petite clarté rêveuse. L'ensemble baignait dans la solitude, la grandeur déchue, la merveille écartelée. C'était un curieux sentiment, et Fenby le reçut en plein cœur – il ne savait pas trop à quoi il s'attendait, mais pas à ça. Il prit conscience de son sourire figé, de cette extase émerveillée, béate de rêve et d'insouciance qu'il arborait, confiant. Pendant quelques instants, Fenby s'interrogea sur la contradiction de ses sentiments : se pouvait-il qu'après tant d'années passées à poursuivre et haïr la féerie, il ait pu garder cet émerveillement, cette ferveur ?

— C'est magnifique, n'est-ce pas ?

Fenby fit un bond. Il se retourna violemment, les poings devant lui, en garde de savate.

— Qui... qui va là ?

Une grande lumière l'éblouit soudainement.

— Ce n'est que moi, *old chap*...

C'était Lacejambe. Il tenait la lampe tempête. Fenby sentit sa peur fondre. Il l'étreignit.

— Ah, Lacejambe, quel bonheur ! Vous voici ! Je vous croyais perdu !

Le botaniste sourit :

— Non, non, tout va bien.

— Mais qu'avez-vous fait ?

— Quoi, là-haut ?

— Oui !

— Quand j'ai entendu M. et Mme Lippman bouger, je me suis enfoncé dans l'ombre.

— Et ?

— J'ai flairé une odeur. Vous sentez ?

Fenby renifla. Oui, effectivement, il y avait bien une drôle d'odeur, âcre, piquante, vraiment bizarre, qu'il n'avait pas immédiatement remarquée.

— Oui, c'est vrai.

— Alors ma curiosité a été plus forte que moi. Je me suis engagé dans le tunnel et je suis descendu jusqu'ici.

— Ce n'était pas très sage... Tout seul.

— Sur le moment, je n'y ai pas pensé. Mais je savais que vous viendriez à ma recherche.

Fenby regarda les environs.

— Eh bien ? Avez-vous trouvé d'où venait cette odeur ?

— Absolument. Suivez-moi.

Lacejambe guida son ami vers la partie ouest de la salle, qui s'enfonçait dans les ténèbres. Il y avait là plusieurs chemins mais Lacejambe semblait se diriger vers un en particulier. C'était une arche sombre qui donnait sur une petite porte de bois sculpté, munie d'épais gonds ouvragés. Le botaniste se retourna vers son ami.

— Vous savez Fenby, je ne suis pas sûr que ce que vous allez voir là-dedans vous plaira.

— Me plaira ? Comment cela ?

Il ouvrit la porte et s'y engagea prudemment, en baissant la tête. Fenby suivit, inquiet. La salle qui les attendait était un débarras, assez bas de plafond, fait de rayonnages et de meubles. Partout, des bobines de fil, des machines à coudre, des mannequins, des modèles, des feuilles de papier, des livres empilés, des gramophones, des fleurs, des bustes antiques, des cubes d'enfant, des tasses à thé fêlées, des lampes aux abat-jour brisés, des verres de cristal fendus, des chaises défoncées... et des jouets, des jouets, des jouets, rien que des jouets. De toutes sortes, de toutes époques, cassés, brisés, malmenés. Des poupées de porcelaine décapitées ; des nounours éventrés ; des soldats de plomb fondus ; de petits services à thé brisés ; des trains de bois sans roue ; de minuscules bâtiments brûlés ; des maisons de poupée saccagées ; des cerceaux déformés ; des jeux de l'oie réduits en miettes, des damiers barbouillés de couleurs, des pions sciés... Il y régnait un détestable parfum de renfermé, presque de mort. Tout était disposé dans un ordre si fou que seulement l'apercevoir donnait mal au cœur. Les étagères étaient pleines à craquer de babioles défoncées, de dioramas anéantis. Même s'il n'y avait aucune trace de poussière ou de toile d'araignée, tout avait l'air si vieux, érodé par le temps, que la salle prenait l'apparence d'une frange de dentelle mortuaire, comme un suaire qu'on aurait laissé tomber sur une magnifique collection de jouets.

— Est-ce que vous avez une idée de ce que c'est ? demanda Lacejambe.

— Non.

— C'est tellement sinistre...

Fenby sentit les larmes lui monter aux yeux. Il les chassa du revers de la main et s'assit par terre, les mains posées sur ses genoux. Lacejambe le consola d'une poigne d'épaule.

— Vous tenez le coup ?

— Ce qui s'est passé ici, Lacejambe, c'est la pire des choses.

Il baissa la tête.

— J'ai l'impression que les fées ont abandonné les lieux. Rapidement, comme si elles avaient fui devant quelque chose. Quelque chose qui aurait méthodiquement brisé tout ce qu'elles avaient entreposé là.

Lacejambe marcha entre les rayonnages, poussant du doigt quelques objets.

— Et tout cela ?

— Ce ne sont que des choses humaines, dit Fenby, un spectre dans la voix. Ce devait être une collection, des souvenirs...

— Il est curieux que seul cet endroit ait été ainsi saccagé. Le reste du Royaume est seulement abandonné. Ici, quelqu'un s'est acharné.

Il réfléchit quelques instants.

— Fenby, que savez-vous des fées et des jouets ?

L'Anglais leva les yeux vers lui :

— Ce... Ce sont des composantes d'invocations, je crois. Peut-être des pactes y sont-ils scellés. Je ne sais plus. Les fées considèrent cela comme important.

Lacejambe pointa son doigt.

— J'opte plutôt pour cette théorie. La personne, ou la chose, qui a détruit tout cela devait vraiment haïr l'idée que représentent les jouets.

— L'innocence ?

— L'imagination.

Fenby fit une pause en baissant la tête.

— Sortons d'ici, Lacejambe. Je ne veux pas aller plus loin. Cela me fait peur.

Une fois revenus sur leurs pas, Fenby s'enferma dans le silence, pensif. Lacejambe comprit sa douleur.

— Écoutez, *old chap*, il fallait bien vous attendre à quelque chose de ce genre.

— Et comment expliquez-vous la Valse, Lacejambe ? Qui étaient ceux qui m'y ont entraîné, qui m'ont pris ma vie ? Des imposteurs avec des grandes oreilles et des souliers de satin ?

— Je ne sais pas quoi vous dire.

— Il n'y a rien à dire.

— Regardez autour de vous, Fenby. Tout cela existe. Il y avait quelque chose ici, une force, des fées. Elles ne sont plus là, quelqu'un les a chassées – c'est un peu une métaphore. Quelque chose de plus rationnel arrive, casse les jouets des enfants et prend leur place. C'est tout.

— Quelque chose qui s'impose à leur place...

Fenby sentit monter en lui le prix du savoir : quelque part dans son esprit triste, une étincelle de vérité naissait. Les choses s'emboîtaient et, de fil en aiguille, il comprenait. Mais il était encore trop tôt. Lacejambe, alors que son ami se plongeait dans quelque pensée douloureuse, continuait son exploration. Au fond de la salle, il y avait un renfoncement, comme une scène de théâtre, auquel on accédait par une petite volée de marches taillées en vagues. Et, au-delà, une étendue d'eau.

— Fenby, venez voir ça...

L'Anglais se releva et vint le retrouver. L'eau était jonchée de nénuphars, et épaissie par la vase ; il n'y avait pas de contours précis, seulement une longue étendue noirâtre qui ondulait au gré de ses clapotis

Fenby fronça les sourcils :

— Qu'est-ce que c'est que ça ? Ça fait partie du Royaume ?

— C'est à vous de me le dire... Vous croyez qu'on peut traverser ?

— Pour aller où ?

Lacejambe haussa les épaules.

— On ne va pas s'arrêter maintenant.

— Et si on essayait une autre porte ?

— Quelle autre porte ?

— Eh bien, celle-ci...

Fenby montra une lourde porte en bois, de l'autre côté du hall. Lacejambe en fut abasourdi :

— Mais... Qu'est-ce que... ?

Il s'approcha de la porte et la toucha pour s'assurer de sa réalité.

— Mais, cette porte n'était pas là tout à l'heure... Il y avait la porte des jouets, la mer et puis... rien d'autre...

Fenby haussa les épaules.

— Eh bien ? Qu'est-ce que ça fait ? Allons-y...

Lacejambe se frotta le cou :

— Je suppose que c'est ce que nous avons de mieux à faire.

— Vous avez remarqué, Lacejambe ?

— Quoi donc ? La nouvelle porte ?

Fenby rit :

— Non... C'est chaque fois une porte qui nous emmène au Royaume des Fées... C'est incroyable, les portes, c'est une invention humaine et puis c'est... Non ?

Lacejambe le dévisagea froidement :

— Fenby, je ne trouve pas ça drôle. Ouvrez cette porte.

Fenby eut un moment d'hésitation. Sa main trembla légèrement. Depuis son arrivée, il n'avait rien touché, il ne s'était pas donné la peine de vérifier la nature exacte de ce Royaume. Le bois était-il le même qu'en surface, les jouets étaient-ils faits de la même matière que ceux des petits enfants ? Il avança la main. Il frôla la poignée, en bois elle aussi. Le contact était doux, comme celui de l'eau d'un ruisseau. Mais qui sait si le bois féerique n'était pas la quintessence de la magie des fées, telle l'incarnation matérielle d'une...

— Dites donc, Fenby, vous vous dépêchez un peu ? On ne va pas y passer la nuit.

Fenby ouvrit la porte. Derrière, un lourd rideau de velours rouge obstruait la vue et cachait ce qu'il y avait au-delà. Lacejambe poussa un peu son ami :

— Allez, Fenby, allez, soulevez le rideau, n'ayez pas peur, il ne va pas vous manger.

Fenby posa ses doigts sur le tissu – le tissu de la vieillesse, des éternités passées à attendre une visite.

C'était un court extrait, mal découpé dans *Le Figaro* du 6 février 1895 :

INCIDENT À MONTMARTRE

Hier soir, la police métropolitaine est intervenue place du Tertre pour appréhender un individu semant le trouble sur la voie publique. L'homme en question, un musicien étranger résidant à Paris, aurait, sous l'effet de l'alcool, cassé le mobilier d'un restaurant, frappé trois serveurs et semé le désordre sur la voie publique. Le prévenu paraissait ivre mais il a été emmené à l'hôpital Sainte-Anne pour y être placé en observation.

Lady Rachel reposa l'article en soupirant. Elle mit la main sur son front brûlant et sentit le monde danser autour d'elle. Elle attendit, avec plus de patience qu'elle ne s'en serait crue capable, que le vertige passe, puis elle rassembla ses idées. Dehors, le tonnerre retentit et la pluie se mit à ruisseler sur le jardin. Après une semaine de chaleur intense, l'orage explosait enfin : les nuages noirs s'étaient patiemment amoncelés, la température avait encore grimpé et les thermomètres avaient explosé sous la pression du mercure. Lady Rachel releva la tête vers le plus grand panneau de la verrière, où les linteaux s'entrecroisaient sous les plantes grimpantes, et observa les premières gouttes tomber sur les lumières de la ville.

Depuis le début, depuis la valse, elle avait eu raison. L'espace d'un instant, elle avait tenté d'envisager le meilleur pour Délius : après tout, les génies sont des gens difficiles, dont on ne peut s'approcher sans se brûler les ailes. Mais, et elle le savait maintenant, c'était faux. Pour s'en convaincre, elle relut la lettre que Chloé lui avait envoyée. D'une écriture racée et distinguée, dont on pouvait tracer la filiation jusqu'aux familles aristocratiques françaises du XVIIe siècle, Chloé lui avait livré tout ce qu'elle savait, ce qu'elle avait entendu dire, ce qu'elle avait appris. La lettre commençait de façon assez brutale :

« *Très chère Rachel, j'ai de mauvaises nouvelles...*

Et puis : *Après avoir reçu votre lettre, je savais que je ne pourrais pas vous cacher longtemps la vérité. Je connais Frédérick Délius. Du moins, j'en ai entendu parler. La communauté artistique d'ici, bien qu'elle ne soit pas aussi soudée que je le voudrais, le regarde d'un même œil : nous en avons peur, et il nous fascine. Il s'est lié d'amitié avec Gaughin – les marginaux s'assemblent, et c'est une des seules choses que nous connaissons de sa vie privée. Il y a de cela quatre mois, il a été invité à l'une des soirées de mon bon ami Bernardin de Malfalas et, bien que je ne l'aie pas vu de mes yeux, je sais que les choses ne se sont pas bien passées. Délius aurait engagé une discussion houleuse avec quelques critiques sur la nature de l'inspiration, et tout cela ce serait mal fini. Délius, dont la nature réservée est connue de tous, s'est emporté et s'est laissé entraîner dans une scandaleuse bagarre. Il a disparu de la circulation pendant quelques mois, puis le tout-Paris a pu lire ses nouveaux exploits dans* Le Figaro.

Comme vous me l'avez demandé, douce Rachel, je me suis rendue à Sainte-Anne, où j'ai rencontré une infirmière qui s'était occupée de votre compositeur durant son séjour. Elle ne se souvenait pas de grand-chose, mais un détail l'avait frappé : Délius parlait en dormant. Il disait de très belles choses, souvent incompréhensibles, mais très fortes. L'infirmière, dont la fibre poétique n'a, fort heureusement, pas trouvé éditeur, avait noté l'une de ces phrases dans son calepin. Elle l'a cherchée et l'a retrouvée pour moi. Voici : "Ah, mais je sais désormais. Car si ce n'est pas une clé de sol, *que cela pourrait-il être d'autre ? Un diamant ?" Je ne sais pas si cela répond à vos questions, mais je crains que (...).* »

Lady Rachel cessa de lire et reposa la lettre. Elle avait eu raison. Et comment aurait-il pu en être autrement ? Délius était hanté. Et cette hantise le rongeait peu à peu, prenant l'apparence de l'inspiration.

Elle repoussa la lettre sur le secrétaire et s'enfonça dans son fauteuil, pour mieux penser. Soit. Délius était esclave du Diadème. Comme tous. Mais lui, il en était plus proche que quiconque, car toute sa vie, il l'avait pris pour du génie. Il l'avait entretenu, poli, taillé pour que les angles de l'inspiration saillent plus que les autres. Et quelquefois, alors que son génie fuyait vers les sentiers de la décadence, il ne pouvait plus le supporter – et il craquait. C'était ce signe qu'elle avait vu dans ses yeux lors de la valse. C'était le Diadème, qui refaisait surface alors que son inspiration vacillait, qu'il ne trouvait pas de sujet pour sa symphonie.

Lady Rachel se leva, marcha vers le patio et s'assit près de la grande fontaine en marbre, où étaient sculptés les cygnes de New York. Elle avait pris un risque en stimulant l'esprit de Délius, en forçant son inspiration avec la *Chanson d'été*. Elle redoutait l'ampleur du Diadème de Délius. Ses pires craintes semblaient se confirmer. L'instinct de femme, diront certains. Elle traça quelques cercles dans l'eau claire de la fontaine. Pensive, elle se laissa entraîner sur les traces du souvenir.

Le Diadème : comment avait-elle appris son existence ? Oh, par hasard, par pur hasard. En lisant un poème de Keats, si bouleversant et si évocateur qu'elle l'avait porté en elle pendant près de dix ans. Encore aujourd'hui, elle n'osait se le rappeler, de peur de le trouver plus fade que la réalité qu'il décrivait. C'était une longue ode, dédiée à Thomas Vaughan. Le poète y racontait, en trois chants, la mort d'un des plus célèbres alchimistes, exclu de l'Église anglicane à cause de son alcoolisme. Toute sa vie avait été consacrée à trouver l'essence de l'esprit, la *Prima materia*, pour découvrir le moteur de l'âme, ce qui la régissait – la dissolution de la logique par quelque interférence occulte. Dans le dernier chant du poème, après plusieurs échecs, l'alchimiste trouvait la solution dans sa propre mort, quand, au moment de franchir le seuil de l'Enfer, il était confronté à lui-même.

Et ce lui-même, c'était... un Diadème. Une présence maléfique, douée d'intelligence et de sagesse, qui hantait les esprits humains, qui les rongeait de l'intérieur, qui se cachait dans les replis de la conscience pour mieux attendre l'heure de sa revanche.

Lady Rachel se souvint : le ton du poème l'avait d'abord effrayée, jamais elle n'avait lu un Keats aussi froid, aussi détaché. Jamais elle ne l'avait lu aussi sévèrement retranché dans l'âme humaine, lui qui se plaisait à sans cesse admirer les merveilles mythologiques, les symphonies du cœur et les pierres antiques. Puis le poème l'avait fascinée. Par son acuité, par sa difficulté. Elle l'avait lu et relu sans cesse. Dans un pamphlet d'Érasme qu'elle s'était promis de lire depuis longtemps, elle trouva une curieuse analogie : *« Se pourrait-il que tous ces fous se comportassent comme s'ils avaient un Diadème dans leurs rêves ? »* Bien qu'elle eût pensé un instant que Keats aurait pu s'inspirer de ces lignes, elle sut rapidement qu'il n'en était rien. Les deux œuvres étaient intimement liées, par cette notion de Diadème qui émergeait tel un monstre sorti des abîmes.

Depuis ce jour, elle n'avait eu de cesse de comprendre et de trouver le Diadème. D'abord dans la littérature : Cervantès, Rabelais, Shelley (bien sûr), Ronsart et Rousseau, Hérodote et Hazlitt. Et tant d'autres, mon Dieu, tant d'autres. Mercure, celui qui guidait les ombres jusqu'en Hadès, connaissait intimement le Diadème – dans un apocryphe des *Métamorphoses*, on l'avait décrit discutant avec une lueur rouge sur les rives du Styx, posant des questions dont jamais les réponses ne viendraient. *Psychopompos*. La référence au Diadème était toujours faite dans des écrits tardifs. Tous ces écrivains avaient expérimenté la connaissance ultime, la sagesse qui éclôt lorsque l'âme est mise au jour sous la lumière la plus crue qui soit. Tous vivaient dans l'ombre de leur Diadème, qu'ils avaient jadis confondu pour l'inspiration, mais qui n'était que destruction, une destruction qui émergeait quand les artistes tentaient de l'exprimer. Finalement, tous avaient péri en courbant le dos, malgré tout satisfaits d'avoir compris leur sort.

Lady Rachel avait retrouvé la piste du Diadème, mais quels étaient les faits ? En chaque être humain se cachait une entité, un Diadème tournant inlassablement sur lui-même. Et ce Diadème, c'était la mort. C'était le Néant. Et il était là, en chacun d'eux, en chacun de nous. Cervantès, fort de sa grande expérience, s'était persuadé que le Diadème s'adressait aux hommes pendant leur sommeil, mais qu'au réveil il ne restait aucun souvenir, parachevant, par cette ultime farce, le destin noir de chaque être conscient. Et Lady Rachel savait. Mais elle était persuadée que d'autres savaient aussi, mais que jamais ils n'accepteraient de parler. C'était à la fois triste et heureux, car le monde ne pourrait pas supporter une telle révélation. Bien sûr, Lady Rachel n'avait aucune preuve, seulement les divagations artistiques de quelques auteurs aux vies torturées. Aussi s'était-elle mis en tête de trouver le Diadème par elle-même. Elle scrutait les visages et les discours, pour trouver réminiscences et indices. Quelquefois, quand elle se croyait suffisamment subtile, elle grappillait des indications, mais l'essentiel restait dans les livres. Aussi, quand elle regardait assez longtemps dans les yeux des hommes pour y voir leurs âmes, elle l'apercevait, là, tout au fond, un losange de lumière froide qui rôdait comme un rire sinistre, prêt à bondir sur sa proie, mais non, pas encore. Toujours du temps. Et la lumière faiblissait et le losange n'était plus, et le regard redevenait ce qu'il avait été, un vide masqué par les sentiments et la bienséance sociale. Mais jamais Lady Rachel n'avait voulu voir en elle, car, devant le miroir sans tact qui lui renverrait l'image de son propre asservissement, elle savait qu'elle n'aurait jamais la force de lutter.

Et c'est alors qu'elle comprit que les artistes étaient les plus vulnérables. Les plus grands, ceux qui allaient trouver leur force si profondément en eux, en revenaient toujours avec une certitude : que leur talent, que leur génie, n'était pas dû au hasard, mais à quelque force surnaturelle. Certains s'en satisfaisaient et poursuivaient leur existence sans basculer. Les autres, d'abord manipulés, se rendaient vite compte de la véritable nature de leur âme : une souillure, un cancer mental qui s'amusait à déjouer les règles de la pensée pour mieux s'en nourrir. Et, généralement, c'était la porte ouverte à la folie, au repliement (elle pensait à Beethoven), à la mort.

Elle ferma les yeux et écouta la pluie tomber sur la verrière. L'orage grondait et redoublait d'intensité. Les plantes s'agitaient et, une à une, les lumières de la ville s'éteignaient alors que les bonnes gens de New York se couchaient. À Central Park, les cygnes rentraient chez eux se blottir et caresser leur plumage. L'évocation était si belle qu'elle éprouva l'envie de sortir sous la pluie et de sentir l'eau battre contre sa gorge et ses seins.

Elle ouvrit le panneau et, pieds nus, avança sur la terrasse, l'esprit encore embrumé par Keats et le poids de son savoir. Elle se laissa aller sous l'averse et, bientôt, sa belle robe de soirée ne fut plus qu'un pagne collant qui arrondissait ses formes avec la grâce d'un pinceau. Elle tendit les bras et tourna sur elle-même pour sentir le sol s'enfuir. Elle ouvrit les yeux et regarda le ciel, tout en haut, tentant de voir le tuyau qui permettait aux gouttes d'eau de sortir des nuages. Mais, comme d'habitude, elle ne vit rien. Non, elle ne pouvait que lire dans les yeux des gentilshommes. Et ce qu'elle avait lu dans les yeux de Frédérick Délius lui disait qu'il n'en avait plus pour longtemps, et que, malgré la Chanson d'Été, le Diadème finirait par gagner.

LA CHAMBRE NOIRE

Un coup de vent souffla la lampe.

— Flûte, dit Lacejambe. Et je n'ai pas pris d'allumettes.

— Naturellement. Vous les oubliez toujours. C'est votre spécialité ça, d'oublier les allumettes. En revanche, vous avez pris votre parapluie.

— Fenby, je vous en prie, ne nous disputons pas.

— Vous savez où nous sommes ?

— Pas la moindre idée.

— Et si on revenait au hall ?

— Et si nous avancions ?

— Nous n'avons pas le choix.

— Vous sentez un mur quand vous étirez vos bras ?

— Non. Que du vide. Lacejambe, je n'aime pas ça...

— Moi non plus. Je vais tenir votre veste, pour ne pas vous perdre... Là, ça va ?

— Oui, c'est bon. Alors j'avance, c'est ça ?

— Faites.

Fenby avança à tâtons, mais il n'y avait pas la moindre lueur, pas l'espoir d'une sortie.

— Lacejambe ?

— Quoi ?

— Vous croyez que Josh est venu ici ?

— Ça m'étonnerait fort. Il a dû se contenter de la salle aux jouets – c'est un enfant, vous savez. Si sa mère était venue avec lui, peut-être aurait-il continué...

— Croyez-vous que nous soyons sur la bonne piste ? Je veux dire : pourrons-nous y trouver le Fleuriste ?

— J'en doute. Nous enquêtons sur la fleur, souvenez-vous, pas sur le Fleuriste. Si cela se trouve, l'utilisation qu'il fait de la fleur est totalement détournée de son but premier.

— Et pour la fleur ?

— Nous y sommes, Fenby. Ici que se trouve la solution.

— Vous avez une idée ?

— Cette fleur que nous avons trouvée là-haut, près du cénotaphe...

— Eh bien ?

— Je sais ce qu'elle est.

— Quoi donc ?

— Une erreur, voilà ce qu'elle est. Une mégarde, un moment d'inattention dans un long sommeil abrutissant.

— Si vous pouviez être plus clair...

— Réfléchissez, Fenby, c'est pourtant simple. La seule existence artistique de P.D. Finn, sa seule légende, a permis aux habitants de ce Royaume, quelle que fût leur nature, de survivre, regroupés autour d'un idéal.

— Jusqu'ici, je vous suis.

— Bien. Et si, par le plus grand des hasards, on donnait à ces habitants, les fées qui ont vécu ici, la possibilité de reprendre leur place sur terre, ne saisiraient-ils pas l'occasion de refaire surface, de faire leurs preuves ?

— Qu'est-ce que vous racontez ? Pourquoi parlez-vous de ça ?

— Ce que j'essaie de vous dire c'est que les fleurs que nous retrouvons dans les cadavres doivent forcément être de nature féerique – mais elles ne sont qu'un moyen d'expression, un véhicule pour transporter l'âme des fées jusqu'à nous.

— Mais les fées peuvent le faire, elles n'ont pas besoin de fleurs... Souvenez-vous de Lord Fox et du pauvre petit Gabriel !

— Ça n'avait rien à voir. Nous parlions à notre imagination. C'était *notre* façon de concevoir les choses.

— Mais nous nous sommes retrouvés sur un bateau ! Nous sommes arrivés à Newport ! Comment aurions-nous pu en avoir l'idée si nous n'avions pas rencontré la piste de Gabriel ?

— Je sais que cela vous paraît délirant, mais nous sommes les seuls responsables. Ce sont des hallucinations, des échos de gestes et de décisions qui nous ont dirigés vers Newport. Nous avons, en fait, suivi la piste du Fleuriste de manière bien plus pragmatique.

— Et avec quels indices ?

— Nous étions saouls. Je ne m'en souviens plus.

— Ce n'est pas ce que vous disiez tout à l'heure.

— Tout à l'heure, j'étais saoul.

— C'est stupide. Je n'ai jamais rien entendu de plus stupide.

— Si les habitants du Royaume choisissaient de revenir, *via* ce moyen improvisé, alors je suis sûr que...

— Attendez, attendez... pourquoi les fleurs sont-elles dans les cadavres ? Ça a un rapport ?

— Ça m'étonnerait. Il faudrait trouver la source, qui ne doit pas se trouver très loin d'ici.

— Oh, je vois.

— C'est limpide, n'est-ce pas ?

— Vous entendez ce bruit ?

— Attendez... Ah, oui, j'entends un bruissement.
— Oui, comme des buissons agités par la brise...
— J'ai une drôle de sensation aussi.
— Moi, j'ai mal à la tête.
— Pareil. J'ai le sang qui bat aux tempes. Bon sang, mais d'où vient ce bruit ?
— Je sais pas exactement. D'en haut, je crois.
— D'en haut ?
Lacejambe leva la tête et vit quelque chose qui le fit frémir. Loin au-dessus de lui s'agitait une végétation dense et chaotique qui bougeait au rythme d'un vent qu'il ne sentait pas. Et il y avait un beau, long lac noir, qui luisait sous le halo blafard d'une lune toute ronde. Après un temps d'adaptation, le botaniste perçut les murmures du rivage, le son d'une invraisemblable agitation, d'un grouillement jovial, entre le rire sadique et le papotage de salon de thé. Comme une ménagerie nocturne : il y avait des cris, des pépiements, des rires étouffés, un ébouriffant sentiment de vie et d'émotions. Comme sur une gravure, la forêt acquérait peu à peu une nouvelle vitalité, loin de la beauté figée qu'elle affichait une minute auparavant. Ses formes se précisaient, un entrelacs de branches, de troncs et de feuillages ondulants. Ses couleurs, loin d'être éclatantes, s'identifiaient peu à peu, au ralenti, prenant leur temps.
— Tiens, c'est bizarre ça...
— Quoi donc ?
— Eh bien, que nous puissions voir un lac, là, en haut. Les fées vivent-elles au plafond ?
Fenby sentit un frisson lui courir le long du dos.
— Lacejambe ?
— Parce que, si elles vivent comme les mouches, ça va faire jaser...
— *Lacejambe ?*
— Et puis vous imaginez tous ces pauvres enfants, la mine déconfite en entendant leur grand-mère raconter comment le grand Roi des Elfes s'est laissé prendre dans une toile d'araignée ? Ah !
— *LACEJAMBE !*

— Pourquoi est-ce que vous criez ?
— Lacejambe, nous sommes à l'envers !
— Quoi ?
— Nous sommes à l'envers !
Lacejambe leva la tête.
— À l'envers ?

JUSQU'AU BOUT DU MONDE

Deux jours avant son concert, Frédérick Délius fit un rêve.

Il se trouvait sous une voûte, un endroit sombre et solitaire qu'il n'identifiait pas. Il avait une lampe à la main, et il ne savait qu'en faire. Il s'accroupit dans un coin et ouvrit une porte. Il rampa pendant longtemps dans de longs couloirs de briques rouges. À chaque nouveau mouvement sa claustrophobie augmentait, il croyait qu'il allait mourir écrasé par le plafond. Quelquefois, en usant de ruses, il esquivait les goules aveugles qui arpentaient la zone à la recherche d'yeux à dévorer. Délius croisait leurs victimes, déchiquetées, les orbites vides. Enfin, après un long voyage sombre et complexe, Délius réussit à sortir du labyrinthe. Il déboucha sur ce qu'il croyait être une grande place italienne. Le ciel était noir et quelques touristes s'agitaient près de deux églises jumelles étrangement conçues. Délius acheta un guide touristique et observa les fresques sous les portes d'entrées. Il n'y avait pas un bruit et Délius aurait pu rester là toute sa vie. Alors un enfant vint le voir, et il lui demanda s'il savait où il était. Délius dit qu'il n'en savait rien. Alors l'enfant lui dit qu'il était arrivé au bout du monde, et qu'il n'y avait plus aucun espoir de retour.

Ils tombèrent dans les ténèbres. Encore une fois, c'est son parapluie qui sauva la mise au botaniste. En l'ouvrant, Lacejambe se sentit tiré violemment vers le haut, et se mit à flotter dans le noir. Un petit vent le décentra et le dirigea vers le lac, alors que Fenby tombait en piaillant vers les tréfonds de la jungle.

Le cœur du botaniste se serra à la vue de son ami tourbillonnant dans les ténèbres, mais que pouvait-il y faire ? Il ravala sa bile et tenta de mieux s'orienter. L'eau s'approchait doucement, et Lacejambe y tomba sans heurt, comme un oiseau qui se pose. Les jambes s'agitant dans l'eau, il se trouvait au centre d'une grande étendue de vide limpide. Inquiet de ce qui avait pu arriver à Fenby, il décida qu'il n'avait pas grand-chose à faire dans l'eau. Il ferma son pépin, fit quelques brasses pour s'entraîner puis rejoignit le rivage en se pressant. Il se hissa sur une étroite grève de boue et de feuilles mortes et s'allongea sur le dos pour reprendre son souffle. Au-dessus de lui, le ciel ressemblait à un plafond sans fin, métallique, écrasant le paysage dans un bocal d'air vicié d'où personne ne pouvait sortir.

Il appela :

— Fenby ? Ohé ? Vous êtes quelque part ?

Mais pas de réponse. Lacejambe se releva, étira un peu ses jambes appesanties par des habits mouillés, puis s'enfonça dans la végétation. Il ne comprit pas exactement ce que c'était : une jungle, une forêt ? Les plantes et les arbres se télescopaient pour créer l'illusion d'une densité infinie, mais les chemins étaient étrangement praticables. Un petit vent agitait les branchages, mais les pépiements qu'il avait perçus quand il se trouvait au plafond s'éloignaient dans la distance, comme s'ils le fuyaient. Lacejambe était seul, et trouver Fenby dans cet enchevêtrement relevait de la pure folie.

Accablé, le botaniste s'assit sur un vieux tronc d'arbre et essaya de rassembler ses idées. C'est alors que, laissant son regard déambuler sur l'alentour sans y penser, il vit la veste.

C'était celle de Fenby. Elle était accrochée à la branche d'un arbre. Lacejambe se leva précipitamment pour la récupérer. Il la détailla : oui, c'était bien la redingote noire de son ami. Il appela de nouveau :

— Fenby ? Fenby !

Toujours pas de réponse. Lacejambe fit quelques pas dans la jungle. Et puis, plus loin, il aperçut, jeté en travers d'un buisson, le plastron de son ami. Et encore un peu plus loin, son pantalon rayé. Puis ses guêtres, et sa montre, et son gilet. Et ses boutons de manchette, et ses chaussures, ses chaussettes et son mouchoir. Lacejambe courait en tous sens, collectant les affaires comme autant de pistes. Sans cesse, il appelait, il criait le nom de son ami, mais de réponse, toujours pas. Puis il se mit à ralentir, à trottiner, pour trouver des traces. Mais toujours rien. Il désespérait mais bientôt, loin devant lui, il aperçut une figure qui bougeait entre les arbres et les fleurs. Il se persuada que c'était Fenby. Il lui fit des signes, mais la figure ne fit pas mine de s'arrêter. Les bras encombrés d'habits qui sans cesse lui échappaient, Lacejambe progressa maladroitement dans la végétation.

— Fenby ! Vos affaires ! Ne restez pas nu ! Vous allez prendre froid !

Aveuglé par le monceau de vêtements qu'il tenait, il glissa sur un tas de feuilles mortes et tomba dans un trou qu'il n'avait pas vu. Il lâcha les habits et se sentit entraîné vers les profondeurs de la terre. Il cria, mais cela ne suffit pas, sa chute ne cessait de s'accélérer. Il tournait et tournait et tournait sans s'arrêter. Et puis il ne sentit plus rien. Seulement le vide, et la chute et le contact froid d'un sol bien trop dur pour son dos.

Quand Lacejambe ouvrit les yeux, tout était noir. Pendant un instant, il paniqua. Il se crut revenu dans la chambre noire, ou devenu aveugle. Mais bientôt, dans les ténèbres, un à un s'allumèrent plusieurs petits lampions, suspendus à ce qui semblait être des arbres, mais dont les formes restaient floues. Tout était légèrement penché et, quand il se remit sur ses pieds, il manqua de chanceler. Il devinait, dans la maigre lumière distillée par les lampadaires de papier, sur lesquels la profusion de détails et de couleurs empêchait toute clarté lumineuse, les contours d'une vaste salle circulaire. Sur ses murs se tassait une foule grouillante qui bruissait doucement.

Ses yeux s'accoutumèrent à l'obscurité plus vite qu'il ne l'aurait cru. Les lampions étaient accrochés aux racines d'arbres qui pendaient du plafond. La masse grouillante était un amas de fleurs rouges et jaunes qui se pressaient sur les parois de la salle en une attente silencieuse. Lacejambe en reconnut immédiatement la variété : la fleur des cadavres, un véritable nid ! Le botaniste en était soufflé. Il ne s'attendait pas à les voir aussi nombreuses, aussi fertiles. Elles semblaient sortir de feuilles de papier qui tapissaient la salle. En fait, ce n'étaient pas des feuilles normales. Plutôt des partitions de musique, liées entre elles par une profusion de racines et de pousses torturées. Elles tapissaient les murs à intervalle régulier, clouées par les entrelacs de fleurs et de tiges. Au centre de la pièce se dressait une gigantesque colonne de pierre, qui s'enfonçait dans un haut plafond, qui semblait se rétrécir comme un entonnoir renversé. Lacejambe pensa qu'il devait se trouver sous le cénotaphe. Impressionné, il admira le travail des héritiers de P.D. Finn, qui avaient construit ce grand pieu de pierre traversant la terre jusqu'à des profondeurs insoupçonnées, antenne peut-être capable d'attirer les esprits terrestres les plus obscurs, et de les réunir à jamais autour d'un même rêve.

Le botaniste inspecta les fleurs une par une. C'était donc de là qu'elles venaient. Peut-être y en avait-il ailleurs, mais l'alchimie qui s'était créée ici semblait être unique, fruit de coïncidences toutes plus incroyables les unes que les autres, du même ordre que la confrontation des hasards cosmiques qui avait occasionné la création de la Terre. Il se trouvait au centre d'une nouvelle forme d'évolution, une évolution qui refoulait d'un revers de main gracile dogmes religieux et principes humains.

Un long bruissement continu s'éleva du mur, et, une à une, les fleurs s'éveillèrent. Lacejambe les entendit se parler, se donner des nouvelles de leurs rêves. Puis l'une d'elles, plus astucieuse que les autres, plus noble aussi, remarqua une nouvelle présence dans la pièce. Elle s'avança doucement et renifla le botaniste.

— Un humain ! Un humain !

Les autres fleurs se pressèrent les unes contre les autres, terrifiées. Lacejambe s'avança, les mains en avant :

— Non, n'ayez pas peur, je ne vous veux pas de mal.

Une grande fleur rouge émergea du maelström floral et pointa son pistil sous le nez de Lacejambe. Elle l'inspecta de pied en cap, puis se tourna vers les autres.

— N'ayez crainte, mes filles, il n'a pas de ciseaux.

— Oh, duchesse, mais que veut-il ?

— Je vais lui demander.

Elle dévisagea le botaniste.

— Qui êtes-vous donc, jeune freluquet ?

Émerveillé, ouvrant grand ses yeux pour être sûr de tout voir, Lacejambe balbutia :

— Bertrand Lacejambe, botaniste, tueur de monstres. Et... et vous ?

— Des fleurs.

— Mais quelle variété ?

— Je suis la duchesse, Maîtresse du Bourgeon et directrice de la Chorale.

Lacejambe sentit son cœur se serrer.

— C'est donc vous qui poussez là-haut, près de la pierre ?

— La pierre est ici aussi. Les humains l'ont construite ainsi. Et c'est notre maison.

— Pourquoi poussez-vous ici ?

— Pourquoi, oui, dites-nous, botaniste.

Lacejambe sentit que c'était le moment de tout dire, de tout comprendre. Au diable la logique. Quelque part en lui, un rouage cliqueta : il sut qu'il pouvait s'abandonner à cette fleur, parce qu'elle lui prouvait que tout ce pour quoi il s'était battu, toutes ces années, était fondé. Que les fleurs, si elles étaient stimulées, pouvaient être aussi intelligentes, voire plus, que les humains. Il sut que sa profession serait changée et que, lui non plus, il ne serait plus jamais le même.

— Parce que vous aimiez Miss Finn, dit-il, sûr de lui, parce que son œuvre vous permettait d'exister dans le monde terrestre.

— Vous savez, jeune homme, nous ne sommes que des expressions.

Lacejambe fronça les sourcils.

— Des expressions ? Je ne comprends pas.

— L'esprit des fées nous a imaginées, car nous sommes un moyen d'expression simple à utiliser, et que nous poussons sur terre.

— Mais vous êtes des fées, quand même.

— Si vous voulez. Mais vous, que faites-vous ici, si ce n'est pas pour nous cueillir ?

Lacejambe se gratta le menton. Après tout, qu'avait-il à perdre ? Il leur raconta toute l'histoire, depuis le début : les meurtres, le vin, l'hôtel, tout. Il mima des ramoneurs avec beaucoup de conviction, il effraya quelques jeunes bourgeons avec sa terrible histoire de créature végétale, il émerveilla les autres avec des faux cerfs-volants, découpés sur les murs, les ombres chinoises de ses mains. Les fleurs en furent très impressionnées, mais cela ne les surprit pas outre mesure : elles étaient si belles.

— Notre pouvoir de séduction est immense, dit la duchesse, en désignant le chœur des fleurs qui s'agitait derrière elle comme un contrepoint musical.

— Mais pourquoi voulez-vous vous incarner sur terre ? demanda Lacejambe, plus très sûr de comprendre. Qu'est-ce qui vous y intéresse tant ? L'homme est si banal...

— Nous nous ennuyons ici, dit la duchesse. L'humanité est pour nous une intarissable source d'émerveillement.

— Les hommes disent la même chose de vous.

— Les hommes n'ont pas besoin de nous pour exister. Nous sommes tributaires de leur présence, car nous ne nous faisons pas belles pour nous, mais pour vous.

Lacejambe se sentit honteux. Il tint bon :

— Donc, reprit-il, le cénotaphe vous permet de survivre encore un peu. Mais pourquoi des fleurs ?

— Je vous l'ai dit, nous ne sommes pas vraiment des fleurs. Nous sommes des idées, nous n'existons pas vraiment. Les fées nous ont créées, car leur esprit vit encore ici. Il se regroupe autour des points importants de l'imaginaire humain.

— Comme ce cénotaphe, tout entier pénétré de l'esprit de Miss Finn... C'est fascinant. Et les fleurs seraient la forme de prédilection des fées ?

— Pas du tout. C'est une erreur.

— À dire vrai, je m'en doutais un peu.

— Vous aviez déjà compris ?

— Disons que je savais que s'était conclue ici une alliance particulière, qui, d'ordinaire, n'aurait pas lieu d'être. Leur esprit, la végétation exubérante qui règne ici, accouplée à cela...

Il désigna les partitions de musique sur les murs.

— Qui les a écrites ?

— Quoi donc ?

— Ces partitions.

— Nous ne savons pas lire. Mais la musique est merveilleuse. Les notes existent par elles-mêmes. Il n'est pas besoin de les jouer.

— Je vois. Donc, les fées se concentrent autour du souvenir de P.D. Finn, grande poétesse au destin étrange...

— Oui.

— ... quelqu'un met cette symphonie ici. Les fées la trouvent jolie...

— Belle à pleurer.

— ... belle à pleurer, les fleurs de l'endroit, imprégnées de la substance féerique, se mêlent aux notes de musique et pof ! vous voilà, de belles grandes fleurs rouges et jaunes.

— Oui, nous voilà !

Derrière, le chœur des fleurs se mit à rire.

— Maintenant, dit le botaniste en se recoiffant, j'aimerais savoir pourquoi je retrouve certaines d'entre vous dans des cadavres.

Le chœur fut visiblement très surpris de la question, car, bien qu'il soit au courant de toute l'histoire, il n'imaginait pas devoir en penser quoi que ce soit. Lacejambe prit cela pour argent comptant, car il savait que les fleurs ne connaissaient rien du destin de celles qui poussaient à la surface.

— Pourquoi ne poussez-vous plus là-haut ? Vous avez peur ?

Le chœur frémit. La duchesse calma tout le monde, les fit patienter, puis revint à Lacejambe :

— C'est devenu dangereux pour nous là-haut. Plusieurs d'entre nous sont mortes. Quelqu'un est venu et les a tuées. En grand nombre. Depuis, nous sommes mieux ici.

Ah ! ah ! Ce génocide de fleurs féeriques était peut-être l'événement qui avait déclenché la curiosité de Lord Fox. Dans l'esprit confus de Lacejambe, tout sc réordonnait peu à peu. Celui qui les avait cueillies en avait fait un usage déplacé. C'était le moins que l'on pouvait attendre de fleurs féeriques : comment auraient-elles pu savoir qui s'amusait à les cueillir ? Mais il lui manquait toujours quelque chose. Il se tapota les lèvres, il inspecta la salle d'un œil poli. La duchesse, suivant son regard, se faufila derrière lui.

— Que pouvons-nous faire pour vous ?

— Où est la dernière d'entre vous ?

La fleur concernée se signala par un sifflement. Lacejambe s'approcha, l'écarta doucement et détailla la dernière partition de la symphonie. Il vit une signature au bas de la page, une longue et belle écriture dorée.

C'était signé Délius.

— Délius, Délius... Qui est Délius ? dit Lacejambe en se mordant la lèvre.

— Nous n'en avons aucune idée. Nous n'étions pas nées quand ces compositions ont été posées ici.

— Quelqu'un les y a apportées ?

La duchesse plissa son pistil.

— Une légende florale raconte qu'elles y ont été enterrées.

— Enterrées... Vous ne pouvez pas m'en dire plus ?

— Nous vous en avons déjà trop dit, répondit la duchesse. Maintenant, vous devez nous rejoindre, comme votre ami. Ce sera merveilleux, vous verrez. Vous, nous, tous ensemble, nous pourrons reprendre notre chorale et composer les plus beaux hymnes floraux. Vous a-t-on déjà dit que vous aviez une jolie voix ?

— Mon ami ? Fenby ? Vous avez Fenby ? Vous savez où il est ?

— Mais il est tout près, regardez...

Sa grande feuille lui désigna une petite pousse qui se blottissait sous la tige d'une plus grande fleur. Lacejambe s'approcha doucement, souleva un grand pétale et dévoila une petite fleur fluette aux grands yeux doux. Des yeux qu'il ne connaissait que trop.

— Fenby ? Est-ce donc vous, *old chap* ? Qu'est-ce qu'elles vous ont fait ?

— Il ne vous répondra pas, dit la duchesse. Il n'a pas eu assez d'eau. Mais, s'il pouvait parler, il vous dirait à quel point il est heureux.

Fenby secoua la tête en ouvrant de grands yeux horrifiés. Lacejambe déglutit. La duchesse se rétracta un peu :

— Venez, rejoignez-nous, laissez-vous aller...

Un lourd parfum sortit de ses pétales, et sa présence déclencha une réaction dans le chœur. Chaque fleur libéra son parfum, un nuage mauve se forma dans l'air, grossissant un peu plus à chaque seconde.

— Oui, oui, oui, oui ! Venez ! Venez ! chanta le chœur.

Les fleurs, menaçantes, commençaient à se regrouper autour de Lacejambe. Les ombres se faisaient plus pressantes, dressant les tiges tordues et les figures entrelacées comme autant de menaces. Le parfum pénétrait l'atmosphère et enveloppait Lacejambe dans une douce torpeur, annonciatrice du sommeil et du renoncement. Mais le botaniste eut un dernier sursaut de survie.

— Attendez ! dit-il en levant la main. On peut s'arranger !

La duchesse le dévisagea tendrement.

— Vous voulez donc nous affronter ? Comme vous êtes courageux. Savez-vous que vous n'avez aucune chance de vous en sortir ? Nous sommes mille. Et vous êtes seul. Vous nous appartenez. Vous avez voulu nous voir. Maintenant, il faut nous faire plaisir et...

— Je vous propose un marché.

— Un marché ?

Visiblement, Lacejambe les avait prises au dépourvu. La duchesse se rétracta à nouveau et interrogea le chœur du regard. Les fleurs, après un bref moment de silence, se concertèrent doucement. Puis la duchesse se redressa et fit face au botaniste :

— Nous acceptons de vous écouter, parce que vous êtes botaniste et que vous savez vous occuper de nous.

— Et parce qu'il a une belle voix, dit une petite fleur, toute timide.

La duchesse inclina la tête.

— Et parce que vous avez une belle voix... Qu'avez-vous donc à nous proposer ?

Lacejambe jouait son va-tout, il le savait. Finir sa vie en pot, quelle ironie pour un botaniste, ç'aurait été très drôle. Déshonorant aussi. Lacejambe imaginait déjà les visages joufflus de ses confrères penchés sur lui pour le détailler, l'analyser, le classer et le cataloguer. Une *Lacejambus botanicus*. Mais Lacejambe voulait savoir le fin mot de l'histoire. Même s'il avait résolu l'énigme de la fleur, il n'en savait pas plus sur le Fleuriste.

— Eh bien, reprit-il, supposons que vous nous laissez partir, Fenby et moi.

— Et qu'aurions-nous en retour ?

— Je vous offre ceci.

Il fouilla dans sa veste mais ne trouva rien. Bon sang, il était pourtant sûr de l'avoir gardée ! Il sourit :

— Donnez-moi quelques secondes...

Le parfum devenait plus fort et, à nouveau, Lacejambe se sentit glisser vers la chaleur d'un sommeil enchanteur. Il farfouilla dans les poches de son pantalon.

— Ah, mais, je sais qu'elle est quelque part par là...

Le parfum montait, montait, montait, et bientôt, il fut omniprésent dans la pièce : une lourde chape de brume qui suintait des murs et des fleurs, et qui s'approchait dangereusement, en une longue forme serpentante, vers les narines du botaniste, prête à l'étouffer.

Mais Lacejambe trouva ce qu'il cherchait : il sortit l'edelweiss. Depuis tout ce temps, il n'avait pas quitté son veston. Il l'avait soigneusement plié dans du papier journal, et, grâce à sa formule de l'*Éternelle jeunesse*, il était encore impeccable. Il le dévoila à l'assistance, comme un M. Loyal.

— Duchesse, dit-il, imaginez un instant les enfants que vous pourriez faire avec une telle fleur, aussi rare, aussi éclatante. Imaginez votre descendance !

— Oooh !

Le chœur gronda d'admiration puis se concerta. La duchesse dévorait l'edelweiss des yeux. On pouvait lire en elle comme dans un livre ouvert : c'était le regard avide de la passion. Lacejambe avait fait mouche. Mais, après tout, n'était-ce pas naturel ? Il était botaniste. Brusquement, le parfum reflua et disparut entre les innombrables pétales qui emplissaient la salle. La duchesse observa la fleur une dernière fois puis se retourna vers le chœur. Les fleurs discutèrent doucement puis la duchesse ondula vers Lacejambe, lascive. Elle le dévisagea et le toucha du bout d'un pétale, caressant les traits de son visage. Elle toussota pour s'éclaircir la voix.

— Nous avons décidé de vous laisser partir, vous et votre ami. Mais ne révélez à personne notre existence. Nous sommes trop uniques pour être partagées. Nous voulons rester ici. Nous avons appris la leçon de votre monde en poussant à la surface, et nous ne referons pas la même erreur. Jurez de ne rien dire.

Lacejambe réfléchit quelques instants. La possibilité d'exhiber une telle fleur devant l'Association Internationale des Botanistes Patentés flottait devant lui comme la promesse d'un avenir scientifique radieux. Mais avait-il réellement le choix ?

— Je le jure, dit-il, solennel.

— Qu'il en soit ainsi. Posez la fleur près du pilier.

Lacejambe fit le tour de la stèle et, après un dernier baiser d'adieu, y déposa l'edelweiss. Il couina sa douleur d'être séparé. Puis il se dirigea vers Fenby, sortit sa petite pince en argent, coupa ses racines et plia soigneusement l'Anglais dans une feuille de calendrier. Il l'entendit gémir doucement.

— Comment puis-je partir ?

— Si vous partez, vous ne reviendrez plus.

— Cela m'est égal.

— Eh bien, soit...

À la base du pilier s'ouvrit une petite porte. Lacejambe s'y engagea en courbant le dos. Il entendit le chœur chanter « Au revoir, au revoir », puis la porte se refermer. Il était seul dans le noir, et ses paupières étaient lourdes. Après quelques mètres, il s'écroula, ivre de fatigue et de parfum. Quand il s'éveilla, il faisait chaud, lourd, il se trouvait au pied du cénotaphe.

LE BAISER

Quatre violons, un tympanon, des clochettes, des crécelles, trois violoncelles, deux cors de chasse, deux tubas, quatre trombones, deux flûtes basses, trois flûtes traversières, un basson, une clarinette, des cymbales, des grelots, un xylophone, une lyre, une harpe, un luth, un orgue hydraulique, deux syrinx, trois trompettes, un piano de bastringue, un chœur de vierges et un ensemble de trois épais barytons barbus. C'était tout ce que l'orchestre comptait, et c'était peu. Regroupé sur une petite surface dans la fosse de l'Opéra, l'orchestre attendait l'arrivée de Délius en s'accordant. Dans la loge du maire, deux conseillers patientaient en fumant des cigares. Dans la corbeille, Lady Rachel et son père, inquiets, ne le voyaient pas venir. Lady Rachel soupira et son père sortit sa montre à gousset pour mesurer le retard.

— Où se cache-t-il ?

— Il a dû être retardé, dit Lady Rachel. Avec cette chaleur, les chevaux sont paresseux.

— Que va penser le maire ? Il va nous faire passer pour des charlatans.

— Calmez-vous, père. Il va arriver. Ce n'est pas son genre.

Le comte de Belmont se calma, mais Lady Rachel n'était pas sûre d'avoir raison. Ces derniers temps, alors qu'il achevait de composer sa symphonie et qu'il réunissait l'orchestre, Délius n'était que peu sorti de chez lui. Il avait écrit, écrit, écrit, pendant près de deux semaines. De sa chambre d'hôtel, il avait conçu sa *Chanson d'été* et la formation qui la jouerait. Ne pouvant se déplacer, il avait engagé des enfants pour parcourir les avenues et chercher les talents dont il avait besoin. Il avait sondé les clubs de musique et interrogé les plus grands compositeurs new-yorkais. Il avait fait fabriquer deux instruments complexes, un orgue hydraulique et un système de percussions antiques, qui avaient effrayé les responsables de l'Opéra. Un après-midi, il avait ramené une curieuse chose, une sorte de système de tubes en métal qui résonnaient les uns avec les autres. Il l'avait accroché à un poteau de barbier, rayé rouge et blanc, et il l'avait disposé près des percussions antiques. Lady Rachel avait déjà vu l'instrument à l'œuvre, et c'était assez incroyable : le percussionniste responsable devait souffler sur les tubes et les faire résonner en accord avec la musique. C'était un procédé osé pour l'académisme coincé de l'Opéra, et Lady Rachel était ravie de cette révolution.

Mais elle n'avait jamais entendu la *Chanson*. Délius l'avait tenue secrète jusqu'à aujourd'hui, un jour avant la représentation officielle, et il devait désormais la dévoiler aux autorités. Mais Délius tardait et ne venait pas. Lady Rachel prétexta une importante course et laissa son père fulminer sur son siège. La tête pleine de macabres idées, Lady Rachel sortit de l'Opéra et appela un fiacre. Elle indiqua l'adresse du Waldorf Astoria, qui avait ouvert ses portes quatre ans plus tôt, et où Tammany Hall avait dignement logé Délius. Durant la courte course qui l'emmenait du Metropolitan Opera au Waldorf, Lady Rachel ne put s'empêcher de tisser hypothèses sur hypothèses. Délius avait-il compris ? Savait-il qu'il était esclave de son Diadème ? Cette révélation l'avait-elle soufflé au point que le compositeur ait abandonné tout engagement ?

Le long des rues bordées de fleurs et de drapeaux, la foule se pressait, guidée par des troupes de baladins étrangers venues célébrer les lucioles. La liesse s'était emparée de la ville, mais une étrange folie la rongeait aussi, comme un malaise porté à bout de bras par une chaleur étouffante et une fin de siècle qui s'annonçait déterminante. Lady Rachel regarda passer les rues de sa ville et elle se crut revenue au Moyen Âge. Elle eut une vision : une place publique où Délius serait amené, les mains nouées dans le dos, condamné au bûcher par une foule fanatique – qui ne verrait dans ses compositions païennes que l'essence de sa rébellion face à l'ordre des choses : le Diadème régnait sur l'humanité. Le Diadème marchait sur Terre et rien, pas même la musique, ne pourrait l'empêcher d'avancer.

Avec un dernier sursaut, le fiacre s'immobilisa devant l'imposant bâtiment du Waldorf. Lady Rachel paya le cocher et entra, un groom sur ses talons. Dans le hall, elle avisa le concierge, qui s'approchait en se frottant les mains :

— Milady, c'est un plaisir. Puis-je faire quelque chose ?

— Je voudrais voir Frédérick Délius.

— Frédérick Délius ? Ah, mais, pourquoi pas ?

Il sonna un garçon d'étage et décida d'accompagner la Lady jusqu'au quatrième étage. Ils passèrent par le Silver Corridor, où, sous une grande voûte en berceau, étaient peints les douze mois de l'année par le grand Simmons. Dans l'ascenseur, le concierge tenta une indiscrétion, ce qui n'était pas convenable, mais la curiosité le démangeait autant que sa fascination pour la pâle beauté de Lady Rachel.

— M. Délius n'est pas sorti aujourd'hui. Venez-vous prendre de ses nouvelles ?

Lady Rachel ne répondit pas. Les portes de l'ascenseur s'ouvrirent sur un long couloir moquetté de rouge. La chambre de Délius était au fond du couloir, une suite royale. Elle était fermée à clé. Le concierge parut contrarié.

— Je suis formel, Milady. Sa clé n'est pas en bas. Mais je crois me souvenir qu'il n'a pas quitté sa chambre depuis deux jours.

— Deux jours... dit pensivement Lady Rachel. Possédez-vous un passe ?

— Ah, mais bien sûr.

Le concierge tira de sa poche un petit trousseau de clés et en essaya une sur la serrure.

— Rien à faire, Milady, dit le concierge, impassible. Il aura probablement laissé sa propre clé de l'autre côté.

Lady Rachel réfléchit quelques secondes puis lui demanda d'enfoncer la porte. Le concierge ne frémit pas.

— Sauf votre respect, Lady, cette porte vaut des centaines de dollars.

— Mon père paiera. Enfoncez.

— Bien. Raymond ?

Le garçon d'étage prit son élan et enfonça la porte d'un coup d'épaule. Il se fit très mal, mais la serrure céda. Lady Rachel entra dans la pièce. Tout était sombre. Les rideaux étaient tirés et les meubles de la chambre dans un désordre incroyable. Le concierge ouvrit les rideaux des fenêtres. Délius n'était pas là. Fixées sur les murs, des partitions griffonnées à la hâte s'étalaient dans le chaos. Le groom retourna sur le palier et croisa les mains en attendant. Le concierge se lissa la barbiche :

— Par quel prodige a-t-il pu disparaître ?

— Il n'a peut-être pas disparu, dit Lady Rachel en se dirigeant vers une fenêtre restée ouverte.

Elle posa ses mains sur le rebord et regarda la ville qui s'offrait à ses yeux : un panorama splendide, étincelant sous le soleil, fait d'architecture monumentale et de grands parcs verts. C'était une vue magnifique, que l'on aurait aimé contempler pour s'en inspirer et...

— C'est beau vu d'ici, n'est-ce pas ?

Frédérick Délius était tranquillement assis sur le rebord, près d'une gargouille, en bras de chemise, il paraissait serein. Le visage au soleil, il savourait ces quelques moments de solitude. Lady Rachel devint livide.

— Frédérick ? Oh, mon Dieu, mais vous allez vous tuer ! Descendez de là tout de suite !

— Mais non, tout va bien, je respire enfin. C'est un peu dangereux, c'est vrai, mais j'ai fait pire.

Le concierge passa la tête par la fenêtre et dit, sans sourciller :

— Monsieur Délius, je tiens à vous dire que l'établissement désapprouve parfaitement ces agissements. Si vous ne rentrez pas, je serai obligé d'en référer à mon directeur. Il devra vous compter un supplément sur la note.

Délius soupira puis se redressa, en équilibre sur le rebord du mur. Il tendit son bras droit pour ne pas basculer et progressa tout doucement vers la chambre.

— Vous voyez, dit-il en mettant doucement un pied devant l'autre, ce n'est pas compliqué. J'ai fait la même chose sur un iceberg. Et c'était bien plus glissant qu'ici. Voilà, regardez, j'arrive.

Il entra dans la chambre en riant. Le concierge le regarda un instant, plein de fiel et de dégoût, puis il s'en fut, récupérant son groom et la porte défoncée. Lady Rachel était furieuse. Délius se gratta la tête :

— Pourquoi n'avez-vous pas tapé à la porte ? Ça peut coûter cher de...

— Frédérick ! Vous devriez avoir honte ! Comment pouvez-vous être aussi inconscient ? Vous auriez pu tomber !

Délius leva ses mains :

— Je vais bien.

Lady Rachel se détourna, vexée mais calmée. Délius se passa une main dans les cheveux et resta silencieux. Puis, sentant l'atmosphère se détendre, il regarda ses partitions d'un air tendre, étalées sur le lit comme des maîtresses ensommeillées.

— Je crois que j'ai fini, Rachel. Je ne croyais pas pouvoir le faire, mais ça a marché. Grâce à vous, et je voudrais vous remercier, mais je ne sais pas comment.

Rachel rougit. Délius tendit la main et lui caressa la joue du bout des doigts. Sa peau était fine et parfumée, et elle coulait sous la pulpe de ses doigts comme du savon lacté. Elle le regarda en face. Il s'approcha de son visage et l'enlaça pour l'embrasser. Le baiser fut long et passionné, et Lady Rachel ne sut plus où elle se trouvait. Tout tournait et, déjà, plus rien d'autre n'existait que ce long et tendre acte d'amour, qui glissait dans sa bouche comme le nectar des dieux.

Quand Délius s'écarta, elle garda ses yeux fermés, pour retenir le goût du baiser et l'odeur de sa peau. Et quand elle les rouvrit, elle se trouva face à lui, face à son visage d'enfant prématurément vieilli, ses yeux d'un noir profond et de... Elle mit une main sur sa bouche pour éviter de crier après ce qu'elle venait de voir dans les yeux du compositeur. Car elle l'avait vu à nouveau : petite figure vacillante, le Diadème s'était à nouveau montré, plus fort cette fois, comme pour la narguer, car il savait qu'elle savait.

— Rachel ? Que se passe-t-il ? Vous ai-je brusquée ?

Lady Rachel recula, horrifiée par ce Diadème qui pointait, qui riait sournoisement de sa victoire prochaine, quand Délius comprendrait qu'il n'était rien, que l'esclave d'une puissance qu'il croyait être le talent.

Délius avança les mains.

— Rachel, parlez-moi...

Mais elle ne pouvait plus supporter de le regarder. Elle étouffa un sanglot et sortit en courant de la chambre, traversant le hall et rejoignant sa maison sans regarder derrière elle. Délius, lui, resta seul, au milieu de son œuvre, l'esprit embrumé de questions insipides. Son cœur vacillait. Il se dit qu'il était un imbécile, qu'il n'aurait pas dû l'embrasser. Il retomba sur le lit et prit dans ses mains la dernière partition de sa *Chanson*. Les notes, encrées au milieu des portées et des indications de pauses et de changements de ton, lui semblaient fades et sans relief. Sans trop savoir, il marcha jusqu'à son secrétaire, prit une plume et signa le feuillet, d'une longue et élégante signature. Et, comme si cette signature et cette partition vide pouvaient tout symboliser, il les serra contre son cœur, l'encre encore humide imprimant sur sa chemise à jabots son propre nom inversé. Il ne faisait à nouveau plus qu'un avec lui-même et, en ce moment de déconvenue émotionnelle, il sut que, malgré tout, il était heureux, car il était compositeur et que rien ne pourrait y changer quoi que ce soit.

KITE

Josh regardait le visage de Lacejambe avec une méfiance teintée d'admiration. Il avança une main vers son visage griffé, froissé. Le botaniste bâilla puis chassa la main du garçon. Il était exténué. Il était rentré depuis quelques minutes seulement quand l'enfant était arrivé et s'était mis à le détailler comme s'il avait été Dieu en personne. En fait, Lacejambe avait été absent presque deux semaines depuis son expédition dans le Royaume. Il avait vu le calendrier placardé dans le hall d'entrée et avait failli s'évanouir. Il comprenait désormais la hantise de Fenby, lui qui avait perdu dix ans de sa vie dans ce qui lui avait paru dix minutes de joie.

Il tendit la main et prit le livre de chevet de Fenby, qu'il avait laissé sur la petite table près de son lit, *Les Valses féeriques* de Woodworth Thomas. Il l'ouvrit au marque-page et lut :

« Osons une hypothèse : la féerie n'existe plus, nous sommes d'accord. L'être humain, ou ce qui le contrôle, l'a détruite, petit à petit, minutieusement, lui a cassé les jambes et tous ses jouets. Mais il se peut que l'imaginaire féerique se soit réfugié dans l'imaginaire humain, dans une zone improbable, située entre le sommeil et l'éveil, où les hordes d'elfes, de cavaliers griffons, de reines bébés et de mouettes messagères auraient trouvé un abri décent. Et donc, sans le savoir, l'être humain pourrait, peu à peu, réenchanter le monde autour de lui, grâce à ses petites croyances, ses idéaux, ses légendes et sa volonté de rendre les choses plus simples. Mais ce n'est qu'une supposition, car la réalité est plus cruelle. »

Lacejambe banda ses mains écorchées. Il regarda la pluie d'été ruisseler sur les vitres de l'hôtel et partir en grosses gouttes sur les grandes feuilles vertes qui bordaient la fenêtre. Josh s'approcha et se blottit dans ses bras. Le tonnerre gronda au loin, pulsant comme un rythme cardiaque. Lacejambe serra l'enfant contre lui. Ils restèrent comme ça une heure ou deux, puis Josh le laissa dormir.

Quand le botaniste s'éveilla, il ne pleuvait plus et l'orage d'été était parti. Le ciel était magnifique, des cris dans les jardins l'assurèrent que la vie de l'hôtel avait repris son cours. Lui, il ressemblait à un ballon crevé, ses cheveux étaient noirs, tombant sur ses épaules comme une vulgaire descente de lit. Pourquoi était-il si déprimé ? Il colla son front contre la vitre et tenta de rassembler ses idées. Rien ne vint, il ne se souvenait de rien, d'aucun détail de son voyage. Car il se souvenait bien d'avoir voyagé. Mais où ? Il se força, se concentra, plissa le front et crispa la mâchoire. Mais son esprit était vide. Las de réfléchir, il descendit au restaurant, comme dans un rêve. Il entendit un gramophone crachoter une valse dans les couloirs de l'hôtel. Quelques clients riaient à la réception. Il passa près d'eux comme un fantôme puis il s'engouffra dans le restaurant et s'assit devant la grande baie vitrée qu'avait admirée Fenby. Il allongea les jambes sous la table et mit ses mains dans les poches. Le serveur prit la commande : trois religieuses, un éclair au chocolat, une glace à la vanille, un cappuccino, une tarte aux pommes chaude et un large bout de gorgonzola fondant. Ah, oui, et du raisin aussi.

Le serveur repartit, intrigué. Lacejambe se renfrogna et sortit une cigarette de son étui d'argent. Il chercha des allumettes. Rien dans la poche de droite. Et dans la poche de gauche, au milieu de quelques pétales de roses, de pages de calendrier, de prospectus de Newport, de feuilles d'arbres, il trouva une enveloppe froissée. Il la regarda avec suspicion. C'était la lettre que Moira lui avait envoyée pour son anniversaire. Il renifla, regarda autour de lui, réfléchit deux minutes, puis, sa cigarette éteinte en équilibre sur sa lèvre inférieure, il défit l'enveloppe avec sa fourchette. Le papier était rose, parfumé à l'écorce d'orange. Du Moira toute crachée. Il déplia la lettre, hésita, puis lut :

« Bertrand, ici, à Genève, les geysers continuent à montrer des signes de colère. Les dernières mesures prises pour le gouvernement pour endiguer les infiltrations de calcaire dans les nappes phréatiques ne sont pas aussi efficaces que l'on aurait souhaité. Le Cabinet pour la préservation des geysers genevois a, hier encore, fait l'objet d'un attentat terroriste monstrueux. M. Plick m'a confié que tu serais intéressé pour venir étudier les algues que nous avons trouvées dans le geyser de Mezelchior. Sa proposition ne me plaît guère. Te retrouver ne me charme pas, mais s'il en va de la sécurité de notre ville, je suis prête à me sacrifier. »

Se sacrifier ? Lacejambe en avait déjà assez. Il ricana et reposa la lettre. Ne trouvant pas d'allumettes, il observa le paysage lumineux pendant quelques instants, jusqu'à l'arrivée de Josh. L'enfant grimpa dans le siège inoccupé et s'assit en tailleur. Le siège était trop grand pour lui. Lacejambe le regarda un instant, las, puis détourna son regard. Le serveur apporta les gâteaux et le café, avec un plat à part pour le fromage et le pain.

Josh se jeta sur les gâteaux. Lacejambe but son café et mangea du gorgonzola. Ils mangèrent silencieusement puis l'enfant, le visage barbouillé de sucreries, se mit à glousser. Lacejambe prit cela pour une agression.

— Est-ce que je peux savoir ce qui te fait rire ?

Josh s'arrêta instantanément.

— Rien. Je faisais ça pour me faire remarquer.

— Bravo.

— Et votre ami, le gros gentil ? Il est où ?

— Il n'est pas gros.

— Il ressemble à mon oncle Fumble. Il a la même...

— Dis, si tu te taisais ? Non, mieux : va voir en cuisine si je ne suis pas dans une tarte.

Josh pesa soigneusement la remarque.

— Sans moi, vous n'auriez jamais trouvé le Royaume.

— Je ne me souviens même pas de ce que c'est, ton Royaume...

Lacejambe était maintenant énervé...

— Dites, monsieur, pourquoi vos cheveux, ils changent de couleur ?

... mais après tout, ce n'était qu'un enfant.

— J'ai fait une bêtise.

Il avala un énorme morceau d'éclair au chocolat pour masquer son malaise.

— Une grosse bêtise ?

— Plutôt, oui.

— Grosse, grosse ?

— Oui, bon, ça va.

— Et vous aimez ?

— La couleur ? Oui. Je crois que je m'y fais.

— Et les gens, ils aiment ça ?

— Tout le monde semble s'en soucier comme des chausses de Bismarck.

— Mais vous êtes différent des autres, non ?

— Non, je ne crois pas. Je suis comme toi, un pauvre bougre. On est tous comme ça.

— Kevin ne serait pas d'accord avec vous.

— Kevin qui ?

— Kevin, mon grand frère.

— Ah, oui.

— Eh bien Kevin, il ne serait pas d'accord avec vous. Lui, il est vraiment différent. C'est ce qu'il dit tout le temps : qu'il est différent et que sa vie est un conte de fées. Il me faisait tous ces petits trucs en bois pour que je joue avec et aussi il voulait qu'on parte sur la lune et qu'on sculpte les étoiles pour mieux...

Les pensées de Lacejambe s'égarèrent un instant. Sa mémoire était toujours obscurcie par son voyage. Que s'était-il vraiment passé ? Où était Fenby ? Il se souvenait l'avoir perdu, puis retrouvé, mais où se cachait-il ? Il était tout seul, sans un indice. Que faisait-il là ? Il se souvenait vaguement avoir suivi la piste de... quelqu'un, puis d'être parti en voyage vers un Royaume dont il ne savait rien, où il avait passé un temps indécent. Tout était brouillé en lui, et il mit cela sur le compte des jours perdus.

— ... Et puis il y a aussi la fois où il a trompé le concierge de l'hôtel qui devait...

— Attends, attends, tu veux bien t'arrêter de parler ?

— Pourquoi ?

— Quand tu vas dans ton « Royaume »...

— Oh, je ne vais pas très loin.

— Oui, mais tu y vas quand même. Combien de temps y passes-tu ?

— Ça dépend.

— Pourquoi ?

Josh haussa les épaules :

— Eh bien, sinon, je risque d'être absent plus longtemps. Je l'ai fait une fois, et je suis parti trois jours, mais moi, je croyais que c'était seulement quelques heures. Alors, après la colère de maman, je n'ai plus recommencé. J'ai oublié de vous le dire quand vous êtes partis, mais...

— Et quand tu reviens, comment tu te sens ?

Josh avala le reste d'éclair au chocolat.

— Je perds la mémoire.

Lacejambe se pencha au-dessus de la table et empoigna doucement le gamin par le col :

— Et comment fais-tu pour retrouver la mémoire ?

Josh commençait à paniquer. Un des serveurs, intrigué, s'approcha. Lacejambe devenait hargneux, ses dents grinçaient.

— Dis-moi comment, ou je te lacère le visage avec ma cuillère.

Il brandit son couvert sous le nez de l'enfant. Josh commençait à trouver cela drôle.

— Oh, vous êtes rigolo, vous. Vous ne savez pas comment ? Il suffit de... Venez, je vais vous montrer !

Josh lui prit la main et l'entraîna dehors. Le temps était magnifique et le soleil aveuglant. L'enfant le tira vers le jardin et lui montra le ciel. D'innombrables cerfs-volants planaient, plaqués sur l'azur. Sur la grande pelouse, des dizaines d'enfants tenaient les fils de leurs jouets, sous les yeux réjouis et patients de leurs parents. Josh montra le sien, dont le fil était attaché à un caillou. C'était un grand cerf-volant, peint à l'effigie d'un beau visage souriant. Il flottait au-dessus des autres et semblait très content de sa situation. Josh tendit le fil à Lacejambe :

— Tenez, prenez-le et faites ce que vous avez à faire...

Incrédule, le botaniste prit le fil et regarda le cerf-volant. Il ne savait pas quoi faire avec ce bout de toile. Il ne savait pas quoi faire du tout. Il ne se souvenait de rien. Que s'était-il passé ? Il avait visité la féerie, il le savait, mais ce qu'il y avait vu, les visages des gens qu'il avait rencontrés se noyaient les uns dans les autres et son voyage ressemblait à une bonne grosse purée d'émotions et de souvenirs. Non, décidément, il ne savait pas quoi faire. Perdu, il regarda son cerf-volant flotter paisiblement dans le ciel. L'espace d'un instant, il crut que son sourire avait changé, que le cerf-volant était plus sérieux. Lacejambe secoua la tête. Cela ne se pouvait pas. Il regarda à nouveau le cerf-volant : il ne souriait plus et fronçait les sourcils. Lacejambe resta bouche bée.

— Monsieur Lacejambe, dit le cerf-volant, fermez votre bouche, vous ressemblez à un poisson.

Lacejambe s'exécuta, avec un petit claquement. Le cerf-volant sourit à nouveau :

— C'est mieux.

— Mais, mais, vous parlez ! cria Lacejambe.

— Mais bien sûr que je parle, je suis un cerf-volant !

— Je...

Lacejambe secoua la tête : ce devait être un contrecoup de sa visite en féerie. Et puis, en réfléchissant, Lacejambe se rappela de ce qu'il avait lu dans le livre de Fenby que les êtres humains portaient une part de magie en eux. Il se souvint brusquement, alors que quelques secondes plus tôt il ne savait pas que cet événement avait jamais existé, des mouettes de Josh : l'enfant portait sa magie en lui et, d'une certaine manière, réussissait à la faire pénétrer dans le monde – peut-être que le passage dans le Royaume faisait office de déclencheur, qu'il ouvrait une porte au fond de chaque être humain qui lui permettait de laisser sa magie s'échapper, de laisser sa féerie revenir sur Terre, ne serait-ce que pour un moment.

— Monsieur Lacejambe, je vous prie de vous dépêcher, je n'ai pas que ça à faire. Je ne veux pas rater le vent d'est de quinze heures trente.

— Je... je voudrais me souvenir de mon beau voyage féerique.

— Votre voyage ? Rien de plus simple. Écoutez bien ce que je vais vous raconter... Courez, je vais commencer.

Lacejambe hésita puis, serrant le fil dans ses mains, se mit à dévaler la pelouse en courant, sous les regards amusés des gamins et ceux, plus courroucés, des parents qui voyaient le jouet de Lacejambe voler plus haut que ceux de leurs enfants. Alors que la course devenait plus rapide, que le botaniste faisait des demi-tours et des petits sauts pour éviter les obstacles, son cerf-volant lui raconta toute l'histoire, depuis la chambre des Lippman jusqu'au cénotaphe. À chaque nouvelle révélation, le visage de Lacejambe s'illuminait, et il se disait : « Ah, mais oui, bien sûr ! Comment ai-je pu oublier ? » Tout lui revenait et les images se remboîtèrent comme si elles n'avaient jamais été séparées. C'étaient d'incroyables souvenirs. Comme une douleur trop longtemps contenue, ils explosèrent en mille fragments merveilleux et reprirent leur place sans rien dire. Comme de bons soldats de plomb.

Mais le cerf-volant finit par conclure :

— ... et la partition était signée Frédérick Délius. Voilà.

Lacejambe cessa brusquement de courir, mit les mains sur ses genoux, se plia en deux pour souffler puis, reposé, fit un signe au cerf-volant :

— Je ne sais pas quoi dire. Merci !

— De rien. Mais si vous pouviez me lâcher maintenant, je sens le courant qui s'approche et je ne veux pas manquer le spectacle de l'Atlantique sous le vent. Ce fut un plaisir. Et dites au revoir au petit Josh, il sera triste de mon départ.

— Ce sera fait !

Le botaniste le salua puis lâcha le fil. Le cerf-volant tournoya, tournoya, et Lacejambe se persuada qu'il l'entendait chanter et rire de sa liberté. Le cerf-volant disparut au-dessus des arbres et plus jamais il ne revint à Newport.

Galvanisé par ses souvenirs retrouvés, Lacejambe se frotta les mains et, les yeux malicieux, se dit que le jeu était reparti. Première chose : Fenby. Il se précipita dans sa chambre et fouilla dans les poches de sa veste. Il y trouva le pauvre Fenby, réduit à l'état de fleur, assoiffé, froissé et misérable. Lacejambe le prit dans ses mains et le planta dans un petit pot à dentifrice, avec un peu de terre du jardin. Épuisé, Fenby s'endormit au moment où ses racines sentaient le contact rassurant et régénérateur du terreau. Lacejambe l'arrosa, le mit près de la fenêtre et le veilla quelques minutes. Maintenant qu'il l'avait libéré de l'étreinte féerique, peut-être reprendrait-il forme normale. Devait-il ou non utiliser sa *Super Potion pour super pousses poussives* ? Mais c'était un détail. Car Lacejambe avait fort à faire. Il sortit de sa chambre en courant et se précipita vers le bureau de la directrice.

— Madame Laird !

Elle écrivait tranquillement à sa table, près de la fenêtre ouverte sur les sons de la plage. Elle dévisagea l'intrus avec un pincement de lèvres.

— Monsieur, dit-elle, on tape à la porte avant d'entrer.

— Je suis confus, madame, mais c'est très important.

Elle replongea ses grands yeux dans son travail, l'air aussi sérieux qu'un pape.

— Vous auriez pu m'avertir de votre départ. Si mon fils ne m'avait pas dit que vous vous étiez absenté, j'aurais envoyé vos bagages à la police et votre note à mon avocat.

Lacejambe posa ses deux mains sur le bureau et dit, dramatique :

— Madame Laird, qui est Frédérick Délius ?

Elle rougit, puis elle ôta ses lunettes :

— Délius ? Oh, mais... c'était il y a si longtemps...

— Je vous en prie !

Elle se leva, ferma la porte et revint s'asseoir. Elle rangea son nécessaire d'écriture et croisa les doigts.

— C'était un *gentleman* anglais, un artiste, qui était venu chez nous, il y a peut-être une dizaine d'années de cela. Il traversait les États-Unis du nord au sud. Il se rendait en Floride, je crois. Notre hôtel n'était qu'une étape dans son périple.

— Pourquoi vous souvenez-vous si bien de lui ?

— Le cadre lui a tellement plu qu'il est resté un an parmi nous.

— Un an ?

— Nous lui avons fait un prix.

— Et qu'a-t-il fait ici ?

— Oh, c'était un jeune homme silencieux. Il écrivait des notes. Il avait ces grandes feuilles de papier à musique qu'il étalait sur la table du jardin. L'endroit l'inspirait énormément.

— Pourquoi est-il parti ?

Mme Laird fronça les sourcils :

— Cela s'est fait précipitamment. Du jour au lendemain, il s'est renfermé, et il est parti, triste, pratiquement sans dire au revoir.

Elle soupira. Lacejambe se grattait le menton.

— C'est fâcheux. Vous ne sauriez pas où je pourrais le trouver maintenant ? En Angleterre ?

— Non, mais ceci vous intéressera peut-être...

Elle sortit le journal du matin de sous son bureau. Elle le déplia soigneusement, pour ne pas tacher ses doigts manucurés, et tapota un article qui faisait la première page. Le titre était explicite.

Célébration de l'été, demain soir à New York : pour le carnaval des lucioles, Frédérick Délius composera *Une chanson d'été*.

Lacejambe prit la directrice par les épaules et l'embrassa sur la joue :

— Madame Laird, vous venez de rendre un fier service au monde !

Il partit en courant vers sa chambre, son manteau en queue-de-pie claquant derrière lui comme un petit oiseau affamé. Une idée venait de se faire jour dans son esprit tortueux. Il tissait un réseau de possibilités dans sa tête. Elles s'emboîtaient comme des cubes de gamin. Il était proche de la solution. Le jeu était reparti, une fois encore. Voyons voir... P.D. Finn avait vécu ici. Elle avait rencontré ou senti la présence des fées mourantes. Elle avait écrit en leur nom, pour les faire survivre car c'est d'imaginaire que les fées se nourrissent. À sa mort, le corps de Phyllis disparaît, mais dans son testament elle insiste pour que son argent soit utilisé pour construire son cénotaphe dans la forêt.

Pourquoi ? Pourquoi construire un cénotaphe ?

Elle voulait continuer à les protéger. Depuis sa mort, le nom de Finn est enchanté. Autour d'elle, autour de son symbole, un cénotaphe qui ferait office d'antenne, l'idée féerique se rassemble et garde confiance, comme une réserve inépuisable, qui n'attendait qu'un déclic pour resurgir. Et Délius passe par là. Sous le charme des lieux, il compose une symphonie, mais, peut-être déçu par son œuvre, il enterre ses partitions sous le cénotaphe. N'oublions pas, le cénotaphe est enchanté par les résidus d'un

Royaume féerique abandonné. Il enchante les fleurs de la forêt, qui se mêlent alors aux partitions et engendrent une nouvelle fleur, *la fleur*, rouge et jaune. Magnifique, féerique. Ensuite, ensuite... Ensuite quoi ? Selon toute logique, une personne, peut-être le Fleuriste, fait régulièrement sa promenade dans la forêt. Il rend visite au cénotaphe. Il voit la fleur, l'enfant de la partition et des fleurs enchantées par le souvenir des fées. Elles sont belles à pleurer. Il en tombe amoureux. C'est ça, le chaînon manquant. Quelqu'un tombe amoureux d'une fleur. Puis il en cueille la plupart. Pour en faire quoi ? Remplir des cadavres. Mais quelle est donc la transition ? Qui est donc le Fleuriste ? Comment passe-t-on de l'amour au meurtre ?

— Fenby, dit Lacejambe en entrant précipitamment dans la chambre, c'est reparti ! Faites vos bagages !

Puis Lacejambe vit le misérable pot posé sur la fenêtre.

— Oh, Fenby, je suis désolé, j'avais oublié. Il me semble que vous avez poussé depuis tout à l'heure ?

Fenby s'était réveillé et ses deux grands yeux le dévisagèrent méchamment. Lacejambe s'assit tout près :

— Bon, écoutez, *old chap*. Je vais vous cajoler et vous soigner, je vous mettrai au soleil pour que vous ne vous ennuyiez pas. Vous serez un peu vert, il faudra vous arroser de temps en temps, mais quand vous aurez repris votre taille normale, vous vous sentirez bien mieux. Ça fait quoi d'être dans un pot ?

Fenby ne dit rien. Lacejambe haussa les épaules.

— J'imagine que ça ne doit pas être très drôle. Mais ce n'est pas une raison pour nous laisser abattre ! Je vais préparer nos affaires, nous repartons pour New York !

La plante hulula. Lacejambe mit ses mains sur ses hanches :

— Quoi encore ? Vous ne voyez pas que je suis occupé ?

L'Anglais fit les gros yeux. Lacejambe se sentit fondre.

— Nous allons trouver Frédérick Délius. Peut-être le tueur est-il en contact avec lui.

Il fit une pause.

— Mais je peux me tromper. Délius est peut-être le tueur, mais cela ne serait pas cohérent. Il n'est resté qu'un an ici et il ne tomberait pas amoureux de sa propre musique... C'est trop faible comme principe.

Fenby essaya de dire quelque chose, mais ses cordes vocales n'avaient pas encore poussé. Lacejambe sembla comprendre malgré tout :

— Non, dit-il en s'asseyant sur le lit, une chemise à la main. Je ne sais toujours pas pourquoi le Fleuriste tue, ni pourquoi il fait ça à ses victimes. Peut-être que je me trompe, que le tueur est un inconnu qui passait juste dans les parages et qui, par mégarde, a vu la fleur sous le cénotaphe, que sais-je ? Voyez-vous comme nous sommes dans le noir ?

Fenby gémit.

— Non, dit Lacejambe, moi non plus, je ne veux pas faire de bêtises. Mais je ne peux pas abandonner maintenant, je veux connaître la fin de l'histoire. Un homme, ou quoi que ce soit, tue des gens en les bourrant de fleurs. Je veux savoir pourquoi. Je n'abandonnerai pas.

Lacejambe resta là, assis, un temps assez long. La fenêtre était ouverte et il pouvait presque entendre la chaleur ruisseler sur les lattes de bois de l'hôtel. Pendant son monologue, le botaniste n'avait pas remarqué l'ombre penchée au-dessus de sa fenêtre, l'ombre mouillée et désespérée qui attendait un signe du destin, agrippée comme une araignée au balcon du dessus. Quelqu'un était là. Quelqu'un l'avait écouté. Kevin, évidemment.

UN DERNIER ESPOIR

Extrait du journal intime de Kevin Laird.

J'ai vu Josh cette après-midi. Il était enthousiaste, car l'un des deux hommes est revenu vivant du Royaume. Ils étaient partis depuis trois semaines, et je les croyais disparus pour de bon. Pendant leur absence, j'ai attendu dans le phare, je me suis ennuyé, mais je me suis fait une raison. Ce que vient de découvrir le botaniste – car c'en est un – m'a convaincu que j'avais bien fait de rester à Newport, à attendre la Providence. Car le botaniste a trouvé la clé de l'énigme. Il sait ce qu'est le Fleuriste. Comment a-t-il fait ? Josh me dit que c'est parce qu'il a eu le courage d'aller jusqu'au bout du Royaume. Je ne crois pas au Royaume, je n'y ai jamais cru. Mais je dois me rendre à l'évidence : tout ce que dit le botaniste est d'une implacable rigueur. Comment a-t-il pu en découvrir autant ?

Ainsi, c'était Délius. Ce que j'ai pu être aveugle. Je me souviens bien de lui. Je devais avoir douze ans. Il était venu passer un an à l'hôtel. Je crois que maman était amoureuse de lui, mais je me trompe probablement. Elle n'aurait jamais pu se l'avouer. Je me le rappelle comme un jeune garçon très gentil, très beau aussi. Il passait son temps assis à la table de fer du jardin, tourné vers la forêt, je croyais qu'il écrivait. Maintenant, je sais qu'il composait. Et je suppose que ce qu'il a composé, c'est cette petite musique que j'entends chaque fois que je bois le thé. Qui se libère de la fleur quand je fais tourner ses pétales dans l'eau bouillante. Je n'ai jamais bu chose aussi délicieuse, jamais entendu musique plus douce. Je me souviens qu'une fois, quand j'étais dans la clairière, dormant au pied du cénotaphe, j'ai entendu cette musique. Quelqu'un me la fredonnait, doucement, au creux de l'oreille. Et je ne voulais pas me réveiller, de peur de voir son visage. Je souriais et je l'imaginais comme un vieux monsieur aux yeux gentils.

Je n'ai jamais ouvert les yeux. J'ai continué à tout m'imaginer, jusqu'au bout. Aujourd'hui, la réalité me rattrape, et elle me fait mal. J'aimerais pouvoir ouvrir les yeux une bonne fois pour toutes, comme j'ai voulu faire avec ces pauvres gens dont j'ai visité les rêves. J'ai l'impression de peu à peu sortir d'une bulle, une grosse bulle de savon qui risque d'exploser à tout moment. Mais je ne suis pas prêt à me rendre. Je sais ce que je vais faire. Je vais trouver Délius. Lui doit pouvoir me comprendre. Lui doit pouvoir savoir ce que je ressens et ce qu'il faut que je fasse pour ne plus souffrir. S'il a mis ses partitions là où le botaniste dit les avoir vues, sous le cénotaphe de Phyllis, alors ce doit être vrai. Comment aurait-il pu inventer tout cela ? Et si c'est vrai, Délius est responsable de ce que je suis. Je ne dis pas qu'il doit payer, au contraire : peut-être était-ce un appel au secours. Peut-être que lui aussi connaissait l'existence du Diadème et que, trop faible pour chercher de l'aide, il a laissé sa partition, sachant qu'un jour quelqu'un viendrait, verrait les fleurs et...

Josh m'a dit que le botaniste voulait aller à New York, et qu'il allait y assister à un événement spécial. J'ai acheté le journal et j'ai vu que Délius y serait aussi. Pour un concert donné en l'honneur des lucioles de New York. Très bien, c'est là-bas que se jouera notre dernier acte. J'aime bien New York. Quelquefois, avec Josh, quand nous étions plus jeunes, nous avions l'habitude de grimper sur le toit des trains – dont nous connaissions les horaires par cœur – et d'observer l'arrivée sur New York par les terres. Cette fois, je ne serai pas sur le toit, car je pense

[Ici, le manuscrit est mouillé et illisible]

Je viens de faire mes adieux à Josh. Je lui ai promis que je reviendrais bientôt, et cette fois pour de bon. J'ai rangé le phare et je vais laisser mon journal en évidence. Car j'ai promis à Josh de lui léguer quelque chose. Après mon départ, je suis sûr qu'il viendra ici pour me sentir à nouveau près de lui. Je ne lui ai rien dit de ma vie. Je veux qu'il l'apprenne par lui-même, sans mon visage pour le convaincre : mes actes doivent se suffire à eux-mêmes. Pour lui dire au revoir, je l'ai juste pris dans mes bras. Finalement, je n'ai pas eu le courage de lui faire boire le thé et de voir ses rêves. Je suis trop faible, je crois. Mais, après tout, c'est ainsi que je me sens en paix.

Voilà. Ce sont les dernières choses que j'écris. Depuis le début, je sais que je m'adresse à Josh, mais aussi à vous, qui que vous soyez. Peut-être ce journal vous atteindra-t-il. Peut-être sera-t-il entre les mains de la police et qu'ils pourront en disposer pour alléger ma mémoire et comprendre que je ne voulais pas faire de mal. J'ai déjà fait toutes les excuses nécessaires. Je n'ai plus besoin de rien, sauf de votre attention. Car je vais mourir, je le sais maintenant, c'est inéluctable. Comment pourrais-je vivre avec ce que j'ai fait ? La folie est une étape facile, que beaucoup prennent pour une ligne d'arri-

vée. Mais ce qu'il y a après est bien pire. Non, ce n'est pas du remords, des regrets ou de la tristesse. C'est un grand, long vide boueux où l'on ne voit rien. C'est un abîme en forme de gag, un endroit loin de tout, où il fait chaud, comme une après-midi le visage au soleil.

Mais je serais parti vainqueur. Car, là encore, je rêve. Je sais que je ne suis pas comme les autres. Que je suis unique. Que mon esprit est à des kilomètres du conformisme qui m'entoure. Je traverse la vie comme un fantôme. Elle me traverse pareillement. Souvent, quand j'ai sommeil et que mes yeux me font mal, je la sens passer en moi avec rancœur. Elle me maudit, m'insulte. Elle sait qu'elle ne peut rien contre moi, qu'elle ne pourra jamais me toucher. Et, le matin, quand je me réveille d'un sommeil sans rêves, je ris en voyant sa mine déconfite dans le miroir. Elle se greffe sur mes traits mais ne m'atteint pas. Je suis plus fort qu'elle. Mille fois plus fort.

UNE TASSE DE THÉ ?

— Allons, Fenby, dit Lacejambe à son pot, ne soyez pas nerveux. Ce n'est qu'un voyage en train. Nous serons à New York en un rien de temps. Vous n'avez pas aimé le ferry ?

Lacejambe était fin prêt pour le voyage, habillé pour l'occasion, costume de tweed cintré, pantalon bouffant, chaussettes hautes, bottines cirées, casquette inclinée, filet à papillons, panier en osier, sac en bandoulière et pot de fleur à la main. Son air supérieur, clairement souligné par le léger soulèvement de sa lèvre, et la fière flamboyance mauve de ses cheveux attirait les regards noirs des rares voyageurs présents ce matin-là. Bien que l'heure fût tardive, le quai était pratiquement désert. Le train de dix heures allait arriver, et Lacejambe serait à New York en milieu d'après-midi. Son plan était simple : il voulait savoir si Délius était au courant de ce qui se passait sous le cénotaphe de

P.D. Finn – s'il avait intentionnellement placé sa symphonie sous le cénotaphe, si des gens psychologiquement déviants avaient pris contact avec lui, et s'il comptait un jour récupérer sa symphonie enterrée. Il espérait secrètement que Frédérick Délius ne soit pas trop occupé, qu'il ne lui fasse pas trop d'ennuis, afin qu'il lui accorde une entrevue. Si tout se passait bien, Lacejambe aurait fini ce soir, et il pourrait tranquillement repasser l'enquête dans les mains de la police. Enfin, il goûterait des vacances bien méritées, dans son lit, près de ses fleurs.

Quelques bancs plus loin, Kevin Laird l'observait derrière un journal. Lui aussi s'était préparé et quiconque aurait, à ce moment, lu dans ses yeux, y aurait vu une lueur de folie s'éteindre au profit d'une lumière plus noire encore. Son plan aussi était simple, et rien ne pouvait le faire changer d'avis. La première chose à faire, avait-il pensé en laissant le phare ce matin, puis en espionnant le botaniste pendant le trajet en ferry, était de s'en débarrasser au plus vite. Vite, vite, vite.

Lacejambe monta en première classe, dans le troisième wagon. Son compartiment était spacieux, et il trouva toute la place nécessaire pour entreposer ses bagages et s'installer confortablement. Il étendit ses jambes sur l'autre banquette et mit Fenby près de la fenêtre, pour qu'il puisse prendre l'air et le soleil. Puis il sortit son petit arrosoir et l'inonda généreusement. Avec cette chaleur, il fallait prévoir le pire. Le train s'ébranla et le paysage commença à bouger. Le contrôleur passa vérifier les tickets et Lacejambe prit plaisir à discuter avec lui, de tout et de rien, du beau temps, du carnaval qui se tiendrait ce soir à New York.

— Oh, chaque année, c'est la même salade, dit-il en poinçonnant le billet du botaniste.

— On m'a dit que cette fois serait différente.

— Oui, la fête a déjà commencé depuis longtemps, mais ce soir, il y a une sorte de grand gala à l'Opéra pour annoncer la fin de l'été et la prochaine extension de la ville. Tout le monde en est très fier.

— Je vois. Eh bien, merci pour le billet !

— À votre service, monsieur.

Lacejambe fit une petite sieste et, à midi, il décida de prendre son casse-croûte. Mme Laird le lui avait préparé et mis dans un petit panier d'osier, recouvert d'un torchon. C'était très bon. Alors, il y avait du jambon cru, du pain de seigle, un peu de viande séchée, de la crème fraîche, des fraises et des grenades. Au milieu de son repas, la porte du compartiment s'ouvrit et un jeune homme en marinière entra, l'air réjoui. Il portait une besace en travers de la poitrine.

— Bonjour, lança-t-il. Cette place est-elle libre ?

— Ma foi, faites comme chez vous...

Le jeune garçon s'assit devant lui, près de la fenêtre, puis il fronça les sourcils :

— Vous n'êtes pas américain ?

— Marseillais.

— Ah, jolie ville !

— N'est-ce pas ? Voulez-vous des fraises ?

— Oui, merci, j'accepte avec plaisir.

Lacejambe repoussa le panier et tendit sa main :

— Bertrand Lacejambe, botaniste.

Le jeune garçon hésita une fraction de seconde, puis il tendit la sienne :

— Daniel Bones, marin.

— Vous vous rendez à New York ?

— Je suis muté là-bas.

— Ah, l'armée...

— Je m'y suis retrouvé enrôlé de force. Mon père était capitaine chez les Yankees.

— Pas de chance.

— Pas de chance.

Les deux hommes parlèrent du temps, de la statue de la Liberté, de la reine Victoria et de son anniversaire. Daniel Bones partagea son tabac à priser. En début d'après-midi, la locomotive s'arrêta brusquement, en pleine campagne, pour une raison techniquement obscure. Les cheminots sortirent et s'attelèrent à la tâche. Le contrôleur passa et dit que le train risquait d'être immobilisé pendant quelques heures. Selon toutes probabilités, ils atteindraient New York vers cinq heures.

— Ah, dit Lacejambe, inquiet. C'est fâcheux.

— Désolé, monsieur, dit le contrôleur en s'éloignant dans le wagon, mais nous n'y pouvons rien. La compagnie vous remboursera une fois là-bas.

Lacejambe était pensif. Bones se tortillait sur sa banquette.

— Dites donc, dit-il, maintenant qu'on a du temps, si je faisais du thé ?

— Excellente idée ! se réjouit Lacejambe.

Le jeune homme sortit de son sac une gourde pleine d'eau et un petit sachet de feuilles ramenées d'Orient. Lacejambe trouva l'initiative ravissante et salivait d'avance à l'idée d'un rafraîchissement. Alors qu'il allait ouvrir le sachet pour mettre le thé, Daniel Bones releva les yeux vers Lacejambe.

— Dites-moi, pourriez-vous aller demander au contrôleur s'il est possible de sortir s'aérer dans la forêt ?

— Oh, je pense que ça doit être faisable, mais je vais quand même me renseigner.

Le botaniste sortit dans le couloir.

— Oh, bien sûr, dit le contrôleur. Ceux qui veulent aller se promener en forêt peuvent le faire, à la condition d'être rentrés pour quatre heures. Sinon, ils sont bons pour y aller à pied. Remarquez, ce n'est pas très loin, deux heures de marche, tout au plus. Les omnibus ne vont pas très vite, vous savez.

Il revint au compartiment. Bones avait fini le thé et le parfum était divin.

— Mmmh... fit Lacejambe, penché au-dessus de la gourde. Montrez-moi ces feuilles...

Le jeune homme regarda par la fenêtre :

— Oups ! Je les ai jetées.

— Vous en avez d'autres ?

— C'étaient mes dernières.

Lacejambe haussa les épaules :

— Tant pis, je n'ai pas pensé à vous dire de les garder. J'aurai la surprise.

Et il prit la gourde. Il voulut demander à Fenby s'il voulait goûter, mais il se retint à temps. Depuis l'arrivée du jeune garçon, Fenby gardait les yeux fermés et Lacejambe n'était pas sûr qu'il entendait ce qu'ils disaient – peut-être dormait-il. Mais qu'importe ? Le thé était admirable. Lacejambe se délectait en fermant les yeux, il avait ce goût, et cette odeur... Mais qu'est-ce que c'était ?

— Cette odeur me dit quelque chose. Je ne dois pas bien la connaître, mon nez n'y est pas habitué.

Bones toussa.

— C'est, heu, une spécialité de ma mère.

— Vous ne buvez pas ? demanda Lacejambe.

— Je crois que je vais en garder pour plus tard.

Le botaniste fronça les sourcils.

— C'est curieux, mais je n'arrive vraiment pas à savoir ce que c'est.

— Je ne me rappelle plus le nom.

— Pourriez-vous le demander à votre mère ? Tenez, voici mon adresse, écrivez-moi et envoyez-moi quelques feuilles. Voici dix dollars pour les frais.

— Oh, voyons, monsieur !

Lacejambe haussa les épaules et le remercia vivement. Bones prit l'adresse que Lacejambe avait écrite sur une feuille de calendrier, et la rangea dans sa besace. Ils discutèrent encore un peu. Le jeune garçon parla de sa fiancée, qui l'attendait à New York. Lacejambe parla de sa fiancée, qui ne l'attendait pas à Genève. Ils rirent beaucoup. Lacejambe proposa une petite balade en forêt. Le jeune garçon en fut ravi. Jovial, Lacejambe mit sa casquette, prit le pot de Fenby et sortit. Derrière lui, Kevin Laird eut un rictus de joie à l'idée qu'un aussi célèbre botaniste ait pu tomber dans son piège.

La forêt était magnifique, très verte. Des glands étaient tombés un peu partout et le sol craquait délicatement sous leurs pieds. Lacejambe serrait Fenby contre lui et Bones paraissait perdu dans ses pensées. Il errait au hasard des chemins, les mains dans le dos et les yeux dans le flou, comme s'il ne se souciait pas d'où il allait. Le botaniste, lui, détaillait chaque plante, chaque racine, chaque fleur, d'un œil exercé, compétent et original, agrémenté des commentaires à Fenby :

— Et ça, c'est une *Lamiergaleobdolon*. Elle est éclatante de lumière. Oh, et voilà une valériane grecque ! Ça, pour une surprise !

Il se tourna vers le jeune homme et dit :

— Aimez-vous la nature, monsieur Bones ?

— Oh, oui, dit Kevin, j'aime beaucoup.

— C'est la base de tout, vous savez.

Ils entrèrent dans une grande clairière, illuminée par quelques trous dans les arbres. Kevin observa les environs, regarda à terre, s'accroupit, se releva, marcha un peu et marmonna :

— La base de tout... je ne crois pas.

Et il s'assit dans l'herbe, mâchonnant une fleur et commençant à rassembler autour de lui des petits objets qu'il collectait sur le sol : des brins d'herbes, des bouts de branches, des tiges et des détritus divers. Lacejambe cessa ses observations et le dévisagea :

— Vraiment, vous m'étonnez. Vous pensez donc qu'il y a autre chose, quelque chose de plus fondateur que la nature ?

— Oui, hélas, je le crois. Je le sais.

Lacejambe considéra cette dernière réplique. Elle sonnait faux.

— Vous n'aimez donc pas la communion entre l'homme et la nature ? Le dieu Pan ?

— Oh, la communion, oui, j'aime, dit Kevin. C'est une de mes idées favorites.

Kevin aligna devant lui les objets qu'il avait amassés puis il commença à les assembler. Lacejambe posa Fenby par terre et mit les mains sur ses hanches :

— Comment pouvez-vous aimer la communion si vous n'aimez pas la nature ?

Une brindille, toc, un bout de ronce.

— Je n'ai pas dit que je n'aimais pas la nature. Je pense qu'elle est inférieure.

Deux petits bouts de branches, tac, un bouton de chemise.

— Inférieure ? Inférieure à quoi ? À l'homme ? Mais vous vous prenez pour qui ?

Une herbe coupée, tic, un petit nœud autour.

— Inférieure à tout, monsieur Lacejambe.

Puis un petit caillou, tac, et une marguerite amputée.

— Je voudrais comprendre...

Lacejambe blêmit :

— Oh, mon Dieu...

Encore un petit nœud et, hop ! Un joli diadème. Kevin montra sa sculpture au botaniste :

— Vous aimez ? Ça, c'est la vérité.

Dans l'esprit de Lacejambe, l'affreuse vérité se dévoilait : il s'était fait prendre au piège, tel un enfant. Trop confiant et la garde baissée, il s'était laissé manipuler. Oui, l'odeur du thé ne trompait pas, il en connaissait la variété : la fleur des cadavres. Et là, cette petite sculpture dont lui avait parlé Fenby. Mais comment son nez avait-il pu le trahir à ce point ? Comment avait-il pu ne pas reconnaître ce thé ? Cette fleur ! Cette variété ! C'était un piège, machiavélique. C'était le Fleuriste.

Fou de rage, Lacejambe fulmina et ses cheveux devinrent rouge vif. Il remonta les manches de son veston et empoigna le jeune homme :

— Allez, monsieur le tueur, on va s'expliquer entre hommes !

— Doucement, monsieur Lacejambe, doucement...

— Vous croyez me rouler, vous croyez me...

Un vertige le prit soudainement. Il porta une main à son front. Il était brûlant.

— Oh, bon sang, vous m'avez eu...

Il lâcha prise et se frotta les yeux.

— Qu'est-ce que... ?

Kevin rajusta sa chemise :

— Ainsi donc, vous m'avez découvert. Vous êtes très fort, mais j'ai été plus fort que vous. Essayez de deviner comment j'ai fait pour vous coincer. Pourquoi vous n'avez pas reconnu cette odeur. Votre nez, monsieur Lacejambe. Si vous m'attrapez, je vous dirai comment j'ai fait. Attrapez-moi !

Kevin disparut dans la forêt, se cachant derrière les arbres et les feuillages. Lacejambe tenta bien de le suivre, mais ses jambes ne pouvaient plus le soutenir. Invisible, Kevin se mit à rire, le petit rire fluet d'un faune à la recherche de sa proie.

— Monsieur Lacejambe... Me trouverez-vous ?

— Je... je sais qui tu es...

Le rire s'amplifia. Il semblait venir de chaque tour de sentier, de chaque branche d'arbre, il résonnait entre les feuilles et les racines. Lacejambe se tordait de délire sous le soleil. Mais le botaniste avait encore toute sa tête :

— Vous n'irez pas loin ! La police est au courant...

Un bluff, évidemment. Le rire de Kevin se durcit brusquement.

— Vous êtes K-O, monsieur Lacejambe de Marseille ! La police ne pourra plus vous sauver !

— Je voudrais...

Lacejambe essaya, mais sa bouche ne fonctionnait plus.

— Je vais trouver Délius, monsieur Lacejambe !

Son rire tournoya et mourut entre les arbres. Lacejambe ne savait déjà plus où il était. La fleur faisait des merveilles. De petites hallucinations s'ébattaient autour de lui. Il se sentit basculer, flotter sur un bourdonnement d'abeilles. Les odeurs du bois devenaient plus fortes, plus étouffantes. Il voulut défaire le col de sa cravate, mais la chaleur et la fatigue l'en empêchèrent. Il eut le courage d'articuler une dernière phrase :

— Bon sang, mais qui êtes-vous ?

— Qui je suis ? Mais Kevin Laird, évidemment !

Un dernier mot :

— Kevin ?

Haute comme un arbre, la figure de Kevin Laird gesticula devant lui et se déforma brutalement, s'étira en longueur. Ses dents poussèrent et ses cheveux tombèrent un par un. Lacejambe s'écroula, harassé par un formidable sentiment d'échec.

M. BLOOM : Bonsoir très cher !
LORD HALIFAX : Bonsoir, monsieur Bloom. J'ai vos jumelles. Alors, qui est là ?
M. BLOOM : M. White qui vient d'arriver avec sa nouvelle amie.
LORD HALIFAX : Intéressant. Est-elle jolie ?
M. BLOOM : Elle a seize ans. Et là, les deux sœurs Woolf viennent d'entrer.
LORD HALIFAX : Le soleil de la Méditerranée leur a réussi. Quel joli teint.
M. BLOOM : Je vois MM. Fodal et Finkerton examiner la foule avec leurs jumelles.
LORD HALIFAX : Quelle vulgarité !
M. BLOOM : Depuis quand n'avions-nous pas eu autant d'ambiance ici ?
LORD HALIFAX : Sarah Bernhardt, peut-être.
M. BLOOM : Et le compositeur, l'avez-vous aperçu ?
LORD HALIFAX : Non. Ces dernières semaines, il s'est caché. Personne n'a pu l'approcher.
M. BLOOM : Quel personnage étrange. Qu'est-ce que le maire peut bien lui trouver ?

Les premiers sons qu'entendit Kevin en pénétrant dans le dédale d'antichambres de l'Opéra étaient ceux de l'orchestre qui s'accordait. Ces préliminaires valaient à eux seuls le déplacement. C'était une douce stridence, un gracieux *glissando*. Les gens bavardaient et cancanaient. Kevin n'était pas arrivé trop tard. Même s'il avait dû marcher pour rejoindre New York, il était finalement là. Avant d'arriver à l'Opéra, il avait coincé un homme seul qui se rendait, élégamment vêtu, à la représentation. Il l'avait attiré dans une petite rue en le menaçant d'un pistolet, l'avait ligoté, bâillonné, et brutalement assommé. Il lui avait pris ses affaires, son smoking, son invitation, et il l'avait laissé inconscient dans le caniveau. Arrivé devant l'imposant édifice de brique jaune qu'était le Metropolitan Opera, il mesura l'étendue de sa tâche. La file d'attente caquetante qui s'étalait au pied du bâtiment ronronnait comme une bobine électrique. Kevin ne connaissait personne mais il ne doutait pas que, dans cette foule parée de tous les plus beaux habits, les luttes sociales se déroulaient comme une partie d'échecs permanente. Occupant le pâté de maison situé à l'angle de Broadway, de la 7e Avenue et de la 39e et 49e Rue, le Metropolitan Opera, sous les grands globes lumineux de sa porte cochère, était le résultat de la volonté des nouveaux riches, qui avaient financé le bâtiment, de s'imposer face à la vieille société des Knickerboxers : la lutte prenait l'apparence d'une subtile salve de ragots et d'observations, où, enfoncé dans les ténèbres veloutées de sa loge, chacun s'observait à travers les lunettes grossissantes de paires de jumelles bien utiles. Il ne se laissa pas distraire par les regards de mépris qui accompagnèrent son entrée dans le hall. Bien que très calme, il présenta son invitation en suant, le nom ne correspondait pas à son visage, mais personne fit attention à lui. Kevin traversa le petit vestibule et se dirigea vers les coulisses, où il savait que certains admirateurs se pressaient timidement en attendant l'arrivée du maestro. Son plan prenait forme dans sa tête de manière stupéfiante : il savait ce qu'il avait à faire, et il le savait parfaitement. Rencontrer Délius, l'amadouer, lui faire boire du thé, le visiter. Si tout ce passait correctement, lui et Délius repartiraient heureux et sa quête s'achèverait là, car il aurait enfin trouvé l'aide qu'il cherchait. Dans le cas contraire, si le Diadème était là, il ne lui resterait qu'à prier pour le salut de son âme.

Assis dans un grand fauteuil, niché dans sa loge d'artiste, Délius se sentait déplacé. Il observait les remous humains autour de lui. On venait le saluer, lui offrir des fleurs d'encouragements et des mots doux. Qui étaient donc tous ces gens ? Que lui voulaient-ils ? Le menton dans le creux de sa main, les yeux perdus dans le vague, il se sentait partir sur les flots du sommeil. Il aurait voulu dormir, se blottir au chaud sous les rayons de la lune et rêver sans se soucier de quiconque.

Mais, autour de lui, l'agitation s'intensifiait. Il fronça les sourcils et se leva pour être seul. Traversant une foule de visages concentrés, plantés là comme une forêt silencieuse, il passa sans un sourire, s'engouffrant dans les allées blanches des couloirs de l'Opéra, les mains croisées dans le dos, courbé comme un homme qui va faire son trou pour y être inhumé. Puis il s'assit en silence, près d'une canalisation, et il tenta de vider son esprit des vapeurs confuses qui le déconcentraient. Il se frotta les yeux, comme un enfant le ferait, et il soupira.

La dernière nuit, il avait fait un autre rêve. Un rêve avec une voûte, et des goules qui rampaient dans un labyrinthe. Et deux églises aussi. Il avait déambulé à leur pied, comme un touriste. Il se rappelait avoir lu des choses sur ces deux édifices, des anecdotes intéressantes qu'il avait maintenant oubliées. Avait-il déjà vu ces églises ? Non, il ne le pensait pas. Vainement, il essaya d'analyser son rêve, en travaillant sur la symbolique, mais il n'arriva à rien. Il espérait que ses angoisses ne le reprendraient pas. Il ferma les yeux, si fort que bientôt il vit des points rouges. Il espérait se distraire et éviter de trop penser. À quelques heures de son concert, il ne voulait pas tout faire échouer. Il tenta de faire apparaître des notes autour de lui, mais rien ne se passait. La magie semblait l'avoir quitté. Depuis quelque temps, il avait senti en lui un minuscule changement. Sa clé de *sol* se transmutait, comme le plomb en or. La symphonie qu'il avait écrite semblait lui avoir été dictée par autre chose que sa seule inspiration, et il ne trouvait pas les mots pour qualifier son nouvel élan artistique.

Coincé par l'incompréhension, Délius enfouit sa tête entre ses bras et se mit à chantonner. Plus loin, il entendait les spectateurs battre des mains et le maître de cérémonie présenter l'orchestre. Ce serait bientôt son tour. Le trac l'envahit – c'était la première fois qu'il jouait sa musique devant une telle foule et, même s'il émettait quelques doutes sur la paternité de l'œuvre, son estomac lui faisait mal. Tous ces gens qui l'attendaient et lui, lui, qu'apportait-il, si ce n'étaient quelques notes griffonnées en vitesse sur un bout de papier écorné ?

M. Bloom : Avez-vous vu cet orchestre, très cher ?

Lord Halifax : Donnez-moi vos jumelles... Sont-ce là des vierges ?

M. Bloom : Mmh... oui... Ah, oui, je sais. J'ai entendu parler d'elles.

Lord Halifax : Parler d'elles ? Comment cela ?

M. Bloom : Un de mes amis connaît bien le valet de chambre du comte de Belmont. Il aurait entendu une discussion entre le comte et le compositeur : Délius aurait eu besoin de jeunes vierges pour son chœur antique.

Lord Halifax : Ce sont donc de véritables vierges. Où se les est-il procurées ?

M. Bloom : Le comte lui aurait donné son autorisation pour entrer aux *Nymphéas*.

Lord Halifax : Non ? Je croyais que le club avait fermé.

M. Bloom : Ils l'ont rouvert au sommet du Worcester.

Lord Halifax : Ce doit être paradisiaque.

M. Bloom : Mais regardez donc ! Le maire vient d'entrer dans sa loge...

— Vous ne vous souvenez pas de moi ?

Délius ouvrit les yeux alors que les responsables de la sécurité le poussaient vers la scène. Un jeune garçon en costume étriqué le regardait tristement, figé au milieu de la foule, un bouquet de fleurs à la main. Il s'était approché sans un mot et, suffisamment proche du compositeur pour attirer son regard, il l'avait appelé puis était arrivé jusqu'à lui en jouant des coudes. Délius fronça les sourcils. Non, décidément non, il ne voyait pas qui c'était.

— Newport. Il y a dix ans, reprit le jeune garçon, effrayé. Je n'étais qu'un enfant.

Le compositeur pointa un doigt vers lui.

— Kevin ? Kevin Laird ?

Le visage du jeune garçon s'éclaira. Il dit doucement :

— Oui, c'est moi.

— Quelle surprise !

Délius le prit dans ses bras, pour une accolade chaleureuse. Il le dévisagea et lui ébouriffa les cheveux.

— Ça alors ! Kevin Laird ! Qu'est-ce que tu as grandi ! Quelles nouvelles ?

— Je travaille à New York depuis peu, et j'ai entendu dire que vous seriez là ce soir.

— Ah, oui, je suis là, mais tu ne me verras pas longtemps. J'ai un concert à donner.

— Je pensais qu'on pourrait se retrouver après...

— Après le concert ? Pourquoi pas ? On se verra dans ma loge. Je dirai à Leonard de te laisser passer. Ah, mais le voilà. Leonard, cher ami ! Accordez-moi quelques secondes !

Kevin l'observa s'éloigner, un sourire crispé sur les lèvres. Il fallait qu'il se contrôle, qu'il prenne son temps. Rien ne pressait. À cette heure, le botaniste était probablement déjà mort. Plus rien ne l'empêcherait de faire son dernier test et de visiter les rêves de Délius. Mais le compositeur revenait déjà.

— Voilà. Je lui ai parlé, tu entreras comme un rien. Je te le présenterai plus tard.

Il posa une main sur son épaule.

— Ça me fait plaisir de te revoir. Newport m'a beaucoup manqué.

— Vous lui avez manqué aussi.

Délius se pencha vers lui.

— En fait, si tu écoutes bien le concert, tu auras peut-être une surprise.

— J'y compte bien.

Les organisateurs pressaient Délius de monter sur scène. Déjà, la foule applaudissait poliment et l'impatience grondait sous l'apparence bien éduquée du Tout-New York. Le compositeur fut entraîné vers les grands rideaux rouges :

— Alors c'est d'accord ? À tout à l'heure, Kevin ! Dans ma loge !

— Oui, je serai là...

Kevin fut gentiment conduit hors des coulisses, et, bientôt, il se retrouva dans la salle...

— Et nous prendrons le thé.

M. BLOOM : Regardez là, c'est Arthur Conan Doyle qui vient d'entrer avec sa femme !

LORD HALIFAX : Qui ?

Arthur Conan Doyle et Touie entrèrent dans l'Opéra aussi discrètement qu'ils le purent. Ils firent quelques signes aux gens qu'ils connaissaient, mais ils gagnèrent rapidement leurs sièges, car Touie n'aimait pas la foule et souhaitait se fondre dans l'anonymat de sa loge. Doyle n'aurait manqué le concert pour rien au monde, et Touie s'était convaincue que la *Chanson d'été* serait un grand sommet. Délius n'avait jamais joué sa musique devant une aussi large audience, et il l'imagina assis dans les coulisses, percé par le trac et l'inspiration. Quelque part, Doyle en fut frustré, car écrire ne lui avait jamais procuré autant de sensations. Sherlock Holmes l'ennuyait et il se surprenait à désirer que ce personnage devienne un jour réel, qu'il puisse enfin s'assumer sans avoir besoin d'un écrivain pour conter ses hauts faits. L'écriture était un art solitaire, et Doyle en souffrait. Il s'assit sans un mot, observa l'assemblée d'un œil las, puis se mit à jouer avec sa montre à gousset. Il était impatient, il voulait rentrer chez lui et se mettre à écrire. Il voulait créer lui aussi, il voulait montrer au monde que sa plume était aussi généreuse qu'une baguette de chef d'orchestre. En fait, Doyle était jaloux.

Lady Rachel se tenait dans sa loge, juste derrière son père et sa mère, qui cancanaient comme deux oies dans une mare surpeuplée. Le visage droit et impénétrable, elle attendait l'entrée de Délius. En fait, elle attendait l'heure fatidique, le moment où Délius jouerait sa symphonie. Au fond d'elle-même, elle se demandait quel danger pesait réellement sur lui. Elle ferma les yeux et laissa les grondements de l'Opéra peser sur elle. La connaissance, voilà quel était le danger. Si Délius continuait à utiliser le Diadème, qu'il idéalisait comme son inspiration, il finirait par le découvrir et cela l'anéantirait, comme tant d'autres. En lui proposant sa *Chanson d'été*, Lady Rachel avait essayé de le tenir éloigné du Diadème, de son inspiration, et c'était un pari risqué mais qui pourrait libérer son esprit... et les unir pour toujours.

Elle se demanda si elle en avait le droit.

Oui, se dit-elle. Je le mérite.

LES LUCIOLES DE NEW YORK

Quand il émergea des vapeurs du thé que Kevin lui avait fait boire, Lacejambe souriait béatement. Bien que sa bouche fût pâteuse, il se sentait merveilleusement bien. Mais il ne pouvait pas bouger. Les étoiles clignotaient doucement au-dessus, dans un ciel qui n'avait jamais été aussi mauve. Combien de temps avait-il dormi ? Un frisson s'empara de lui : il serait en retard au concert ! Il essaya de se débattre, mais il était attaché. Sous son cou, il sentait une barre de fer. Il tortilla la tête pour voir où il était. Quand il comprit, il eut la peur de sa vie : on l'avait attaché aux rails. Son corps était enroulé dans de la corde épaisse et ses pieds et bras étaient fixés aux rails. Il était totalement immobilisé.

— Oh, Lacejambe, qu'allons-nous faire ?

— Je ne sais pas, *old chap*, je ne sais pas.

Lacejambe arrondit les yeux de stupeur :

— Mon Dieu, Fenby ? Fenby ? C'est vous, Fenby ? Où êtes-vous ?

— À côté de vous, là...

— Mais vous parlez !

— Je parle ? Ah ! Mais oui, je parle !

Lacejambe tordit le cou pour voir son ami. Fenby n'était pas redevenu humain : planté dans son pot comme une anguille ahurie, il ouvrait deux grands yeux disproportionnés.

— Lacejambe, je vous parle, qu'est-ce qui se passe ?

— Vous poussez, Fenby. Vous reprenez peu à peu vos fonctions vitales.

— Je vais pouvoir sortir de ce pot ?

— Je crains que ce ne soit pas pour tout de suite, mais vous parlez, c'est déjà ça. Ah, mais ce que je suis content de vous entendre !

— Je ne voudrais pas trahir cette amitié, Lacejambe, mais je suis sur les rails moi aussi.

— Ah oui ?

Le botaniste se contorsionna et devina le pot de fleur à quelques centimètres de lui, posé sur le gravier entre deux planches. Fenby se penchait sur sa tige et inspectait les alentours.

— Bien, dit-il. Je crains que nous ne soyons en péril.

— Je le crains.

— Ce jeune garçon me paraissait effectivement très étrange.

— Pourquoi ne me l'avez-vous pas dit ?

— J'ai essayé...

— Nous sommes mats, *old chap*.

Fenby observa les liens du botaniste :

— Je suppose que jamais vous ne pourrez vous défaire de cela.

— Pas si je ne peux pas atteindre mon couteau.

— Et vous pouvez ?

— Attendez voir... non.

— Bon.

— Bon.

— Qu'allons-nous faire ?

— Attendre que quelqu'un passe.

— À cette heure ? Dans la campagne ? Alors qu'en ville le carnaval bat son plein ? Oubliez.

— J'entends la musique d'ici, nous ne sommes pas loin.

— Ou bien c'est une fête de tous les diables.

— J'aurais bien aimé voir ça.

— Dommage.

— Ce jeune homme, c'était donc Kevin Laird ?

— Oui, il a dû nous espionner à Newport et savoir où nous nous rendions.

— C'est incroyable, cette coïncidence... Que croyez-vous qu'il va faire ?

— Je ne sais pas, trouver Délius... et lui faire quelque chose.

— Pourquoi maintenant ?

— Peut-être qu'il ne savait pas qu'il jouait un rôle important dans cette histoire.

— C'est curieux. Nous avons l'impression que tout est lié, alors que les acteurs eux-mêmes ne savent rien des choses qui les manipulent.

— C'est presque comique.

Au loin, il y eut un coup de sirène de train. Lacejambe dit :

— Oh.

Fenby blêmit, autant que pouvait blêmir une fleur. Les lumières d'un train se profilaient au loin et déjà les rails commençaient à vrombir sous sa course. Fenby déglutit difficilement, car sa tige était encore trop étroite :

— Lacejambe, vous seul pouvez nous sortir de là ! Faites quelque chose !

Lacejambe réfléchissait à toute vitesse. Il tordit son cou pour détailler sa situation. Devant lui, une pente herbeuse. Derrière, une forêt éclairée par ce qui paraissait être des lampions. Une multitude de lampions.

— Il n'y a que deux solutions, Fenby : soit le train s'arrête, soit nous nous détachons à temps.

— Cela va être difficile de se détacher. Moi, je suis dans mon pot, je ne peux pas bouger.

— Vous êtes flexible ?

— Flexible ? Oh, oui, je crois.

Fenby exécuta quelques figures maladroites. L'imagination de Lacejambe tournait à plein régime. Les hypothèses et les méthodes se télescopaient dans sa tête comme dans un gigantesque saladier familial. Il pencha la tête en arrière et observa le bois illuminé.

— Fenby, comment s'appelle cette fête à New York ?

— Le carnaval des lampions.

— Des lucioles, pas des lampions.

Au loin, le ciel se parait de couleurs fumeuses, orangées. Le train arrivait vite, très vite, en quelques secondes, il serait sur eux. Lacejambe regarda le bois encore une fois. D'où venaient ces lumières ? Ce pourrait-il que ce soit... ? Non, il y en avait trop. Mais l'idée paraissait trop incroyable pour ne pas la tenter.

— Des lucioles... murmura-t-il, pensif.

— Lacejambe, vite, une idée !

— Oui, oui, on n'est pas aux pièces !

— Eh bien si !

— Des lucioles, des lucioles, des lucioles, des lucioles...

— Quoi, des lucioles ?

— Des lucioles ! Des lucioles ! J'ai trouvé Fenby, j'ai trouvé !

— Trouvé quoi ?

— Vous êtes une plante carnivore, non ?

— Oui, mais j'aime aussi la salade.

— Alors bavez-moi dessus !

— Vous baver dessus ? Mais enfin, Lacejambe !

— Faites ce que je vous dis, et vite, ou nous sommes morts !

— Mais...

— Vite !

Fenby se plia sur sa tige et lâcha un filet de bave sur le corps de Lacejambe. Le botaniste jubilait :

— Voilà, mettez-m'en partout ! Plus vite !

Fenby libérait son suc sans réfléchir. Le train se rapprochait toujours, fendant la nuit de sa belle locomotive. Il y eut un autre coup de sirène. Fenby avait fini et, désormais, Lacejambe était gluant et sirupeux.

— Lacejambe, où voulez-vous en venir ?

— Taisez-vous maintenant, vous allez voir.

Un autre coup de sirène. Puis un vrombissement. Les rails se mirent à vibrer. Le vacarme devint vite insupportable. Fenby pensait qu'ils allaient mourir, misérables. Mais il y avait un autre bruit, comme un arrière-plan bruissant qui devenait plus présent. Quelque chose, derrière eux, était en train de bouger. Fenby se tortilla sur sa tige pour apercevoir la forêt. Il ouvrit des yeux effarés.

La lumière de la forêt se dupliquait, comme un papier-calque qu'on ôterait doucement de son modèle. Le nuage de lumière s'approcha doucement, en oscillant légèrement, comme un clair de lune flou.

— Alors ? dit Lacejambe, haletant sous la sueur et l'odeur étouffante du suc. Elles viennent ?

— Oui, quelque chose vient, Lacejambe ! Mais je ne sais pas ce que c'est !

— Des lucioles, Fenby ! Ce sont des lucioles !

Fenby comprenait enfin : pour se nourrir, les plantes carnivores attirent les insectes grâce à leur fluide, comme des pièges odorants. En versant sur Lacejambe suffisamment de suc, les insectes seraient attirés vers son corps. Et, ici, les lucioles étaient nombreuses. Bien sûr, il devait y avoir d'autres insectes plus ragoûtants, mais l'efficacité était là : attirées par l'odeur d'une fleur qu'elles ne connaissaient pas, les lucioles accouraient en troupe. Et leur lumière était si forte qu'elle pourrait avertir les conducteurs du train d'une étrange présence sur la voie ferrée. Et peut-être le train s'arrêterait-il.

Lacejambe sentait grouiller sur lui un amas d'insectes qui le butinaient.

— Fenby, c'est insupportable ! Où est le train ?

— Il arrive, il ne nous voit pas !

— Mais les conducteurs doivent nous voir, ils ne sont pas stupides !

— Je ne les connais pas, Lacejambe !

Ils hurlaient pour couvrir le son des roues. Puis ils hurlèrent de peur. Au loin, dans les rues de New York, les échos des fêtes, des rires et des musiques se mêlèrent à la peur des deux hommes et l'ambiance sonore devenait insoutenable.

— Fenby ! Adieu mon vieux, nous y étions presque !

— Adieu Lacejambe !

— Merci, merci !

— Adieu, adieu !

Le train arriva dans la ligne droite, pétaradant. Les deux hommes fermèrent les yeux et se mirent à rire pour ne pas souffrir. Il y avait de la fumée et des bouts de charbon, des crachotis de flammes et des étoiles qui s'éteignaient. Puis il y eut un bruit strident, terrible pour les oreilles. Les deux hommes hurlèrent à nouveau. Et le train commença à s'ébranler, à crisser, à ralentir, puis grinça et s'immobilisa à quelques centimètres du pot de Fenby.

SANS PLUS ENTENDRE LES VIOLONS

Sa main s'abaissa une dernière fois, Délius sentit son corps tout entier se mettre à trembler de façon incontrôlable. La dernière harmonie se tut doucement, comme progressivement engloutie sous une lente coulée de lave brûlante. Les derniers sons disparurent avec quelques tintements, de légers échos de beauté, suspendus en l'air comme une superbe anesthésie sonore, tourbillonnante et tendre, aux résonances étrangement tristes. La baguette tomba à ses pieds et Délius sentit ses jambes l'abandonner et glisser sous lui, comme une flaque d'huile sans reflet. Il tenta de se raccrocher à quelque chose, au lutrin devant lui, aux feuilles de notes, aux instruments de l'orchestre qui se fondaient dans le flou ; mais, malgré la lourde sensation de ralenti et d'éternité qu'il éprouva en chutant, il tomba finalement, les yeux fermés, abandonné à sa passion. Il entendit les gens applaudir, il sentit la salle fléchir sous le poids des spectateurs qui se levaient pour ovationner l'orchestre. Il eut l'impression de rester là des heures, la bouche entrouverte, bavant doucement sur les planches de la scène. Il aurait pu mourir aussi. Car il ne se souvenait de rien. Pas une note, pas un mouvement, pas un coulis de violon. Rien. Rien. Rien. Avait-il fait tout cela... pour ça ?

M. Bloom : Oh, c'était superbe !
Lord Halifax : Applaudissez, que diable, applaudissez !
M. Bloom : C'est la plus belle chose que nous ayons entendue ici.
Lord Halifax : Quelle audace !
M. Bloom : Quelle prestance !

LORD HALIFAX : Quel talent !
M. BLOOM : Bravo !
LORD HALIFAX : Bravo !
LORD HALIFAX ET M. BLOOM : Bravo ! *Bis* ! *Bis* !

Kevin se tenait droit comme une hallebarde, dressé au fond de la salle, les yeux rivés sur le compositeur alors qu'il finissait sa symphonie avec de grands mouvements de bras fébriles, alors que la musique, oh, si belle, s'éteignait en un ultime *adagio* tétanisant de faiblesse et de sommeil. Pendant un bref moment, les dernières notes s'accrochèrent au souffle de la foule, soutenues en apesanteur par la seule volonté des spectateurs et le tintement éthéré des clochettes. Un instant seulement, les fulgurantes mélodies qui avaient déchiré l'Opéra se fossilisèrent au-dessus de la fosse, avec un petit rire.

Puis Délius mit la main à son front, il oscilla, il bascula et chuta vers le sol, comme une poupée de chiffon lâchée d'un dernier étage. Kevin, revenant peu à peu à lui-même, se dit qu'il pourrait bouger, se précipiter vers la scène et le prendre dans ses bras. Mais il était trop tard. Déjà, dans le public, les applaudissements retentissaient, on bissait et acclamait. On se levait, on guettait les regards des autres pour apprécier les avis. Quelques personnes bougèrent et se ruèrent vers le compositeur, allongé sur l'estrade, les yeux fermés, comme mort.

C'était le moment. C'était là. Kevin se précipita vers la sortie, filant entre les bras et les corps pour être le premier à profiter de la ruée. Il émergea de la salle et prit à droite dans le grand couloir étincelant qui menait aux étages supérieurs. Comme il l'avait prévu, les gardiens des portes et les quelques policiers qui restaient de garde furent vite submergés par le flot de spectateurs piaillants qui se hâtaient vers les généreux buffets disposés dans le hall. Kevin sourit de sa ruse. Il grimpa quatre à quatre les marches du grand escalier et se faufila dans les couloirs de l'Opéra. Il n'eut pas de mal à trouver la loge. Un petit panneau hâtivement encré annonçait le nom du compositeur. Kevin regarda à droite, puis à gauche. Personne. Il avisa une petite porte au fond du couloir, qui donnait probablement sur le toit. C'est par là qu'il traînerait Délius, car il ne voudrait pas être dérangé. Il entra dans la loge sans un bruit. Elle était sobre et seul un grand piano blanc la décorait. Il trouva que cela ferait une jolie table. Après avoir un peu fouillé, il sortit un service à thé du placard, et prit dans son sac sa gourde d'eau et une poignée de fleurs. Il était moins une, car, déjà, des pas retentissaient dans le couloir.

Le botaniste entra en trombe dans l'Opéra, pot de fleur à la main, couvert de confettis et de lucioles dont l'unité se désagrégeait. Il bouscula deux hommes qui se tenaient près de la porte principale et se précipita, ses semelles claquant sur le marbre, son manteau s'agitant comme des ailes de pie. Il repoussa un gardien qui tentait de lui interdire l'entrée dans la corbeille. Autour de lui, les visages se tournaient, noblement, en haussant les sourcils, chaussant les monocles et plissant la bouche. Mais c'était déjà un immense capharnaüm. Le concert était fini et les gens quittaient la salle pour aller rejoindre la réception donnée dans le petit hall d'entrée. Le botaniste se faufila dans la foule. Dans la cohue, seules quelques personnes éclairées firent attention à lui et son aspect peu orthodoxe. Il examinait les environs pour apercevoir Kevin. Mais la foule était trop dense. Que s'était-il passé ? Où étaient-ils tous les deux ? Il sauta au-dessus de quelques sièges et, très vite, se retrouva coincé par un rassemblement bavard. Il murmura quelques « Excusez-moi », « Je voudrais passer » ou encore « S'il vous plaît ? », mais personne ne bougea. Le botaniste commençait à paniquer, car il allait arriver trop tard. Il chercha une idée puis vit une loge, suspendue au-dessus de l'orchestre. Il cala Fenby dans sa poche et monta sur le dossier de deux sièges. Il trouva son équilibre et fit un court bond pour attraper le rideau de la loge. Quelques attaches se défirent et le rideau fut déséquilibré. Lacejambe se balança au-dessus de la foule et tomba sur la scène, sous le regard impressionné de quelques curieux qui avaient levé la tête. Il regarda derrière lui, mesura son exploit, se dit qu'il était vraiment, vraiment très agile, et il reprit sa course vers les coulisses, passant par-derrière pour éviter la cohue.

Arthur Conan Doyle, debout dans la salle, bissait et tapait encore dans ses mains quand Touie s'évanouit brusquement. Elle bascula sur sa chaise roulante et se retrouva allongée aux pieds des convives enthousiastes. Doyle paniqua et se précipita vers elle. Touie avait ses yeux grands ouverts, et elle murmurait. Doyle appela à l'aide, et bientôt des mains gantées de blanc et de beaux jeunes hommes en costumes étincelants vinrent la prendre, la soulever et l'emmener vers la sortie, là où l'air était frais et le monde plus beau. Elle fixait le plafond au-dessus d'elle et se dit que c'en était fini. La charge émotionnelle de la symphonie était trop dévastatrice pour sa psyché ravagée par la peine et la douleur. Trop de merveilleux, trop d'inspiration, et pourtant, pourtant, cette noirceur indélébile, un goût amer d'écorce d'orange. Trop de féerie et pas assez de vérité.

Les derniers accords de la symphonie s'achevaient, et Lady Rachel se mit à applaudir fébrilement. Elle savait que son stratagème avait marché. Elle vit les gens se lever et applaudir à tout rompre, la salle entière vibrait d'un seul cœur. Alors que son père et sa mère, les visages empourprés par le bonheur, se levaient pour aller parader au buffet, Lady Rachel saisit l'extrémité de sa robe et se faufila vers les coulisses, où elle espérait trouver Délius.

Délius fut poussé dans sa loge par les organisateurs. Les admirateurs n'étaient pas encore là et ils lui dirent de profiter de ces quelques minutes de repos avant de se montrer au buffet et de s'adresser à la foule. Puis ils le laissèrent seul et s'éloignèrent pour aller régler les derniers détails, en se répétant que c'était vrai, c'était là une bien belle soirée.

Délius s'adossa à la porte et ferma les yeux. Devant lui dansaient des petits points de lumières, comme une étendue d'eau sous les étoiles, et il se dit que c'était un joli paysage et qu'il aimerait y vivre et s'y isoler pour l'éternité. Une planche de bois craqua. Il ouvrit brusquement les yeux et vit Kevin Laird, qui se tenait au centre de la pièce, les bras grands ouverts, qui l'attendait. Derrière lui, un petit service à thé avait été dressé sur le piano blanc de la loge. Kevin souriait puis, devant la mine déconfite de Délius, dit, jovial :

— Frédérick ? Enfin, vous voici... J'ai fait du thé.

Lacejambe repoussa les admirateurs et les gerbes de fleurs qui se pressaient devant la loge de Délius. Il fendit la foule en jouant des coudes. Comme personne ne semblait vouloir entrer, il ouvrit la porte et la referma aussitôt. Il entendit quelqu'un dire :

— Ah bon ? On peut faire ça ?

Il ferma la porte à clé, pour éviter la pression, mais, dans la loge, personne. Il inspecta les placards et les meubles et tout ce qu'il pu trouver fut une chaise renversée et deux tasses de thé. Il renifla : l'odeur de la fleur y était encore forte. Il fit tourner les restes dans les récipients : oui, les deux avaient bu la fleur. Pourquoi Kevin en buvait-il aussi ? Quand il avait piégé Lacejambe, il n'avait pas bu. Peut-être qu'en buvant, il créait une sorte de passerelle avec un autre buveur... Mais pourquoi ?

Puis il se mit à paniquer. Où étaient-ils passés ? Soudain, il entendit du bruit venir d'en haut, comme un coup rauque, comme un corps qu'on traînait. Le sang de Lacejambe ne fit qu'un tour. Ils étaient sur le toit. Il posa le pot sur une table basse et s'élança vers la sortie.

— Fenby, vous ne bougez pas ! Je reviens tout de suite !

En franchissant la fenêtre, il reçut une volée de chaleur nocturne au visage, puis, agrippé à la gouttière, il grimpa jusqu'au sommet du bâtiment. Accroché au parapet comme un vulgaire chat de gouttière, Lacejambe fermait les yeux et attendait quelques instants pour paniquer. Ignorant les grondements de la foule qui sortait de l'Opéra, il les rouvrit finalement.

— Eh bien, dit-il, tapi dans l'obscurité. Me revoilà sur le toit.

C'était quelques heures avant la lutte finale qui allait opposer Lacejambe à Kevin. Quelques heures fatidiques qui, plus tard, prendraient un tour ironique. Ces quelques heures, ces petits moments, personne n'en saurait jamais rien.

Josh n'aimait pas beaucoup le phare. Depuis qu'il était enfant, il s'était intimement persuadé qu'il s'agissait d'un vieil homme pétrifié, placé là par d'odieuses créatures qui n'attendaient que la pleine lune pour venir le pétrifier, lui. Ce soir-là, quelques heures avant le concert, Josh regarda le vieil homme endormi avec plus de fierté qu'il n'en eût jamais. Ce soir-là encore, endormi en ronchonnant, son vieux pull rayé rouge et blanc aussi encombré de coquillages qu'un récif de corail, le phare attendait et Josh lança une pierre sur son corps figé. Le vieil homme ne bougea pas. Josh pensa qu'il était peut-être mort. Autant en profiter, car la pluie s'était enfuie plus loin vers l'ouest et la nuit était belle. Il entra dans le phare avec, quand même, un petit pincement au cœur. Il leva la tête et vit l'escalier en colimaçon qui montait vers le ciel. Il déglutit, mais il savait qu'il devait s'y rendre. Il empoigna la rambarde de fer et grimpa les marches quatre à quatre, pour rendre l'expérience le moins difficile possible. Il stoppa au milieu de la montée, d'abord pour reprendre son souffle, ensuite pour regarder par la fenêtre. C'était une petite meurtrière donnant sur l'hôtel et les chaleurs du soir. Il s'y accouda et vit que, plus loin, sur la terrasse où les lumières brillaient, quelqu'un dansait. Une femme apparemment, car elle dansait avec un grand voile blanc, et peut-être même qu'elle chantait. Josh se demanda si c'était sa mère. Après tout, pourquoi pas ? Elle n'était pas si vieille.

Josh décida de finir sa montée en prenant son temps, pour réfléchir, et aussi parce qu'il était fatigué. Il savait ce qu'il cherchait. Il déboucha sur la salle du projecteur et vit qu'il avait deviné juste. Il y avait là une couche, quelques boîtes de biscuits vides, des restes de boîtes de conserve, des arêtes de poisson et un vieux livre corné. Josh s'assit sur la couche et prit le livre. Il déchiffra le titre : *Le Creux de la vague* de R.L. Stevenson. Cela ne l'inspira pas, alors il jeta le livre dans un coin de la pièce et se mit à bouder. Il aurait voulu que Kevin lui laisse un souvenir. Il était parti trop vite, mais Josh savait qu'il avait laissé quelque chose. Il laissait toujours quelque chose.

Et puis, il sentit quelque chose le gêner. Il s'était assis sur... Il leva les draps et découvrit un petit carnet de cuir serré par une ficelle. Josh fronça les sourcils. Il défit la ficelle : c'était un journal, écrit en gros caractères sur des feuilles à petits carreaux. Il regarda à droite, à gauche, vérifiant que personne ne l'observait, puis il lut les derniers mots. C'était toujours par là qu'il commençait : *« Je suis plus fort qu'elle. Mille fois plus fort. »*

Un bruit tapa contre la vitre. Josh ne s'éveilla pas tout de suite. D'abord, son rêve reflua, comme une vague. Puis il sentit l'odeur. À nouveau. L'odeur envoûtante d'une fleur, étouffante. Il ouvrit les yeux. De la sueur avait coulé sur son front et noyait ses pupilles derrière un nuage de buée. Il l'essuya d'un revers de main et crispa la mâchoire. Il avait mal à la tête et il ne se rappelait que des bribes de ce qu'il avait fait. Quelle heure était-il ? Combien de temps depuis qu'il avait mâché la fleur ? Il jeta un coup d'œil à la fenêtre. Dehors, il faisait déjà presque nuit.

Il s'assit en tailleur et essaya de recoller les morceaux de sa lecture. Il se souvenait avoir pleuré, ri aussi, quand il avait compris que son frère était un tueur. Et puis il avait découvert, coincé entre deux pages, un pétale de fleur utilisé comme marque-page. Il l'avait pris et examiné. C'était, à n'en pas douter, la fleur dont parlait Kevin dans son journal. Rouge, jaune et bleue. C'était la fleur qui permettait à Kevin de voyager dans les rêves des gens auxquels il faisait boire le thé. Mais on pouvait aussi fumer la fleur, la mâcher. Kevin, un tueur ? Josh se gratta la tête. Il ne comprenait pas bien. C'était si loin tout ça. Et, s'il avait bien compris, il avait ses raisons : après tout, personne ne voulait l'aider, il avait de quoi être furieux. Mais tuer des gens, quand même... Dans son esprit d'enfant, Josh ne comprenait pas ce que cela impliquait *vraiment*. Mais il se doutait que son frère avait raison. Il avait toujours, toujours raison.

Josh avait hésité, quelques secondes seulement, puis il avait mangé le pétale. Le goût était merveilleux. Mais il s'était vite endormi, rattrapé par un nuage de chaleur aussi dévastateur qu'une bouffée d'air pur. Où était Kevin ? Était-il, comme il l'avait écrit, à New York, pour y trouver Délius ? Josh regarda les étoiles qui apparaissaient déjà dans le ciel. Il devait être dix-neuf heures. Assez tôt pour attraper le train de vingt heures, celui qu'il prenait habituellement avec sa mère, quand ils allaient passer la soirée à Time Square et dormir chez leur grand-tante Daisy.

Il réunit ses affaires, mit le journal dans sa poche et se redressa pour partir, quand il entendit à nouveau quelque chose battre contre la vitre. Il tourna la tête, doucement, tout doucement. Des mouettes partout, des mouettes avec des bonnets, perchées sur les battants des volets, sur les rochers en bas sur la plage, chevauchant les étoiles, piaillant et mordant. Des mouettes, et des cygnes partout, rieurs et ricanants, collés les uns aux autres, empiétant sur les becs, écrasant les bougies qu'ils portaient sur leurs têtes pour s'éclairer. Ils gémissaient, ils hurlaient. Ils étaient là pour lui : ils venaient chercher leur promesse. C'était peut-être une hallucination, mais Josh eut peur de les rejoindre. Il se blottit dans un coin du lit, en tenant le journal contre lui. Il capta un vrombissement, énorme, gargantuesque. Et, dans une formidable explosion de couleurs et de sensations, son âme se replia sur elle-même. Josh vit les merveilles valser autour de lui, il vit le réel se décomposer en miracles. Tout ce que son jeune esprit lui avait peu à peu appris à reconnaître comme la vérité fondait comme une noix de beurre crépitant dans une poêle trop chaude. Il vit les cieux se parer de bijoux, le visage de la lune se fendre d'un délicieux sourire crispé et lui faire un clin d'œil ; il entrevit les comètes qui dansaient sur l'azur déliquescent ; il comprit que tout n'était qu'illusion, que derrière les sens il y avait autre chose, un parfum inimitable.

Josh se retrouvait seul. Perdu au milieu d'un festival de perspectives impossibles, il se recroquevilla et se mit à pleurer. Pourquoi pleurait-il ? Il aurait dû rire, trouver cela merveilleux, mais là, en son cœur rompu en deux, il n'y avait que du vide, le sentiment de s'être fait berner par les adultes. L'espace d'un instant, Josh crut que ce que lui montrait la fleur était faux. Que ce n'était, encore, qu'une illusion, destinée à lui faire croire que la Terre n'était pas un endroit triste, où les rêves n'étaient qu'une réaction chimique, et la féerie l'impossible issue d'un monde sans merveilleux. Dans son esprit désordonné, il repensa à ces drogues dont il entendait parler, que sa mère lui disait d'éviter et de ne jamais toucher. Le thé était-il une drogue ? Il ne pouvait le croire. Mais il y avait ce Diadème. Pourquoi Josh ne le voyait-il pas ?

Il essuya ses larmes et tenta de trouver des réponses, car en lui quelque chose s'était brisé, et il ne pouvait plus se contenter de fables. Il pensa, il pensa, il pensa. Pendant tout ce temps, les mouettes et les autres, agglutinés derrière la fenêtre en tirant la langue, les yeux hagards d'espoir et de questions, l'observaient silencieusement : avaient-ils déjà dit un seul mot ? Pourquoi se montraient-ils maintenant ? Pourquoi avaient-ils attendu ? Se pouvait-il qu'ils sentent la fleur ? Josh pensa au Diadème. Car il savait que le Diadème était vrai. Il n'avait jamais vu le sien, et, malgré la connaissance qu'il en avait désormais, il ne le voyait toujours pas. Car si le thé permettait de voir les rêves des autres, il voilait les sentiments de son utilisateur. Cette révélation claqua dans son esprit comme un coup de martinet. Et la brûlure le balafra, le confronta à ses propres peurs. Qu'allait-il se passer ? Qu'allait-il se passer ? Qu'allait faire Kevin ? Josh se releva, terrorisé. Il lança un dernier appel à l'aide aux oiseaux qui s'entassaient dehors, mais ils ne bougeaient pas, leur ondulation torrentielle figée comme sur une belle gravure. *Ils* ne l'aideraient pas. Ils n'étaient pas là pour cela. Émerveillé, le pauvre gamin se précipita dehors, le journal sous le bras, pour grimper sur le prochain train pour New York et voir la nuit tomber sur le monde.

Zigzaguant entre les vasistas et les cheminées, Kevin Laird s'enfuyait en portant Délius sur son dos. Il l'avait enlevé par l'escalier de service, au bout du couloir, avant que le public ne vienne se masser devant la loge. Car il n'aurait pas pu y rester, il lui fallait du silence, et, ne pouvant quitter l'Opéra avec son otage, il s'était finalement décidé pour le toit, la solution à laquelle il avait pensé en premier quand son plan commençait à prendre forme. Il percevait les halètements de Délius, qui tremblait dans son rêve. Kevin savait qu'il ne tarderait pas à le rejoindre. Mais le botaniste, le satané botaniste, était toujours sur ses traces. Déjà, il le voyait émerger de l'ombre du toit, épuisé. Au risque d'être déséquilibré par le poids de sa victime, mais voyant déjà son projet s'effondrer sous ses yeux, Kevin sortit son pistolet, traîna Délius par le col et tira dans la direction de Lacejambe. Aussi tueur qu'il ait été, Kevin ne savait pas viser. Deux balles se logèrent dans une cheminée, à quelques centimètres seulement du visage de Lacejambe. Le botaniste plongea pour se cacher. Kevin continua sa course, espérant que ses tirs aient dissuadé son poursuivant.

Infatigable, Lacejambe s'essuya le front, se mordit la lèvre et décida d'élaborer une attaque : s'il ne rechargeait pas, Kevin avait encore quatre balles. Quatre raisons de ne pas s'en approcher trop près. Il pensa sauter sur les autres toits et couper la route du tueur. Il regarda la distance qui le séparait du prochain toit. Ses cheveux devinrent pâles, et le botaniste se cacha à nouveau en roulant des yeux. Ce n'était pas la bonne solution. Peu décidé, il cria finalement :

— Kevin, rendez-vous ! Vous êtes cerné !

— Jamais !

Kevin tira à nouveau. Un éclat de cheminée toucha le botaniste à l'œil. Plus que trois, pensa-t-il.

Dans les bras de Kevin, secoué par l'action, Délius s'éveillait doucement d'un rêve merveilleux. Kevin agrandit les yeux d'horreur :

— Non, pas maintenant !

Il n'avait pas pu le rejoindre dans son rêve. Il avait besoin d'un endroit calme, où il pourrait se concentrer et se laisser aller au gré du thé. Par chance, Kevin avait pris sa besace de fleurs, et il pourrait toujours, si les choses tournaient mal, retenter l'expérience une fois en sécurité. Insouciant de ce qui se passait autour de lui, Délius bâilla, sourit :

— Où suis-je ? dit-il, béat.

Puis :

— Kevin ?

Le jeune homme abattit la crosse de son pistolet sur sa nuque, palissant à l'idée que Délius se réveille avant qu'il n'entre en lui. Caché à seulement quelques mètres de là, Lacejambe regardait la scène avec intérêt. Il vit Kevin hésiter un instant et frapper Délius avec son arme, lui laissant ainsi quelques secondes pour agir. Fidèle à son audace, le botaniste courut vers le jeune homme et lui bondit dessus. Le jeune homme triste n'eut pas le temps de relever le canon de son arme. Lacejambe le renversa, Kevin lâcha Délius, il essaya de tirer mais le botaniste pressait fermement son bras armé contre le toit. De sa main libre, Kevin donna un coup de poing. Lacejambe le prit en pleine joue et, pendant un instant, il ne sut plus où il se trouvait. Kevin profita de ce moment d'inattention pour tenter de le repousser et le menacer de son arme. Mais Lacejambe était plus résistant et bien plus vif qu'il ne le croyait. Le botaniste le mordit violemment au cou. Kevin hurla brièvement et Lacejambe lui envoya un crochet du droit. S'empoignant comme deux chiens furieux, les deux hommes roulèrent sur le toit, loin de Délius. Mais Lacejambe butta contre une saillie du toit, qui lui entailla le cuir chevelu. La vue de son sang répandu le surprit et, par réflexe, il se désengagea, laissant Kevin se remettre sur pied et redresser son arme vers lui.

— Je... je suis désolé, monsieur Lacejambe, dit Kevin, la voix vacillante, le souffle court. J'aurais aimé trouver quelqu'un pour m'aider. Mais il n'y a personne.

À genoux, Lacejambe vit que Délius gisait à terre, inconscient.

— C'est ici que s'achève votre enquête, monsieur Lacejambe.

— Pourquoi, Kevin ? dit Lacejambe en s'asseyant, se donnant le temps de respirer et de trouver une issue.

— Pourquoi ?

— Oui, pourquoi ? Tu n'es pas mauvais, tes yeux ne sont pas ceux d'un tueur.

— *Vous ne lisez rien dans mes yeux !*

Lacejambe se mordit la lèvre. Son numéro d'apitoiement ne marchait pas. Autant inventer autre chose.

— Et si tu m'épargnais ?

— Pourquoi ferais-je cela ?

— Je peux peut-être t'aider, plaider en ta faveur... Tout le monde en bas a entendu les coups de feu. Si je meurs, personne ne sera là pour savoir qui tu es et ce que tu as fait.

Kevin hoqueta.

— Qui je suis ?

— Je sais ce que tu aimes. Les fleurs.

— Vous ne comprenez rien.

— Explique-moi alors...

— Je lis dans les rêves des gens, moi ! Je vois ce qu'ils ont dans la tête. On veut vous faire croire que c'est merveilleux, que l'être humain est divin. Mais non. Car je sais. Tout au fond, toujours, il est là. Le Diadème attend son heure.

Lacejambe déglutit. L'image d'un diadème gravé sur le cerveau des humains le fit frémir. Fenby avait raison. Il y avait bien quelque chose. Au fond de lui-même, Lacejambe sentit pointer l'image familière d'un bijou flottant sur son âme. Puis l'image partit rapidement. *Elle n'avait jamais existé.*

— Quel diadème ? De quoi parles-tu ?

— Vous le connaissez, mais vous l'oubliez avec le réveil. C'est le Néant, monsieur Lacejambe, il est en nous, pas en dehors ! Nous sommes tous condamnés !

— Et tu tues ces gens parce qu'ils ont cela dans la tête ?

— Je... je cherchais quelqu'un, quelqu'un sur qui le Diadème n'avait pas d'emprise. Quelqu'un qui pourrait m'aider à le combattre, qui ne soit pas perverti...

— Et leur faire boire la fleur, n'est-ce pas ?

— Oui. En buvant moi aussi, j'entre dans leurs rêves, c'est

comme une communion, vous comprenez, je les visite et je sais qui ils sont réellement. Je vois ce qui germe, tout au fond.

— Et tu les sanctifies, murmura sombrement Lacejambe. En buvant la fleur, ils font une expérience merveilleuse, ils rient, mais toi, toi, tu sais. Tu lis en eux, tu vois ce qu'ils voient, et ça te panique. Tu en deviens fou car tu n'oublies pas. Et, avant qu'ils se réveillent, tu les tues, n'est-ce pas ? C'est ça, tu les purifies.

— Je... C'est... Oui.

Son regard se perdit dans le vague. Devant les balbutiements de Kevin, devant ses hésitations et ses absences, Lacejambe compris toute l'histoire. Et il en vit la faiblesse. Elle était si évidente, si grossière, qu'il faillit se mettre à pleurer de dépit.

— Kevin... dit-il faiblement.

Kevin revint à lui en une fraction de seconde, et il affirma sa poigne sur le pistolet :

— Quoi ?

— Peux-tu lire en toi ?

— Quoi ?

— Tes rêves, les as-tu déjà visités ?

— Quelle question !

Mais il savait déjà qu'il avait tort car cela faisait longtemps qu'il ne dormait plus.

Lacejambe reprit, doucement :

— Et le Diadème, Kevin, le Diadème, l'as-tu vu ?

— Je... Non, bien sûr.

— Comment peux-tu en être sûr ? Nous l'oublions au réveil.

— Je...

Kevin ouvrit la bouche, puis la referma. Il réfléchit, baissa les yeux vers le sol. Il renifla. Il se gratta la tête, déglutit, et quelques larmes commencèrent à couler sur son visage. Il se mit à hoqueter, à rire.

— Je... Il fallait bien que quelque chose de ce genre arrive un jour...

Et il pointa son pistolet pour tirer. Mais quelqu'un cria. C'était une voix de femme :

— Je vous en prie, *non* !

Kevin et Lacejambe tournèrent la tête en même temps. Près de Délius se tenait une jeune femme très belle. Son chignon s'était défait et ses longs cheveux roux flottaient derrière elle. Sa belle robe de soirée s'étalait à ses pieds comme une flaque d'eau baignée d'étoiles. Son visage était fermé, plus fermé qu'aucun visage féminin ne l'avait jamais été. Kevin cligna des yeux :

— Qui êtes-vous ?

— Ça n'a pas d'importance. Laissez-les partir. Je ne sais pas qui vous êtes, mais vous parlez de choses qui vous dépassent.

— Je... Quoi ? Qu'est-ce qui me dépasse ?

— Le Diadème. J'ai tout entendu. Il ne sert à rien de sanctifier.

Kevin devint rouge. La femme vint à sa rencontre, doucement. Il n'osa pas relever son revolver. Elle le regarda, elle semblait si triste et tout en elle, de ses grands yeux rougis à la finesse de sa tenue, fit penser à Lacejambe qu'elle était la seule personne saine d'esprit sur cette planète. Elle le fixa longuement, le regarda comme pour lire en lui.

— Je vois... le torrent, tout au fond. Il vacille.

Elle lui prit la main, celle qui tenait le revolver, et commença à la baiser. Kevin, abasourdi, était incapable de bouger. Mais il tremblait. Le bout de ses doigts frétillait sous la caresse de ses baisers. Et puis, soudainement, elle lui agrippa le poignet et le mordit. Kevin hurla et lâcha l'arme. De l'autre main, il la gifla violemment. Elle vacilla et tomba évanouie. Kevin regarda sa main d'un air triste, comme s'il n'avait pas voulu la frapper. Au même moment, Lacejambe se releva et s'accrocha à lui. Perché sur son dos, il essaya de le déséquilibrer. Au loin, au-dessus de la ville, un feu d'artifice explosa et hourras et vivats crépitèrent.

Boum ! Kevin libéra sa main gauche et sortit le couteau de son sac. La lame étincela sous les étoiles. Il le planta dans l'épaule du botaniste. Lacejambe hurla de nouveau et roula sur le côté. Kevin se redressa, les yeux injectés de sang et de larmes. Déjà, il entendait le piétinement des policiers qui grimpaient les escaliers. Brusquement, il comprit que tout était fini. Tout venait de s'effondrer. Il n'y avait plus aucun espoir. Il n'avait pas lu les rêves de Délius et la police venait l'emmener. Devant lui repassaient les visages de ses victimes, qui riaient et le pointaient du doigt, le ventre béant, vomissant les fleurs et les fées ensanglantées. Kevin se tint la tête à deux mains et se mit à crier :

— *Sortez de ma tête ! Je ne veux pas vous voir ! Sortez de moi !*

Lacejambe, l'épaule couverte de sang, essaya d'avancer vers lui, mais Kevin s'éloignait sans cesse, les jambes vacillantes. Le bord du toit s'approchait dangereusement.

Ka-boum, badaboum ! Une myriade de toupies enflammées éclata dans le ciel en une grande tapisserie multicolore.

— Kevin... dit Lacejambe.

Mais Kevin n'écoutait pas. Il continuait à marcher vers le bord, il pleurait et criait et se frappait les tempes. Il avait mal et rien ne pouvait plus le guérir.

— *Maman, maman, j'ai mal ! Je ne voulais pas !*

Sa raison l'abandonnait. Le poids de ce qu'il avait fait, au nom de rien, le menaçait comme le tranchant d'une guillotine. Il n'y avait plus aucun espoir : en fait, il n'y en avait jamais eu. Il sentit un vide se creuser en lui, qui lui tordit l'estomac et le fit pleurer. Il se vit devenir fou, il vit son équilibre partir en morceaux. Il se vit tomber en pièces, s'évaporer, se dissocier dans un ultime cauchemar.

Boum ! Une belle bleue !

Kevin hurla et se mit à tourner sur lui-même, terrassé par la douleur. Et puis, comme s'il voulait mettre fin à ses souffrances, il se plongea le couteau dans le bas-ventre. Tenant le manche à deux mains, il l'enfonça aussi loin qu'il put, là où le mal n'existait plus. Sa bouche s'agrandit, mais aucun son ne sortit. Il regarda autour de lui et les formes se recroquevillèrent sur elles-mêmes, devenant plus floues. Les visages se décomposèrent et il sut qu'il mourait. Ses yeux se noyèrent de larmes et le ciel se colora à nouveau.

Boum ! Boum ! Boum ! Trois merveilleuses féeries rouges illuminèrent les étoiles.

Tout ce que Kevin put trouver pour se réfugier, tout ce

qu'il put voir, c'était une zone d'ombre sur le toit, qui ne menait à rien. Il tendit la main vers elle et claudiqua pour s'y réfugier. Un moment, il sentit ses jambes l'abandonner mais il continua, poussé par un instinct qu'il ne savait pas aussi fort. L'ombre l'envahit bien vite, et, bientôt, il disparut dans les ténèbres, en articulant quelques mots d'excuse et d'au revoir.

Boum ! Un arc-en-ciel passa au-dessus de l'Opéra.

Des applaudissements, de cris de joie !

Lacejambe voulut suivre Kevin, mais à quoi bon ? La porte du toit s'ouvrit sur une escouade de policiers en uniforme, arme au poing. Sans un mot, le cœur frénétique, Lacejambe se releva et s'avança vers Délius, toujours inconscient. Lady Rachel, à peine réveillée, lui tenait la tête et lui caressait les cheveux d'un air absent. Le botaniste la dévisagea doucement, apaisé. Elle croisa son regard sans comprendre.

— Que... que s'est-il passé ? Et qui êtes-vous ?

Lacejambe regarda ses pieds :

— Kevin Laird est parti. Vous êtes tous les deux sains et saufs.

Lady Rachel porta la main à sa joue :

— Il m'a fait mal.

Fizzz ! Fizzz ! Fizzz ! Trois fusées percèrent le ciel en une pluie d'étoiles dorées.

Elle regarda le botaniste, comme si elle venait de se souvenir de quelque chose :

— Vous pensez que cet homme voulait tuer Délius ?

— Pas tout de suite, non. Il voulait d'abord voir si le Diadème était en lui.

Lady Rachel déglutit puis regarda le compositeur évanoui :

— J'aurais pu lui donner la réponse.

Lacejambe leva la main :

— Taisez-vous. Je ne veux rien savoir. Je rentre chez moi.

Il rajusta sa veste et s'éloigna vers la porte de secours, prêt à affronter l'autorité. Lady Rachel le regarda partir, elle balbutia :

— Et c'est tout ? Vous ne me dites pas qui vous êtes ?

Boum ! Boum ! Boum ! Boum ! Le bouquet final.

L'épaule endolorie par la douleur, Lacejambe psalmodia :

— Mon nom est Sherlock Holmes. Souvenez-vous-en, car vous n'aurez plus l'occasion de me rencontrer.

LE PARC

Évidemment, jamais il n'aurait pu croire qu'une souffrance puisse durer aussi longtemps.

Les premières choses qu'il vit en ouvrant les yeux furent ses mains. De longues mains blanches, fines comme de la porcelaine chinoise, des mains d'artiste, des mains d'amoureux. Elles étaient couvertes de sang. De longues coulées écarlates glissaient dans le creux de ses doigts. Il tourna ses mains avec fascination et suivit le trajet d'une goutte vers son poignet. Il bougea son bras pour observer le dessin que la goutte traçait sur son passage. Elle coula vers son coude en dessinant de délicates arabesques. Elle s'arrêta, attendant un autre mouvement. Il déplia son bras et laissa la goutte repartir en arrière. Elle croisa une arabesque et la peaufina, la détaillant avec des motifs complexes et veloutés. Elle se suspendit dans le vide. Pendant quelques secondes, elle ne bougea pas. Pendant quelques secondes, quelques infimes moments tendres où le temps interrompait son flux, elle semblait attendre. Mais elle tomba et s'écrasa sur l'herbe, et se mit à rire. Puis il se demanda pourquoi du sang.

Son corps semblait paralysé, comme cloué par une masse monstrueuse. Il tenta de relever la tête mais ne put rien voir. Son autre bras reposait mollement dans l'herbe, rongé par des crampes après trois heures d'inactivité. Il souffla et regarda le ciel. Il ne se souvenait pas de ce qui s'était passé.

Il s'était engagé dans une ombre qui, elle, l'avait accueilli sans poser de question. Il avait mal, il s'était mis à pleurer. Il avait voulu s'éloigner, ne pas rester là-bas. Hoquetant, vacillant, il était tombé, il s'était traîné... pendant combien de temps ? Il avait vu passer des visages, des coins de rues boueux où des femmes en sueur montaient des hommes aux visages gonflés. Il avait claudiqué jusqu'au grand portail en fer forgé. Mais tout était fermé – personne ne pouvait entrer. Pas même lui. La douleur l'avait gardé en vie. Les fleurs lui donnaient le pouvoir de surmonter la mort.

Il cligna des yeux et vit, tout autour de la clairière où il se trouvait, se dessiner les grandes formes sombres des buildings de New York. Certaines fenêtres étaient encore allumées, des carrés dans les ténèbres. Il tourna la tête aussi loin qu'il put, mais il ne trouva personne. La panique commença à le gagner. Il souleva la tête pour voir son corps. Il vit le manche de son couteau dépasser de son ventre. Il agonisait. Il essaya de se débattre, de soulever son ventre, mais le poids de la mort était trop fort. Et soudain la douleur reflua, d'un seul coup. Elle lui vrilla le ventre et lui fit monter une bouffée de chaleur au visage. Derrière lui, loin dans la ville, il entendit des rires et des clameurs. Un orchestre se mit à jouer, un air si entraînant et si gai qu'il voulut se lever et se mettre à danser.

Et puis, boum ! Encore un feu d'artifice. Rouge, vert, bleu.

Il entendit quelqu'un avancer près de lui, mais il ne put tourner la tête pour voir qui c'était. Il essaya d'appeler à l'aide mais les sons ne sortaient pas. Il entendit du bruit. Quelqu'un fouillait dans un sac. Puis il sentit un doux parfum et quelque chose de froid fut déposé dans sa blessure. Kevin voulu se débattre, s'ôter ce pieu de fer. Il voulait comprendre.

Et il identifia l'odeur. Cette odeur.

La fleur était là. Il la sentait. Pourquoi n'était-il pas mort ? *Les fleurs*. Pourquoi ne souffrait-il plus ? Les fleurs, toujours les fleurs. En penchant la tête encore un peu, il aperçut un pétale accroché à un bout d'os fraîchement cassé. Kevin se mit à claquer des dents. Il essaya de hurler, mais rien. Puis, à ses côtés, quelqu'un se mit à chanter. Kevin crut reconnaître la voix, mais peut-être était-ce son esprit embrumé qui lui jouait des tours.

— Josh ?

L'inconnu ne dit rien. Il renifla. Il pleurait, régulièrement éclairé par les feux d'artifice. Et la chanson continuait, une petite ritournelle qu'il avait entendue jadis, au détour d'un arbre ou d'un pré. Quelles étaient les paroles déjà ? *C'est une Chanson d'été, que je tiens au creux de ma main, et la nuit sur l'eau, je t'accompagne.*

— Josh ? Josh ? Est-ce toi ? Oh, Josh, je ne suis pas fier de ce que j'ai fait. Je voudrais dire que je suis désolé. Mais je... je... Ne me mets pas de fleurs dans le ventre, s'il te plaît... pas les fleurs...

Mais il ne trouvait plus les mots.

— Chut, dit l'inconnu, un doigt sur la bouche.

Puis, rapidement, la silhouette s'éloigna dans le parc. Kevin essaya d'articuler d'autres mots, d'autres appels, mais sa bouche devint pâteuse. Était-ce Josh ? Comment pouvait-il être ici ? Avait-il lu le journal ? Avait-il compris ? De toute façon, cela n'avait plus d'importance.

Et là, allongé comme un funambule somnambule entre la mort et le néant, il vit, devant lui, le Diadème. À nouveau. Il tournait et tournait comme un manège viennois. À l'intérieur, les mains frappaient et tapaient et éclaboussaient les parois d'une eau bleuâtre. Il n'y avait aucun bruit, car, ce diadème-là, c'était le sien. Il le reconnaissait maintenant. Il l'avait vu pendant vingt ans dans ses rêves mais, le réveil passé, il s'était replié dans un coin sombre en attendant son heure. Rongé par l'angoisse d'être tout seul et la fatalité de la solitude, Kevin essaya de soutenir sa présence. Mais le diadème avait la couleur de la peur. Il se craquelait, forcé par la pression de ce qui rageait derrière. Bientôt, les fragiles parois ne purent plus tenir. Kevin hurla quand le bijou explosa en un torrent de bile et déversa ce qu'il y avait derrière. C'était si furieux et si plein de hargne que le jeune garçon ferma les yeux et se remit à pleurer. Il voulut se blottir, mais il était incapable de bouger. Il savait qu'il était déjà mort, car maintenant, il devait faire face. Et c'était le plus mauvais moment à passer.

Avant l'aube, alors que la rosée s'attardait encore sur les pétales de la fleur féerique, avant que deux policiers ne le retrouvent dans une clairière de Central Park, Kevin Laird trouva quand même la force d'en rire.

Coda

DÉLIUS
(une chanson d'été)

Quelques jours après les tragiques événements de l'Opéra, Délius observait une goutte d'eau s'immobiliser. Figée dans un rayon de soleil, elle hésitait avant de continuer sa chute le long de la courbe de la carafe. Pendant quelques secondes, elle fit mine de s'arrêter là pour toujours, comme pour le narguer. Mais elle se fatigua rapidement : trop épuisée pour rester accrochée aux parois rugueuses, elle finit sa course en vrillant avec ses consœurs, s'écrasant en une petite flaque minuscule sur les motifs colorés de la nappe. Délius l'observa sécher et, bientôt, elle ne fut plus qu'un souvenir. Il sentit autour de lui revenir le son des convives qui s'agitaient autour de la table. Le cliquetis des couverts, le bruit des élégants mâchouillis, les gloussements de bonheur et les échanges de paroles. Il y avait là le comte de Belmont et sa femme, quelques personnes qu'il n'avait jamais vues, une vieille dame qui siégeait en bout de table, et Lady Rachel, livide, les yeux rougis, qui le dévisageait comme s'il avait été le diable en personne. Il baissa la tête.

Il avait accepté de venir ici, dans la résidence d'été du comte de Belmont, dans le New Jersey, pour un repas dominical qui s'annonçait apocalyptique. Depuis le succès de sa *Chanson d'été*, il était sans cesse demandé, sans cesse félicité. Pourtant, il n'avait pas fait grand-chose, juste illustrer une histoire qui n'était pas vraiment à lui, qu'on lui avait soufflée à l'oreille. Mais personne ne l'écoutait. Ce qui s'était passé à l'Opéra n'était pas très clair. Il était revenu à lui dans les bras de Lady Rachel, dont le beau visage était marqué par la trace d'une gifle. Il ne savait pas où il se trouvait. La police, qui était là elle aussi, lui avait raconté qu'il avait failli devenir la nouvelle victime du Fleuriste, ce tueur sanguinaire qui faisait avaler des fleurs à ses victimes. Selon les témoignages, le meurtrier avait disparu.

— Disparu ? avait demandé Délius, les yeux grands ouverts.

— Oui, avait répondu l'inspecteur en chef.

Il lui avait désigné un endroit du toit plongé dans les ténèbres où les agents promenaient leurs lampes à huile.

— Il s'est dirigé par là et n'est pas ressorti. Il y a un escalier de secours, et nous y avons retrouvé un peu de sang. Nous sommes en train de chercher sa piste, mais il y a trop de monde en bas et il fait encore trop sombre. Ne vous inquiétez pas, vous êtes en sécurité maintenant...

— En sécurité ?

Délius avait répété le mot plusieurs fois pour s'en convaincre. Mais il n'était pas arrivé à en trouver la signification. Il essaya de se souvenir des événements : la symphonie, Kevin Laird, le thé... et ce merveilleux rêve. Car ce que le compositeur avait vu durant son sommeil était encore gravé dans sa mémoire comme une empreinte au fer rouge.

Au début, son sommeil avait été sans songes, puis les vapeurs s'étaient dissipées et il s'était retrouvé sur le mont Olympe, au milieu des centaures et des fontaines de vin. Il avait dansé, ri en leur compagnie. Ce qu'il avait ressenti était si intense, si fort, qu'il en portait toujours les stigmates. De nouveau, il sentait ces odeurs indéfinissables de liberté et de bonheur sauvage, de paganisme et de fierté bestiale. Le rêve avait été long, teinté de musique diaphane et d'espoirs invraisemblables. Puis il avait aperçu Kevin. Il se tenait là, abandonné, sur le côté d'une route qui menait à Delphes. Son visage était triste. Il lui avait tendu la main. Délius l'avait prise. Ils étaient partis dans les bois et avaient discuté. De quoi déjà ? Délius ne s'en rappelait plus, mais il se souvenait qu'ils étaient dans une grande clairière. À un moment, Kevin sembla se réjouir. Il semblait avoir trouvé quelque chose. Il s'était approché pour le prendre dans ses bras.

Puis Kevin avait aperçu quelque chose, là-haut, dans le ciel bleu. Une ombre gigantesque s'était approchée et avait assombri les deux hommes. Kevin s'était mis à hurler, mais aucun son n'était sorti de sa bouche. Délius avait regardé en l'air, mais il n'avait rien vu. Ou, du moins, il ne s'en rappelait plus. Pourtant, il avait senti quelque chose. Quelque chose de monstrueux vivait en lui et Kevin savait ce que c'était. Délius se doutait bien que sa clé de *sol* n'était pas là pour l'aider. Elle cachait quelque chose de plus dangereux, quelque chose qui hantait son esprit et qui lui soufflait ses mélodies, ses harmonies, pour mieux endormir sa méfiance. Comme une marionnette mal taillée, Délius, et peut-être d'autres, continuaient ainsi leur existence dans l'aveuglement et tentaient, malgré tout, de se satisfaire de leur condition.

Au fond de lui-même, quelque chose avait changé.

Il en avait assez des gens autour de la table. Il s'essuya la bouche, s'excusa et se leva. Il entra dans la maison, gagna le premier étage, fit ses bagages, mit son chapeau de paille et partit en passant par la cuisine. Il traversa la cour, caressa le chien puis enjamba la haie et s'éloigna vers la forêt. Avant qu'il n'ait pu s'engager sur la route de la gare, Lady Rachel le rejoignit, furieuse :

— Frédérick, où allez-vous ?

— J'en ai assez. Je veux partir.

— Partir ? Mais partir où ?

— Ailleurs. En France.

Elle l'arrêta brusquement :

— C'est donc ça.

Il baissa la tête.

— Oui.

— Et moi ?

— Vous ?

— Oui, moi. Qu'est-ce que je deviens ?

— Vous serez bientôt comtesse.

Elle plissa la bouche de colère :

— Comment osez-vous ?

Délius perdit son regard dans le vague.

— J'en ai assez de New York, dit-il. Je rentre chez moi.

— Chez vous ? Mais, mais...

Elle avait pensé ne pas pouvoir aborder ce sujet avec lui, mais elle ne voulait pas le perdre.

— Je connais trop de choses sur vous.

— Peut-être.

— Vous ne pouvez braver le destin. Je vous ai sauvé la vie, souvenez-vous. Je vous ai permis de voir en vous. De comprendre.

Il ne dit rien. Elle cria.

— *Le Diadème est là, Frédérick ! Ne le voyez-vous pas ?*

Elle s'en voulut de s'être emportée et se mordit la lèvre. Délius fit claquer sa langue. Quelque part au loin, il entendait les mélodies d'un orgue de Barbarie et une odeur de barbe à papa. Il se sentait inexorablement entraîné. Mais vers quoi ?

— Je suis désolé, Rachel. Je m'en vais.

Lady Rachel serra les dents pour empêcher les larmes de monter. Elle lui prit les mains :

— Frédérick, nous pouvons être heureux ensemble. Nous pourrons avoir des enfants et... je pourrais vous aider.

— M'aider ? M'aider à quoi ?

— À guérir. À bannir les choses que vous avez en vous. Vous permettre de vous exprimer pleinement, de vivre paisiblement. Avec moi.

Délius regarda au-dessus de la forêt, pour tenter d'apercevoir la grande roue.

— Frédérick, parlez-moi ! Dites-moi oui, je vous en prie, dites oui.

Mais c'était trop tard. Frédérick Délius se détacha d'elle doucement.

— Je suis désolé.

Il s'en alla, sans un regard en arrière.

Lady Rachel crispa ses mains l'une dans l'autre. Elle cherchait une parade, quelque chose à dire. Mais rien ne vint. Seulement l'échec. Elle sentit la fatigue peser sur ses épaules. Ses parents comptaient l'envoyer dans un sanatorium en Suisse. La nuit, elle se réveillait en larmes et elle priait le ciel pour ne pas revoir les choses qu'elle avait vues dans les yeux de Kevin. Malgré tout, elle voulait sauver Délius, car elle savait qu'il ne se laisserait pas aller, qu'il lutterait. Elle aurait voulu tout lui expliquer, le rassurer. Lui dire que le Diadème, cette chose dont il avait soupçonné l'existence, et qu'il avait finalement entrevue dans une bouffée délirante, c'était le Néant. Et plus la société s'éloignait de ses rêves, plus il grandissait, plus il était là. Plus il était fort. Oui, elle aurait voulu lui dire tout cela, mais Délius disparaissait sous les saules. Elle baissa les yeux et s'assit. Sa robe bouffa comme une bulle d'air crevée. Elle arracha quelques brins d'herbes, elle pleura dans le creux de sa main.

La fête foraine n'était pas intéressante et Délius en fut presque fâché. Il n'y avait pas de visiteurs. Les forains arboraient les regards absents d'ivrognes trop longtemps séduits par la nonchalance. Les manèges ne marchaient pas mais la musique continuait, comme pour rappeler la grandeur d'une fête à laquelle personne n'était venu. Délius erra entre les stands comme un fantôme. Aucun entrepreneur ne chercha à le convaincre d'essayer telle ou telle attraction. Il croisa deux enfants en salopette qui couraient doucement, presque au ralenti. Lui n'était plus là, il n'était plus de ce monde. Que se passait-il ? Pourquoi refusait-il d'accepter la vérité ? Que lui et les autres étaient finalement voués au chaos. Que l'Art, avec un grand A, n'y changerait rien. En fait, il ne refusait pas. Il le savait, et, comme Kevin, il en était malade. Cette petite dépression, qui n'allait pas tarder à déferler comme un torrent de boue, n'était que le début. Tout, dans son esprit en fusion, appelait le cycle, la continuité.

Il s'arrêta devant un petit mannequin de bois représentant une diseuse de bonne aventure. Comme l'indiquait une petite plaque de cuivre gravée, fixée au bas du personnage, il fallait glisser un *cent* dans la fente et dire son nom et son signe zodiacal à voix haute. Délius fouilla dans sa poche et glissa une pièce. Il y eut un déclic. Délius dit : « Frédérick Délius », et son signe astrologique. Il attendit, puis un engrenage cliqueta à l'intérieur, et la bouche de la voyante cracha une petite boîte ronde cachetée à la cire. Elle tomba à terre. Délius la ramassa, la décacheta et y trouva un petit bout de papier plié. Il lut :

Regardez derrière vous

Délius se retourna. Il n'y avait personne.

Déçu, il jeta le bout de papier, récupéra son bagage et partit vers la gare.

LACEJAMBE & FENBY

Pour finir, quelques mois plus tard.

De la table, Lacejambe promena son regard le long des étagères qui s'alignaient sur les murs de son appartement. Le botaniste en était fier, de cette bibliothèque. Après quelques années d'empilement sur les tapis et chaises de ses lieux de résidence, il s'était enfin décidé à acheter de beaux meubles pour loger sa précieuse collection d'œuvres rares et végétales. Car Lacejambe était non seulement botaniste, tueur de monstres, mais aussi collectionneur. À ce sujet, il avait écrit, dans la *Petite Revue des Grandes Fleurs*, une publication mensuelle de la Société Française des Amis Floraux, un article concernant l'existence du fameux *Livre Vert*, d'Harmodios et Aristogiton, un livre censé n'être composé que de fleurs entrelacées, assez serrées entre elles pour permettre l'écriture. Un livre pour lequel Lacejambe aurait donné cher et qui aurait complété sa collection de superbe manière. Et qui aurait pu se douter que derrière cette profusion de livres se cachait en fait un...

— Lacejambe ?

— Mmh ?

— Pourquoi n'avons-nous pas de logeuse ? Nous avons les moyens.

— Parce que, dit le botaniste, je ne veux pas voir

quelqu'un fouiller dans mes petites affaires. J'ai trop de secrets.

— *Je* fouille dans vos affaires.

— Je fais semblant de ne pas le voir, répondit le botaniste en s'essuyant la bouche avec sa serviette brodée.

Lacejambe sourit. Ses cheveux étaient d'un vert splendide et la matinée était rayonnante. Fenby siégeait dans son pot, près de la fenêtre, tandis que Lacejambe déjeunait tranquillement. Concernant Fenby, il ne s'était pas trompé : son évasion du Royaume Vert lui avait permis de retrouver un semblant d'humanité. Ces derniers mois, Fenby avait atteint son âge adulte. Il avait maigri, et une jolie teinte verte donnait un air plus jeune à son visage, faisait ressortir ses yeux bleus et le rendait, ma foi, plus confiant. Il rejoignait son pot rempli de terreau et d'eau fraîche quand le temps devenait trop chaud et qu'il voulait se reposer. Bien sûr, être une fleur était fastidieux : rafraîchir les racines, tailler les pousses qui pointaient sous les costumes... mais Lacejambe n'était pas un botaniste de seconde zone. Kevin Laird était déjà loin, et la vie reprenait son cours, rythmée par des petits déjeuners tels que celui-ci, où bacon, fromage et chocolat au lait étaient de mise.

Fenby siffla d'ennui et se retourna vers l'air de la rue. Ce matin-là, tout était parfait. Régulièrement, le botaniste jetait quelques miettes à Bubastis, mais le chien ne bougeait pas : il dormait. Le sol était jonché de restes de pain et de tartines beurrées.

— Ça, c'est un bon chien, dit Lacejambe en mâchonnant une tranche de brie.

— Dites-moi, Lacejambe, dit Fenby, savez-vous coudre ?

— Coudre ? Oh, mon Dieu, non. Demandez à la concierge. Et pourquoi diable voulez-vous que je couse ?

— Je pensais que vous pourriez me fignoler d'autres vêtements. Vous avez dit que vous vous occuperiez de moi.

— *Tut tut tut*, j'ai dit que je m'occuperais de vos pétales et racines, pas de votre toilette, ni de vos besoins vestimentaires. Je ne suis pas tante Polly.

— Mais enfin, Lacejambe, quand vous déciderez-vous ? Vous voyez bien que je ne peux bouger !

On sonna à la porte d'en bas. La concierge ouvrit. Des pas gravirent l'escalier et quelques lettres glissèrent sous la porte.

— Vous y arriverez tout seul, dit le botaniste en se levant pour aller chercher le courrier, enjambant les revues et les tartines. Vous y arriverez.

Fenby se pencha sur sa tige pour apercevoir les titres du journal que le botaniste avait déplié sur la table.

— Rien d'intéressant dans le monde aujourd'hui ? Non ? C'est incroyable ce que tout peut être vain.

— Tout est intéressant, Fenby. Il suffit d'avoir le bon œil. Regardez-moi, je m'amuse d'un rien.

Il se pencha pour attraper le courrier.

— Pas grand-chose, ce matin : une lettre de Moira (Hop ! Tout droit à la poubelle), une facture et une lettre d'Angleterre.

— D'Angleterre ? dit Fenby, curieux.

— C'est adressé à MM. Lacejambe et Fenby...

Il décacheta l'enveloppe avec sa fourchette et la parcourut rapidement.

— Et c'est une lettre de M. Fix.

Fenby s'assombrit

— Fix ? Ma foi. Combien de temps déjà, depuis cette malheureuse histoire ?

Lacejambe se tapota les lèvres.

— Je dirais quatre mois. Il nous a réglés, non ?

— Oui, oui. Une belle somme, d'ailleurs.

Le botaniste chaussa ses bésicles et lut la note, la lippe pendue.

— *« Messieurs, c'est avec une grande tristesse que je vous informe que... »*

Il blêmit brusquement.

— Oh, mon Dieu.

— Lacejambe ?

Il s'assit dans son grand fauteuil, le compagnon des moments difficiles. Geoffrey Cook, le koala aux yeux verts, le dévisagea un instant, puis bâilla. Fenby déglutit.

— Lacejambe, qu'est-ce qui se passe ?

Le regard du botaniste était vide. Il ôta ses lunettes et se pinça les sinus. Il soupira et fit des bruits avec sa langue. Finalement, il déclara d'une voix morne :

— Joshua Laird est mort. On l'a découvert il y a deux semaines, dans l'État de Washington.

Fenby émit quelques bourgeons.

— Seigneur !

Lacejambe posa la lettre.

— On a trouvé sur lui le journal de Kevin, celui où il racontait tout ce qu'il faisait, et pourquoi il le faisait. Fix dit que c'est une ultime preuve de sa folie maniaque.

— Quelle horreur ! Le pauvre petit.

— Une jeune femme a retrouvé Josh mort dans une cabane perdue dans la forêt. Les légistes pensent à une surdose de morphine, mais je me doute bien que c'est autre chose.

Fenby déglutit difficilement :

— Vous voulez dire qu'il ne faisait pas infuser les pétales ?

Lacejambe baissa la tête :

— Tout le monde n'est pas Kevin Laird.

Il soupira et lut un passage de la lettre :

— « ... *Nous avons aussi découvert quantité de pétales secs, probablement la réserve de son frère, que nous n'avions pas retrouvée sur son cadavre. Les desseins meurtriers de l'enfant étaient absolument prévisibles, et nous sommes heureux d'avoir tué la menace dans l'œuf. À ce sujet, nous sommes à présent tout à fait sûrs que c'est Josh qui avait mis les fleurs dans le corps de son frère, à Central Park. Si vous souhaitez vous porter acquéreur des fleurs qui restent, veuillez me le faire savoir rapidement, car nous comptons nous en débarrasser. Je suis désolé d'écrire pour annoncer de si mauvaises nouvelles, mais il est bon de savoir que le cauchemar est enfin fini...* »

Lacejambe fit une pause et déglutit d'angoisse :

— « ... *et que la justice triomphe enfin. Bien à vous, Martin Fix.* »

Ses épaules s'affaissèrent. Il se sentait las, misérable.

— Cette histoire ne finira donc jamais ?

Fenby ne savait plus que dire.

— Croyez-vous que nous pourrons lire son journal ?

Lacejambe fit non de la tête :

— Je ne suis pas sûr de vouloir le faire. Pouvons-nous le juger ?

— C'est un meurtrier...

— Oui, oui... c'est vrai.

Lacejambe se leva et alla se poster à la fenêtre. Il observa le ciel se pâmer de chaleur, les nuages se désintégrer dans l'azur. Il devina les formes des cheminées et des arbres tordus de fatigue, harassés par la chaleur.

— Fenby ? Avons-nous vu l'oiseau depuis notre retour ?

L'Anglais cligna des yeux :

— L'oiseau ? Quel oiseau ?

— Vous savez, l'oiseau.

— Oh, cet oiseau... J'ai l'impression que cela fait une éternité.

— N'est-ce pas ? C'est curieux.

— Qu'il ne vienne pas nous rendre visite ? C'est heureux, oui.

— Pourquoi s'est-il arrêté de venir ?

Fenby y pensa quelques secondes.

— Je ne sais pas. Peut-être a-t-il accompli sa mission.

— Sa mission ?

— Oui. Peut-être son but était-il de vous attirer sur les toits et de vous permettre de cueillir l'edelweiss. Cette fleur nous a sauvé la vie, souvenez-vous.

— Cher ami, votre naïveté m'ennuie.

Il fit une pause et réfléchit quelques instants, un doigt sur le menton, comme Sherlock. Puis il dit :

— Fenby ?

La fleur le regarda sagement.

— Quoi ?

— Vous ne m'avez jamais dit ce que vous aviez vu pendant votre métamorphose.

Fenby baissa les yeux, mal à l'aise.

— Non.

— C'est le moment, Fenby. Dites-moi, je veux savoir.

Fenby soupira :

— J'ai vu... j'ai vu ce qui avait dévoré la féerie, Lacejambe. J'ai vu ce qui avait eu raison de sa beauté et de son invulnérabilité. J'ai vu... un Diadème, Lacejambe. C'est cette chose qui a chassé les fées, qui les a fait souffrir, un Diadème qui a cassé tous les jouets. Grâce à la fleur, Kevin pouvait le voir, mais ça l'a rendu fou. Grâce à son art, Délius pouvait le sentir. Mais nous ?

Le silence se fit dans l'appartement. Les animaux dormaient et dehors le soleil se levait doucement sur la ville. Le botaniste sortit quelque chose de sa poche. En se contorsionnant, Fenby vit que c'était une fleur. Rouge et jaune. Un bien sombre souvenir.

— C'est votre dernière, Lacejambe.

— Oui. Elle est presque morte.

Après une brève hésitation, Lacejambe jeta la fleur par la fenêtre. Elle flotta sur une petite brise qui passait, s'éloigna dans le dédale des rues cahoteuses, erra un instant, ivre d'espoir, puis s'écrasa mollement dans la rue. Un enfant torse nu, qui attachait des casseroles à la queue d'un chat, la vit reposer sur le pavé. Il la prit, la tourna entre ses mains pour mieux la comprendre et se mit dans l'idée de la disséquer doucement.

— Ne tue pas les fleurs, lui avait dit son père un soir. Ne tue pas les fleurs, car chaque fois qu'une fleur meurt, c'est une fée qui disparaît.

L'enfant fronça les sourcils, hésita un court instant, puis, finalement las d'écouter tout ce que ses parents lui disaient, arracha un pétale. Puis deux, puis trois. Tout simplement. Voilà.

Frédérick Délius ne revit jamais Lady Rachel. Il retourna à Paris où il épousa la belle Jelka Rosen, un peintre français avec laquelle il vécut jusqu'à la fin de sa vie. Délius connaissait l'existence du Diadème, mais il avait trouvé un moyen de se le cacher à lui-même, pour ne plus être obligé de le contempler tous les matins devant son miroir, quand il croisait son propre regard. Une aube où le ciel était beau et la buée encore fraîche, Frédérick Délius se brûla les yeux avec un tison. En devenant aveugle, il pensait avoir trouvé un moyen de détourner l'attention du Diadème. En sacrifiant un sens, il aiguisa tous les autres, mais à jamais il se repliait. Il enferma sa musique en lui, et il dut avoir recours à un secrétaire pour écrire les grandes partitions des œuvres qu'il composait. Il mourut a Glez-sur-Loing, près de Fontainebleau, en 1934. Son secrétaire, qui fit vivre sa musique après sa mort, se nommait Éric Fenby. Et quand il lui dictait les mesures, il parlait de cette voix posée, un doigt suspendu en l'air comme une baguette de chef d'orchestre, et il disait : « En bémol, Fenby, en bémol ».

FAREWELL
(1763)

Et là encore,
Je rêve.
J'ai l'espoir qu'un jour
Je vous retrouverai,
Chers amis.
Je cligne des yeux dans le soleil,
Je crois que je pleure.
Je vous regarde partir,
À la lisière du sommeil,
Et je tourne, inlassablement,
La tête en l'air, le cœur fêlé.
C'est ainsi, je crois,
Le puits m'attire
Et je ne peux
Fuir.
Au fond, tout au fond,
Une petite flaque me renvoie mon image,
Troublée par un caillou.
C'est ainsi, je crois.
Près du puits, je danse et j'ai l'espoir,
De vous revoir un jour, amis.
De vous aimer à nouveau.
La, la, la

Lacejambe & Fenby reviendront dans
LA NUIT DES LABYRINTHES

6543

Composition PCA à Rezé
Achevé d'imprimer en France (La Flèche)
par Brodard et Taupin
le 4 mars 2003. 17671
Dépôt légal mars 2003. ISBN 2-290-32563-5

Éditions J'ai lu
84, rue de Grenelle, 75007 Paris
Diffusion France et étranger : Flammarion